Rosemary Rogers
Cartas del pasado

Editado por Harlequin Ibérica.
Una división de HarperCollins Ibérica, S.A.
Núñez de Balboa, 56
28001 Madrid

© 2009 Rosemary Rogers. Todos los derechos reservados.
CARTAS DEL PASADO, N° 88 - 1.10.09
Título original: Bound by Love
Publicada originalmente por Silhouette® Books.
Traducido por María Perea Pena

Todos los derechos están reservados incluidos los de reproducción, total o parcial. Esta edición ha sido publicada con permiso de Harlequin Enterprises II BV.
Todos los personajes de este libro son ficticios. Cualquier parecido con alguna persona, viva o muerta, es pura coincidencia.
™ TOP NOVEL es marca registrada por Harlequin Enterprises Ltd.
® y ™ son marcas registradas por Harlequin Enterprises Limited y sus filiales, utilizadas con licencia. Las marcas que lleven ® están registradas en la Oficina Espanola de Patentes y Marcas y en otros países.

I.S.B.N.: 978-84-671-7549-3
Depósito legal: B-35327-2009

CAPÍTULO 1

1821
San Petersburgo, Rusia.

La residencia de la condesa Nadia Karkoff, situada a poca distancia de la Avenida Nevsky, no era la mansión más grande del vecindario, pero sí, con mucho, la más lujosa.

La fachada era elegante, de líneas clásicas, con un gran número de ventanas y una gran terraza con columnata. Las estatuas griegas que adornaban la balaustrada del tejado miraban hacia abajo con una fría expresión de superioridad. O quizá, mostrando su desaprobación hacia el gran jardín que rodeaba el edificio, puesto que su diseño no tenía nada de clásico. Era una brillante profusión de flores y arbustos ornamentales y de fuentes de mármol de las que complacían a la aristocracia rusa.

El interior de la casa era igualmente elegante. Las estancias eran grandes, y los altísimos techos tenían ricos ornamentos de color dorado, zafiro y granate. Aquellos colores vivos daban una sensación de calidez durante los largos y deprimentes meses de invierno.

El mobiliario era una combinación de piezas de maderas claras y satinadas, de estilo francés, que contrastaban de un modo muy agradable con la oscuridad de los cuadros de maestros flamencos que colgaban de las paredes. Sólo los adornos con gemas incrustadas y las figuritas de jade que había dispersos por todas las habitaciones eran rusos.

Sin embargo, lo más maravilloso de toda la casa eran las vistas.

Desde las ventanas del piso superior se divisaban las iglesias con agujas brillantes y los edificios espléndidos con cúpulas doradas que conformaban San Petersburgo. El panorama deslumbrante permitía apreciar la belleza de la ciudad sin sentir las tensiones y el ritmo desenfrenado de las calles.

Después de haber vivido durante sus veintidós años en aquella casa, la señorita Leonida Karkoff sólo lanzó una breve mirada de admiración por la ventana de su dormitorio; se sintió más complacida por la luz de finales de primavera que por aquellas vistas tan familiares.

Se sentó ante el espejo de su tocador para que su doncella, Sophy, pudiera recogerle el pelo largo, dorado, en un elegante moño alto, dejando unos cuantos rizos sueltos para que le acariciaran las sienes. Aquel estilo severo favorecía mucho su rostro perfectamente ovalado, de piel de alabastro, y acentuaba su delicada estructura ósea y el brillante color azul de sus ojos.

Nunca tendría la belleza seductora y oscura de su madre, pero siempre se la había considerado guapa. Además, había algo más importante: su pelo del color del oro y sus ojos azules eran tan parecidos a los de su padre que no había forma de pasar por alto el parentesco.

Algo bastante extraño, teniendo en cuenta que, para todos los efectos prácticos, ella era bastarda.

Por supuesto, el conde Karkoff la había reconocido de buena gana, y él ya estaba casado con su madre cuando Leonida nació. Eso la convertía en hija legítima a ojos de la sociedad. Sin embargo, había poca gente en Rusia, y quizá fuera de las fronteras del país, que no supiera que su madre había tenido una aventura tórrida con Alexander Pavlovich, el zar, y que había tenido que casarse urgentemente con el conde. De igual modo, todos sabían que el conde había dispuesto, de repente, de los rublos suficientes como para restaurar su residencia, ya ruinosa, a las afueras de Moscú, finca de la que apenas salía, mientras que la condesa recibió como regalo aquella preciosa casa y una asignación periódica tan generosa como para mantener su elegante estilo de vida.

Era un secreto que todo el mundo conocía pero del que nadie hablaba. De vez en cuando, Alexander Pavlovich enviaba a Leonida una invitación para que lo visitara cuando estaba en San Petersburgo, pero no era más que una figura vaga y benevolente que entraba y salía de su vida, no una figura paterna.

Y en realidad, ella no deseaba tener más figuras parentales, pensó con resignación, mientras su madre entraba en la habitación. Llevaba un vestido de gasa color cereza y satén plateado, con lazos a juego en la melena de rizos negros y brillantes.

Su belleza era tan espectacular como lo fue su entrada, aunque enseguida esbozó un gesto de desagrado al ver de nuevo el damasco, en colores crema y azul, que Leonida había elegido para decorar sus estancias privadas.

Nadia Karkoff nunca entendería el gusto de Leonida por lo sencillo.

—Madre —dijo Leonida, volviéndose en su asiento y mirando a la condesa con cautela. No había duda de que se querían mucho, pero Nadia tenía una voluntad férrea y pasaba por encima de todo aquello que se interponía en su camino. Incluyendo a su hija—. ¿Qué haces aquí?

—Sophy, deseo hablar a solas con mi hija —anunció Nadia.

La doncella, que era hija de la niñera inglesa de Leonida, hizo una reverencia y le guiñó un ojo disimuladamente a su señora. Estaba muy acostumbrada a la tendencia melodramática de Nadia a sentirse ofendida.

—Por supuesto.

Cuando la doncella se marchó, Leonida se levantó de la silla e irguió los hombros.

—¿Ha ocurrido algo? —le preguntó directamente a su madre.

La condesa se dirigió hacia la cama del dormitorio. Parecía que, una vez a solas con Leonida, no tenía ganas de abordar el asunto que la había llevado hasta su habitación.

—¿Acaso no puedo querer tener una conversación privada con mi hija?

—Eso sucede pocas veces —murmuró Leonida—. Y nunca a estas horas de la mañana.

Nadia se echó a reír.

—Dime, pequeña mía, ¿me estás reprochando que tenga costumbres indolentes o que no haya sido una madre dedicada?

—Ninguna de las dos cosas. Sólo quería una explicación de esta visita inesperada.

—Dios Santo —dijo Nadia.

Tomó el delicado vestido de color beis que había en la cama y observó la doble fila de volantes del escote, que era muy recatado.

—Ojalá permitieras que te hiciera los vestidos mi modista. Cualquiera te confundiría con un miembro de esa aburrida burguesía, en vez de una preciosa joven de la nobleza rusa. Debes pensar en tu posición, Leonida.

Aquélla era una conversación habitual, de las que no sacaría a su madre de la cama a una hora tan temprana.

—Prefiero a mi modista, mamá —dijo Leonida con voz firme—. Ella comprende que mis gustos son más modestos que los de las otras mujeres.

—Modestos —repitió Nadia. Dejó escapar un suspiro de impaciencia y miró la figura esbelta de su hija, que nunca poseería las formas seductoras que preferían casi todos los hombres—. ¿Cuántas veces tengo que decirte que una mujer no tiene poder en la sociedad a menos que sea lo suficientemente sabia como para usar las pocas armas que Dios le ha dado?

—¿Mi vestido es un arma?

—Cuando está diseñado para atraer la atención de un hombre.

—Prefiero el calor a atraer la atención de los demás —respondió Leonida con sinceridad.

Pese al tiempo primaveral que por fin había llegado, había un buen fuego ardiendo en el hogar de la chimenea de mármol. Leonida siempre tenía frío.

Nadia arrojó el vestido a un lado y sacudió la cabeza.

—No seas boba. He hecho todo lo posible para asegurar tu futuro. Puedes elegir entre los hombres más influyentes del imperio. Podrías ser princesa si siguieras mis indicaciones.

—Te he dicho que no quiero ser princesa. Ésa es tu ambición, no la mía.

Sin previo aviso, Nadia caminó con rapidez y se situó frente a su hija con una expresión severa.

—Eso es porque nunca has sabido lo que es no tener riqueza o una posición establecida en sociedad, Leonida. Puede que tú desprecies mi ambición, pero te aseguro que se te olvidaría tu precioso orgullo si eres tan impetuosa como para creer que se puede vivir sólo de amor. No hay nada encantador en pasar frío en invierno, ni en tener que zurcir los bajos gastados de los vestidos —dijo ella, recordando el dolor del pasado—. Ni tampoco en ser excluida de la sociedad.

—Perdóname, mamá —dijo Leonida con suavidad—. No es que no te agradezca los sacrificios que has hecho por mí, pero...

—¿De veras?

Leonida se quedó sorprendida por aquella brusca interrupción.

—¿Disculpa?

—¿De verdad estás agradecida por lo que he hecho?

—Por supuesto.

Nadia le tomó las manos a su hija.

—Entonces, accederás a hacer lo que voy a pedirte.

Leonida se liberó rápidamente.

—Te quiero, mamá, pero mi agradecimiento tiene límites. Te he dicho que no voy a aceptar la proposición del príncipe Orvoleski. Tiene edad para ser mi padre, y apesta a cebolla.

—Esto no tiene nada que ver con el príncipe.

La cautela de Leonida se convirtió en ansiedad. La expresión de su madre tenía algo que le advertía que aquello era algo más que las habituales escenas de teatro que Nadia adoraba.

—Ha ocurrido una cosa.

—¿Qué?

En vez de responder, Nadia se dirigió hacia la ventana.

—Tú sólo conoces una pequeña parte de mi niñez —dijo.

Leonida observó la rígida espalda de su madre con confusión. La condesa de Karkoff nunca hablaba de sus orígenes humildes.

Nunca.

—Me has contado que te criaste en Yaroslavl antes de venir a San Petersburgo —dijo.

—Mi padre tenía un parentesco distante con los Romanov, pero discutió con el zar Paul y era demasiado orgulloso y obstinado como para disculparse, así que fue desterrado de la corte para siempre —dijo Nadia, con una carcajada despreciativa—. Estúpido. Vivíamos en una casa monstruosa, helada, a kilómetros del pueblo más cercano, con la ayuda de unos pocos campesinos para evitar que el edificio se derrumbara. Yo estaba aislada entre salvajes, con la única compañía de mi niñera.

A Leonida se le encogió el corazón. ¿Aquella mujer extravertida, alegre y coqueta encerrada en una casona vieja y oscura? Debió de ser un infierno para ella.

—No te imagino en semejante situación —susurró.

Nadia se estremeció y acarició con una mano el collar de brillantes que adornaba su cuello, como si quisiera asegurarse de que aquellos recuerdos no se lo habían llevado.

–Fue un espanto, pero aprendí que haría cualquier cosa por escapar –respondió–. Cuando mi tía decidió que era su deber invitarme a su casa, hice caso omiso de la amenaza de mi padre de desheredarme. ¿Qué podía ofrecerme él, aparte de años de soledad y tristeza? Vendí las pocas joyas que tenía y vine sola a San Petersburgo.

Leonida se rió suavemente con admiración. Por supuesto, aquello era más propio de su madre. Entre Nadia y sus sueños no podía interponerse nada.

–Eres asombrosa, madre –le dijo–. Hay pocas mujeres que hubieran tenido tanto valor.

Nadia se volvió lentamente con una sonrisa de arrepentimiento en los labios.

–Fue más por desesperación que por valor, y de haber sabido que iba a ser más una sirvienta que una invitada en casa de mi tía, no creo que hubiera estado tan dispuesta a soportar el espantoso viaje. Sin embargo, al menos tuve la oportunidad de entrar en sociedad, con la ayuda de Mira Toryski.

Leonida tardó un momento en recordar aquel nombre.

–¿La duquesa de Huntley?

–Su familia y ella eran los vecinos de mi tía –le explicó Nadia–. Por supuesto, ella ya era una de las mujeres más brillantes de la alta sociedad. ¿Cómo no iba a serlo? Era bella y rica, y sin embargo, asombrosamente buena. Yo nunca entendí por qué se apiadó de mí y me invitó a unas cuantas fiestas, pero se lo agradeceré eternamente.

La condesa demostró un gran afecto por su amiga de juventud. Era extraño, teniendo en cuenta que Nadia prefería rodearse de los guapos oficiales del ejército que de las damas de su círculo.

–¿Entonces fue cuando conociste a Alexander Pavlovich?

—Sí —dijo Nadia, y su mirada se suavizó, como siempre que se mencionaba al zar—. Era muy guapo, y encantador. Con sólo verlo, me di cuenta de que era un hombre destinado a la grandeza.

Leonida contuvo el impulso de preguntarle a su madre más cosas sobre su relación con Alexander Pavlovich. Había algunas preguntas que era mejor no formular.

—Todo esto es fascinante, mamá, pero no entiendo por qué estás preocupada.

A Nadia le temblaron las manos cuando se alisó la falda del vestido.

—Necesito que entiendas lo mucho que quería a Mira.
—¿Por qué?
—Poco después de que yo llegara a San Petersburgo, Mira conoció al duque de Huntley. Ella, como muchas otras mujeres, se enamoró del inglés, y se marchó con él a Londres para casarse. Yo me quedé muy triste al perder a mi amiga. Ella era... bueno, digamos que mi único consuelo fue mantener correspondencia con ella para poder seguir involucradas en las vidas de la otra.

—Comprensible —dijo Leonida.

—Quizá, pero yo era muy joven, y cuando Alexander Pavlovich comenzó a demostrarme su interés, yo compartí todos los detalles con Mira.

Leonida estaba cada vez más confusa.

—Por lo que sé, tu relación con el zar Alexander no fue precisamente un secreto celosamente guardado.

—No. Nuestra relación fue fuente de muchos rumores, pero nuestras conversaciones privadas no debían ser compartidas, ni siquiera con una querida amiga, cuya lealtad a los Romanov estaba fuera de toda duda.

Leonida se puso tensa.

—¿Le revelaste a la duquesa de Huntley las conversaciones privadas con Alexander Pavlovich?

—Sabía que podía confiar en ella, y no podía compartir mis pensamientos con ninguna otra persona. No había ninguna mujer que no estuviera celosa de mí por mi relación con el zar.

—Sigue siendo así —dijo Leonida rápidamente, para tranquilizar a su madre. No conseguiría nada de Nadia si se ponía de mal humor, y Leonida tenía el presentimiento de que debía saber qué estaba ocurriendo—. Pero tú nunca eres indiscreta.

Nadia no se calmó.

—¿Cómo iba a saber yo que alguien que no fuera la duquesa vería esas cartas?

A Leonida se le aceleró el corazón.

—¿Las ha visto alguien?

—No es necesario que diga que fui una tonta imprudente. Soy muy consciente de mis errores.

—Muy bien —dijo Leonida, y respiró profundamente para tranquilizarse—. Supongo que esas cartas no contienen información que pueda resultar incómoda para el zar, ¿verdad?

—Es mucho peor que eso. En manos de sus enemigos, pueden ser su destrucción.

—¿Su destrucción? ¿No estarás exagerando?

—Ojalá. Ser el dirigente del imperio ruso no es una tarea fácil —dijo Nadia—. Entre los súbditos siempre reina el descontento, y los nobles siempre se forman conspiraciones. Sin embargo, durante los últimos años, la situación se ha vuelto mucho más peligrosa. Alexander pasa demasiado tiempo alejado del trono, viajando por el mundo. Eso da a sus enemigos más ánimos para traicionarlo.

—No necesitan mucho ánimo que digamos.

—Quizá no, pero se vuelven más atrevidos a cada día que pasa.

Leonida se humedeció los labios resecos.

—Y en esas cartas hay algo que puede dar a los enemigos del zar herramientas para perjudicarlo.

—Sí.

—¿Qué...

Nadia alzó una mano imperiosamente.

—No preguntes más, Leonida.

El primer impulso de Leonida fue exigirle a su madre una respuesta. Si iba a verse implicada en el lío que hubiera formado su madre, al menos se merecía saber la verdad.

Entonces, sabiamente, se tragó las palabras que tenía en la punta de la lengua.

Ella le profesaba un gran amor y un gran respeto a Alexander Pavlovich, pero más que nadie, entendía que era sólo un hombre, con todos sus defectos y fragilidades. Y, en realidad, el zar siempre había tenido un aire de melancolía, como si guardara un secreto profundo y doloroso.

¿De veras quería Leonida saber cuál era aquel secreto?

—Entonces, debes escribir al zar y advertirle del peligro —le dijo a su madre con decisión—. Seguramente, querrá volver a San Petersburgo.

—No —dijo su madre.

—No puedes ocultar la verdad, madre.

—Eso es exactamente lo que debo hacer.

Leonida frunció el ceño, incapaz de creer que su madre pudiera ser tan egoísta.

—¿Vas a poner en peligro a Alexander Pavlovich por no confesar tu indiscreción?

—Dios Santo, hija, ¿es que no te has enterado de nada durante estos últimos meses?

—¿Te refieres a la conspiración?

—Alexander está destrozado —dijo Nadia, con una expresión de angustia—. Consideraba al Regimiento Semyonoffski como el más leal de todos sus regimientos, y la traición de esos soldados ha sido como una puñalada en el corazón para él. Tengo miedo por él, Leonida. Es muy frágil. No estoy segura de que pueda soportar otra traición.

—Todos estamos preocupados por su bienestar, pero es el zar —dijo Leonida suavemente—. Debe saber que existe una amenaza hacia su trono.

—No. Tengo la intención de asegurarme de que cualquier amenaza sea sofocada antes de que vuelva Alexander.

—¿Cómo? Si alguien ha conseguido hacerse con tus cartas...

—No creo que nadie haya visto las cartas.

—Me estás causando dolor de cabeza, madre —dijo Leonida, frotándose las sienes—. Quizá debas empezar por el principio.

Nadia tomó aire y se sentó en el alféizar de la ventana para recuperar la compostura.

—La semana pasada, un hombre enmascarado que se hizo llamar la Voz de la Verdad apareció en el baile de disfraces del conde Bernaski. Ese hombre ridículo afirmó que tenía en su poder las cartas que yo le había escrito a Mira, y que las haría públicas a menos que le pagara cien mil rublos.

—Cien mil rublos —repitió Leonida con incredulidad. Era mucho peor de lo que había pensado—. Dios Santo. No podemos pagar esa cantidad.

—No tengo intención de pagar ni un solo rublo —replicó Nadia—. Por lo menos, hasta que sepa con certeza que ese desgraciado tiene de verdad las cartas, cosa que no creo.

—¿Por qué?

—Porque, en cuanto el hombre se dio la vuelta para irse, yo le pedí a Herrick Gerhardt que lo hiciera seguir.

Leonida hizo un gesto. Herrick Gerhardt era el consejero más cercano a Alexander Pavlovich, y el hombre más inquietante que ella hubiera conocido. No había nada que escapara a su mirada oscura y penetrante. Su devoción por el zar significaba que destruiría cualquier amenaza sin el más mínimo remordimiento.

Era imposible estar en presencia de aquel hombre sin tener miedo de ser enviado a la mazmorra más cercana.

—Por supuesto —murmuró Leonida.

Nadia se encogió de hombros. Claramente, no tenía tanto miedo a Herrick Gerhardt como su hija.

—No es la primera amenaza que he soportado. Mi posición atrae a menudo a gente que quiere usarme para influenciar a Alexander Pavlovich.

Bien, en aquel punto su madre no estaba sola. Leonida

estaba asombrada de las muchas ocasiones en que los hombres se le habían acercado con la esperanza de que ella pudiera interceder ante el zar.

Como si ella tuviera algún poder. Era algo absurdo.

—Entonces, ¿Herrick consiguió que siguieran al hombre?

—Sí. Se llama Nikolas Babevich. Su padre es un oficial ruso y su madre es... —Nadia se encogió de hombros—. Francesa. Gente repugnante. No se puede confiar en ellos.

Leonida pasó por alto el prejuicio de su madre. Nadia todavía recordaba vívidamente la invasión napoleónica y la guerra.

—¿Lo apresaron?

—Herrick decidió que era mejor no revelarle al chantajista que habíamos descubierto su identidad.

Leonida sacudió la cabeza. ¿Acaso su madre se había vuelto loca?

—Yo no sé mucho de asuntos de estado, pero si sabes quién es ese canalla y dónde está, ¿por qué no exiges que lo arresten?

—Porque no sabemos si está actuando en solitario.

—Al menos, ¿ha recuperado Herrick Gerhardt tus cartas?

—Ha registrado la casa del hombre, pero no las ha encontrado.

—Pueden estar en cualquier parte.

—Está constantemente vigilado, así que si las tiene escondidas, al final conducirá a sus guardias hasta ellas.

Leonida se dio cuenta de que no servía de nada insistir en que arrestaran al chantajista. Si Herrick Gerhardt había decidido permitir que el hombre siguiera en libertad, nada de lo que ella pudiera decir iba a cambiar la situación.

En vez de eso, se concentró en otros asuntos más urgentes.

—¿Por qué piensas que miente al decir que tiene las cartas en su poder?

—Cuando me abordó por primera vez, le pedí que me las mostrara. Me dijo que no las llevaba encima, así que le pedí que me revelara lo que decían. De nuevo se negó a hacerlo, y me dijo que no podía darme ninguna prueba hasta que yo le hubiera pagado esa cantidad de dinero.

—Eso sí parece raro, porque es evidente que cualquiera con dos dedos de frente le pediría una prueba antes de dar el dinero.

—La mayoría de los hombres subestiman a las mujeres. Sin duda, pensaría que yo estaría tan asustada que cedería a sus exigencias sin pensarlo dos veces —explicó Nadia con desdén—. Y hay algo más.

—¿Qué?

—Mira y yo intercambiábamos secretos a menudo, y diseñamos un código para escribirnos por si acaso nuestras cartas caían en manos extrañas. Era muy tonto, y muy fácil de descifrar, pero ese hombre no me dijo nada de que hubiera conseguido traducir las palabras.

—Por lo tanto, si no tiene las cartas, ¿cómo descubrió que existían? —preguntó Leonida—. ¿Y cómo sabe que pueden ser dañinas para Alexander Pavlovich?

—Por ese motivo, Herrick Gerhardt prefiere que el chantajista no sepa que conocemos su identidad —dijo Nadia—. Cree que Nikolas Babevich es sólo un peón manejado por otros.

—Entonces, creo que no podemos hacer otra cosa que esperar a que ese hombre os conduzca hasta sus socios.

Hubo un silencio tenso, y Nadia miró fijamente a su hija.

—En realidad, hay algo muy importante que debemos hacer.

Leonida dio un paso atrás. Conocía bien aquel tono de voz, y no presagiaba nada bueno.

Al menos, no para ella.

—No estoy segura de querer saber qué es.

—Alguien tiene que viajar a Inglaterra y registrar la residencia del duque de Huntley para encontrar las cartas —dijo Nadia, ignorando las palabras de Leonida. Típico—. Si todavía están allí, podremos estar seguros de que Nikolas Babevich sólo es un mentiroso.

—Pero... si las cartas todavía están escondidas en Inglaterra, ¿cómo iba a saber alguien de su existencia?

Nadia se encogió de hombros.

—Quizá el duque de Huntley actual, o su hermano, lord Summerville, le mencionaran a alguien que existen. Edmond estuvo aquí hace pocos meses.

—¿Y por qué no les escribes y les pides las cartas? Hace muchos años que murió la duquesa, y ellos no tendrán interés en tu correspondencia.

Nadia agitó la mano con impaciencia.

—Porque, en primer lugar, son ingleses leales al príncipe regente... oh, supongo que ese horrible hombre ahora ya es rey —dijo con un gesto de desagrado—. En cualquier caso, es bien sabido que ese gordo no quedó complacido con la última visita de Alexander Pavlovich para celebrar el final de la guerra. Si el rey supiera que esas cartas contienen información que puede perjudicar al zar, no tengo duda de que exigiría que se las entregaran.

Leonida quiso darle argumentos en contra, pero había oído los rumores de que el rey George tenía resentimiento contra Alexander Pavlovich, por su actitud fría durante la breve visita que había hecho a Inglaterra. No era de extrañar; aquellos dos monarcas no podían ser más distintos.

El zar detestaba las exhibiciones ostentosas y las bravatas.

Rápidamente, Leonida buscó otra excusa para evitar lo que se avecinaba.

—Nadie puede registrar la casa del duque de Huntley sin su permiso. Un duque inglés debe de tener un batallón de sirvientes. No podría entrar en la casa sin que me atraparan.

Nadia sonrió.

—Sí podrías, si fueras una invitada.

—Madre...

—Están organizando tu viaje mientras hablamos —la interrumpió Nadia en tono firme–. Te marcharás a finales de semana.

Leonida comenzó a caminar por la habitación, intentando pensar con claridad.

–Madre, aunque estuviera de acuerdo en prestarme a un plan tan absurdo, que no lo estoy, no puedo abusar de esa manera de la hospitalidad del duque de Huntley. Además de que sería de malísima educación, él es soltero.

–Ya he escrito a lord Summerville y a su flamante esposa para informarlos de que Alexander Pavlovich ha decidido que es necesario presentarte en la sociedad inglesa. No pueden rechazarte.

Dios Santo, aquello iba cada vez peor.

–¿Vive lord Summerville con su hermano?

–No, pero el rey le ha regalado a la pareja la finca anterior de lady Summerville, que está a menos de un kilómetro de Meadowland. Sin duda, visitaréis a menudo al duque.

Leonida sacudió la cabeza con incredulidad.

–Entonces, ¿estás dispuesta a mandarme con una pareja de recién casados a quienes no conozco, sin pensar en lo incómodo que será para todos nosotros?

La expresión de Nadia se endureció. Había tomado ya la decisión, y nada iba a cambiarla.

–Leonida, no sólo estaría acabada si verdaderamente mis enemigos tienen esas cartas, sino que, además, Alexander no podría soportar el escándalo –dijo–. Otra vez no.

¿Otra vez no?

¿Qué demonios significaba eso?

Leonida se irritó. Aquélla no era la primera vez que su madre ideaba un plan descabellado, pero...

–¿Así que deseas que vaya a Inglaterra, que me entrometa en casa de una pareja de recién casados que no me conocen, que entre a escondidas en casa de un duque y que robe unas cartas que pueden estar allí escondidas, o quizá no?

—Sí.

—Y, suponiendo que lo consiga, ¿qué debo hacer? ¿Quemarlas?

Nadia abrió unos ojos como platos.

—Claro que no. Quiero que me las traigas.

—Por Dios, mamá. ¿No han causado ya suficientes problemas? Debería destruirlas.

Nadia se levantó del alféizar y se acercó a su hija.

—No seas tonta, hija. Las necesito.

—¿Por qué?

—Alexander Pavlovich siempre me ha adorado, y durante todos estos años ha sido muy... generoso con nosotras. Pero las dos sabemos que los hermanos del emperador nunca aprobaron su relación conmigo, ni el hecho de que haya mantenido esta casa. Si ocurriera algo, Dios no lo quiera, me temo que perderíamos la herencia que es nuestra por derecho.

—Yo no... —Leonida soltó un jadeo de asombro—. Oh, no. ¿Quieres decir que usarías esas cartas para extorsionar al siguiente zar? ¿Te has vuelto completamente loca?

Nadia frunció los labios con irritación.

—Una de las dos tiene que pensar en nuestro futuro, hija.

—Yo estoy pensando en el futuro, mamá —dijo Leonida, y se acercó a la ventana para mirar ciegamente hacia la calle—. Espero que te guste la celda húmeda que nos está esperando, sin duda.

CAPÍTULO 2

Surrey, Inglaterra.

A primera vista, los hermanos gemelos que estaban paseando por un jardín tradicional inglés parecían exactamente iguales.

Ambos tenían el pelo negro, y algunos mechones les caían por la frente. Ambos tenían rasgos angulares, eslavos, heredados de su madre rusa. Ambos tenían los mismos ojos azules que habían estado provocando desmayos femeninos desde que habían salido de la cuna. Y los dos tenían el cuerpo delgado y musculoso, cuya perfección podía apreciarse bajo sus chaquetas y sus pantalones de corte impecable.

Sin embargo, una observación más detenida revelaría que el gemelo mayor, Stefan, el duque de Huntley, tenía la piel un poco más bronceada que su hermano, Edmond, lord Summerville. Y también tenía los hombros un poco más anchos. Aquellas pequeñas diferencias eran resultado de las horas que Stefan pasaba supervisando el trabajo de sus muchas granjas. Los rasgos de Stefan eran también un poco más delicados que los de Edmond. Elegantes, en vez de poderosos.

Las diferencias físicas, sin embargo, no eran nada comparadas con las diferencias de personalidad.

Edmond siempre había sido un alma impaciente, o al menos, hasta que se había casado con Brianna Quinn, varias semanas antes. Stefan, por el contrario, vivía dedicado a su finca y al gran número de personas que dependían de él. Edmond era encantador, de genio rápido y muy valiente. Había arriesgado el pescuezo de buena gana en varias ocasiones durante el tiempo que había trabajado como asesor y consejero de Alexander Pavlovich.

Stefan era mucho más tranquilo, y prefería permanecer en segundo plano que llamar la atención. Además, tenía tendencia a decir la verdad y a no adular a nadie, lo cual explicaba por qué se sentía más cómodo en compañía de sus trabajadores que de los aristócratas que vivían en aquella zona.

Ambos hermanos tenían cosas en común: una aguda inteligencia y una lealtad inquebrantable hacia el otro, además de hacia aquellos que trabajaban a su servicio.

Aquella lealtad era lo que había llevado a Edmond a Hillside aquella mañana de finales de primavera.

Mientras paseaban por los jardines de Hillside, que los jardineros estaban podando y recortando sin piedad después de quince años de descuido, miró disimuladamente a su hermano.

—Entonces, ¿ya ha llegado tu invitada? —murmuró Stefan.

Edmond frunció los labios al presentir el sermón que se avecinaba.

—Sí.

Stefan no se molestó en utilizar la sutilidad. Nunca había sido uno de sus talentos.

—No entiendo por qué permites que Alexander Pavlovich se aproveche de ti. Ya no eres su consejero.

—Nunca he sido consejero del rey George, tampoco, y eso no le impide aprovecharse —respondió Edmond—. De los dos.

Stefan ignoró aquel recordatorio de las incesantes peticiones del rey y miró a las dos mujeres que salían al jardín en aquel momento, desde la vieja residencia de estilo palaciego.

Brianna era fácil de reconocer, debido a su cabellera rojiza y brillante y su paso decidido, poco femenino. En muchos sentidos era tan impulsiva como Edmond. A su lado iba una mujer diminuta que se esforzaba por mantener el ritmo de lady Summerville.

—¿Es ella? —preguntó.

—Sí. La señorita Leonida Karkoff.

En aquel momento, la mujer volvió la cabeza y Stefan se quedó impresionado.

No por la belleza de la dama.

Bueno, al menos no enteramente.

Era muy guapa; tenía el pelo rubio como el sol del amanecer, la piel de alabastro y una figura esbelta, dibujada a la perfección por su vestido verde de paseo, con un escote modesto y unas manguitas abullonadas.

Sin embargo, lo que asombró a Stefan fue la inconfundible línea de su perfil y la curva dulce de sus labios.

Apostaría su última libra a que tenía los ojos azules como el cielo.

—Dios Santo.

Edmond se echó a reír.

—Bonita, ¿verdad?

—Bonita, y muy familiar.

—Sí. No hay forma de confundir a su padre —dijo Edmond—. Es una pena que ya estuviera casado con Elizabeth cuando conoció a la madre de Leonida. Nadia habría sido una estupenda zarina, y le habría dado a Alexander Pavlovich el valor que necesitaba para desafiar a los nobles y hacer las reformas que deseaba cuando todavía era joven.

—Su abuela nunca le habría permitido casarse con una muchacha de provincias sin otra cosa que la belleza y la astucia como recomendación.

Edmond le lanzó una sonrisa irónica.

—No subestimes nunca a una mujer decidida.

—Por eso yo prefiero a las mujeres tímidas —replicó Stefan—. La vida es mucho más serena.

Edmond hizo una mueca.

—Y tediosa.

Stefan volvió a fijarse en las mujeres, que se acercaban.

—¿Cuánto tiempo va a quedarse la señorita Karkoff?

—No me ha revelado sus planes.

—No tiene sentido que el zar la haya enviado a esta remota parte de Surrey si deseaba que se mezclara con la sociedad inglesa.

—La temporada social de Londres está a punto de terminar —dijo Edmond, con una expresión de astucia—. Además, ¿por qué iba a echar a la encantadora Leonida entre una multitud de jovencitas también encantadoras, cuando podría ser la única mujer casadera a kilómetros a la redonda de un duque soltero?

—¿Crees que...? —Stefan sacudió la cabeza, sin querer creerlo—. No. Ni siquiera Alexander Pavlovich tiene tan poca sutileza como para ponerme a su hija delante de la nariz.

—Quizá él no, pero su madre, sí.

—No.

Edmond arqueó una ceja.

—¿Por qué estás tan seguro?

—No estoy tan aislado como para no haber oído los rumores que corren por Londres. Por lo que dice todo el mundo, la condesa Karkoff no piensa tolerar algo menos que un príncipe para su hija.

Edmond se encogió de hombros.

—Un duque inglés rico es mejor que un príncipe destituido de su reino, que seguramente no es más que un punto insignificante en el mapa.

—No, si ese príncipe tenía soldados suficientes y leales a Alexander Pavlovich. Yo tengo muchas cosas, pero no tengo ejército.

—Es verdad, pero gozas de la confianza del rey George. Un poderoso aliado.

—Ese rey ha proclamado de malas maneras su antipatía por el zar.

Edmond se rió. Claramente, estaba disfrutando. Él, mejor que nadie, entendía que a Stefan le horrorizara la idea de casarse por su título.

—Quizá esto sea un intento de Alexander Pavlovich por hacer las paces.

—Entonces, la muchacha debería estar en Londres —replicó Stefan—. Estoy seguro de que sabría ganarse la simpatía del rey.

Edmond lo miró con los ojos entornados.

—¿Por qué desconfías tanto de la chica?

—No he olvidado que la última vez que te implicaste en los asuntos rusos estuviste a punto de morir. Y Brianna también.

—Pero no fue culpa de Alexander Pavlovich.

—Quizá no, pero nunca le importa ponerte en peligro por su propia causa. No deseo verte enredado otra vez.

Edmond le pasó un brazo por los hombros a su hermano.

—No te preocupes, Stefan. Para mi sorpresa, Leonida no solo es encantadora, sino que además carece de la ambición de su madre y del pensamiento maquiavélico de su padre.

—Mmm —murmuró Stefan—. ¿Se da cuenta, por lo menos, de que está entrometiéndose en la privacidad de una pareja recién casada?

Edmond sonrió.

—Seguramente me conoces lo suficiente como para saber que, cuando quiero estar a solas con mi exquisita esposa, no hay nada que se interponga en mi camino.

—Cierto —admitió Stefan—. No sé cuántas veces me habéis invitado a cenar a Hillside y después me habéis echado por la puerta casi sin tiempo de terminar mi copa de oporto.

—Algún día, mi querido hermano, lo comprenderás.

—Creo que con un Huntley completamente cegado de amor hay suficiente —dijo Stefan en tono displicente, disimulando la soledad que lo había abrumado durante aquel último año. Era un secreto que pensaba guardarse—. Piensa en nuestra reputación.

—¿En mi reputación de mujeriego o en tu reputación de granjero aburrido que les presta más atención a las vacas que a sus congéneres?

—No soy aburrido —protestó Stefan—. Siempre he pensado que soy ingenioso.

—Muy ingenioso, sí, pero por desgracia no lo demuestras a menudo fuera de Meadowland. Me temo que te vas a enmohecer tanto como tus libros.

Stefan se apartó de su hermano, molesto por el giro que había dado la conversación. Prefería clavarse un puñal en el corazón que darle a entender a Edmond que estaba celoso de la felicidad que él acababa de encontrar.

Nadie se la merecía más que Edmond.

—Mis libros no tienen moho, y yo tampoco.

Edmond lo miró con suma atención, quizá notando la inquietud de su hermano mayor.

—No te vendría mal poner en práctica tus dotes sociales.

—Ah, ya comienzo a entender tu plan. Lo que quieres es que distraiga a la señorita Karkoff para poder estar a solas con tu esposa.

—Mi único interés es por ti, queridísimo Stefan.

Riéndose por el tono piadoso de Edmond, Stefan se dio cuenta de repente de que ya no estaban solos. Notó un curioso cosquilleo en la espalda mientras se volvía a mirar los asombrosos ojos verdes de Brianna. Después, de mala gana, observó a la mujer que estaba a su lado.

Sin previo aviso, sintió que se quedaba sin aliento al encontrarse con la mirada azul más pura que hubiera visto en su vida.

Dios. No era de extrañar que Alexander Pavlovich hubiera enviado a aquella muchacha a cumplir su misión. Leonida Karkoff era la fantasía de cualquier hombre. Tenía dulzura y una belleza dorada que despertaba en él una necesidad primitiva de tomarla en brazos. ¿Quién no iba a sentirse deslumbrado por semejante visión?

Incluso Stefan.

Brianna carraspeó delicadamente y Stefan se dio cuenta de que se había quedado mirando a la señorita Karkoff como un idiota. Con una silenciosa imprecación hacia sí mismo, volvió a mirar a su cuñada.

—Buenos días, Stefan —dijo ella con una sonrisa de picardía.

—Preciosa Brianna —dijo Stefan, y con deliberación, le tomó la mano y se la llevó a los labios. Le encantaba provocar a su hermano—. Como siempre, me alegras el día.

Y como siempre, Edmond se acercó a Brianna y le pasó el brazo por los hombros de manera posesiva. Ambos sabían que Stefan consideraba a Brianna como su hermana, pero había algunas reacciones instintivas que no podían contenerse.

Quizá eso pudiera explicar por qué Stefan se sentía tan consciente de la mirada azul y de la deliciosa fragancia de jazmín que perfumaba el aire.

Instinto.

Afortunadamente, Edmond no se dio cuenta de la poco habitual distracción de Stefan y movió su mano esbelta hacia su invitada.

—Stefan, ¿me permites presentarte a la señorita Karkoff? Leonida, te presento a mi hermano, el duque de Huntley.

Stefan tuvo que ignorar el extraño ritmo que había adoptado su corazón, y se giró hacia la señorita Karkoff, que estaba haciendo una elegante reverencia.

—Excelencia —dijo en un perfecto inglés, con un ligerísimo acento ruso.

Él inclinó la cabeza de forma casi ruda. No olvidaría sus sospechas.

Ni siquiera aunque Leonida Karkoff tuviera la cara de un ángel.

—Espero que estéis disfrutando de vuestra visita a Surrey.

Su sonrisa era maravillosa. Por supuesto. Todo en ella era maravilloso.

—Mucho, gracias. Lord y lady Summerville han sido encantadores y yo he descubierto mucha belleza en el paisaje del campo inglés.

—Debe de ser un poco aburrido en comparación con San Petersburgo. Según recuerdo, allí hay muchos entretenimientos para la gente joven.

Ella se encogió de hombros.

—Yo prefiero la paz —dijo, con una mirada de curiosidad, como si percibiera la desconfianza de su interlocutor—. Y, para ser sincera, estoy encantada de poder disfrutar verdaderamente del calor del verano de Inglaterra.

Él sonrió, la tomó del brazo con firmeza y la condujo hacia el paseo de gravilla. Era evidente que tendría que ser mucho más cuidadoso si no quería ponerla sobre aviso.

—¿Como un gato?

Ella se puso tensa, como si aquel contacto la hubiera tomado por sorpresa, y después, con una sonrisa tan falsa como la de Stefan, caminó a su lado.

—Sí, supongo que me siento como un gato —dijo ella, alzando la cara al sol como si estuviera embelesada por la luz del sol—. En San Petersburgo no puedo salir de casa sin abrigarme, al menos, con una pañoleta.

—Qué pena tener que esconder una piel así —dijo él, y contra su voluntad, miró sus delicados rasgos. Dios Santo, era una mujer muy bella—. Tiene el brillo del alabastro bajo el sol.

—Me siento confusa, Excelencia.

—¿Y por qué?

—Tenía entendido que vuestro hermano era quien flirteaba, mientras que vos preferíais las cosas fundamentales en vez del atractivo en las mujeres.

—Parece que últimamente me describen como un pesado aburrido y deprimido. No me había dado cuenta de que fuera tan tedioso.

—Lo fundamental no es tedioso.

Él arqueó una ceja ante el tono vehemente de la señorita Karkoff.

—¿No?

—No, al contrario —respondió ella, y sonrió con rigidez—. Lady Summerville me ha comentado que poseéis la mejor biblioteca de Surrey.

—¿Os interesan los libros?

—Me temo que mucho más de lo que complace a mi madre. Si pudiera salirme con la mía, pasaría todas las noches acurrucada con un buen libro ante la chimenea, en vez de ir a las fiestas interminables que tanto gustan en la sociedad rusa.

A él se le aceleró el corazón. ¿Ella prefería un buen libro que los eventos sociales? No. Tenía que ser una mentira. Sólo una parte de su esmerada actuación.

—Es una preferencia poco común para una joven.

—No estoy de acuerdo.

—¿De veras?

—Lo que ocurre es que a las jóvenes rara vez nos preguntan cuáles son nuestras preferencias.

Stefan entrecerró los ojos. Bella y lista. Peligrosa.

—Tocado —murmuró.

—Perdonadme —dijo ella, y bajó la mirada—. Estoy acostumbrada a hablar con demasiada franqueza.

—No hay nada que perdonar. Yo prefiero la franqueza —respondió él, subrayando la palabra con el tono de voz—. Y para demostrároslo, me gustaría invitaros a que uséis mi biblioteca durante vuestra estancia.

Ella se tropezó ligeramente, y se ruborizó.

—Es muy amable por vuestra parte, Excelencia, gracias.

Una reacción rara ante aquella invitación tan directa.

—No es amable, sólo es cuestión de comprensión. Por mucho que digáis que os agrada la tranquilidad, no puede ser muy divertido tener como única compañía a mi hermano y a Brianna. Yo he pasado tiempo suficiente con los recién casados como para saber que a menudo se olvidan de que hay más gente en la habitación cuando están juntos. Al menos, deberíais tener alguna distracción para pasar el rato.

—Están muy unidos.

—Perdidamente enamorados.

Stefan se detuvo y se dio la vuelta; entonces vio a Edmond y a Brianna junto a una fuente del jardín. Eran la imagen de la felicidad. Brianna tenía la cabeza apoyada en el hombro de Edmond, que le acariciaba con ternura la espalda. A Stefan, sin embargo, no se le escapó la expresión de preocupación de su hermano.

—Me produce envidia —comentó la señorita Karkoff—. No sucede muy a menudo que una mujer pueda casarse por amor.

—Y con menos frecuencia, todavía, que le suceda a un hombre.

—¿De veras?

Él la miró, y se dio cuenta de que ella tenía un gesto de incredulidad.

—¿Por qué os sorprende?

—Pensaba que un noble con vuestra riqueza y posición podría casarse con la mujer que quisiera.

—Habéis vivido entre las familias más poderosas de San Petersburgo, milady, como para saber lo traicionero que puede ser un cortejo.

—¿Traicionero?

Stefan se encogió de hombros.

—Por ejemplo, si yo acepto una invitación a un baile, y rechazo, otra, puedo ofender a la mitad de la Cámara de los Lores. Si hablo con una soltera durante unos segundos más que con otra, el salón de baile se llena de rumores. Y que Dios no permita que invite a unos cuantos amigos a Meadowland sin incluir en la invitación a todas las hermanas, primas y conocidas solteras que pueda tener. El hecho de pedir en matrimonio a alguien...

—Sí, sin duda provocaría la segunda parte de la Guerra

de las Rosas —dijo ella en un tono ligeramente burlón—. Es muy sabio por vuestra parte seguir soltero, y permitir a todos los padres y madres que tengan ambición de un título que continúen soñando que pueden atraparos para sus hijas.

La sonrisa de Stefan se volvió genuina. Pese a las sospechas que albergaba, agradecía que la muchacha fuera ingeniosa y que no lo aburriera con halagos insinceros.

—Lo que yo pienso, precisamente.

—Entonces, ¿ése es el motivo por el que rehuís la vida social?

Ah, sin duda Brianna le había hablado de que se sentía molesta porque él rehusara las numerosas invitaciones que le llegaban cada mañana.

—Uno de los muchos motivos —respondió—. Pero quizá deba guardarme la opinión que tengo de la sociedad, puesto que es menos que favorable.

—¿Por qué?

—Porque vos habéis venido a Inglaterra para ser presentada en la sociedad inglesa, ¿no es así?

—Yo... mi madre pensó que podía ser beneficioso.

—¿Vos no?

—Estoy aquí, ¿no? —respondió ella; sin embargo, su tono de voz despreocupado no encajaba con su expresión estoica.

Qué raro. ¿Acaso la habían enviado a Inglaterra en contra de su voluntad? No tenía importancia, en realidad. Si la señorita Karkoff tenía intención de implicar a Edmond en uno de los planes del zar, entonces él la echaría de Surrey.

—Sí, estáis aquí. Sorprendente.

—¿Por qué?

—Hay muchos diplomáticos rusos en Londres. Es raro que vuestra madre no haya preferido presentaros en la sociedad inglesa de un modo mucho más formal.

En aquella ocasión, ella estaba preparada. Su sonrisa no vaciló mientras lo miraba fijamente.

—Mi madre es obstinada, pero no es tonta. Yo no he heredado su habilidad para desenvolverse entre extraños, y sin duda, ella ha querido enviarme con lord y lady Summerville para que yo pueda hacer algunas amistades sin inconveniencias.

—Mmm.

Ella arqueó una de sus cejas doradas.

—¿Sí?

—Estaba pensando que ha sido un golpe de fortuna que Edmond decidiera casarse en un momento tan oportuno. De lo contrario, vuestra visita quizá nunca hubiera sucedido.

Los magníficos ojos de la señorita Karkoff se encendieron de irritación al oír aquellas palabras punzantes. Y, de un modo ridículo, Stefan se sintió agradado por haber conseguido provocarle la primera emoción verdadera.

—No es necesario que señaléis que mi visita es... inadecuada, teniendo en cuenta que lord y lady Summerville sólo llevan casados unas semanas —le dijo ella con sequedad.

—Estoy seguro de que su presencia es muy grata, señorita Karkoff.

—¿De veras?

—Por supuesto.

Ella frunció los labios.

—Intenté convencer a mi madre de que no era apropiado que impusiera mi presencia en casa de su señoría, pero ella insistió.

—¿Y siempre hacéis lo que manda vuestra madre?

—No siempre, pero la lealtad familiar es algo extraño y poderoso, Excelencia. Incluso para una mujer que se considera sensata.

Él frunció el ceño, asombrado por aquellas palabras. ¿Estaba confesando que era el zar quien la había enviado a Inglaterra?

—Ah, aquí estáis —dijo Edmond, acercándose a su hermano con una sonrisa misteriosa—. He convencido a Brianna para que volviera a casa, y estoy seguro de que disfrutaría de tu compañía, Leonida.

—Por supuesto —dijo ella. No cabía duda de que la señorita Karkoff se sintió aliviada de poder librarse de Stefan. Hizo una reverencia y dijo—: Excelencia.
—Señorita Karkoff.
Sin esperar apenas a que él inclinara la cabeza para despedirse, ella se dio la vuelta y se dirigió hacia las puertas de la casa.
Stefan la observó en silencio, presa de una extraña combinación de emociones.
Ira, desconfianza y, sobre todo, una poderosa fascinación.
¿Quién demonios era Leonida Karkoff?
¿Y por qué, de repente, echaba de menos su olor a jazmín?
—¿No podías hacer un pequeño esfuerzo por ser agradable con la pobre muchacha? —le ladró Edmond.
—No confío en ella —respondió Stefan, sin añadir que se había sentido cautivado por aquella mujer tan inteligente—. Creo que el zar la ha enviado aquí con algún propósito.
—Aunque así fuera, yo soy muy capaz de proteger lo que es mío —dijo Stefan con una mirada de advertencia—. Pese a todos los defectos que pueda tener Alexander Pavlovich, sabe lo que ocurriría si Brianna sufriera algún daño.
—¿Pero eres capaz de protegerte a ti mismo?
Edmond se encogió de hombros.
—Estoy aprendiendo.
Stefan sonrió y se cruzó de brazos.
—Así pues, ¿vas a decírmelo ya?
—¿El qué?
—Puede que yo sea aburrido e insociable, pero me he dado cuenta de que estás muy protector con tu esposa, más de lo normal.
Edmond abrió mucho los ojos, sorprendido.
—Dios Santo. Se me había olvidado que, a pesar de tu intención de hacerte pasar por un simple granjero, sigues siendo la persona más perceptiva que he conocido. A ti no se te escapa nada, ¿no?

–Pocas cosas.

Edmond se rió.

–Tienes suerte de que ni el rey ni el zar conozcan tu verdadero talento. Nunca te permitirían que te alejaras de ellos.

–Y tú eres muy habilidoso a la hora de evitar las respuestas.

Edmond hizo un gesto y, por fin, mostró su profunda preocupación.

–Pensamos que Brianna está embarazada, aunque aún es demasiado pronto para estar seguros.

Stefan entendió la inquietud de su hermano. Brianna había quedado en estado una vez antes, pero había perdido el niño. Sería muy difícil soportar otra pérdida. Le dio una palmada en el hombro a Edmond.

–Te doy mi más sincera enhorabuena, hermano.

Edmond asintió, pero miró de manera penetrante a Stefan.

–¿De veras?

Stefan tardó unos segundos en darse cuenta de que su hermano se refería a la proposición de matrimonio que él le había hecho a Brianna unos meses antes.

En aquel momento, Stefan se había dejado llevar al saber que le había fallado a su amiga de infancia, y que podría compensarla protegiéndola durante toda su vida. Además, también sentía la cercanía de la familiaridad.

Ahora, sólo podía sentirse aliviado de que ella hubiera tenido sentido común y hubiera elegido a Edmond.

–No pienses otra cosa –le aseguró a su hermano–. Brianna y tú estáis hechos el uno para el otro. Además, ahora ya no tengo la obligación de casarme y tener un heredero. Por favor, asegúrate de que Brianna tenga un varón.

–Me temo que eso no está en mi mano –dijo Edmond. En parte, la preocupación se le borró del rostro, y sonrió con picardía–. Además, serías tonto si te acomodaras demasiado en tu papel de solterón.

Stefan arqueó una ceja.
—¿Por qué dices eso?
Edmond se echó a reír.
—Dudo mucho que yo sea el único que está destinado a caer entre las garras de una mujer. Es sólo cuestión de tiempo, querido hermano.

CAPÍTULO 3

Leonida tardó tres días en reunir el valor necesario para recorrer el kilómetro y medio que separaba Hillside de Meadowland.

En realidad, una tontería. Brianna le había contado, el mismo día de su llegada, que el duque de Huntley tenía la costumbre de pasar las tardes ayudando a los granjeros e inspeccionando sus extensas posesiones. En realidad, no había motivo para que vacilara durante tanto tiempo.

Cuanto antes recuperara las cartas, antes podría volver a Rusia.

Intentó convencerse de que su reticencia no era nada más que revulsión. Ella no era una mojigata, pero no quería cruzar el límite de comportarse como una vulgar ladrona.

En el fondo sabía, sin embargo, que no era sólo la indignación moral lo que le impedía llevar a cabo aquella inevitable tarea.

Tenía mucho más que ver con la forma en que había reaccionado hacia el duque de Huntley.

Le resultaba muy extraño el hecho de haber sentido un cosquilleo por todo el cuerpo cuando él la había mirado por primera vez. Era un hombre guapísimo, por supuesto, pero también lo era su hermano, y ella no tenía nada más que gratitud hacia lord Summerville. Bueno, gratitud y un espantoso sentimiento de culpabilidad.

Ciertamente, no se le aceleraba el corazón y le temblaban las rodillas cuando su anfitrión se acercaba. Leonida tampoco tenía la desagradable sensación de que su mirada penetrante atravesara las excusas endebles que había dado para estar en Surrey.

Al final, ya no pudo retrasar más su deber.

Esperó hasta que Brianna se excusó para descansar un rato después de comer y salió por una puerta lateral. Caminó sin rumbo por el jardín y, cuando estuvo segura de que nadie la veía desde la casa, tomó la salida más cercana y se encaminó hacia los prados abiertos.

Ya alejada de la casa, aminoró el ritmo y disfrutó del calor del sol y del maravilloso paisaje verde de la campiña inglesa. Cuando atisbó por primera vez Meadowland, se quedó boquiabierta.

No era tan enorme ni grandioso como los palacios de Rusia, e incluso desde la distancia se advertía en el edificio un aire destartalado. Sin embargo, Leonida se sintió atraída hacia la casa como si fuera un imán.

La estructura de piedra tenía una pátina reconfortante. Las ventanas eran alargadas y tenía una balaustrada de piedra tallada. Parecía que había brotado naturalmente de entre los bosques que la rodeaban, en vez de haber sido construida por el hombre.

Se detuvo un momento para apreciarla en silencio. Después, casi de mala gana, se puso en camino de nuevo. Si no lo hacía, quizá se dejara llevar por el pánico y volviera rápidamente a Hillside.

Con una confianza fingida que no sentía en absoluto, siguió el camino flanqueado de árboles que conducía más allá de la torre cubierta de hiedra de la puerta, y finalmente, llegaba hasta los escalones de la entrada. Cuando atravesó la amplia terraza, se abrió una de las puertas dobles de roble, y Leonida vio a un mayordomo de mirada formidable, ataviado con un uniforme negro y dorado. El anciano sirviente no hizo ningún esfuerzo por disimular su desaprobación por la aparición de Leonida. Sin embargo, era evidente que su señor debía de haberle advertido que la había invitado a usar la biblioteca, porque el mayordomo la guió de mala gana por el vestíbulo de mármol, dejando a un lado la enorme escalera, por un pasillo con un revestimiento de paredes de madera.

El mayordomo abrió la puerta con una reverencia, y después desapareció en las profundidades de la casa, dejando a Leonida sola en aquella estancia grandiosa.

Ella dejó escapar un suspiro de placer al contemplar las estanterías que se alzaban dos pisos hacia el techo, adornado con unos frescos del paisaje local. Una de las paredes estaba llena de ventanas altísimas que daban a un parque lleno de árboles y flores salvajes. Y, en uno de los extremos de la biblioteca, había una gran chimenea de mármol, junto a la cual se habían dispuesto dos butacas y una mesita.

Finalmente, Leonida vio un escritorio de nogal y una silla a juego cerca de las ventanas.

Vaciló brevemente. ¿Se atrevería a colarse en la casa y registrar las habitaciones privadas de la duquesa, o comenzaría allí mismo?

Al final, ganó la cobardía. La mera idea de burlar a un ejército de sirvientes para entrometerse en la privacidad de una difunta le provocó nudos de miedo en el estómago.

Además, era muy posible que la duquesa de Huntley hubiera usado aquella preciosa biblioteca para escribir su correspondencia.

Una vez tomada la decisión, se dirigió al escritorio y abrió uno de los cajones superiores. Hizo un gesto de angustia al ver una pila de papeles, porque se dio cuenta de que aquello podría tomarle más tiempo del que había pensado.

Con la atención dividida entre aquellos papeles y la puerta que daba al pasillo, llegó al último de los cajones cuando oyó el sonido de unos pasos y lo cerró de golpe, corriendo después, con el corazón en la garganta, hasta la estantería más cercana.

Estaba observando ciegamente los libros cuando alguien entró en la biblioteca. Ella se volvió, fingiendo indiferencia y esperando ver al mayordomo. Sin embargo, se encontró al duque en el umbral de la puerta, estudiándola con una intensidad inquietante.

Leonida se quedó paralizada. Dios Santo, qué guapo era aquel hombre, con los rasgos perfectos y la piel morena, y su cuerpo musculoso perfectamente ataviado con una chaqueta azul y unos pantalones claros.

En aquel momento, él tenía el pelo revuelto, seguramente a causa del viento, y la corbata floja. Aquella apariencia informal sólo servía para añadirle más atractivo.

No obstante, fue la implacable inteligencia de sus ojos azules lo que le causó un escalofrío a Leonida. Aquel hombre no era ningún tonto, y ella ya se había dado cuenta de que su presencia en Surrey le causaba sospechas.

Peligroso.

El silencio duró unos cuantos segundos más. Después, con una sonrisa que no le alcanzó la mirada, él entró suavemente en la estancia, se acercó a ella, le tomó la mano y se la llevó a los labios.

—Señorita Karkoff —dijo—. Mi mayordomo me ha informado de que os encontraría aquí.

Ella tiró de la mano suavemente, con gran inquietud debido al cosquilleo de placer que ascendió por su brazo.

—Yo... —Leonida tuvo que carraspear—. No os esperaba.

Él arqueó una ceja.

—¿No?

—Lady Summerville me comentó que pasáis la mayoría de las tardes en vuestras tierras.

—Normalmente sí, pero a veces paso la tarde revisando la contabilidad.

—Espero que no os importe mi intromisión, Excelencia.

—Por supuesto que no. Os invité a usar la biblioteca. ¿Habéis descubierto algo interesante?

—Estaba echando un vistazo. Vuestra colección es magnífica.

—Debo confesar que heredé una gran parte de mis antepasados, aunque de vez en cuando yo también añado algunos libros.

Ella miró hacia los paquetes que había sobre una mesa cercana a la puerta. Estaba segura de que serían libros nuevos.

—¿Muy de vez en cuándo?

—Quizá de vez en cuando no sea la expresión más apropiada —admitió él, con los ojos brillantes.

A Leonida se le encogió el estómago. El atractivo poderoso de aquel hombre le afectaba mucho.

—No quería molestaros. Volveré...

Sin previo aviso, él la tomó del brazo y la guió hacia las butacas.

—Sentaos, por favor. Le he pedido a la señora Slater que nos envíe el té. Estoy seguro de que su bizcocho os parecerá el mejor de toda Inglaterra.

Ella pensó durante un segundo si no debía salir corriendo hacia la puerta, pero rápidamente descartó aquella idea peregrina. Decidió ser valiente, y se sentó en una de las butacas. Posó las manos en el regazo, con la esperanza de que los agudos ojos azules del duque no percibieran que estaba temblando.

—Gracias.

Él se sentó en la otra butaca, estiró las piernas y las cruzó a la altura de los tobillos.

—Contadme qué habéis visto de la casa.

A Leonida se le cortó el aliento. ¿Que qué había visto de la casa? Dios Santo... ¿acaso sospechaba el duque que había ido a registrar Meadowland?

—¿Disculpad?

—Creí que quizá Goodson os hubiera hecho un tour. Está muy orgulloso de este caserón destartalado, y tiene tendencia a pasear a los invitados de habitación en habitación, aunque se aburran.

—No —respondió Leonida con un suspiro de alivio imperceptible—. Claro que he podido admirar el vestíbulo principal y la preciosa escalinata de mármol. Entiendo perfectamente el orgullo de vuestro mayordomo.

—Edmond dice que pronto se convertirá en una ruina si no me dedico a renovarla.

—No es una ruina —protestó ella, y al ver que él arqueaba las cejas, sonrió vagamente—. Aunque quizá esté un poco envejecida —admitió—. Sin embargo, es comprensible que no queráis alterar la casa.

—¿Y por qué pensáis que no quiero?

—Según recuerdo, perdisteis a vuestros padres a una edad muy temprana. Se entiende que veneréis su memoria, sobre todo dentro de la casa familiar.

Él tomó aire profundamente, como si se hubiera quedado asombrado por aquellas palabras. Era raro. De todas las discretas preguntas que Leonida había formulado sobre el duque de Huntley, había sacado en conclusión que todavía sufría por la muerte de sus padres. ¿Acaso él creía que podía ocultar su dolor?

Sin embargo, el duque no contestó, puesto que se abrió la puerta de la biblioteca y una doncella puso una bandeja de té sobre la mesilla. Después hizo una discreta reverencia y se marchó.

—¿Os importaría servirlo, señorita Karkoff?

—Por supuesto —respondió ella, y se puso manos a la tarea—. ¿Azúcar?

—Sólo leche.

Aliviada por tener una distracción, Leonida sirvió té y lleno dos platos de pequeños sándwiches y bizcocho.

Por desgracia, él dejó a un lado la merienda y siguió observándola como si ella fuera una mala hierba que se había atrevido a crecer en sus magníficos jardines.

Leonida tomó un sorbito de té e intentó aparentar calma ante aquella mirada tan grosera. Observó la chimenea y el gran retrato que colgaba sobre ella.

–¿Es un retrato de vuestros padres?

–Sí, se lo hicieron poco después de casarse.

Ella observó a la pareja. No le sorprendió que el difunto duque fuera un caballero alto, de pelo negro y con un aire de poder visible en los rasgos de su magnífico rostro, y que la duquesa fuera una belleza esbelta con los mismos ojos azules y brillantes que habían heredado sus dos hijos.

–La duquesa era tan bella como me ha dicho mi madre –murmuró–. Eran muy amigas, ¿sabéis?

–Sí, eso tengo entendido.

Leonida le dio otro sorbito a la taza. Tuvo que contener su profundo deseo de salir corriendo, e irguió la espalda. Por el amor de Dios. Aquélla era la oportunidad perfecta de descubrir la información que necesitaba. ¿Por qué titubeaba?

–No estoy segura de que mi madre llegara a perdonar al duque por robarle a su querida Mira –dijo ella, obligándose a encontrar aquella mirada tan penetrante–. De hecho, me confesó que su único consuelo era su correspondencia con la duquesa.

–No era la única. Según recuerdo, mi madre pasaba varias horas cada mañana respondiendo a las cartas que recibía.

–Bueno, ésta es una habitación muy bella para llevar a cabo la tarea.

Él entornó los ojos.

–En realidad, mi madre prefería el salón privado contiguo a su dormitorio. Por su orientación, recibe el sol de la mañana, y allí tenía una vista perfecta del lago, que siempre le encantó.

En silencio, ella atesoró aquella información. Al menos, ya sabía que tenía que encontrar la forma de registrar el salón privado de la duquesa, y que estaba en el lado este de la casa.

Suficiente por el momento.

—No sé si habrá alguna habitación de la casa que no tenga una vista maravillosa. El parque es precioso.

—Menos formal que los jardines de Rusia, aunque me madre insistió en diseñar la rosaleda de un modo que recuerda al Palacio de Verano. Hay muchas estatuas y fuentes de mármol.

Ella miró por las ventanas hacia el jardín.

—¿Y vos preferís un paisaje menos formal?

—La naturaleza es una buena artista para mí.

—Sin embargo, pasáis las horas domesticando vuestros campos.

Leonida lo miró justo a tiempo para percibir la diversión que se le reflejó en el rostro.

—Cierto, pero no lo hago con propósitos artísticos.

—No, vuestro trabajo es mucho más importante.

Él bajó la mirada y la fijó en sus labios.

—Cuidado, señorita Karkoff, o me vais a volver loco.

A ella se le aceleró el corazón y, rápidamente, dejó a un lado su taza de té y tomó un pedacito de bizcocho. Cualquier cosa para distraerse del repentino calor que sentía por todo el cuerpo.

—Dudo que nadie pudiera volveros loco con facilidad, Excelencia —le dijo por fin—. Sois muy…

—¿Qué?

—Astuto.

—Así que, hasta el momento, soy importante y astuto —dijo él con una sonrisa, aunque Leonida percibió cierto tono de irritación en su voz—. Rasgos que uno preferiría en un hombre de negocios más que en un caballero.

Ella arqueó las cejas.

—¿Preferiríais que os considerara superficial y estúpido?

Él la miró a los ojos.

—Preferiría guapo y encantador.

Durante un instante, Leonida se perdió en los ojos maravillosos del duque y olvidó la petición de su madre, las malditas cartas e incluso la sospecha de que aquel hombre estaba jugando con ella como un gato con un ratón.

Sólo pudo pensar en las sensaciones que le provocaba, tan increíbles como deliciosas. Si se hubieran conocido en un salón ruso, ella habría hecho todo lo posible por intentar cautivarlo.

De repente se dio cuenta de que se había quedado mirándolo en silencio, especulativamente, y dejó a un lado su plato.

—Teníais razón, Excelencia.

—¿En qué?

—Éste es el mejor bizcocho que he comido en la vida.

—Ah —dijo él, y frunció los labios—. Decidme, señorita Karkoff, ¿cómo están las cosas en Rusia?

Ella se quedó sorprendida ante aquella inesperada pregunta.

—No entiendo a qué os referís.

—Cuando mi hermano se marchó de San Petersburgo, acababa de ayudar a detener una sedición.

Ella apretó los labios ante aquel recordatorio desagradable de la sublevación de los guardias del zar. Como su madre había señalado recientemente, la política en Rusia siempre era un asunto turbio, con una docena de sociedades secretas y poderes extranjeros conspirando para derrocar al zar en cualquier momento. Sin embargo, la traición por parte de su propia guardia había sido un golpe directo al corazón de Alexander Pavlovich.

—Sí, fue un incidente muy desafortunado.

—Más que desafortunado —dijo él.

Ella elevó la barbilla. Se había sentido ofendida en su lealtad.

—Inglaterra también sufre las rebeliones de su gente.

La sonrisa de Stefan se amplió al percibir su tono de sequedad.

—Cierto. Sólo tenía curiosidad por conocer el estado de ánimo en San Petersburgo.

—Supongo que es parecido al de siempre.

—¿Ha vuelto ya el zar de sus viajes?

Ella meditó su respuesta, preguntándose si el interés del duque era sólo curiosidad o algo más.

—No había vuelto cuando yo me marché, aunque creo que iba a hacerlo pronto. El zar no me mantiene informada de sus movimientos.

—Según mi hermano, el zar no informa a casi nadie de sus movimientos.

Bueno, eso era bastante cierto. Por desgracia.

—¿Tenéis algún interés especial en el zar Alexander?

En el rostro del duque de Huntley apareció una expresión de advertencia.

—Le tengo un gran afecto a Alexander Pavlovich, pero él tiene la costumbre de poner en peligro a mi hermano cada vez que le conviene.

—Pero... yo tenía entendido que lord Summerville había dejado su puesto de asesor del zar.

—Así es.

¿Era aquello lo que sospechaba? ¿Que ella había ido a Surrey a convencer a lord Summerville de que volviera a Rusia?

Leonida se puso en pie rápidamente, con la esperanza de poder disimular el gran alivio que había sentido.

—Debo volver a Hillside, antes de que lady Summerville comience a preocuparse.

—Pero si todavía no habéis seleccionado un libro —protestó él, mientras se acercaba a ella.

—Quizá otro día. Hay que procurar no inquietar a una mujer en el estado de lady Summerville.

—¿Estado? —preguntó él con las cejas arqueadas—. ¿Os ha contado Brianna que está en estado?

–No exactamente, pero no ha sido difícil deducirlo, teniendo en cuenta que... –en aquel punto, Leonida se interrumpió, porque pensó que ella no era la indicada para revelar que la pobre Brianna se pasaba todas las mañanas sufriendo náuseas.

–Así que yo no soy el único que posee astucia.

–No es astucia –replicó ella. Si ella hubiera tenido la más mínima inteligencia, nunca habría accedido a llevar a cabo los descabellados planes de su madre–. Adiós, Excelencia.

Con una apresurada reverencia, Leonida se dirigió hacia la puerta, pero antes de que pudiera abrirla, la voz del duque hizo que se detuviera en seco.

Nada podía resultar fácil cuando aquel hombre estaba cerca.

–Nos veremos durante la cena, por supuesto.

Ella se volvió de mala gana, y se quedó sorprendida al ver que él se había colocado tras su escritorio.

–¿En la cena?

–Mi hermano me ha invitado amablemente a cenar en Hillside.

A ella se le aceleró el corazón al saberlo, aunque no de miedo.

–Entiendo. Entonces, hasta luego, Excelencia.

–Un momento, señorita Karkoff –murmuró él, y se agachó para recoger algo del suelo.

–¿Sí?

El duque se incorporó y extendió la mano.

–Creo que este pasador es vuestro.

En aquella ocasión sí fue el miedo lo que le aceleró el corazón. Demonios, ¿cómo había podido ser tan descuidada?

Clavada en el sitio, Leonida se estrujó el cerebro mientras él atravesaba la estancia.

–Se me habrá caído mientras estaba admirando las vistas –dijo, con la garganta seca, mientras él la miraba fijamente.

—Sin duda.

Rezando para que no le temblaran los dedos, ella tomó el pasador de la palma de la mano del duque.

—Gracias.

—¿Os han gustado?

—¿Qué?

—Las vistas. ¿Os han gustado?

—Sí, yo... mucho —respondió ella. Dios Santo, tenía que alejarse rápidamente de aquella mirada escrutadora. Se sentía como si él estuviera viendo lo que tenía en el alma—. Adiós, Excelencia.

Con aquella inquietante rapidez suya, él le tomó la mano, se la llevó a los labios y le dio un suave beso en los nudillos, lento, íntimo.

—*À bientôt*, ángel mío.

Stefan, apoyado contra el marco de la puerta, escuchó el sonido de la muselina del vestido de la señorita Karkoff mientras ella se alejaba por el pasillo. Sólo por un momento, se permitió disfrutar de la sutil fragancia de jazmín que ella había dejado en el ambiente, y del recuerdo de su carne cálida bajo los labios.

Dios Santo. Nunca se había sentido tan atraído por una mujer. Por la forma delicada de su perfil. La curva carnosa de su boca. Las suaves elevaciones de su pecho. Al cuerpo de Stefan no le importaba nada el motivo por el que estaba en Surrey. Sólo le preocupaba saber con cuánta rapidez podría tenerla en su cama.

Stefan se apartó de la cabeza aquellos peligrosos pensamientos y esperó la inevitable llegada de su mayordomo. Goodson no había puesto buena cara al saber que Stefan había invitado a la señorita Karkoff a usar la biblioteca. El sirviente había dedicado su vida a asegurarse de que Stefan estaba protegido del más insignificante trastorno.

Aunque Stefan agradecía la dedicación de Goodson, debía asegurarse de que el mayordomo dejara a un lado su naturaleza protectora y lo ayudara a descubrir lo que tramaba la señorita Karkoff.

Cuando Stefan le había sugerido que visitara su biblioteca, había tenido la vaga esperanza de ganarse su agradecimiento y quizá de engatusarla para que le revelara alguna pista de cuál era su verdadero propósito en Surrey. En realidad, no esperaba que ella aceptara su invitación. No, si la señorita Karkoff había ido a Inglaterra a implicar a Edmond en algún estúpido plan para el zar.

Sin embargo, ahora debía preguntarse si se había confundido.

Seguía desconfiando de aquella preciosa mujer. Ella ocultaba algo. Stefan estaba tan seguro de ello como del hecho de que hubiera registrado su escritorio antes de que él volviera, inesperadamente, a casa.

Pero, ¿por qué?

Estaba pensando en aquel rompecabezas cuando el mayordomo, un hombre delgado de pelo plateado, llegó por el pasillo, entró en la biblioteca y se acercó.

—Ah, Goodson.

El sirviente hizo una reverencia.

—¿Excelencia?

—¿Cuándo llegó la señorita Karkoff?

—A la una y cuarto, milord.

Stefan asintió lentamente. Él había llegado a las dos.

—Entonces, estuvo aquí sola un rato antes de que yo llegara.

—Su Excelencia dijo que la había invitado a usar la biblioteca. Espero no haberme equivocado al permitir que se quedara.

—En absoluto —respondió Stefan, mientras jugueteaba distraídamente con el sello de oro que habían llevado todos los duques de Huntley desde los tiempos de Henry VIII.

—Debo decir que hice la invitación con la esperanza de poder averiguar más cosas sobre la muchacha, pero no creía que fuera a aparecer realmente. Ahora debo reconsiderar toda mi teoría.

Goodson frunció el ceño.

—¿Disculpe, milord?

—Supuse que había venido a Surrey para reclutar a mi hermano en alguna misión en nombre de Alexander Pavlovich. Ahora, sin embargo, me pregunto...

—No volveré a permitirle que entre en la casa, Excelencia —dijo Goodson.

—No, Goodson, lo que deseo es que hagas que se sienta bienvenida siempre que aparezca.

El mayordomo puso cara de pocos amigos.

—¿Seguro, milord?

—Sí, seguro.

—Si Su Excelencia no confía en ella, no deberíamos darle la oportunidad de que cause problemas.

Stefan frunció los labios.

—No tengo ninguna razón concreta para desconfiar de ella, para ser sincero. Seguramente, la muchacha es lo que aparenta ser: una aristócrata rusa que tiene ganas de conocer la sociedad inglesa.

—¿Pero?

—Pero, en caso de que no sea así, yo quiero saber qué es lo que hace aquí. Y el único modo de conseguirlo es mantenerla vigilada.

Goodson chasqueó la lengua.

—Entonces, ¿debo dejar que recorra libremente la casa?

—Que recorra la casa, pero bajo vigilancia estricta —lo corrigió Stefan—. Asegúrate de que no se da cuenta de que la vigilan, eso sí.

—Como desee Su Excelencia.

El sirviente suspiró, pero Stefan sabía que su mayordomo cumpliría su petición con la eficiencia habitual.

Claro que la eficiencia no era lo único que se necesitaba en aquella situación tan delicada.

—Goodson.

—¿Sí, Excelencia?
—Que la señorita Karkoff no tenga motivos para sospechar que no es muy bien acogida.

Goodson inclinó la cabeza.

—Muy bien.

CAPÍTULO 4

Leonida volvió a Hillside a un ritmo poco apropiado para una dama educada.

Ojalá pudiera volver a San Petersburgo a la misma velocidad.

Después de todo, ella ya sabía que, al contrario de lo que le había dicho su madre, no sería nada fácil colarse en la gran residencia de un duque y salir de ella con un paquete de cartas que llevaba escondido más de veinte años. Y lo sabía antes de conocer al duque de Huntley.

¿Por qué tenía que ser tan perceptivo?

Desde el momento en que los habían presentado, él la había mirado sin molestarse en disimular su desconfianza, pese a que había sido siempre encantador. Además, ella no había hecho nada por mitigar aquella desconfianza, y sentía una fascinación por el duque que no podía controlar, por mucho que se dijera una y otra vez que podía dar al traste con todo.

Por el momento, el duque de Huntley se interponía entre ella y aquellas cartas que necesitaba tan desesperadamente. Tenía que pensar en él como en el enemigo, no como en un caballero que le aceleraba el pulso y conseguía que se le encogiera el estómago de excitación.

Sacudiendo con enfado la cabeza, Leonida llegó hasta la

puerta abierta de la verja de Hillside y la empujó para entrar; sin embargo, se detuvo al oír unos pasos detrás de ella. Se dio la vuelta, esperando encontrarse a uno de los innumerables sirvientes de la casa.

Sin embargo, no vio a nadie. Era como si alguien se hubiera metido rápidamente entre los árboles para esconderse.

—¿Hola? —dijo, nerviosa, porque tenía la sensación de que alguien la estaba observando—. ¿Hay alguien ahí? ¿Hola?

—Señorita Leonida, ¿qué está haciendo?

Con un gritito de alarma, Leonida se dio la vuelta hacia la puerta y vio a su doncella dentro de la verja, con el ceño fruncido.

Leonida se puso la mano sobre el corazón, para calmar los latidos, y respiró profundamente.

—Estaba segura de que me seguía alguien.

—¿El duque?

—Yo... —Leonida empujó la puerta para entrar—. Probablemente me lo he imaginado todo. Estoy un poco nerviosa.

—Y no me extraña —dijo Sophy, pasándole el brazo por los hombros a su señora de modo protector—. Su madre no tenía por qué haberla implicado en semejante tontería.

Leonida miró a su alrededor.

—Shh, Sophy, debes tener cautela.

Sophy resopló. Leonida había tenido que contarle que su madre la había enviado a Inglaterra para hacerse con un objeto escondido, pero nada más. Confiaba mucho en la sirvienta, pero cuantos menos supieran la verdad, mejor.

—¿Ha encontrado lo que está buscando?

—No —dijo Leonida—. Voy a tener que volver.

—Hoy no —murmuró Sophy—. Tiene cara de necesitar una buena siesta.

—Espero que trajeras mi remedio para el dolor de cabeza.

Sophy sonrió.

—No, pero conseguí hacerme con una botella de vodka. La mejor de la bodega de su madre.

Como de costumbre, Stefan recorrió a pie la corta distancia entre Meadowland y Hillside en vez de ir en coche. Por supuesto, no era tan imprudente como para ir solo, puesto que cualquier ladrón desesperado podía hacerle un agujero en el corazón. Cuando llegó a la puerta de la finca, envió a los dos mozos que lo habían acompañado a la cocina para que cenaran, y continuó por el camino iluminado con antorchas hacia el jardín. Allí se encontró a su hermano, junto a una fuente.

—Edmond, ¿estabas esperándome?

Edmond asintió.

—Quería hablar contigo antes de que entráramos —admitió con una sonrisa misteriosa en los labios.

—¿Ha ocurrido algo? ¿Es Brianna?

Edmond alzó una mano con un gesto tranquilizador.

—Todo va bien, Stefan.

—Entonces, ¿por qué deseas hablar conmigo?

—El rey ha enviado un mensajero a pedirme que fuera a la corte.

—Demonios —dijo Stefan. George había sido mucho más exigente con sus leales súbditos desde la muerte de su padre—. ¿Qué quiere esta vez?

Su hermano se encogió de hombros.

—Dice que quiere hablar de los detalles de su próxima coronación.

—¿Y cuál es su verdadero propósito?

—Creo que quiere pedirme que convenza a la reina Caroline de que su presencia en la ceremonia no sería bienvenida.

Previsible. Desde que el rey había fracasado en su intento de anular su matrimonio con la reina, había hecho todo lo posible por humillarla.

—¿Y no tiene una docena de aduladores que pueden intervenir en las riñas domésticas reales?

Edmond se metió los dedos entre los rizos para echarse el pelo hacia atrás, un gesto indicativo de que no estaba tan calmado como parecía.

—Ninguno que tenga habilidades diplomáticas.

—Como si la diplomacia hubiera conseguido que la reina cejara en su indignante comportamiento.

—Sí, es una pena que no permaneciera en el extranjero —murmuró Edmond—. De todos modos, me da lástima. El matrimonio podía haber sido menos trágico si el rey y los que le rodean no la hubieran tratado con tanto desprecio.

Aquello era cierto. El rey le había restregado a sus amantes por la cara y no había disimulado el desagrado que sentía por su esposa.

—Estoy de acuerdo, pero las heridas ya no pueden curarse, después de tantos años. Ella hará cualquier cosa por vengarse. Y sería muy tentador el hecho de avergonzar al rey durante un evento público.

Edmond suspiró.

—Al menos, debo intentarlo.

—¿Cuándo te marchas?

—Mañana por la mañana.

Stefan se quedó asombrado.

—Siempre he sabido que Brianna es muy eficiente, pero nunca creí que pudiera prepararse tan rápidamente para emprender un viaje.

Edmond se puso muy serio.

—Brianna se va a quedar en Surrey.

—Dios Santo. ¿Se lo has dicho?

—Sí. No se ha puesto muy contenta, que digamos, pero finalmente ha tenido que admitir que en este momento no puede viajar.

—Me alegro de saber que es razonable —dijo Stefan con preocupación—. Sin embargo, ¿crees que debería quedarse aquí sola con la señorita Karkoff?

—*Mon Dieu*, Stefan, no creerás que esa mujer está aquí para hacerle daño a mi esposa, ¿verdad? —preguntó Edmond en tono de exasperación.

—No tengo ni idea de por qué está aquí, y eso es lo que me inquieta —murmuró su hermano.

Hubo una pausa, mientras Edmond se cruzaba de brazos.

—Entonces, te encantará saber que Leonida está tan preocupada por el bienestar de Brianna como tú.

—¿Qué quieres decir?

—Parece que cree que tú serías un buen acompañante.

—¿Yo?

—Me refiero a que Brianna, y la señorita Karkoff, por supuesto, se quedarán en Meadowland hasta mi regreso.

—¿La señorita Karkoff sugirió que se quedaran en Meadowland?

—Sí.

—Vaya, eso sí que es curioso.

—Y no desagradable del todo, ¿eh, Stefan?

—Será mucho más fácil vigilarla si está bajo mi techo, desde luego.

—¿Y lo único que deseas hacer es vigilarla? —le preguntó Edmond.

Stefan lo miró con una sonrisa hueca.

—No sé a qué te refieres.

—He visto cómo miras a Leonida.

—¿Y cómo la miro?

—Como yo miro a Brianna.

Stefan sacudió la cabeza. No. Edmond estaba perdidamente enamorado de su mujer. Lo que Stefan sentía por Leonida era una explosiva combinación de sospecha y lujuria.

—No voy a negar que es una mujer bella.

—¿Y quieres acostarte con ella?

—De eso no voy a hablar con nadie, ni siquiera contigo, Edmond. ¿Quieres que pase mañana por la mañana a recoger a Brianna y a la señorita Karkoff? —le preguntó Stefan, poniendo fin a la conversación.

Edmond tenía una sonrisa de provocación, pero accedió a cambiar de tema.

—Si no te resulta una molestia, sí.

—Por el contrario —dijo Stefan, mirando hacia la casa iluminada, donde distinguió la silueta de una mujer esbelta en la ventana. Leonida—. Nunca me había sentido tan impaciente por nada.

La zona privada de Meadowland resultó ser tan exquisita como el resto de la casa, aunque un poco gastada.

A solas en sus habitaciones, Leonida paseó por el pequeño gabinete, decorado en tonos marfil y dorado, acariciando ligeramente el respaldo de un sofá de caoba antes de entrar en el dormitorio. La cama tenía dosel, y la colcha era de seda color crema. Estaba situada sobre una alfombra persa y sobre ella, en el techo, había pintado un cielo azul con querubines. Al otro lado de la habitación había un gran armario, junto a una ventana que daba al lago.

Un lago.

Así pues... sus habitaciones debían de estar junto a las de la duquesa, pensó, humedeciéndose inadvertidamente los labios resecos. Otro golpe de suerte.

Sin embargo, Leonida no se sentía muy afortunada.

Había pasado la noche anterior dando vueltas por la cama, arrepintiéndose de haber sugerido impetuosamente que Brianna y ella fueran a quedarse a Meadowland. Aquélla podía ser la oportunidad perfecta para descubrir las cartas, pero ella era lo suficientemente inteligente como para darse cuenta de que iba directamente hacia una trampa.

Al contrario que la mayoría de los aristócratas, el duque de Huntley no era ningún tonto. Si permitía entrar en su casa a una mujer en la que no confiaba, sólo podía ser porque tenía sus propios planes.

Leonida sólo esperaba ser más lista que él.

Se estremeció pese a la calidez de la habitación, y después alzó la barbilla y se apartó de la cabeza todos aquellos pensamientos de cobardía. Comenzó a buscar dentro del armario. No había ninguna posibilidad de que las cartas estuvieran escondidas allí, pero no iba a dejar de buscar en ninguna parte.

Además, no se atrevía a registrar las dependencias de la duquesa hasta que estuviera segura de que no iba a verla nadie.

Leonida no encontró en el armario nada más que la ropa que Sophy había sacado de la maleta poco antes, así que se volvió hacia el tocador y abrió los cajones. Allí descubrió un espejo de plata y un cepillo a juego, además de varios frasquitos de perfume. Acababa de abrir el cajón de abajo cuando sintió un cosquilleo en la piel, una especie de aviso de que ya no estaba sola.

Cerró el cajón y se irguió. Al volverse, vio a Stefan de brazos cruzados, apoyado en el marco de la puerta.

Pese a que lo había visto menos de una hora antes, el corazón se le aceleró al ver su mirada azul.

Era tan guapo... Incluso con una sencilla chaqueta gris y unos pantalones de gamuza, su belleza morena era suficiente para cortarle el aliento a cualquier mujer.

—Excelencia —murmuró.

—Quería asegurarme de que os habíais instalado. Espero que os gusten las habitaciones.

—Mucho, gracias.

Él miró por encima del hombro de Leonida, hacia el tocador.

—Parece que estabais buscando algo. Si hay alguna cosa que necesitéis...

—No, sólo estaba asegurándome de que Sophy había traído todo lo que preciso —dijo ella.

—Ah. ¿Y lo ha hecho?

—Sí, creo que sí.

Él sonrió lentamente.

—Deseo que os sintáis a gusto en Meadowland.

A ella se le secó la boca al recordar que había más de un peligro en el hecho de residir bajo el mismo techo que el duque de Huntley.

—¿Dónde está Brianna?

—Despidiéndose de mi hermano.

—Ah. Quizá yo también deba despedirme.

Él se rió.

—No creo que agradezcan la interrupción en este momento.

Ella se mordió el labio.

—Oh.

—Mmm —murmuró él, y sin previo aviso, le acarició la mejilla con un dedo—. Me pregunto si ese rubor es verdadero. ¿Sois tan inocente como aparentáis?

Ella retrocedió rápidamente, sin detenerse hasta que su espalda topó con el poste del dosel de la cama. Un mero roce no debería hacer que se le encogiera de excitación el estómago.

—Excelencia.

El duque avanzó hasta que estuvo junto a ella, muy cerca.

—Me llamo Stefan —dijo él, y se agarró al poste, por encima de la cabeza de Leonida, mirándole los labios fijamente—. Dilo.

Una vocecita le dijo a Leonida que lo abofeteara. Sería un desastre permitir que aquel hombre supiera lo mucho que la afectaba su poderosa masculinidad.

Sin embargo, no le prestó ninguna atención a la advertencia. ¿Cómo iba a pensar, si su esencia masculina le estaba nublando los sentidos?

—Stefan —susurró.

Él inclinó la cabeza y posó los labios en su cuello, donde le latía el pulso.

—De nuevo.

Ella se echó a temblar.

—Stefan.

—Bellísima —dijo él, y le mordisqueó la piel con suavidad mientras posaba una mano en su cintura—. Eres tan bella.

A ella le flaquearon las rodillas, y tuvo que agarrarse a las solapas de la chaqueta de él para mantener el equilibrio.

—¿Por qué haces esto? —le preguntó con la voz ronca.

Stefan pasó los dedos por el borde de su escote, y aquel ligerísimo contacto hizo que a Leonida se le encogiera nuevamente el estómago, con una sensación emocionante de euforia.

—Porque tengo que saberlo.

—¿Qué?

Él le regó de besos diminutos el cuello.

—Si tu piel es tan suave como me había imaginado —dijo, y metió la nariz tras la oreja de Leonida—. Si tu pelo huele a jazmín —exploró la piel ardiente de su mejilla, justo encima de su boca—. Si tus labios tienen un sabor tan dulce como parece.

—No debéis...

Él la interrumpió con un beso ardiente.

A Leonida se le quedó la respiración atrapada en la garganta, y el corazón parado, mientras abría los labios bajo la exigente insistencia del duque. Ella había recibido alguna vez los besos de algún joven, pero nunca una caricia tan sencilla la había marcado a fuego, ni había derretido su resistencia con tanta facilidad.

Los labios de Stefan sabían a brandy, como si hubiera tomado una copa antes de entrar en la habitación, y su lengua jugueteó con la de ella en una danza extrañamente erótica. Leonida se sintió abrumada, porque la fragancia masculina del duque despertaba sus sentidos con tanta seguridad como le acariciaban el pecho sus dedos atrevidos.

Ella se estremeció y respondió de un modo que no pudo disimular. Aquello era precisamente lo que había deseado desde el primer momento en que había visto al guapo duque de Huntley.

Sin embargo, llevaba toda la mañana preparándose para ignorar la embriagadora presencia de Stefan. No podía permitirse el riesgo de que la distrajera de su verdadero motivo para estar en Meadowland.

Y allí estaba, derritiéndose entre sus brazos, minutos después de haber deshecho las maletas.

Apretó las manos contra su pecho y apartó la cara de la de él.

—No... esto es...

—¿Qué? —susurró él, acariciándole con los labios la línea del mentón.

—Peligroso.

Él se retiró y la miró con ojos abrasadores.

—¿Tienes miedo?

¿Miedo? Le temblaban las rodillas y el corazón le latía a toda velocidad, pero Leonida sabía que no era de miedo.

—Debería estar asustada, si tuviera sentido común.

Él la miró fijamente a los ojos, escrutándola.

—¿Tienes un amante esperándote en Rusia?

Al oír aquella pregunta, Leonida se tensó.

—Por supuesto que no.

—No sería tan extraño, querida. Eres una tentación exquisita a la que muy pocos hombres podrían resistirse.

—Sólo porque mi madre...

Stefan frunció el ceño al oír aquella frase, que Leonida dejó inacabada.

—Esto no tiene nada que ver con tu madre.

Ella se retorció y salió de entre sus brazos, apretándose la mano contra el estómago y mirándolo con cautela.

—Por favor, Excelencia. Sophy puede aparecer en cualquier momento.

La expresión del duque se endureció.

—Me llamo Stefan.

—Muy bien —dijo ella, y dejó escapar un suspiro de exasperación—. Stefan.

—Hasta luego.

Con una rígida reverencia, el duque se encaminó hacia la puerta. De repente, Leonida se dio cuenta de que estaba a punto de permitir que se le escapara una magnífica oportunidad de entre las manos.

—Excel... —rápidamente, se corrigió, al ver que el duque se volvía hacia ella con el ceño fruncido—. Stefan.

—¿Sí?

—Espero que no te importe que explore tu magnífica casa mientras estoy aquí.

Pese a su tono despreocupado, él se quedó inmóvil al oír su petición. Parecía... un depredador que había visto a su presa.

—Estaré encantado de mostrártela antes de la cena.

—No, yo... —Leonida carraspeó—. No quiero distraerte de tus deberes. Puedo recorrerla yo sola.

Él inclinó la cabeza.

—Como quieras.

Leonida esperó a que él saliera de las habitaciones; entonces, se dejó caer al borde de la cama, temblando de necesidad frustrada, y se tapó la cara con las manos.

—Madre, ¿en qué me has metido? —murmuró.

Cuando salió de la habitación marfil, Stefan tuvo que detenerse a contener el deseo que le ardía en las venas.

Maldición.

Había ido a ver a Leonida para sorprenderla con la guardia baja. No era un plan especialmente admirable, pero había tenido éxito. Con sólo verla revolviendo los cajones del tocador, había confirmado que estaba buscando algo. Algo que, evidentemente, estaba escondido en Meadowland.

Aunque Stefan no se explicaba qué podía ser.

Sin embargo, a los pocos segundos de estar en su compañía, ya no le importaba un comino.

Al verla junto a la cama, y percibir su olor a jazmín, se había sentido perdido.

Si ella no lo hubiera empujado, la habría tomado allí mismo.

Dios Santo, ojalá lo hubiera hecho. Así, al menos, no estaría excitado hasta el punto de sentir dolor.

—Señor.

La voz de su mayordomo fue tan efectiva como si lo hubieran tirado a un lago helado. La salvaje necesidad se mitigó, y pudo volverse hacia su mayordomo con un mínimo de compostura.

—¿Sí, Goodson?

—Puede que no sea nada importante, pero he pensado que debería saberlo.

—¿Qué ocurre?

—Benjamin ha encontrado a dos rufianes en el bosquecillo del sur de la casa.

Stefan frunció el ceño.

—¿Furtivos?

—Dicen que están alojados en el pueblo cercano, y que estaban admirando la finca.

—¿Iban armados?

—Sí, y Benjamin dice que tenían un acento raro. Está seguro de que no era francés.

Stefan apretó las manos. Extranjeros. ¿Tendrían alguna relación con Leonida?

Sólo había un modo de averiguar la verdad.

—Que Benjamin vaya al pueblo y que busque a los intrusos. Me interesa mucho saber dónde se alojan.

Goodson asintió y miró hacia la puerta que Stefan acababa de cerrar.

—¿Y la señorita Karkoff?

—Yo me encargaré de la señorita Karkoff.

El mayordomo hizo un gesto de desaprobación.

—Como desee.

CAPÍTULO 5

Dos días después, Leonida paseaba con Brianna por el jardín privado de la duquesa.

Era una creación maravillosa.

La avenida principal estaba pavimentada con piedra rosa, y flanqueada por una fuente con sirenas a cada lado. Al final de la avenida había un estanque rodeado de bancos de mármol, y en el centro del estanque, una escultura dorada de Apolo rodeado de leones por cuyas bocas brotaba un chorro de agua.

Había varios caminos secundarios que conducían hacia los macizos de flores con setos perfectamente podados, y más allá del estanque, una preciosa gruta con cúpula, desde la que se apreciaba una maravillosa vista del paisaje.

Mientras se dejaba calentar por el sol de la tarde, Leonida sintió que se le relajaban los músculos tensos.

Los pasados días habían sido muy estresantes.

En la casa del duque había un batallón de sirvientes, y era imposible salir de sus habitaciones sin encontrarse con media docena de ellos. Doncellas, lacayos, pajes, el ama de llaves, el mayordomo...

Incluso en una ocasión en la que había intentado ir a la habitación de la duquesa a medianoche, había estado a punto de toparse con un sirviente uniformado que, aparentemente, no tenía más tarea que la de vigilar las velas encendidas del pasillo.

Era más fácil intentar robar las joyas de la corona.

Y para empeorar las cosas, no había escapatoria del tiempo que se veía obligada a compartir con Stefan.

Oh, él era amable, incluso encantador. ¿Qué otra cosa iba a ser, si Brianna siempre estaba con ellos? Sin embargo, Leonida percibía su mirada inquietante, que contenía una terrible mezcla de desconfianza y de necesidad sexual descarada.

Sin darse cuenta de que se había quedado inmóvil, Leonida se sobresaltó cuando Brianna le puso la mano en el brazo.

—¿Bien?

Leonida volvió la cabeza y observó la mirada expectante de su compañera, dándose cuenta de que Brianna suponía que su actitud desconcertada se debía al precioso entorno.

—Es tan maravilloso como me habías contado —respondió Leonida, feliz por tener una distracción de sus pensamientos agobiantes—. Me recuerda a mi hogar.

Brianna sonrió.

—Sí, la duquesa insistió en que se pareciera al jardín de la casa familiar, en San Petersburgo —explicó—. Adoraba Meadowland, pero nunca olvidó su amor por Rusia. Sin duda, ése es el motivo por el que Edmond se sintió impulsado a ofrecer sus servicios al zar cuando cumplió la mayoría de edad.

—El duque actual no siente tanta dedicación por Rusia.

—No, Stefan es mucho más inglés —convino Brianna—. Está dedicado a sus posesiones y a la corona británica. Hay mucha gente que depende de él.

—Ya me he dado cuenta —dijo Leonida con ironía, al recordar la gran cantidad de sirvientes que había en la casa.

—Es un buen duque. Como su padre.

—¿Conocías bien al duque anterior?

—Sí —respondió Brianna, y con un suspiro, se sentó en

un banco cercano–. Yo ya vivía en Londres cuando murieron la duquesa y él, pero pasé gran parte de mi infancia aquí. Mis padres... bueno, digamos que no debían haberse casado, y tampoco debían haber tenido ningún hijo. Mi único consuelo era venir a Meadowland, donde me acogían como si fuera una de la familia –dijo, y miró hacia la mansión–. Éste era un lugar de gran alegría y gran amor.

Leonida asintió. Al llegar, había sentido la felicidad que se filtraba por cada piedra de Meadowland, como si estuviera esperando la oportunidad de llenar el ambiente una vez más.

–¿Sabías entonces que ibas a casarte con Edmond?

–Dios Santo, no –respondió Brianna con una carcajada–. Me aterrorizaba. Yo estaba mucho más unida a Stefan. Era como un hermano para mí. Y ahora es mi hermano de verdad. No podría estar más contenta.

Leonida acarició el pétalo de terciopelo de una rosa, comparando a Stefan y a Edmond.

–Por supuesto, yo no conozco a los hermanos tan bien como tú, pero debo admitir que el duque me parece mucho más... intimidante que tu esposo.

–Eres muy perceptiva.

–¿Por qué lo dices?

–Mucha gente se deja engañar por su actitud calmada y por el hecho de que le desagraden las frivolidades de la alta sociedad, pero bajo su compostura hay una inteligencia formidable y una voluntad férrea. A mí no me gustaría enfadarlo.

Leonida se estremeció.

–No.

–Por otra parte, es leal, y haría cualquier cosa por proteger a aquéllos a quienes ama.

–Es raro que no se haya casado todavía.

–Debes recordar que Stefan y Edmond tuvieron unos padres que se amaban mucho. Ninguno de los dos querría menos en su matrimonio.

—Claramente, Edmond ha encontrado ese amor y esa devoción —murmuró Leonida.

—Sí, bueno, quizá no sea tan fácil para Stefan —murmuró Brianna irónicamente—. No es que mis comienzos con Edmond fueran fáciles, pero Stefan está consumido por sus deberes de duque. Me parece que teme fallarle a su padre. Una idea absurda, pero...

—¿Pero le abruma el peso de sus responsabilidades? —preguntó Leonida.

—Demasiado. Nunca se concede la oportunidad de conocer a una mujer que pueda ganarse su corazón. Me preocupa.

Leonida se encogió de hombros.

—Todavía es joven.

—Y extraordinariamente atractivo —dijo Brianna, como si Leonida no fuera consciente del atractivo letal de Stefan—. Es una injusticia que dos hombres sean tan guapos. Siempre me siento como si no tuviera ninguna gracia, ningún estilo, en su presencia.

Leonida soltó un resoplido.

—Sí, entiendo perfectamente cómo te sientes.

—Sí, quizá sí lo entiendes.

Leonida se puso tensa ante la respuesta de Brianna, porque tuvo la sensación de que su compañera notaba lo mucho que la atraía Stefan.

Irguió los hombros y se recordó con severidad que tenía un objetivo que perseguir en Meadowland, y no era precisamente fantasear con el duque de Huntley.

—¿Tenías mucha relación con la duquesa?

—Siempre fue muy buena conmigo.

—Como con mi madre. Eran muy amigas. De hecho, ella me contó que estaba tan sola que le escribía cartas interminables a la duquesa después de que se marchara de Rusia y viniera a Inglaterra —dijo Leonida, observando la expresión de Brianna—. ¿Alguna vez las has visto?

—No, que yo recuerde —dijo Brianna con el ceño fruncido—. Espera, me parece que... ah, claro.

—¿Sí?

—Recuerdo que una vez le pregunté a Edmond por qué Stefan y él despreciaban tanto a Howard Summerville. Vivía cerca de aquí, y yo me lo encontraba de vez en cuando, así que sabía que era un mezquino petulante que disfrutaba estropeándoles la diversión a los demás. Sin embargo, el odio de los dos hermanos hacia él me parecía un poco exagerado.

—¿Y qué te dijo?

—Dijo que Howard siempre les estaba pidiendo dinero, y peor todavía, que lo habían sorprendido más de una vez robando objetos de Meadowland para venderlos después en Londres.

Leonida parpadeó de asombro.

—*Mon Dieu.*

—Edmond me dijo que normalmente eran cosas pequeñas, cajitas o figuritas de adorno, pero una vez, Stefan se encontró a Howard en las habitaciones de la duquesa, intentando meterse paquetes de viejas cartas en los bolsillos.

—¿De viejas cartas? —repitió Leonida. ¿Acaso habría conseguido leerlas el primo de Stefan y de Edmond? ¿Sería él quien estaba detrás del chantaje?—. ¿Estás segura?

—Creo que eso es lo que me contó Edmond. ¿Por qué?

—Parece una cosa muy rara de robar.

—Una cosa muy peligrosa de robar —dijo Brianna—. Stefan le rompió la nariz y tres costillas a Howard antes de que Edmond pudiera agarrarlo.

Leonida se quedó helada.

—Entiendo.

—No quiero decir que Stefan sea un hombre violento, pero es muy protector en cuanto a la memoria de sus padres.

Leonida sintió un nudo de miedo en el estómago.

No creía que Stefan la atacara físicamente si se enteraba de la verdad de su búsqueda. Él era un caballero. Sin embargo, quizá la odiara por ello.

Y ella no podría culparlo.

—Es comprensible —dijo.

—Stefan nunca perdonó a su primo —continuó Brianna, sin darse cuenta de que Leonida se estremecía de nuevo.

Mientras luchaba por concentrarse en la noticia de que había habido cartas antiguas en la habitación de la duquesa, aunque no supiera con seguridad que eran las que ella buscaba, Leonida se sorprendió al ver un enorme perro que saltó un seto cercano, y que se puso a jugar a su alrededor con la lengua fuera.

—Oh.

Brianna se echó a reír.

—No te preocupes, Puck no muerde, ¿verdad, viejo amigo?

—¿Puck?

—Puck segundo, en realidad —dijo alguien de voz grave.

Leonida volvió la cabeza y vio a Stefan saliendo desde detrás de la fuente.

—Stefan, has vuelto muy pronto —dijo Brianna con una sonrisa de bienvenida, y se puso en pie para saludarlo—. No te esperábamos hasta la cena.

Stefan no apartó la mirada de la expresión cautelosa de Leonida.

—Me he dado cuenta de que no podía concentrarme en la construcción de los canales de drenaje cuando tenía a dos invitadas tan encantadoras bajo mi techo.

Brianna se echó a reír.

—Debe de ser tu encanto el que lo ha separado de sus amados campos, Leonida, porque en más de una ocasión se le ha olvidado que tenía que ir a tomar el té conmigo a Hillside.

Stefan frunció los labios.

—Sólo porque tu molesto marido podría estar presente y quitarme las ganas de comer bizcocho.

—Eres un mentiroso, y ya es hora de que yo me vaya a descansar un poco —dijo Brianna, mirando a Stefan y a Leonida con una expresión complacida—. Es muy incómodo sentir siempre tanto cansancio.

Stefan se acercó a su cuñada y le besó la mano.
—Incómodo, pero maravilloso.
—Sí.
—Si necesitas cualquier cosa, llámame.
—Lo único que necesito es descansar. Os veré a los dos durante la cena.

Leonida observó a Brianna recorriendo el camino hacia la casa, y se dio cuenta, demasiado tarde, de que se había quedado a solas con Stefan. Se le aceleró el corazón, porque se había tomado muchas molestias para evitar precisamente aquella situación.

—Quizá...

Sin previo aviso, Stefan la tomó de los brazos.

—No.

Stefan miró fijamente aquel rostro que ocupaba sus sueños. Los ojos azules, claros, inocentes. Los rasgos delicados. La línea decidida del mentón.

Los labios carnosos, que pedían a gritos un beso.

Dios Santo. Estaba harto de esperar a que ella revelara el motivo por el que había ido a Meadowland, y más harto todavía de interpretar el papel de perfecto anfitrión.

Quería tenerla en su cama. Y al cuerno con todo lo demás.

Como si sintiera aquella tensión abrasadora, Leonida se humedeció los labios, con los ojos oscurecidos por un deseo que ella tampoco podía disimular.

—¿No?
—Estabas a punto de sugerir que ibas a seguir a Brianna para asegurarte de que estaba bien, o porque de repente necesitas cambiarte de vestido, o cualquiera de las excusas que has estado usando durante estos dos días pasados, para evitar quedarte a solas conmigo.

Ella apretó los labios al percibir su tono burlón.

—Si estás tan seguro de que quiero evitarte, no entiendo por qué insistes en que me quede.

Stefan le acarició delicadamente los brazos desnudos hasta la manga del vestido. Después la tomó de la mano y la guió firmemente por el camino.

—Como he hecho todo lo que he podido por conseguir que te sientas a gusto en Meadowland, creo que es justo que me des una explicación de por qué te disgusta mi compañía.

—A mí no me disgusta tu compañía —dijo ella, bajando la cabeza.

—Entonces, ¿por qué me esquivas? ¿Es porque te besé?

—No deberías haberlo hecho.

—Quizá no, pero eso no me va a impedir hacerlo de nuevo.

Sintió que ella temblaba y, acelerando el paso, la llevó alrededor del estanque y subió los escalones de la gruta. Demonios, tenía que besar a aquella mujer antes de volverse loco.

Leonida jadeó cuando él tiró de ella hacia el fresco interior de la construcción, cuyos muros estaban decorados con pinturas griegas. Stefan la tomó entre sus brazos.

—¿Para esto has vuelto pronto? —le preguntó ella, con una mirada de advertencia, pese a que en la base de su cuello le latía el pulso aceleradamente.

Quizá la señorita Karkoff pudiera fingir que era indiferente, pero lo deseaba. Podría mentir con las palabras, pero no con el cuerpo.

—He vuelto porque no podía estar lejos de ti —dijo él, y escondió la cara en la curva de su cuello—. Jazmín.

—¿Qué?

—Hueles a jazmín.

Ella se estremeció y lo agarró por los hombros.

—Stefan, ¿qué quieres de mí?

—Me parece que es obvio —respondió él, y se echó hacia atrás para mirarla con una determinación cruda. Con facilidad, le desató de la barbilla las cintas del sombrero—. Pero si lo deseas, te revelaré precisamente qué es lo que quiero.

Ella hizo un sonido de irritación cuando él tiró el sombrero al suelo de piedra.

—Es mi sombrero preferido.

—Una preciosidad, pero, como sabes, prefiero la belleza natural.

Con unos cuantos movimientos de experto, le quitó los pasadores de perlas del pelo y le soltó la melena dorada por los hombros. Con un gruñido, entrelazó los dedos entre los rizos espesos.

—Rayos de sol.

Leonida le apretó los hombros.

—Estás intentando distraerme.

Él le pasó los labios por la frente, deteniéndose en la sien para sentir su pulso acelerado.

—¿Y lo consigo?

—Maldito seas —susurró ella.

—Ese lenguaje, palomita. Tus labios tienen un propósito mucho más dulce —le tomó la cara entre las manos y se la inclinó hacia atrás para besarla de un modo posesivo.

Saboreó su dulce inocencia profundamente, sintiendo un hambre salvaje por todo el cuerpo. Durante un instante, ella se puso rígida, como si aquella invasión la hubiera dejado asombrada, pero después, con un suspiro, se arqueó hacia él y metió los dedos entre su pelo.

—Sí —musitó él contra sus labios, pasándole las manos por la espalda. Con habilidad, le desabrochó los botones del vestido.

Le pasó los labios por los ojos, por la línea perfecta de la nariz, antes de volver a su boca. Y mientras lo hacía, la movió entre sus brazos para poder tirar del vestido hacia abajo. La prenda cayó a los pies de Leonida.

Ella gruñó y se retiró para mirarlo con confusión.

—Los sirvientes...

—Aquí no nos molestarán —dijo él, mientras seguía besándole el cuello.

—¿Ya saben que traes aquí a las mujeres indefensas para seducirlas? —le preguntó ella, aunque echó la cabeza hacia atrás para facilitarle el acceso.

—¿Indefensas? —él se echó a reír mientras se movía para aprisionarla contra la pared, dibujando con los dedos la línea del escote de su combinación. Tenía la piel tan suave como la seda más fina—. Eres la mujer más peligrosa a la que he conocido. El zar es más listo de lo que yo hubiera pensado nunca.

A ella se le cortó el aliento.

—¿A qué te refieres?

—Tú eres la que tiene las respuestas, no yo —murmuró él, mucho más interesado en quitarle el corsé de encaje que en descubrir la verdad. Lo dejó caer al suelo, y después dejó caer también la combinación. Ella se estremeció, y Stefan la abrazó con fuerza—. Y hasta que obtenga la verdad de ti, voy a disfrutar de lo que se me ha ofrecido.

—Stefan —dijo ella, y entonces emitió un gritito de asombro cuando él inclinó la cabeza para tomar uno de sus pezones erectos entre los labios—. Oh.

—Shh, querida... —murmuró él, saboreando el gusto dulce de la piel de Leonida mientras exploraba la curva de su pecho, acariciándole al mismo tiempo la espalda y las caderas.

Era diminuta, pero de formas perfectas, y exquisitamente suave. Maravillosa. Con un gruñido, Stefan se despojó bruscamente de la corbata y la chaqueta, y el chaleco siguió rápidamente. Después se sacó la camisa por la cabeza, le tomó las manos y se las posó en el pecho.

—Acaríciame —le ordenó con la voz ronca.

Con un gemido, ella se arqueó hacia atrás y lo miró con preocupación.

—Te he advertido que no soy mi madre.

Él frunció el ceño y la tomó por las caderas para presionarla contra su erección. Aquél no era el momento de hablar de su madre.

—Eso ya me lo has dicho, aunque no sé qué tiene que ver esto con la condesa —respondió.

A ella le temblaban las manos, pero no las apartó del pecho de Stefan.

—No eres el primer hombre que piensa que estoy dispuesta a tener una aventura por el hecho de que mi madre tuviera una relación tan descarada con el zar.

—Y tú no serías la primera mujer que me devuelve los besos con la esperanza de atrapar a un duque en el matrimonio —replicó Stefan suavemente.

Ella parpadeó, como si se hubiera quedado estupefacta por sus palabras.

—Yo nunca...

—Y yo tampoco —respondió Stefan, besándola con ferocidad—. Te deseo. Es así de sencillo.

—Dios Santo —gimió Leonida al sentir que él volvía a succionarle el pezón con una insistencia cada vez mayor—. No hay nada de sencillo en esto.

Tenía razón.

La lujuria era sencilla, pero aquello...

Sin miramientos, él se quitó de la cabeza las advertencias y, con la rodilla, hizo que Leonida separara las piernas para poder acariciarle la piel del interior del muslo.

Ella emitió un suave grito de placer, y Stefan le cubrió los labios con un beso ardiente. No le preocupaba que los descubrieran; le preocupaba el hecho de que pudiera pegarle un tiro a cualquiera que fuera tan tonto como para interrumpirlos en aquel momento.

Leonida le devolvió los besos con entusiasmo e inexperiencia, y le hundió los dedos en la espalda. Stefan gruñó de placer, buscando con la mano la hendidura íntima de entre sus piernas. Ella ya estaba húmeda, y él pudo hundir con facilidad el dedo entre los pliegues resbaladizos. Aquello era una tentación dulce que hizo que su erección latiera con fuerza, pidiendo alivio.

Guiado por los suaves jadeos y gemidos de Leonida, Stefan la acarició para llevarla hasta el mayor placer. Ella comenzó a moverse sin control entre sus brazos, buscando liberarse de la tensión que le atenazaba los músculos.

—Calma —le susurró Stefan, y tomó una de sus manos para presionarla contra su excitación.

Gruñó de placer. Incluso a través de la tela de los pantalones, sentía el calor de los dedos de Leonida, mientras se curvaban tímidamente alrededor de su miembro.

Usando una mano para guiar los movimientos de sus dedos sobre su cuerpo, con la otra continuó proporcionándole placer a Leonida, y sus respiraciones entrecortadas fueron el único sonido que rompía el silencio de la gruta.

—Stefan... necesito...

—Lo sé, lo sé, confía en mí... —murmuró él, reconociendo vagamente la ironía de sus palabras.

En aquel momento, no pudo pensar en otra cosa que en la belleza del rostro de Leonida mientras, con los ojos muy abiertos y los labios separados, emitía un grito silencioso de placer.

«Su primer encuentro con la pasión, pero no el último», prometió él.

Cautivado por su belleza, Stefan no estaba preparado cuando ella apretó los dedos alrededor de su cuerpo. Con un gemido ahogado, él echó las caderas hacia delante mientras experimentaba un poderoso orgasmo. Entre jadeos, se apoyó pesadamente en ella, luchando por mantener el equilibrio mientras aquel clímax demoledor latía en su cuerpo.

Dios Santo, ¿qué le había hecho aquella mujer?

CAPÍTULO 6

Cuando el gong de la cena resonó por la vasta residencia, Leonida recorrió sigilosamente el corredor vacío para meterse en la habitación de la duquesa.

Sabía que se estaba arriesgando mucho. Aunque la mayoría de los sirvientes estuvieran ocupados en la cocina, sirviendo la mesa o cenando, siempre quedaban algunos de guardia por la casa, y nada escapaba a su mirada aguda.

Sin embargo, ¿qué otra cosa podía hacer? Podía engañarse diciéndose que rendirse a la seducción de Stefan era el modo perfecto para mantenerlo distraído de su verdadero propósito en Surrey, pero Leonida no era tonta.

La explosión de placer que había sentido nada tenía que ver con su plan, ni con su lealtad hacia Rusia. Sencillamente, era incapaz de resistirse al guapísimo conde de Huntley. Y a cada segundo que pasaba con él, la fascinación aumentaba.

Tenía que encontrar aquellas cartas y huir antes de que su repulsión por engañar a Stefan superara el cariño que sentía por su madre.

Tomada la decisión, Leonida había mandado decir a la cocina que le enviaran la cena a la habitación en una bandeja y, después de estar segura de que Brianna y Stefan habían bajado a cenar, le había dicho a Sophy que se apostara junto a las escaleras y había salido corriendo hacia la habitación de la duquesa.

Tomó una vela, entró en el dormitorio y miró a su alrededor por la enorme estancia.

Al contrario que en el resto de la casa, la duquesa había ordenado retirar los paneles de madera de la pared y la había hecho tapizar con damasco carmesí. El techo tenía molduras y estaba adornado con pan de oro, y en el centro colgaba una araña de cristal que reflejaba la luz de la vela con gran belleza. Junto a una chimenea de mármol blanco había una cama con dosel, vestida de terciopelo verde que hacía juego con el tapizado de las butacas.

Pese al aire de soledad, la habitación estaba impecablemente limpia, y aquello le recordó a Leonida que en cualquier momento podía aparecer un sirviente. Cuanto antes terminara la búsqueda, mejor.

La cuestión era... ¿por dónde empezar?

Con un suspiro, se acercó al escritorio. Aquél era el lugar más obvio.

Obvio, pero infructuoso, según descubrió poco después. No encontró allí más que los objetos lógicos: papel, plumas, tinta, lacre y el sello oficial de la duquesa.

Se dirigía a buscar al buró cuando la puerta de la habitación se abrió, y en el vano apareció Sophy, gesticulando frenéticamente con la mano.

—El duque está subiendo las escaleras —le dijo en un susurro—. ¡Debe darse prisa!

Leonida soltó una maldición entre dientes y atravesó rápidamente el dormitorio. Después, agarrando a Sophy por el hombro, corrió hacia sus habitaciones.

—¿Por qué no me dejará en paz ese hombre tan irritante? —preguntó ella, molesta por la alegría que había sentido al saber que él se acercaba.

Sophy resopló y la miró con astucia.

—Sí, eso me pregunto yo.

Leonida se ruborizó.

—Sospecha de mi presencia en Surrey.

—¿Y por qué?

—Parece que cree que voy a convencer a su hermano para que participe en un plan diseñado por el zar.

—Ah —dijo Sophy, asintiendo—. Bueno, los rumores dicen que lord Summerville corrió peligro en varias ocasiones por el zar Alexander. Quizá el duque tenga motivos para preocuparse.

Leonida frunció los labios.

—Si Alexander Pavlovich desea la ayuda de lord Summerville, yo sería la última persona a la que enviaría para conseguirla. Apenas recuerda que existo.

—Un hombre así tiene muchas cosas en la cabeza —murmuró Sophy.

Por supuesto. Alexander Pavlovich llevaba sobre los hombros el peso de dirigir una gran nación, pero eso no servía para mitigar la sensación de abandono que tenía Leonida cuando pasaban los meses y los años sin recibir una sola palabra del zar.

Quizá no lo habría acusado tanto si su madre hubiera sido más... cariñosa.

Oh, Nadia quería a su hija, pero no tenía interés en criar a una niña. En vez de eso, podía estar centrando su atención en asegurarse un lugar como líder de la comunidad o adentrándose en el peligroso juego de la política para proteger el trono de Alexander Pavlovich por todos los medios.

Así pues, quienes se habían encargado de criar a Leonida habían sido su niñera inglesa y una serie de institutrices que nunca habían permanecido a su lado más de unos meses.

¿Era de extrañar que nunca se hubiera sentido verdaderamente importante para nadie?

—Sí, bueno, todos tenemos muchas cosas en la cabeza —dijo, tirando de Sophy hacia su gabinete y cerrando después la puerta.

Entonces, como si pudiera impedir aquel encuentro que se avecinaba, continuó hacia su dormitorio y se detuvo junto a la ventana.

—¿Quiere que le diga al duque que no vais a recibir visitas? —le preguntó Sophy suavemente.

Leonida se rodeó la cintura con los brazos.

—Puedes intentarlo.

Mantuvo la vista fija en el lago distante que reflejaba el crepúsculo y sus colores rosas y violetas. Oyó la voz de Sophy, un poco elevada, y seguida por el tono más grave de Stefan.

Con una sonrisa de resignación, notó que las protestas de Sophy se desvanecían, y oyó unos pasos y el ruido de la puerta al cerrarse. Leonida permaneció junto a la ventana, con un cosquilleo de excitación en la espalda al percibir el olor masculino y fresco de Stefan, que había llenado el dormitorio.

—Pensaba que habíamos terminado con tus jueguecitos, paloma mía —le dijo él, acercándose.

—¿Jueguecitos?

Él la tomó por los brazos e hizo que se diera la vuelta para mirarla a los ojos.

—No puedes evitarme.

—Es evidente que no. ¿Qué le has hecho a Sophy?

—Le pedí que se reuniera con los demás sirvientes para que pudiera cenar. No me parece justo que ella sufra por que su señora sea una cobarde.

—No soy cobarde. Lo que pasa es que estoy cansada. Y, ya que estás tan preocupado por el bienestar de mi doncella, te diré que había pedido dos bandejas, así que no había peligro de que se marchara a la cama sin cenar.

Él sonrió.

—Ah, sí, las bandejas.

—¿Hay algún problema?

—Ya no. Le he dicho a la cocinera que no tenía que molestarse, ya que ibas a acompañarnos a lady Summerville y a mí en el comedor.

—¿Eres tan autoritario con todos tus invitados?

Él le pasó los dedos por los labios, que Leonida había fruncido de irritación.

—Sólo con los que no son razonables.

Ella luchó por mantener la respiración. La belleza oscura del duque era abrumadora. Irresistible.

—Desear una velada tranquila no es algo irrazonable.

—Sí lo es, cuando yo deseo disfrutar de tu compañía —replicó él, acariciándole la mejilla.

—¿Y como eres un duque, siempre consigues lo que quieres?

Él sonrió de nuevo.

—Siempre consigo lo que quiero porque no me conformo con menos.

Leonida se humedeció los labios resecos y, rápidamente, deseó no haberlo hecho, al ver que los ojos de Stefan brillaban con un deseo que hizo que a ella se le acelerara el corazón.

—No puedes obligarme a que baje a cenar.

—En realidad, sí podría hacerlo —dijo él—. Pero si insistes en cenar en tu habitación, me uniré a ti.

—¿Te has vuelto loco? No puedes hacer eso.

—¿Por qué no?

—Sería un escándalo.

—Quizá un escándalo para ti, pero como acabas de decir, yo soy el duque, y hay pocas cosas que puedan manchar mi muy antiguo y muy respetado título —Stefan hizo una pausa al sentir que ella se estremecía, y miró su vestido de seda color ámbar. Con el ceño fruncido, se dio la vuelta y tomó un chal a juego que ella había dejado sobre el borde de la cama; con delicadeza, se lo puso sobre los hombros—. Se me había olvidado que te gusta el calor. Le pediré a una doncella que encienda la chimenea de tu dormitorio mientras estamos cenando.

Ella apretó los dientes; se negaba a dejarse conmover por aquella muestra de preocupación aparente.

—No finjas que te preocupa mi bienestar.

—Pero si es cierto, paloma —le dijo él. Entonces, le rodeó con suavidad el cuello y le acarició el pulso que latía en la base de su garganta—. Estoy decidido a hacer todo lo que pueda para agradarte.

—Salvo dejarme en paz —dijo ella con la voz ronca.
—¿Es eso lo que deseas de verdad? ¿Paz?
—Sí —susurró Leonida, aunque sabía que no era cierto.
Él también lo notó, porque entornó los ojos.
—Mentirosa.
—¿Qué sabes tú de mí?
—No tanto como tengo intención de saber. Pero reconozco la soledad cuando la veo en un par de maravillosos ojos azules.

Con una punzada de alarma, Leonida empujó a Stefan, apartándose de su perceptiva mirada.

—No.

Él le puso las manos en los hombros, pero no intentó que se volviera de nuevo.

—¿Me equivoco?
—Añoro... mi hogar.
—¿De veras tienes un hogar, Leonida Karkoff? —le susurró él.

Aquel viejo dolor volvió a atenazarle el corazón, e hizo que se sintiera vulnerable.

Stefan ya había seducido su cuerpo; no podía permitir que le robara el corazón.

—Qué pregunta tan tonta. Da la casualidad de que vivo en una de las casas más bellas de todo San Petersburgo.

Él inclinó la cabeza para hablarle al oído.

—Una casa no es lo mismo que un hogar, como yo he descubierto.

Ella cerró los ojos al notar un delicioso calor por todo el cuerpo. Cuando Stefan estaba cerca, no tenía frío.

—¿No eres feliz en Meadowland?
—Estoy contento... con respecto a la mayor parte de las cosas.
—Estar contento y ser feliz no es lo mismo.
—No —respondió él con un suspiro de melancolía que le llegó al corazón a Leonida.

De repente, ella se volvió para mirarlo con una expresión cautelosa. Dios Santo, ¿qué le ocurría? El duque de Huntley era el último hombre que necesitaba o se merecía su comprensión.

Era guapo, rico y completamente implacable a la hora de conseguir lo que deseaba.

Si estaba solo, era por elección, no por el destino.

—Supongo que no te marcharás hasta que acceda a bajar a cenar, ¿verdad?

Algo que podía ser decepción apareció en los ojos de Stefan durante un segundo, antes de que su expresión se endureciera.

—Eres tan inteligente como bella —le dijo.

—Y vos, señor, sois un arrogante.

Él le tomó la barbilla, mirándole los labios.

—Tienes un cuarto de hora, Leonida. Si no apareces en el comedor, deduciré que me has invitado a cenar contigo en la cama.

Cuando salió de las habitaciones de Leonida, Stefan se apoyó con las palmas de las manos en la pared y respiró profundamente.

Era un idiota.

No sabía si era porque había permitido que su ira al saber que Leonida seguía escondiéndose de él lo impulsara a subir a su dormitorio, o porque no había aprovechado la oportunidad al estar allí.

En cualquier caso, se sentía muy excitado, y no tenía esperanzas de conseguir alivio inmediato.

Con una maldición entre dientes, se alejó de la pared y se dirigió hacia la escalera de servicio, donde sabía que estaría esperándolo Goodson.

Efectivamente, el mayordomo salió de entre las sombras, mirando a Stefan con una expresión de estoicismo.

—Excelencia.

—¿Y bien?

—No pude acercarme tanto como hubiera querido, porque la doncella de la señorita Karkoff estaba haciendo guardia como si fuera uno de esos cosacos salvajes.

—Sí, es una mujer formidable —dijo Stefan con ironía. Había llegado a pensar que iba a tener que apartar físicamente a la protectora Sophy de su camino para entrar en el cuarto de Leonida—. ¿Qué has podido ver?

Goodson carraspeó.

—La señorita Karkoff salió de su habitación poco antes de que usted subiera las escaleras, y fue directamente a las habitaciones de la duquesa. Permaneció allí hasta que la doncella fue a avisarla de que Su Excelencia se acercaba.

Stefan apretó los dientes, conteniendo la decepción y la furia que sentía.

Ya sospechaba que Leonida tenía un motivo para alojarse en Meadowland; y no era tan engreído como para pensar que era por un deseo irresistible de estar cerca de él.

Stefan iba a descubrir cuál era aquel motivo.

—¿Tomó algo de la habitación?

Goodson se encogió de hombros.

—No llevaba nada en las manos.

—Que registren su habitación mientras está cenando.

—Por supuesto, señor.

El mayordomo ya se había dado la vuelta cuando Stefan lo detuvo.

—Goodson.

—¿Sí, Su Excelencia?

—¿Siguió Benjamín a los intrusos a los que sorprendió en la finca?

—Me temo que no. La posadera dijo que no había tenido ningún huésped extranjero durante meses, y nadie del pueblo reconoció la descripción de esos villanos.

—Que continúe la búsqueda por el vecindario, pero que sea discreto. Preferiría que no supieran que sospecho de su presencia.

—Muy bien.

En aquella ocasión, Stefan permitió que el mayordomo se encaminara hacia la parte posterior de la casa, y lentamente se volvió a observar la puerta cerrada del dormitorio de Leonida.

Durante un instante, tuvo la tentación de entrar y enfrentarse directamente a la embustera.

Al contrario que Edmond, él no disfrutaba de las intrigas políticas, ni de mantener una lucha de ingenios con un enemigo astuto. Era un caballero franco que esperaba franqueza de los demás. Ésa era la razón, sin duda, por la que ni el rey George ni el zar Alexander Pavlovich lo llamaban cuando necesitaban una astucia en vez de una ayuda práctica.

Se mantuvo entre las sombras con los puños apretados, no obstante, porque sabía que no conseguiría obligar a Leonida a que le revelara la verdad.

—¿Qué demonios estás tramando, Leonida Karkoff? —murmuró.

San Petersburgo

El burdel estaba entre una cafetería y un almacén de muebles, y era como muchos otros de los que había en la ciudad: un edificio de ladrillo con una verja de hierro forjado, cuya puerta estaba protegida por un bruto que asustaba incluso a los soldados más curtidos.

En el interior, el salón principal estaba amueblado con piezas llamativas, una combinación de sofás de terciopelo y alfombras de piel. Allí, un caballero podía esperar a que su prostituta preferida quedara libre. Si lo prefería, también podía entrar a una sala de la parte trasera del edificio, donde se jugaba con apuestas muy altas. Arriba había una serie de habitaciones individuales creadas para satisfacer los vicios de los hastiados miembros de la sociedad rusa.

Sin embargo, lo más atrayente de aquel establecimiento

era la discreción absoluta que madame Ivanna exigía a sus clientes y a sus sirvientes.

Cualquier caballero que atravesara su puerta sabía que su presencia nunca sería revelada.

Aquella promesa de privacidad compensaba por las cifras exorbitantes que cobraba Ivanna.

Mientras ascendía por las estrechas escaleras, Nikolas Babevich ya estaba excitado al pensar en Celeste y sus cadenas y látigos. Aquel dulce dolor era caro, pero merecía la pena el precio.

Aunque él no estuviera muy sobrado de rublos, pensó con una ira amarga en el pecho.

Maldita condesa Karkoff.

Era culpa suya que él tuviera que pedirle dinero a su hermana y esquivar a sus acreedores.

Afortunadamente, había conseguido robarle el monedero a un prusiano borracho a la salida del Palacio de la Ópera la noche anterior. De no haberlo hecho, habría tenido que cancelar aquella cita en el burdel. Una idea casi insoportable.

Cuando abrió la puerta del final del pasillo, Nikolas se lamió los labios, esperando encontrarse a Celeste en el centro de la habitación, con el látigo entre las manos.

En vez de eso, se encontró con un caballero alto, distinguido, con el pelo plateado y un rostro agraciado, que apenas tenía arrugas, pese a sus cincuenta y tantos años.

Sir Charles Richard había llegado pocos meses antes a San Petersburgo, de Inglaterra, pero rápidamente se había convertido en el favorito del príncipe Michael, el hermano menor de Alexander Pavlovich.

Para la mayor parte de la sociedad, era un extranjero encantador e inteligente que tenía unos modales impecables y una elegancia sobria. Nikolas era uno de los pocos que sospechaba que detrás de su sonrisa afable había un alma despiadada, capaz de las peores maldades.

—Buenas noches, Nikolas Babevich —dijo Richards.

Tenía en la mano uno de los pequeños látigos que siempre eran tan apetecibles en poder de Celeste, pero que en aquella situación resultaban terroríficos.

—Cómo... —Nikolas tuvo que interrumpirse para carraspear—. ¿Cómo ha entrado aquí?

El noble frunció los labios con desprecio mientras miraba la figura baja y rechoncha de Nikolas, que iba vestido con una chaqueta gastada y unos pantalones demasiado ajustados.

—Hay pocas puertas cerradas para mí —respondió el inglés.

Nikolas apretó los puños. Pese al miedo que sentía, no iba a dejar que aquel maldito extranjero se burlara de él.

—Enhorabuena. Ahora, si no le importa, he venido aquí para disfrutar de un entretenimiento que no admite espectadores.

—Su entretenimiento tendrá que esperar hasta que hayamos hablado —dijo sir Charles, haciendo girar el látigo en la mano.

—Ya os he dicho que esa condesa Karkoff se niega a darme el dinero si no le entrego las cartas como prueba. ¿Qué más queréis que haga?

—¿Sabíais que la condesa ha enviado a su hija a Inglaterra? A Surrey, para ser más exactos.

Nikolas frunció el ceño. En lo que a él concernía, la condesa podía pudrirse en el infierno.

—¿Por qué debería importarme eso?

—Para empezar, demuestra que esas cartas contienen información que merece la pena poseer. De lo contrario, la condesa nunca habría enviado a su hija a hacer tal viaje.

—Espere —dijo Nikolas—. Pensaba que sabía usted lo que había en esas cartas.

—Howard Summerville me dijo que debían de ser secretos nefandos, puesto que estaban escritos en un código misterioso, y además, el duque de Huntley había estado a punto de matarlo cuando lo sorprendió robándolas. Creo que merece la pena saber si ese imbécil se había encontrado de veras con el medio para ganar una fortuna, o si sólo estaba fanfarroneando, como de costumbre.

Nikolas se puso rígido de indignación. ¿Había arriesgado su vida por una mera corazonada?

—Me mintió.

—Le dije lo que necesitaba saber. Ahora, sin embargo, la presencia de la señorita Karkoff en Surrey pone en peligro nuestro plan.

—¿Por qué?

—Porque allí es donde alguien vio las cartas por última vez, idiota.

—¿Las tiene ella?

—¿Y cómo voy a saberlo? —preguntó Richards, y lanzó el látigo a la cama con impaciencia—. Envié a mis sirvientes a registrar la casa del duque hace unas semanas, pero la presencia de la señorita Karkoff complica la situación.

Nikolas se tiró de la corbata, deseando una vez más no haber permitido a sir Charles Richards que lo implicara en aquel asunto tan peligroso.

«Aunque no tuviste elección», le recordó una vocecita.

El juego siempre había sido su debilidad, y cuando perdió más de lo que poseía frente al inglés, no tuvo más remedio que escuchar aquel plan descabellado. Y, en realidad, la idea de ganar una pequeña fortuna con tanta facilidad le había supuesto una tentación que no había podido resistir.

En aquel momento maldecía su estupidez.

—No deberíamos haber abordado a la condesa sin tener las cartas.

—Usted estaba tan ansioso como yo por conseguir el dinero. ¿Quién habría supuesto que la querida del zar iba a poner en tela de juicio su amenaza? Es evidente que no fue muy convincente.

Nikolas se estremeció al ver el brillo cruel de los ojos oscuros del inglés.

—Hice lo que me pidió. No es culpa mía que la condesa...
—Cállese. Estoy harto de sus excusas.

Nikolas tragó saliva.

—Muy bien. Apostamos y perdimos. *C'est la vie.*

Richards dio un paso adelante con una expresión adusta.

—Esto no ha terminado. Tendré mi dinero.

—¿Cómo? Si la hija descubre esas cartas, se darán cuenta de que nunca las hemos visto.

—Mis hombres tienen órdenes de vigilar muy de cerca a la chica. Si consigue hacerse con las cartas, ellos se las quitarán.

—¿Y si no las encuentra?

—Entonces, volverá a Rusia con la noticia de que las cartas están desaparecidas de verdad.

Nikolas contuvo las ganas de señalar que aquel plan tenía muchos puntos débiles. Quizá su vida fuera patética en aquel momento, pero él no tenía ganas de someterse a la amenaza de muerte que asomaba en la mirada de su interlocutor.

—Entonces, ¿esperamos?

—No, no podemos permitir que la condesa sospeche que esto es un farol. Deseo que se entreviste de nuevo con la condesa y le advierta que, por cada semana que pase, el coste de su silencio se incrementará en cinco mil rublos.

Nikolas dio un discreto paso hacia atrás.

—¿Y si se niega?

—Continúe acosándola. Eso la mantendrá preocupada, en vez de permitirle ocupar el tiempo en pensar cómo librarse de nosotros —dijo el inglés—. Las mujeres son incapaces de comportarse de un modo sensato cuando están inquietas.

La risa vacía de Nikolas se extendió por la habitación.

—¿Conoce usted a la condesa?

—Es una mujer —dijo Richards—. Si la mantenemos aterrorizada por el hecho de que vaya a perder a su dedicado y rico amante, y hará lo necesario para mantener su vida de lujos.

—¿Y por qué debo ser yo quien la aborde? Me parece que yo arriesgo demasiado el cuello mientras usted sigue escondido.

Antes de que Nikolas pudiera parpadear, Richards había atravesado la habitación y le había agarrado por el cuello con la fuerza suficiente como para demostrarle que podía romperle la columna con facilidad.

—Para eso le pago, ¿no? —le preguntó en un tono frío y letal—. Y créame, el hecho de que lo detengan los oficiales rusos es la menor de sus preocupaciones. Si me falla, le arrancaré el corazón y se lo echaré a los lobos. ¿Entendido?

A Nikolas se le heló la sangre en las venas.

—Sí.

—Bien.

Con movimientos despreciativos, Richards tiró a Nikolas contra la pared y se sacó un pañuelo del bolsillo para limpiarse las manos. Como si temiera que lo hubiera contaminado.

Desgraciado.

Nikolas se apartó de la pared y se colocó la chaqueta.

—¿Y qué va a hacer usted mientras yo me enfrento a la condesa?

—Voy a París. Será más fácil mantenerme en contacto con mis hombres en Inglaterra.

—Entonces, ¿me deja solo para que me disparen por traidor?

—Eso, *mon ami*, lo dejo en sus manos. Haga lo que le he dicho y los dos seremos unos caballeros muy ricos.

Charles salió de la habitación seguro de que Nikolas haría lo que le había ordenado. Aquel hombre podía desearle a Charles lo peor, pero los dos sabían que nunca tendría valor para desafiarlo abiertamente.

Razón por la que lo había elegido.

Era una pena que no hubiera sido tan inteligente a la

hora de predecir la negativa de la condesa a entregarles el dinero que él necesitaba tan desesperadamente.

Con esfuerzo, Charles contuvo la negra furia que lo invadía desde pequeño. Por muy satisfactorio que hubiera sido cortarle el cuello a aquella desgraciada, no resolvería sus problemas.

Necesitaba el dinero si quería mantener seguros sus sucios secretos.

Se estremeció antes de recuperar su compostura fría. No. No permitiría que lo delatara un sucio campesino. Aunque aquel campesino fuera el Zar Mendigo, Dimitri Tipova, que supuestamente dirigía el mundo criminal en San Petersburgo.

Entró en otra de las habitaciones de aquel pasillo y miró a la mujer a quien había ordenado que lo esperase.

Madame Ivanna era una mujer curvilínea que había conservado gran parte de su belleza pese a que tenía canas entre el pelo negro y algunas arrugas alrededor de los enormes ojos verdes. En aquel momento llevaba un vestido de terciopelo muy escotado, que mostraba sus considerables encantos, y que estaba en concordancia con la decoración. Sin embargo, sólo a un tonto se le escaparía el brillo de astucia de su mirada.

—Ah, Ivanna, que amable has sido por permitirme pasar un momento con mi socio.

Se adelantó y le tomó la mano, llevándose sus dedos a los labios y disfrutando de su estremecimiento de disgusto. Ah, sí, muy astuta. Al contrario que la mayoría de las mujeres, Ivanna era lo suficientemente inteligente como para notar la oscuridad que había bajo su agradable rostro y su encanto estudiado.

—¿Cómo puedo compensarte?

—No, ha sido un placer, *monsieur*.

—Una pena —dijo él, y la miró con hambre, notando despertar el deseo al percibir su perfume. Hacía mucho tiempo que no se permitía disfrutar de su pequeño pasatiempo. Sacudiendo la cabeza, dio un paso atrás–. De todos modos, supongo que éste no es el momento ni el lugar. Necesito salir de la casa sin ser visto.

–Por supuesto –dijo ella, y le señaló la puerta–. Lo acompañaré a la puerta trasera.

Él atenazó su muñeca con fuerza.

–He dicho sin ser visto.

–Por favor, *monsieur*, no sé qué quiere decir –gimoteó ella.

–Piensa detenidamente, Ivanna.

Apretó todavía más los dedos, amenazando con romperle los huesos, hasta que ella sollozó.

–Hay un pasadizo oculto que conecta mi cocina con la cafetería de al lado –dijo con la voz quebrada, confesando un secreto que sólo conocía la realeza.

Él sonrió con frialdad.

–Eres bastante inteligente para ser una furcia.

CAPÍTULO 7

Herrick Gerhardt torció la esquina con la precaución de permanecer alejado de la luz de las farolas que alumbraban las calles de San Petersburgo. Había mucha gente que podía reconocer sus rasgos adustos y sus penetrantes ojos castaños. Incluso tan lejos de palacio.

El precio de ser el principal consejero de Alexander Pavlovich.

Por lo general, consideraba el miedo que inspiraba en los demás como una herramienta de la que sacaba provecho. Era asombroso todo lo que podía conseguir su reputación de bastardo despiadado.

Aquella noche, sin embargo, estaba más interesado en el sigilo que en la intimidación.

Se detuvo junto a Gregor, un fornido soldado prusiano que era su guardia de confianza, y señaló con un asentimiento el burdel que había en la acera de enfrente de la calle.

—¿Está ahí dentro nuestra presa? —preguntó en alemán, dado que había muchos peatones por la calle, y podía haber entrometidos en cualquier parte.

—Sí. Su encuentro semanal con la preciosa Celeste —dijo Gregor—. Ese hombre es totalmente predecible.

Herrick apretó los dientes. Llevaba meses siguiendo a Nikolas Babevich, intentando descubrir para quién trabajaba. Hasta el momento no había conseguido nada. Su único consuelo era que Nikolas todavía no le había revelado a nadie el contenido de las cartas.

–Si es tan predecible, ¿por qué no hemos descubierto todavía quién lo está manipulando?

–¿Todavía está convencido de que tiene un socio?

–Nikolas Babevich es un cobarde patético que puede hacer trampas a las cartas o robarle la cartera a un hombre, pero no tiene ni el valor ni la inteligencia como para diseñar un plan de soborno a la condesa Karkoff –dijo Herrick Gerhardt, encogiéndose de hombros mientras observaba su entorno por instinto. No había nada demasiado pequeño como para escaparse de su atención–. Además, he investigado su pasado y, por todo lo que he averiguado, nunca ha salido de San Petersburgo. Quien esté detrás de esto tiene contactos en Inglaterra.

Gregor asintió. El soldado sabía que Nikolas estaba intentando chantajear a la condesa, pero poco más.

–He informado acerca de toda la gente con la que ha estado en contacto Babevich.

–Confío en ti, Gregor, pero es muy difícil mantener una vigilancia constante –dijo Herrick. En aquel momento entrecerró los ojos y se quedó inmóvil al ver a un caballero alto y distinguido que salía de la cafetería que había junto al burdel–. Vaya, esto sí que no me lo esperaba.

–¿Qué?

–Sir Charles Richards.

–¿Un inglés?

–Sí, y muy amigo del príncipe Michael.

Gregor se irguió, percibiendo al instante el tono tenso de la voz de Herrick Gerhardt.

–¿Ocurre algo?

Herrick hizo una pausa. Hacía mucho tiempo que había aprendido a depender de su intuición, y en aquel momento tenía todos los sentidos en alerta.

–Me pregunto por qué un caballero que es recibido con

frecuencia en palacio elige una cafetería más propia de la burguesía.

Gregor frunció el ceño.

—Quizá necesitara tomar algo después de visitar a madame Ivanna.

—Quizá.

—No parece muy convencido.

—Cuando el príncipe trabó amistad con Richards, hice unas cuantas preguntas discretas a mis contactos de Londres —admitió Herrick sin dejar de observar a sir Charles, que había recorrido la calle hasta el final para esperar, con impaciencia, a su carruaje.

—¿Le preocupa alguna cosa?

—Según la mayor parte de las informaciones, es lo que parece, un barón de poca importancia que era bien aceptado en sociedad y respetado como reformador del Parlamento.

—Entonces, ¿por qué se marchó de su país y dejó su carrera para vivir en un país extranjero?

—Eso es precisamente lo que me preguntaba yo.

—¿Y?

—Corrían rumores, la mayor parte de los cuales fueron sofocados por los poderosos amigos de Richards, pero que fueron suficientes para que tuviera que marcharse de Inglaterra y buscar un nuevo hogar, lo suficientemente alejado de Londres como para que no lo alcanzara el escándalo.

—Debió de ser un escándalo considerable para que tuviera que venir a San Petersburgo.

—Sí. Durante los últimos diez años, descubrieron a varias prostitutas flotando en el Támesis, degolladas.

Gregor emitió un sonido de estupor.

—¿Richards?

—No hubo ninguna prueba, pero la propietaria de un burdel le dijo a todos los que quisieron escucharla que Richards era cliente habitual de dos de las prostitutas asesinadas, y que él era el último que había estado con ellas antes de que desaparecieran. Por desgracia, la palabra de la dueña de un prostíbulo no fue suficiente para llevar a un aristócrata ante la justicia.

—Pero sí para causar rumores desagradables —murmuró Gregor.

—Exactamente.

—¿Y ha habido alguna prostituta degollada en San Petersburgo?

Aquello era lo primero que había investigado Herrick Gerhardt.

—No, pero eso no significa que no hayan sido asesinadas. Dimitri Tipova dirige su territorio con mano de hierro, y eliminaría cualquier problema que pudiera atraer la atención de las autoridades.

Gregor gruñó de repugnancia, pero no se sorprendió de que ni siquiera un hombre tan poderoso como Herrick Gerhardt no pudiera penetrar en la sucia política de los bajos fondos de San Petersburgo.

Dimitri Tipova, el Zar Mendigo, era su propia ley.

—Una pena.

—No del todo. Dimitri tiene tendencia a imponer su propia justicia sobre aquéllos que amenazan su posición.

—Si eso es cierto, entonces sir Charles parece muy saludable.

Herrick asintió con una expresión pensativa.

—Así que, o no ha habido muertes, o Dimitri ha preferido castigar a sir Charles de otro modo que no incluya la tortura habitual.

—¿Quiere decir que Dimitri le ha pedido dinero?

—Podría ser.

—Una situación desagradable, pero también un problema para otro día.

—A menos que esté relacionado con nuestro problema actual.

—¿Cree que...? —Gregor sacudió la cabeza—. No, no puede ser. He estado aquí desde que Babevich entró en el establecimiento de madame Ivanna. Richards no ha entrado ni ha salido mientras Babevich estaba dentro. No han podido reunirse.

—Ah, pero tú estabas vigilando la entrada principal, no el corredor secreto que lleva desde el burdel a la cafetería —dijo Herrick.

—¿Qué corredor secreto?

Herrick sonrió.

—Incluso los caballeros más poderosos disfrutan de los servicios que proporciona en su burdel madame Ivanna. Y ellos prefieren que sus visitas sean muy discretas.

Gregor arqueó una ceja.

—Entonces, ¿por qué conoce usted la existencia de ese corredor?

—Nada escapa a mi atención.

—Y eso me ha evitado a mí cometer muchos errores estúpidos —dijo Gregor con ironía—. ¿De verdad cree que sir Charles se ha reunido aquí con Babevich?

—Después de semanas siguiendo a ese idiota sin averiguar nada, ya no sé lo que creo —dijo Herrick con un suspiro de frustración—. Sin embargo, no tiene nada de malo que le haga una visita a sir Charles uno de estos días. Al menos, me permitirá juzgar si es lo suficientemente astuto e implacable como para idear un plan de soborno a la condesa —explicó. Después le puso la mano en el hombro a su guardia—. Vete a casa, Gregor. Yo seguiré vigilando a Nikolas Babevich.

Surrey, Inglaterra

Después de otra búsqueda infructuosa por la biblioteca, el gabinete de la parte posterior de la casa y de la sala de billar de Meadowland, Leonida salió al jardín para disfrutar del sol que se había abierto paso entre la niebla de la mañana.

Leonida se sentó en el banco de mármol que había en el

centro de la rosaleda, y elevó la cara hacia el cielo, intentando deshacerse de la tensión que le atenazaba el cuerpo.

Estaba muy cansada de su tarea. Detestaba engañar a Brianna, que había sido amable y encantadora con ella. Odiaba escabullirse por la casa como si fuera una vulgar ladrona.

Y, sobre todo, odiaba que la situación la estuviera convirtiendo en la enemiga del duque de Huntley.

Ojalá…

Como si lo hubiera conjurado con el pensamiento, Stefan apareció de repente ante ella, ataviado con una chaqueta color canela y un chaleco dorado.

A ella se le encogió el corazón al observar sus rasgos morenos. Dios Santo, era tan guapo que Leonida se estremeció y sintió un cosquilleo de placer por todo el cuerpo.

—Pensé que quizá te encontrara disfrutando del sol. ¿Estás sola? —le preguntó él.

Ella tardó un instante en encontrar la voz.

—Brianna ha ido a Hillside a supervisar a los trabajadores que están amueblando la casa. Está convencida de que no pueden elegir bien las telas para las cortinas.

—Entonces, ¿se ha ido sola, antes de que yo pudiera detenerla?

—Me prometió que se limitaría a sentarse en un sofá y a mirar las muestras de tela que iban a llegar esta mañana.

—Espero que entienda que Edmond me mataría si a ella le ocurriera algo.

—Nadie desea este bebé más que Brianna. No correrá ningún riesgo.

—Mmm —murmuró él—. Por lo menos, dime que se ha ido en carruaje y que se ha llevado varios jinetes.

—Eso creo —dijo ella, y lo miró con curiosidad—. ¿Crees que hay peligro en el camino entre Meadowland y Hillside?

—Los cazadores furtivos siempre son un peligro. Preferiría que tú no salieras de la finca sin escolta.

Ella se puso en pie al oír su respuesta. Estaba mintiendo. Leonida no sabía si era porque quería asustarla para que permaneciera cerca y para poder tenerla vigilada, o porque Stefan pensaba que podía hacerle algún daño a Brianna.

Ella alzó la barbilla. Quizá se mereciera que la trataran con tanta desconfianza, pero no tenía por qué disfrutar de ello.

—Al contrario que Brianna, yo no tengo dónde ir.

La expresión de Stefan se suavizó un poco, y en los labios se le dibujó una sonrisa de picardía.

—¿Te estás aburriendo con la aburrida vida cotidiana del campo, paloma?

—Ya te he dicho que prefiero llevar una vida tranquila.

—Sí, me lo has dicho. Sin embargo, insisto en que posees un espíritu más aventurero.

—Lo cual demuestra que no sabes nada sobre mí.

—Descubro más cosas a cada día que pasa —murmuró él, pasándole los dedos, lentamente, por el borde del escote, y provocándole pequeños escalofríos por todo el cuerpo—. Ahora sé que hay que mantenerte en el calor, como a una orquídea delicada, y que no te gustan mucho los licores. Sé que prefieres la ropa cómoda a las modas tontas, lo cual dice mucho a favor de tu sentido común, y que puedes pasar horas absorta en un libro que capte tu atención. Sé que tienes secretos que le ocultas al mundo, y que temes tu naturaleza apasionada.

Ella se apartó de él con brusquedad, como si le hubiera inquietado el hecho de que él supiera tanto de ella.

—Ridículo.

Él sonrió.

—¿Vamos a la gruta? Quizá pueda demostrarte la verdad de mis palabras.

—No sois tan irresistible como pensáis, Excelencia.

—Mentirosa —dijo Stefan. Se acercó a ella otra vez y le tomó la mejilla con una mano, mientras le acariciaba el labio inferior con un dedo—. ¿Puede calmar tu amor propio el hecho de que yo te encuentre igualmente irresistible? Debo admitir que es algo muy inconveniente. Me distraes más de lo que hubiera pensado en un principio.

–Yo no quiero ser una… distracción, te lo aseguro –dijo ella, con un cosquilleo en la espina dorsal, mientras él seguía acariciándole los labios–. De hecho, preferiría que volvieras a centrar tu atención en tus campos y tus vacas.

Stefan fijó la mirada en su rostro.

–No deberías haber venido a Inglaterra, Leonida.

–No tenía otro remedio.

Se hizo un silencio largo y tenso entre ellos. La mezcla de ira y deseo era casi tangible.

Al final, Stefan le pasó un brazo por la cintura y la condujo hasta una pequeña estructura de piedra que había al borde del jardín.

–Ven.

Ella intentó zafarse de él.

–No, yo…

–No tengas miedo, Leonida –la interrumpió Stefan con frustración–. Por mucho que pudiera disfrutar con un agradable retozo entre las lilas, no tengo tiempo para dedicárselo a una seducción esmerada. Me gustaría enseñarte una cosa.

–¿Qué es?

–Paciencia.

Ella apretó los labios, sabiendo que era inútil insistir. Permitió que él la guiara hasta el pequeño edificio de piedra, que estaba rematado con una cúpula de cristal, adornada con una gárgola que custodiaba la estrecha puerta de entrada.

Stefan le hizo un gesto para que entrara, y ella lo hizo, con cautela, muy consciente de su masculinidad al pasar a su lado. Entonces se detuvo de golpe, y abrió los ojos con un asombro lleno de placer, al mirar a su alrededor por la única estancia.

No sabía qué esperaba encontrarse, pero no era la fantasía caprichosa que se exhibía ante ella.

Sacudiendo la cabeza, se acercó a acariciar un dragón de

mármol que se erguía sobre el suelo de azulejo, con la boca abierta como si estuviera escupiendo fuego, y las alas doradas extendidas. Junto a una de las paredes había un barco pirata hecho de madera, con una vela que podía moverse, y un cañón que apuntaba hacia una ventana arqueada con vistas al lago. En otra esquina había dos caballos esculpidos, con sillas y riendas.

Parecía una visión sacada de un sueño infantil, y Leonida no tuvo problemas para imaginarse a un par de niños morenos de ojos azules, corriendo por la sala con dos espadas de madera.

Sintió una punzada de melancolía y, sin darse cuenta, se posó la mano en el vientre, como si de repente se hubiera despertado su instinto maternal.

Fue un pensamiento que le causó temor, y que disimuló mientras se volvía hacia Stefan.

—Es una maravilla.

—Mi madre hizo que construyeran esta sala de juegos cuando Edmond y yo éramos pequeños. Creo que tenía la esperanza de que nos distrajera de la idea de buscar tesoros enterrados entre sus rosales y de tirarnos al lago.

Leonida arqueó las cejas. La duquesa había sido una madre cariñosa, y también sabia.

—¿Lo consiguió?

Stefan se encogió de hombros.

—Yo pasaba mucho tiempo matando dragones y navegando por los mares, pero Edmond no estuvo satisfecho hasta que su vida corrió peligro de verdad.

Leonida sonrió.

—Estáis muy unidos.

—Sí —dijo él, con una mirada de advertencia—. Haría cualquier cosa por mi hermano.

—Y sin embargo, él pasó varios años en Rusia.

—Por insistencia del zar.

—¿Culpas a Alexander Pavlovich de la ausencia de Edmond?

—En parte sí —dijo Stefan, con una sombra en los ojos—. Edmond... se consideraba responsable de la muerte de mis padres. Su trabajo para el zar no sólo lo mantenía ocupado, sino que le proporcionaba una excusa razonable para no visitar un hogar lleno de recuerdos dolorosos. Afortunadamente, ha conseguido dejar el pasado atrás y ha encontrado la paz.

—¿Y tú, Stefan?
—¿Qué?
—¿Cuándo vas a dejar tú el pasado atrás?

Él apretó la mandíbula, demostrándole a Leonida que había acusado el golpe, pero su mirada inquietante no vaciló.

—Estamos hablando de Edmond. Ahora que tiene a Brianna y al bebé, no estoy dispuesto a permitir que se vaya a Rusia de nuevo.

Ella suspiró.

—Que yo sepa, Alexander Pavlovich no tiene intención de reclamar la presencia de lord Summerville.

—Ha vuelto a San Petersburgo.

Leonida sintió alivio, pero nada más, al saber que el zar estaba de vuelta en palacio, sano y salvo. Él gozaba de su lealtad y su gratitud por haberle proporcionado una existencia confortable, pero había sido demasiado distante con ella como para que pudiera considerarlo su padre.

—Sus consejeros estarán complacidos. Y mi madre también. Los enemigos del emperador se envalentonan demasiado cuando él está distraído.

—¿Qué enemigos?

Leonida se volvió a observar el dragón al darse cuenta de que había hablado demasiado.

—¿Por qué me has traído aquí?

—Parece que te gusta explorar Meadowland desde el sótano a la buhardilla. No quería que te perdieras mi refugio de infancia.

—Tú me dijiste que podía ver la casa —dijo ella con rigidez.

—Cierto. Claro que no sabía que ibas a ser tan meticulosa.

—Tienes varias obras de arte magníficas.

—¿Y te interesa el arte?

—Admiro la belleza.

Él posó las manos en sus hombros e hizo que se diera la vuelta para mirarla a los ojos. Ella esperaba que su expresión fuera acusatoria, pero sólo encontró un apetito voraz en su rostro.

—Como yo —dijo él con la voz ronca.

—Stefan...

No pudo decir lo que quería, porque él la besó con fuerza.

Leonida emitió un jadeo de sorpresa que se le quedó atrapado en la garganta, pero no hizo ningún esfuerzo por apartarlo de ella, y él la rodeó con los brazos y la apretó contra sí.

Ella intentó convencerse de que no tenía sentido que intentara luchar. Después de todo, él era mucho más alto y fuerte que ella. Desgraciadamente, Leonida era demasiado honesta como para negar la alegría que se había apoderado de su cuerpo, haciendo que se le separaran los labios y que, sin querer, le pasara los brazos alrededor del cuello y se arqueara hacia su cuerpo.

Había ansiado aquel momento desde que había visto a Stefan aparecer en el jardín.

Stefan murmuró algo y le besó toda la cara. Ella metió los dedos entre los rizos sedosos de su nuca mientras disfrutaba de sus caricias impacientes.

No acertaba a explicarse el motivo de que su reacción fuera tan explosiva, y en aquel momento a Leonida no le importaba. Lo único que le importaba eran las deliciosas sensaciones que se apoderaban de su cuerpo.

Perdida en el placer que le proporcionaba el roce de los labios de Stefan en el cuello, Leonida no se dio cuenta de nada de lo que ocurría más allá de los brazos del duque, y sufrió una desagradable decepción cuando él la apartó de sí con brusquedad.

—Demonios —murmuró él, dirigiéndose hacia la puerta.

—¿Qué ocurre, Maggie?

Leonida se posó una mano en el corazón al oír a la doncella respondiendo.

—El señor Riddle me encargó que le dijera que ya han llegado los trabajadores que van a arreglar el puente del prado sur. Les han dicho que no empezaran sin Su Excelencia.

—Gracias. Iré en un momento.

Se oyó el sonido de unos pasos que se alejaban, y Stefan se agarró al marco de la puerta y bajó la cabeza, respirando profundamente. Pasaron varios instantes antes de que él, por fin, se volviera con una expresión irónica hacia Leonida.

—Parece que el deber me llama. Le diré a Goodson que no sirva cena para mí —dijo, mirándole los labios, todavía hinchados por sus besos—. Intenta no cometer ninguna travesura, querida.

CAPÍTULO 8

Cuando se quedó a solas en la sala de juegos, Leonida se acercó a la ventana con vistas al lago.

Una parte de ella entendía que debía volver a Meadowland para proseguir con la búsqueda de las cartas mientras Stefan estaba ocupado reparando el puente, pero otra parte todavía estaba tambaleándose por la inesperada fuerza del deseo que había sentido.

Necesitaba un momento para recuperar la compostura y para aclararse la cabeza antes de regresar a la casa. Además, no estaba segura de que las piernas no le fallaran por el camino.

Mientras miraba el deslizar de los cisnes por el lago, a Leonida se le aceleró el corazón cuando el sonido de unos pasos rompió el silencio. Se dio la vuelta lentamente y vio una sombra en el vano de la puerta.

—Stefan...

Se tragó las palabras al ver a un hombre corpulento, con cara de bruto y ojos pequeños, oscuros, de mirada dura. El intruso pasó a la sala de juegos e, instintivamente, ella se retiró contra la pared.

¿Era un sirviente de Meadowland? No le parecía posible. Había conocido a la mayor parte de la servidumbre durante los días de su estancia en la casa, y no reconocía a aquel hombre.

Conteniendo un escalofrío, calculó desesperadamente cuáles eran las posibilidades que tenía de huir por la puerta esquivando al hombre.

Y él, como si le hubiera leído el pensamiento, caminó hacia ella con una sonrisa burlona.

—Señorita Karkoff —dijo con un acento que le provocó otro escalofrío a Leonida. Ruso. Y no era un hombre de su madre, de eso estaba completamente segura—. He estado esperando la oportunidad de poder hablar con usted a solas.

—¿Quién es?

—Digamos que me envía un conocido común.

Leonida recuperó la compostura y miró con desdén su ropa gastada. Estaba atrapada, y no le quedaba otro remedio que buscar una salida de aquel peligro.

—Dudo que tengamos amigos comunes.

—¿Cree que es mejor que yo? —replicó él—. Puede que tenga dinero y ropa buena, pero es una bastarda común y corriente, como yo.

—Sólo tengo que gritar para que acudan una docena de sirvientes a toda velocidad. ¿Desea verse en una celda inglesa?

—No va a gritar.

—¿Cómo puede estar tan seguro?

—Porque tendría que confesarle a su amante su verdadera razón para estar en Inglaterra.

Ella se esforzó por mantener una expresión desdeñosa, aunque el pánico le había atenazado el estómago. Aquel bruto tenía que estar relacionado con Nikolas Babevich. De lo contrario, ¿cómo iba a saber por qué había ido ella a Surrey?

¿Por qué la había seguido hasta allí? Y, lo más importante, ¿qué pretendía hacer con ella?

—He venido a visitar a lord y lady Summerville.

—Nada de eso. Ha venido a robar las cartas.

—No sé de qué...

—No perdamos el tiempo —gruñó él—. Tiene que robar las cartas de la condesa, cosa que me ahorrará a mí la molestia.

Leonida aceptó que el engaño no serviría de nada, y se concentró en la inadvertida revelación que le había hecho aquel hombre.

—Así que están aquí —le dijo—. Así que la persona que intentó chantajear a mi madre mentía cuando dijo que las tenía en su poder. La condesa quedará muy complacida.

—No por mucho tiempo —le advirtió el hombre, y moviéndose con una agilidad sorprendente, la atrapó contra la pared y le puso una daga al cuello.

—¿Está loco? —preguntó ella, espantada. Aquel hombre olía a dientes podridos y a desesperación.

—Va usted a encontrar esas cartas y va a dármelas.

—¿O qué? ¿Me matará?

—Después de haber pasado unos días haciendo que lamente haberme decepcionado —dijo con una expresión de lujuria—. O quizá no lo lamente. Una mujer rusa necesita algo más que un ciervo inglés entre las piernas. Necesita un toro siberiano.

Leonida no tuvo que fingir su repugnancia.

—Es usted vil.

Él le apretó el cuchillo contra el cuello.

—Le concedo hasta mañana para que me entregue las cartas. La esperaré detrás de los establos a las diez en punto.

—Pero... no sé dónde están.

—Entonces, tendrá que concentrarse en buscarlas y dejar de jugar con el miembro del duque.

Ella ignoró la vulgaridad. Ya se horrorizaría después por el hecho de que aquel horrible hombre los hubiera espiado a Stefan y a ella.

—¿Y si no las encuentro?

—Entonces, le cortaré el cuello y la llevaré a un lugar donde podamos estar solos. Después de eso... bueno, desaparecerá entre la maldita niebla de este país. Qué tragedia.

—Si desaparezco, el zar no descansará hasta que castigue a los responsables.

—Estoy dispuesto a correr el riesgo. Consígame las cartas.

Ella tragó saliva.

—No traicionaré a Rusia.

—Oh, creo que sí. La lealtad pasa a segundo plano cuando uno tiene un cuchillo en el cuello.

—Tengo dinero —dijo ella, intentando otra táctica—. Puedo pagarle mucho.

—Debo admitir que es tentador. Por desgracia, mi... jefe es un caballero que no aceptaría de buena gana que lo traicionara. Así que vuelva a la casa y encuéntreme esas cartas.

—Muy bien —dijo ella, aceptando que, por el momento, no tenía más remedio que ceder—. Volveré a la casa.

Él la miró con los ojos entrecerrados.

—Y, señorita Karkoff...

—¿Qué?

—No se le ocurra confesarse ante el duque. A menos que quiera encontrárselo flotando en el lago.

—No se atrevería.

—Hay pocas cosas que me gustarían más que liquidar a un noble inglés. ¿Qué es él sin su fortuna y sus sirvientes? Un ser patético y débil que merece morir. Téngalo en cuenta.

Leonida se estremeció. ¿Stefan asesinado por aquel canalla? ¿Su belleza poderosa y oscura, extinguida para siempre?

No.

No importaba lo que tuviera que hacer.

Nunca permitiría que Stefan sufriera.

Leonida corrió hacia la casa desesperadamente y buscó a Sophy, que estaba coqueteando con un mozo en las cocinas.

Se llevó a su asombrada doncella a la habitación y, rápidamente, le contó lo que había ocurrido en el jardín con aquel asesino ruso, y le dijo que tenía que cumplir su misión con la mayor premura.

Lo cual significaba que había terminado el tiempo para la discreción.

Condujo a Sophy directamente hacia la habitación de la duquesa en vez de pedirle que hiciera guardia, y le ordenó que buscara una caja fuerte oculta, o cualquier papel que pudiera estar guardado allí. Sólo podía confiar en tener suerte y que el ejército de sirvientes estuviera en otra parte de la casa.

Y, asombrosamente, tuvo suerte.

Al menos, en lo referente a los criados.

Sin embargo, no tuvo tanta suerte en cuanto al hallazgo de las cartas.

Después de cuatro horas de búsqueda inútil, Sophy suspiró y miró por la estancia con tanta frustración como Leonida.

—¿Y si no lo encontramos?

—Tenemos que conseguirlo, Sophy. Sigue buscando.

—¿Dónde? Hemos dado la vuelta a la habitación.

—Tienen que estar aquí —dijo Leonida, para darse fuerzas a sí misma, tanto como a la doncella. Sacudió la cabeza y la miró con el ceño fruncido—. ¿Dónde guardas tú tus pertenencias más valiosas?

Sophy se encogió de hombros con cansancio.

—No tengo muchas, pero escondo mis ahorros y mis mejores medias debajo del colchón.

Leonida suspiró. Ella ya había mirado bajó el colchón una docena de veces y no había encontrado nada.

De repente, se quedó inmóvil, pensando algo sorprendente.

—Oh.

—¿Qué?

—Acabo de acordarme de una conocida de mi madre, que recientemente hizo que le instalaran una caja fuerte en el suelo. Ayúdame —dijo, y comenzó a tirar del borde de la alfombra hacia arriba.

Entre las dos, enrollaron la alfombra hasta el centro de la habitación y vieron la forma casi invisible de una trampilla, que tenía un tirador pequeño de bronce.

—Ahí está —dijo Sophy.

Leonida se acercó al tirador y vio una pequeña cerradura.

—Demonios. Necesitamos la llave.

Sophy murmuró algo.

—Bueno, pues no está aquí.

Leonida se irguió con el corazón encogido.

—Creo que sé dónde está —susurró.

—¿Dónde?

—Ven conmigo —le dijo a Sophy, tomándola de la mano, y la condujo por el largo pasillo—. Necesito que hagas guardia.

—Claro —dijo Sophy, y soltó un jadeo de consternación al ver frente a qué puerta se detenía Leonida: era la de la habitación del duque de Huntley—. Oh, Dios mío.

—Quédate aquí por si se acerca alguien.

—Es una mala idea.

Leonida contuvo una risita histérica. Todo su viaje a Inglaterra había sido una mala idea.

—Estoy de acuerdo, Sophy, pero tengo que hacerlo.

Sophy suspiró.

—Supongo.

—Seré tan rápida como pueda. Quédate aquí.

Leonida se secó las manos sudorosas en la falda del vestido y, reuniendo valor, abrió la puerta y entró en el dormitorio.

Como en la primera ocasión que había entrado, se quedó admirada de la pura masculinidad de aquella estancia. El mobiliario era de roble inglés, y estaba tapizado con seda ocre claro, con pesadas cortinas de terciopelo verde. En las paredes había una increíble colección de van dykes, y cerca de la altísima ventana había una vitrina de suelo a techo que contenía primeras ediciones de valor inestimable.

Leonida se estremeció al percibir la esencia de Stefan, y recordó cómo era sentir sus dedos esbeltos acariciándole la piel, y el sabor de sus labios contra la boca. Sacudió la cabeza para descartar aquellos pensamientos que podían distraerla de su cometido, y se dirigió hacia el escritorio, que estaba casi enterrado bajo una pila de manuales sobre labranza y libros de contabilidad encuadernados en piel.

Ella tendría años para recordar a Stefan y las sensaciones abrasadoras que le había despertado. Aquél no era momento para permitirse fantasear.

Sin titubear, abrió el primer cajón y sacó una ristra de llaves que había visto durante su primer registro de la habitación. ¿Sería alguna la de aquella trampilla?

Cerró el cajón y salió corriendo de la suite y le habló al oído a Sophy.

—Quédate aquí vigilando las escaleras —le ordenó suavemente.

Sin darle oportunidad de protestar a la doncella, Leonida salió corriendo por el pasillo, entró en la habitación de la duquesa y, con los dedos temblorosos, comenzó a probar llaves en la cerradura de la trampilla. Había descartado casi una docena cuando, por fin, oyó el clic que estaba esperando. Se humedeció los labios resecos y abrió la trampilla.

En el espacio pequeño y cuadrado que había debajo vio un diario cubierto de polvo. Leonida lo apartó con cuidado y respiró profundamente al ver que también había un taco de cartas atadas con una cinta rosa.

Tomó el paquete y lo puso bajo la luz de la ventana. Entonces reconoció la escritura de su madre en el primer sobre y sintió un gran alivio, tan grande que se echó a temblar.

Dios Santo, lo había conseguido.

Su madre se salvaría, y si ella era lo suficientemente rápida, Stefan también.

Durante un breve momento, el alivio fue superado por la pena que le atravesó el corazón, pero después sacudió la cabeza, volvió a dejar el diario en su sitio y cerró la trampilla con llave.

Acababa de poner la alfombra en su sitio cuando la puerta

se abrió silenciosamente y Sophy asomó la cabeza en la habitación.

−Debe darse prisa. He oído decir a una sirvienta que el duque ha regresado.

−Ya he terminado.

Con una última mirada para asegurarse de que la habitación había quedado intacta, Leonida tomó las llaves con una mano y con la otra se escondió las cartas en los pliegues de la falda del vestido. Después salió apresuradamente del dormitorio.

Acababa de volver a su propio cuarto cuando oyó el sonido de la voz de Stefan desde el gran vestíbulo. Sintió otra punzada de dolor y arrepentimiento en el corazón antes de cerrar suavemente su puerta y echar la cerradura.

Había terminado.

Ya sólo tenía que idear su huida.

−¿Ha encontrado lo que estaba buscando? −le preguntó Sophy con un susurro nervioso.

Leonida se acercó a su joyero y metió allí las cartas, entre las perlas y el collar de ámbar, y después cerró la tapa con llave. No resistiría un intento serio de abrirlo, pero por el momento debía valer.

−Eso creo −dijo ella, volviéndose hacia su doncella.

−¿Y se lo va a dar a ese hombre?

−No.

−Pero...

Leonida le tomó la mano a su doncella con una expresión sombría.

−Mientras estoy en la cena, quiero que hagas nuestras maletas, y cuando estés segura de que no hay nadie cerca, ve directamente a los establos de Hillside y trae mi carruaje.

Sophy frunció el ceño.

−No voy a dejarla sola.

−Sólo será un rato. Debemos inventar una historia... −Leonida se mordió el labio inferior mientras se estrujaba el cerebro en busca de una mentira verosímil−. Puedes decirles a los criados de lord Summerville que has recibido el aviso de que tu madre está enferma y que yo te he permitido que vuelvas a Rusia para cuidarla. Eso impedirá que sospechen de tu repentina necesidad de marcharte.

—No lo entiendo.

—Cuando el carruaje esté lejos de Hillside, dile a Pyotr que lo lleve hasta la fila de árboles que hay más allá del lago. Asegúrate de que no se vea desde la carretera.

—¿Y usted?

—Yo tengo que asistir a la cena, y esperar a que todo el mundo se acueste —dijo con un gesto de consternación—. Cuando esté segura de que nadie se da cuenta, saldré de aquí. Cuanto más tiempo tengamos antes de que descubran que nos hemos ido, mejor.

Sophy dio un paso atrás y la miró con incredulidad.

—¿Es que vamos a empezar nuestro regreso a Rusia esta misma noche?

—No tengo otro remedio, Sophy. Cuando me vaya, estoy segura de que mis enemigos me seguirán, y el duque estará a salvo.

La doncella apretó los labios con desaprobación.

—Yo estoy mucho más preocupada por su seguridad. ¿Y si ese horrible hombre está vigilando la casa?

—Sin duda, lo está haciendo —dijo Leonida con un estremecimiento—. Por eso no me atrevo a esperar a mañana. Debemos confiar en que la oscuridad nos oculte.

Sophy negó con la cabeza.

—No me gusta esto.

—A mí tampoco, pero debo llevarle las... —se contuvo a tiempo. Demonios; si no tenía cuidado, nunca conseguiría engañar a Stefan, y menos a los enemigos que la perseguían—. Debo llevarle el paquete a mi madre antes de que caiga en manos de los traidores.

La doncella suspiró con resignación y fue hacia la puerta.

—Muy bien.

—Sophy.

—¿Sí?

—Dile a Pyotr que quizá sea bastante tarde cuando consiga escapar. No puedo correr el riesgo de que me descubran.

—¿Y su equipaje?

Leonida se encogió de hombros.

—Tomaré lo que pueda, y dejaré lo demás. Sin duda, el duque disfrutará mucho echando mis posesiones al fuego.

Como de costumbre, Stefan se retiró a su estudio privado después de la cena con intención de revisar los informes quincenales para la reunión que tenía con su secretario al día siguiente. Aquella habitación abarrotada siempre había sido un lugar de paz para él. Entre aquellas cuatro paredes podía tomar su brandy sin interrupciones, rodeado de recuerdos felices. Se veía sentado en las rodillas de su padre, mientras el duque le enseñaba a llevar las cuentas. O se veía junto a la ventana, estudiando las tierras que un día serían su responsabilidad.

Aquella noche, sin embargo, no tenía recuerdos de su infancia, ni tampoco tenía ganas de revisar los nuevos manuales de labranza que habían llegado con el último correo.

No, aquella noche sólo podía pensar en la señorita Leonida Karkoff.

Y en su comportamiento peculiar durante la cena.

Apenas había pronunciado palabra, y tenía una expresión distraída, como si llevara un gran peso sobre los hombros.

¿Qué demonios estaría pensando? ¿Y por qué él no podía pensar en otra cosa que en ir a verla y...? ¿Qué? ¿Pedirle otra vez unas explicaciones que ella se negaba a darle? ¿Ofrecerle un consuelo que ella no se merecía? ¿Llevársela a la cama y terminar con aquella agonía?

Con un gruñido, Stefan dejó su copa de brandy sobre el escritorio. Se dio la vuelta y salió del estudio. Odiaba aquella inquietud, y la vaga sensación de que su vida había sido alterada sin remedio.

Aquello era culpa de Leonida Karkoff.

Eso era lo que pensaba cuando abrió la puerta de su dormitorio y descubrió a la mujer de sus sueños cerrando el primer cajón de su escritorio.

Sintió un calor salvaje por todo el cuerpo, y se bebió la visión del cuerpo esbelto de Leonida, cubierto sólo con un camisón de lino, y de su glorioso pelo suelto. Ella estaba de espaldas a él, y la vela que sujetaba hacía que la tela de su camisón resultara casi transparente y revelara la belleza que había debajo.

Dios Santo.

Casi sin darse cuenta de que se estaba moviendo, Stefan cerró silenciosamente la puerta y giró la llave en la cerradura.

Cuando había ido a sus habitaciones, no sabía qué iba a hacer.

En aquel momento ya no tenía ninguna duda.

Se adelantó hasta que estuvo junto a Leonida, y entonces le habló.

—Qué sorpresa tan agradable, paloma —le dijo, disfrutando enormemente de su gritito de alarma, mientras Leonida se daba la vuelta hacia él—. Llevaba días deseando atraerte hasta mi habitación, y aquí estás, esperándome como una aparición de mis sueños.

Ella se apretó contra el escritorio, como si aquel pequeño espacio fuera a impedir que la devorara. Ingenua.

—Perdona mi intromisión, yo...

Él arqueó una ceja cuando a ella le falló la voz y sus mejillas se volvieron de un rosa encantador.

—¿Sí?

—Deseaba escribirle una carta a mi madre, y necesitaba pergamino.

Stefan se acercó a ella. Se acercó tanto como para inspirar el dulce olor a jazmín.

—¿Pergamino?
—Sí.
—¿Y por qué, señorita Karkoff, suponéis que no os creo? —murmuró, inclinándose hacia delante para apoyar las palmas de las manos sobre el escritorio, aprisionándola entre los brazos.

Ella se humedeció los labios mientras intentaba mirarlo a los ojos.

—No tengo la menor idea.

—Sin duda, porque eso es una mentira —dijo Stefan, y rozó la mejilla de Leonida con la suya, deleitándose con el tacto de seda de su piel. La inquietud de Stefan se calmó, fue sustituida por una gran impaciencia—. Como otras muchas que han salido de esos maravillosos labios.

Ella lo empujó suavemente en el pecho.

—¿Siempre tienes que ser tan ofensivo?

Él se movió para acariciarle con la nariz detrás de la oreja, y con el cuerpo, la atrapó contra el escritorio mientras se quitaba la corbata y se sacaba la chaqueta. Siguió el chaleco y la camisa de lino. Si ella quería tocar su pecho, entonces, por Dios que él iba a disfrutar de ello.

Le tomó las manos y volvió a posárselas sobre la piel desnuda de su pecho.

—¿Preferirías cumplidos? —le preguntó, y le mordisqueó el lóbulo de la oreja—. Muy bien. ¿Te digo que tienes el pelo del color de los rayos del sol de verano, y que tus ojos son los de un ángel? ¿O quizá prefieras oír que paso las noches soñando con quitarte la ropa para poder pasar las horas explorando tu piel de alabastro?

Con un violento estremecimiento, Leonida intentó arquearse para escapar de sus tiernas caricias.

—¿Entonces, no confías en mí, ni te gusto especialmente, pero quieres acostarte conmigo?

Él le besó la garganta y acarició con la lengua el lugar donde latía su pulso.

—Yo no he dicho que no me gustes —respondió él, y siguió mordisqueando hasta que llegó al borde de su camisón–. Esto me gusta mucho.

Ella gruñó y flexionó los dedos hasta que le clavó las uñas en la piel. Aquel diminuto dolor sólo sirvió para intensificar la turbulenta necesidad que sentía Stefan.

–Stefan, tienes que parar.

–¿Por qué?

–Porque...

Ella se interrumpió de repente, al sentir que él capturaba con los dientes su pezón endurecido a través de la tela del camisón.

–¿Sí? –murmuró Stefan, jugueteando con la lengua.

–Eres tan terriblemente petulante –gruñó ella, inclinándose hacia delante para esconder la cara en la curva del cuello de Stefan.

Las llamas comenzaron a devorarle el cuerpo y endurecieron sus músculos. Le temblaron las manos mientras le guiaba los dedos hacia la cintura de sus pantalones.

–Petulante no, demasiado vestido –dijo–. Ayúdame.

Perdió la capacidad de pensamiento cuando ella comenzó a tirar de las trabillas, rozando su erección y enviándole pequeños dardos de placer. Rápidamente, él se quitó los zapatos, mientras los pantalones se le deslizaban por las piernas.

–Dios Santo, ¿qué me has hecho?

–Nada.

–Mentirosa.

Por fin, liberado de la ropa, Stefan tomó a aquella deliciosa mujer en brazos y la llevó hacia la cama. La depositó sobre el colchón, tumbada con los pies colgando hacia el suelo, y se arrodilló entre sus piernas.

Durante un momento, se limitó a beberse la imagen de Leonida tendida en su cama, con su melena dorada extendida alrededor del rostro sonrojado como si fuera un halo. Entonces, con cuidado, comenzó a subirle el bajo del camisón.

—No importa cuántas veces me diga que soy un idiota por permitir que el deseo rija mi sentido común; no puedo resistir la tentación.

—Stefan...

—No —dijo él, y bajó la cabeza para rozarle con los labios el muslo—. No más palabras. Tengo que tomarte antes de volverme loco.

Ella emitió un sonido ahogado y se agarró a la manta que había bajo ella apretando los puños, mientras Stefan exploraba su piel suave. El olor a jazmín se volvió más intenso a medida que él se acercaba a la unión de sus muslos, metiéndosele en la piel hasta que estuvo ahogado de deseo.

Metió los dedos bajo sus rodillas y le separó las piernas mientras le pasaba la lengua por la hendidura húmeda. El gemido de placer de Leonida llenó la habitación, pero no fue lo suficientemente alto como para llamar la atención de los sirvientes. Con un orgullo petulante al saber que él era el primer hombre que había probado su inocencia dulce, Stefan lamió y jugueteó hasta que ella estuvo retorciéndose sin control bajo él, agarrándose a su pelo mientras se acercaba al clímax.

—Por favor... —jadeó, sumida en el placer.

Con un último roce de la lengua, él la lanzó por el abismo del placer, y se tendió sobre ella mientras Leonida se estremecía de euforia.

Ella todavía tenía las piernas separadas, y él se acomodó entre sus caderas. Parecía como si aquella muchacha hubiera nacido para acogerlo de aquella precisa manera. Y quizá fuera así. ¿Qué otra explicación había para la abrumadora necesidad que se había adueñado de él?

Tomó su cara entre las manos y la besó con ferocidad. Ella lo abrazó y le acarició la espalda con los dedos, con roces inexpertos. Stefan no necesitó más indicaciones. Los dos habían deseado y necesitado aquello desde el primer momento en que se habían cruzado sus caminos.

Stefan interrumpió sus besos y se movió hacia la curva de

su cuello. Exploró sus hombros, sus brazos y, finalmente, le acarició los pechos y jugueteó con sus pezones. Ella gimió y le clavó las uñas en la espalda.

Stefan murmuró una palabrota al darse cuenta, bruscamente, de que estaba muy cerca del clímax. Dios Santo, ¿qué le pasaba? Con sólo unas caricias torpes, Leonida podía hacer que se sintiera como un adolescente ansioso.

Stefan colocó su miembro erecto junto a la entrada de su cuerpo. Apretó los dientes, recordándose que ella era virgen mientras presionaba lentamente hacia su calor.

Ella se quedó rígida al sentir la penetración, y su respiración se hizo entrecortada. Stefan se obligó a esperar hasta que ella se acostumbró a la presión, temblando del esfuerzo. Sólo cuando sintió que la tensión cedía comenzó a mecerse suavemente contra ella, y volvió a juguetear con sus pezones. Deslizó una mano entre los dos para acariciarle el diminuto punto del placer.

Murmurándole palabras de ánimo al oído, Stefan aceleró el ritmo de las acometidas, y sintió cómo el cuerpo de Leonida lo aprisionaba y le enviaba oleadas de placer que se extendían por todos sus miembros.

Estaba muy cerca... muy cerca.

Leonida arqueó las caderas hacia arriba para recibir sus embestidas, y después jadeó suavemente bajo él cuando sintió el éxtasis nuevamente.

Las pequeñas ondas que ella le transmitió fueron como una chispa que encendió la leña y, arqueándose hacia atrás, Stefan permitió que la alegría se adueñara de su cuerpo.

CAPÍTULO 9

Stefan estaba furioso cuando salió de los establos de Hillside.

No era su estado de ánimo habitual después de una noche de pasión satisfactoria.

Pero, por supuesto, nunca había tomado a una mujer bajo su techo. Prefería encontrarse con sus amantes lejos de Meadowland. Y, ciertamente, nunca había estado con una mujer que suspirara de placer entre sus brazos y que desapareciera como una voluta de humo a mitad de la noche.

—Maldita sea —dijo, dando un portazo—. Cuando le ponga las manos encima a esa mujer...

—Espero que la mujer de la que hablas no sea mi esposa —dijo alguien con una voz muy familiar desde detrás de él.

Stefan se dio la vuelta y vio a su hermano desmontando y entregándole las riendas de su caballo blanco a uno de los mozos, que se llevó al animal al interior de los establos.

—Edmond —dijo con una sonrisa, y se percató de que estaba lleno de polvo. Claramente, había cabalgado a todo galope desde Londres—. No pensaba que fueras a volver tan pronto.

Edmond se frotó la nuca con un gesto de cansancio.

—Hablé con los consejeros de la reina e hice todo lo posible por convencerlos de que debía evitar escándalos innecesarios, pero no tengo muchas esperanzas. Ni siquiera sus mejores amigos pueden controlarla.

—¿Está decidida a asistir a la ceremonia?

—Sí.

Stefan se encogió de hombros.

—Has cumplido con tu deber.

Edmond se rió sin ganas.

—Esperemos que el rey piense lo mismo que tú.

—Es su esposa, no la tuya.

—Gracias a Dios —dijo Edmond, y su expresión severa se suavizó. Estaba pensando en Brianna—. Y, hablando de mi esposa, estoy impaciente por verla. ¿Te ha acompañado a Hillside?

—No, se las arregló para escaparse ayer, mientras yo estaba ocupado, y vino a Hillside a reunirse con los encargados de las reformas. Les dejé bien claro a mis criados que debía pasar todo el día de hoy descansando.

Edmond arqueó las cejas.

—Eres un valiente.

—Gracias a Dios, tú has vuelto para llevarte lo peor de su enfado.

—Pues sí —respondió Edmond con sequedad—. Si Brianna no está aquí, ¿por qué has venido tú a Hillside?

—Pensaba que estabas impaciente por reunirte con tu mujer.

Edmond se cruzó de brazos, como era de esperar, y lo miró con los ojos entornados. Quizá tuviera muchas ganas de ver a Brianna, pero no iba a marcharse hasta que supiera por qué estaba allí Stefan. Edmond era peor que una gallina con sus polluelos en lo referente a su hermano.

—Ahora sí que siento curiosidad. ¿Tiene esto algo que ver con mi joven y preciosa invitada?

—Tu joven y preciosa invitada se ha largado sin decir nada a nadie.

—¿Cómo?

Stefan apretó los puños a ambos lados del cuerpo al recordar la incredulidad y el estupor que había experimentado cuando Goodson le había informado de que Leonida había desaparecido, y que su cama no había sido deshecha.

Al principio, Stefan había pensado que ella se había levantado de su cama de madrugada y había ido a pasear por el jardín, o que estaba otra vez registrando Meadowland en busca de una cosa misteriosa. Después se había dado cuenta de que su doncella también había desaparecido, y había ido a su habitación, donde había descubierto que faltaban varios vestidos y objetos personales.

Su incredulidad se había convertido en furia, y Stefan había ido a Hillside sabiendo de antemano que el carruaje y el mozo de Brianna también se habían esfumado.

—Ha desaparecido a medianoche, con su coche, su doncella y su mozo, y con Dios sabe qué más cosas.

—¿Te ha dejado algún mensaje?

—¿Crees que iba a dejarme una nota agradeciéndome mi hospitalidad?

Edmond lo miró fijamente.

—Entiendo.

—Me alegra que uno de los dos lo haga.

—Dime, Stefan, ¿es posible que Leonida tuviera algún motivo para sentir que necesitaba escaparse de noche?

Stefan movió la mano con impaciencia.

—Eso es lo que estoy intentando averiguar.

—Me refería a ti, querido hermano —le dijo Edward suavemente—. ¿Le diste motivos para que sintiera que debía huir?

Stefan se puso tenso.

Por supuesto, se le había pasado por la cabeza la desagradable idea de que Leonida hubiera escapado porque habían estado juntos aquella noche. Para una mujer, la pérdida de su virginidad podía ser una experiencia desconcertante, y quizá ella hubiera reaccionado de aquel modo exagerado.

Aquel pensamiento había conseguido que se le encogiera el estómago de miedo.

Afortunadamente, había recapacitado rápidamente. Leonida era virgen, pero lo había aceptado con deseo en su cuerpo. Y más de una vez. Y, al final de la noche, ella se había vuelto atrevida en sus caricias.

Fuera cual fuera su razón para escapar, no tenía nada que ver con la pasión explosiva que había entre los dos.

—No.

Edward no quedó convencido.

—Mmm.

—Ten cuidado, Edmond —le advirtió Stefan. No estaba preparado para hablar de su obsesión erótica por Leonida Karkoff.

Edmond frunció los labios, pero fue lo suficientemente inteligente como para no presionar a su hermano.

—Debe de tener algún motivo para haberse ido así —dijo, en tono de acusación.

—Sólo puedo suponer que ha terminado la tarea que vino a desempeñar aquí.

—¿Y cuál era esa tarea?

—Robar algo de Meadowland.

—¿Crees que la hija de la condesa Karkoff es una vulgar ladrona?

Stefan soltó un resoplido.

—Créeme, no tiene nada de vulgar.

—¿Has echado algo en falta? ¿La plata? ¿Las joyas de mamá? ¿Los van dykes?

Stefan se movió con impaciencia. Había hecho que Goodson revisara la mansión, pero, hasta el momento, la meticulosa vista del mayordomo no había detectado ninguna ausencia.

Sin embargo, eso no servía para acabar con las sospechas de Stefan.

—No.

Edmond observó la expresión sombría de su hermano.

—Stefan, te has comportado de una manera muy rara desde que la señorita Karkoff llegó a Surrey. ¿Estás seguro de que tu fascinación por esa mujer no te ha convencido de que la miraras con desconfianza?

—La miro con desconfianza porque se ha dedicado a registrar Meadowland como si estuviera buscando un tesoro —replicó Stefan—. Estaba especialmente interesada en las habitaciones de mamá.

—¿Estás seguro?

—Completamente seguro.

Edmond negó con la cabeza.

—¿Y qué podía estar buscando?

—Supongo que tenía algo que ver con la relación de mamá con Rusia. Sin embargo, las pocas cosas que trajo de San Petersburgo no tenían demasiado valor. Al menos, para nadie que no seamos nosotros.

Edmond puso mala cara. Era tan celoso como Stefan de la memoria de sus padres.

—Y ahora, ha desaparecido.

—Sí.

—¿Y qué pretendes hacer?

Stefan no titubeó. Se volvió hacia el carruaje que había dejado en el patio del establo.

—Ir tras ella.

Edmond lo tomó por el brazo para detenerlo, y lo miró con preocupación.

—Stefan, espera.

—¿Qué ocurre?

—Eres el duque de Huntley. No puedes marcharte así por las buenas. Sabes que debes permanecer en Meadowland. Yo me pondré en contacto con mis amigos de Rusia...

—No —dijo Stefan categóricamente—. La señorita Karkoff es asunto mío, y yo me encargaré de ella en persona.

—Entonces, admites que es algo personal —gruñó Edmond.

—Esto no es asunto tuyo, Edmond.

—Maldita sea —murmuró Edmond, que tuvo que tragarse las ganas de continuar con aquella conversación. Suspiró y dijo—: Al menos, prométeme que te llevarás a tus sirvientes.

—Soy perfectamente capaz de organizar mi viaje.

Edward hizo un gesto de derrota con ambas manos.

—¿Sabes que te has vuelto completamente loco?

Stefan sonrió con ironía. Eso era lo único que sabía con certeza.

—Ve a ver a tu mujer —le dijo a su hermano, y se dirigió hacia el carruaje.

Leonida había supuesto, apresuradamente, que la parte más difícil de su viaje sería escapar de Meadowland sin que Stefan lo supiera, y sin que el ruso que merodeaba por la finca le cortara el cuello.

Se había equivocado, por supuesto.

Su decisión de volver a San Petersburgo por tierra en vez de hacerlo por mar había sido lo único sensato. Todos aquellos que la buscaran se dirigirían al norte, y por otra parte, ella no podía soportar la idea de verse atrapada en un barco del cual no podría escapar si era necesario.

Por desgracia, debía viajar disfrazada, y además no podía retirar dinero de las cuentas de su madre y tenía que depender del poco dinero que llevaba encima. Además, eso también hizo que tuvieran que quedarse en Dover mientras Pyotr vendía su carruaje, conseguía unos pasaportes falsos y compraba los billetes para el barco, mientras Sophy buscaba por las tiendas unos vestidos de crepé negros y sombreros con velo para que ocultaran la cara de su señora de las miradas entrometidas. Hubo otro retraso en Calais, mientras Pyotr encontraba un carruaje que pudiera llevarlas por las carreteras embarradas hasta París.

Y como colofón, cuando llegaron a las afueras de la

ciudad, una de las ruedas traseras del coche se partió al encajarse en un surco especialmente profundo del camino. Tras dos días de espera a que el coche fuera reparado, Pyotr la informó de que todavía no estaba terminado, y de que el carretero no podría tenerlo listo hasta el día siguiente, puesto que debía atender a unos aristócratas que participaban en una carrera de carruajes desde París a Boulogne.

Leonida, que estaba en la calle junto a Sophy y Pyotr, suspiró con consternación y miró hacia el hotel en el que se alojaban, un edificio de piedra con barandillas de hierro forjado y guirnaldas ornamentales sobre las ventanas. El hotel tenía un precio razonable y estaba cerca de Saint Honoré, pero ésos eran todos sus méritos. Sin embargo, era lo que Leonida podía permitirse en aquellos momentos.

—Muy bien —dijo, conteniendo la frustración que sentía—. Parece que tendré que decirle al propietario que no dejaremos la habitación hoy, después de todo.

Pyotr retorció la gorra entre las manos encallecidas.

—No es culpa tuya, Pyotr. No ha sido más que un accidente desafortunado —le dijo Leonida, dándole unos golpecitos en el antebrazo—. Ve y come tranquilamente.

—¿Y qué hacemos nosotras? —le preguntó Leonida cuando se quedaron solas.

—Parece que no nos queda más remedio que hacer lo que hacen todas las mujeres en París. Ir de compras.

—¿Cómo? ¿Ha perdido el juicio? —le preguntó Sophy con horror—. ¿Y si la reconocen?

—No te preocupes, llevaré la cara cubierta.

—Pero me parece que...

—Sophy, los sirvientes del hotel nos miran con desconfianza. Ni siquiera la viuda más recluida permanece siempre en su habitación —dijo—. Además, me voy a volver loca si no tomo un poco de aire fresco.

—Bah —dijo Sophy—. El aire es repugnante.

Aquello era cierto. Olía a basura, pero aquella callecita estaba muy sucia. Leonida esperaba que las calles vecinas estuvieran más limpias.

Tomó del brazo a su doncella y la alejó del hotel.

–Vamos. Todo saldrá bien.

En poco tiempo, llegaron a unas anchas avenidas que conducían hasta el Palais-Royal. Los edificios modestos fueron transformándose en residencias privadas lujosas, con fachadas clásicas y sencillas y otras con profusión de adornos, ninfas y deidades juguetonas. El tráfico también se intensificó. Las calles estaban llenas de carruajes y de cabriolés.

Al poco tiempo, entraron a una estructura de esqueleto metálico con una cúpula de cristal muy alta que cubría las tiendas, y cuyo interior estaba igualmente abarrotado de gente. Leonida dejó a Sophy en una juguetería y pasó por delante de varias tiendas antes de detenerse frente a una joyería, en cuyo escaparate vio una colección de escarabajos fabricados con piedras preciosas y convertidos en broches y en collares.

Mientras se preguntaba qué tonta compraría un adorno tan feo, Leonida no se dio cuenta de que un niño pelirrojo y pecoso se acercaba a ella y tiraba de su bolso hasta que los lazos de satén se rompieron y pudo salir corriendo con el botín.

Leonida se maldijo en voz baja por su falta de atención, observando sin poder hacer nada cómo el niño se escabullía entre la multitud. Afortunadamente, tenía la mayor parte de su dinero en un bolsillo oculto entre las telas de la falda del vestido, y lo más importante, las cartas de su madre estaban escondidas en el forro de su maleta.

Sin embargo, en aquel bolso tenía su pañuelo favorito y las monedas que iba a gastar en una merienda para Sophy y para ella. Era muy inconveniente que aquel pillo se lo hubiera robado.

Cuando estaba a punto de dar por perdido su bolso, Leonida observó con sorpresa cómo un caballero alto y distinguido, de pelo plateado y rasgos agraciados, agarraba al niño por la espalda de la camisa y lo levantaba del suelo.

Le dijo unas cuantas palabras al oído y después le quitó el bolso de entre los dedos sucios. Seguidamente lo dejó en el suelo y le permitió que se escabullera. Sólo entonces miró a Leonida con una sonrisa y se acercó a ella.

—Creo que esto le pertenece —le dijo en francés, con un fuerte acento inglés, mientras le entregaba el maltrecho bolso.

—Sí, gracias.

Leonida tomó su propiedad y dio un discreto paso hacia atrás. El caballero iba impecablemente vestido y, a juzgar por el tamaño del brillante del alfiler de la corbata, era rico. Sin embargo, ella quiso, por instinto, alejarse de él. Aquel hombre tenía algo que le transmitía a Leonida una amenaza fría.

—Normalmente no soy una presa tan fácil. Me temo que estaba distraída.

El caballero miró el escaparate de la joyería.

—Ah. ¿Estaba admirando los broches?

Leonida reprimió el impulso de salir corriendo, ya que aquel hombre había acudido en su ayuda. Lo menos que podía hacer era ser amable.

—En realidad, me preguntaba si alguien compraría uno de esos objetos.

El hombre sonrió otra vez, pero la sonrisa no le llegó a los ojos oscuros.

—A mí ya no me sorprende lo que los parisinos consideran elegante. A menudo me parece que hacen una competición por ver quién resulta más escandaloso.

—Sí... bueno... debo marcharme.

Con una asombrosa rapidez, él le tomó la mano.

—¿No quiere acompañarme a tomar un café? Le aseguro que por esa calle hay una cafetería donde sirven las pastas más deliciosas de la ciudad.

Leonida tiró de la mano para liberarse de él, pero no lo consiguió.

—Gracias, pero no.

—Vamos, vamos, querida, no puede abandonarme sin decirme, al menos, cómo se llama.

—Madame Marseau —dijo ella de mala gana, dándole el nombre con el cual estaba viajando.

—¿Está casada?

—Soy viuda.

—Entiendo —dijo él, y se inclinó hacia delante, como si quisiera verle la cara a través del espeso velo del sombrero—. Y rusa, si mis oídos no me engañan —murmuró.

—De veras, debo...

—Sir Charles Richards, a su servicio —dijo él, e hizo una reverencia sobre la mano de Leonida, ignorando sin piedad sus esfuerzos por soltarse—. Dígame, señora, ¿vive en París?

—No, sólo estoy de paso.

—Ah, qué encantador. Una viajera, como yo —dijo el hombre—. Yo soy de Londres, y todavía no me he familiarizado por completo con las calles de esta ciudad, pero estaré encantado de ser su guía.

—Mi estancia es muy breve como para hacer turismo —dijo ella. En aquella ocasión, tiró con fuerza de la mano, de modo que él se vio obligado a soltarla para no llamar la atención de los demás peatones—. Que tenga buen día.

—Por lo menos, permítame que le dé mi tarjeta —dijo él, y le bloqueó con habilidad el paso mientras le ponía una tarjeta de bordes dorados en la palma de la mano—. Me alojo en el Hotel Montmacier, en la Rue de Varenne. Si decide permanecer en París, espero que me envíe una nota.

—No hay posibilidad de que me quede en la ciudad.

—De todos modos, si me necesita por cualquier motivo, quiero que sepa que puede contar conmigo.

Ella frunció el ceño. ¿Por qué demonios era tan persistente aquel hombre? ¿Acaso creía que una viuda sin protección era fácil de seducir? Quizá él tuviera la esperanza de que fuera una mujer solitaria y tan ingenua como para caer en brazos del primer hombre que le prestara un poco de atención.

—No será necesario.

—¿Quién sabe? Todas las precauciones son pocas por parte de una mujer joven en París. Ella torció los labios al recordar todos los problemas que había tenido desde que había salido de Rusia.

—Supongo que eso es cierto —le dijo con ironía.

Al ver acercarse a Sophy, sintió un gran alivio. La doncella se dirigía con determinación hacia ellos.

—Recuerde —le dijo él en voz baja—. Sólo tiene que enviarme un mensaje y haré lo que esté en mi mano por ayudarla.

Ella negó con la cabeza.

—¿Siempre ofrece sus servicios con tanta ansia?

—Sólo a las mujeres bellas —replicó él con suavidad.

Sophy apareció a su lado, y sin darle a la doncella ocasión de recuperar el aliento, Leonida la tomó del brazo y la alejó del insistente caballero.

De repente, la idea de recluirse en el hotel no le parecía tan odiosa.

—Buen día, señor.

Charles tuvo que hacer un esfuerzo brutal por mantenerse inmóvil mientras su presa se alejaba. No parpadeó. En vez de eso, se concentró en respirar con calma, contando los latidos de su corazón, e intentando que la neblina roja que le cegaba la mente se disipara.

Ella había estado allí mismo, a su alcance. Charles había sentido un cosquilleo en las manos, una intensa necesidad de agarrarla por el cuello y exigir que le entregara las cartas, pero en aquella calle había demasiados testigos y demasiados Guardias del Rey. Lo único que podía hacer era intentar llevarla a un lugar más privado, y no lo había conseguido.

Maldita mujer.

Había esperado durante dos días la oportunidad de actuar. Desde que había recibido el mensaje de su sirviente diciéndole que Karkoff había conseguido escapar y que no estaba en ninguna de las carreteras que conducían al norte, él había vigilado todas las rutas que llevaban desde Calais a París.

Y la suerte, por una vez, lo había acompañado. Ya era hora. Había reconocido a la doncella de Leonida cuando se habían detenido en una posada cercana a la ciudad. Él le había ordenado a uno de sus hombres que se asegurara de que el carruaje quedaba inutilizado, mientras volvía a París para asegurarse de que el carretero a quien contrataba el mozo de la hija de la condesa de Karkoff entendía que habría una buena recompensa si podía prolongar tanto como fuera posible la reparación del coche.

Después de eso, debería haber sido fácil hacerse con las cartas, pero aquella mujer no había querido salir de la habitación del hotel, y la doncella a quien él había sobornado le había dicho que no había ninguna carta entre las pertenencias de madame Marseau.

Inconscientemente, Charles se metió la mano al bolsillo del pantalón donde llevaba la pequeña daga. Su apetito se estaba haciendo insoportable.

Todavía estaba allí cuando el chico pelirrojo que le había robado el bolso a Leonida volvió con una sonrisa en su fea cara.

—¿Lo he hecho bien? —le preguntó.

—Perfectamente —dijo Charles, y le entregó una moneda—. Ahí tienes tu recompensa.

—¿Desea algo más, *monsieur*?

Estaba a punto de despedir al niño, pero vaciló.

Había tenido que dejar escapar momentáneamente a la

señorita Karkoff, pero eso no significaba que no pudiera saciar su necesidad ardiente.

Siempre había mujeres que necesitaban sus atenciones especiales.

−En realidad, sí −dijo. Sangre. Dulce sangre−. Quiero que me lleves a ver a tu madre.

CAPÍTULO 10

A la mañana siguiente, Leonida estaba en el salón del hotel, paseándose de un lado a otro. El único sonido que interrumpía el silencio era el ruido del crepé de su vestido. Mientras caminaba, jugueteaba nerviosamente con uno de los numerosos lazos que ataban el vestido desde el cuello alto hasta el bajo de la falda.

Esperó hasta que un atribulado Pyotr salió de la estancia, y miró a Sophy con una gran frustración.

—Dios Santo, creo que hemos dado con el carretero más incompetente de toda Francia.

—Un idiota, en mi opinión —murmuró Sophy—. Me sorprendería que supiera de verdad cómo se arregla una rueda.

—Yo también me pregunto si sabe. Le concederé hasta mañana por la mañana, y si no nos entrega el coche, lo llevaremos a otro establecimiento —dijo Leonida, mientras se masajeaba las sienes doloridas con los dedos. No había dormido bien desde que habían salido de Meadowland, y la preocupación estaba empezando a pasarle factura—. Maldita sea.

Sophy se acercó a ella y le acarició la espalda para reconfortarla.

—Bueno, no tiene sentido lamentar lo que no se puede cambiar. Pronto estaremos en casa otra vez. Y no puede haber nadie que sepa que estamos en París.

—No —dijo Leonida, aunque no estuviera demasiado segura de ello.

—Debería tomar un baño caliente. Eso hará que se sienta mejor.

—¿Y tú?

La doncella sonrió con los ojos brillantes.

—Pyotr mencionó que tenía un roto en el abrigo. Le dije que iría a su habitación y se lo remendaría.

Leonida parpadeó con sorpresa.

—Sophy.

—Si vamos a estar atrapados varios días en París, al menos puedo disfrutar de unas horas de coqueteo inofensivo.

—Pues sí, es cierto —dijo Leonida—. Que disfrutes.

Con un guiño, Sophy salió de la habitación.

Cuando estuvo a solas, Leonida pensó en dar un corto paseo, pero el sentido común la convenció de que subiera a su habitación. No debía correr el riesgo de que alguien la reconociera.

Abrió la puerta y pasó a su dormitorio. Quizá aquel baño caliente no fuera tan mala idea. Al menos, le daría la oportunidad de quitarse aquel horrible vestido. Acababa de cerrar la puerta cuando una mano le tapó la boca y otra la presionó contra un cuerpo masculino.

—¿Acaso creías que podrías robarme y desaparecer tan fácilmente, paloma?

Stefan.

Ella se estremeció a causa de una mezcla de incredulidad, furia y atracción.

No, aquello no era posible. Forcejeó para liberarse, sin querer pensar en la última vez que había estado entre sus brazos.

Él no le permitió que escapara, aunque le quitó la mano de la boca.

—Suéltame.

—Nunca. Te has escapado una vez, pero no volverá a suceder.

Ella cerró los ojos al sentir una punzada de tristeza en el estómago. No había pasado una noche sin que recordara todas sus caricias, sus besos exigentes, sus suaves palabras de placer. De un modo extraño, a Leonida le complacía que su último recuerdo de Stefan fuera su preciosa cara relajada mientras dormía a su lado.

Y aquel recuerdo se destruiría a causa de la furia que él sentía, y que vibraba en su cuerpo.

−¿Cómo me has encontrado?

−Casualmente, uno de mis granjeros vio tu carruaje de camino a Dover. Así pues, supe que estabas intentando huir a París.

−¿Y cómo descubriste este hotel?

−Me enteré de que el carruaje de una viuda joven había perdido una rueda justo a las afueras de la ciudad. Consulté con los carreteros locales, y también por casualidad, vi a tu mozo. Lo seguí hasta aquí.

Maldito carruaje. De no ser por aquella estúpida rueda, ya estarían de camino a San Petersburgo, y Stefan nunca la habría encontrado.

−Muy listo.

−No especialmente. Si no me hubiera dejado hechizar por un par de ojos angelicales y por un cuerpo hecho para atormentar a un hombre, tú nunca te habrías escapado.

−¿Escapado? Yo no soy vuestra prisionera, Excelencia.

Él le mordisqueó suavemente el lóbulo de la oreja.

−Vas a llamarme Stefan, y sí eres mi prisionera.

−No tienes derecho.

−¿No? Como duque, y por tradición el magistrado actual, tengo todo el derecho a arrestar a una ladrona y llevarla de vuelta a Surrey.

−¿Cómo te atreves? −inquirió ella, aunque sus palabras sonaban débiles incluso a sus propios oídos−. Yo no soy una ladrona.

−Una ladrona −dijo él, tomándole la barbilla con la mano−. Y una mentirosa.

La vergüenza de Leonida se convirtió en ira. Fueran cuales fueran sus pecados, ella sólo había hecho lo necesario para proteger a su madre y al zar.

Stefan habría hecho exactamente lo mismo en su lugar.

—Te juro que, si no me sueltas, voy a...

Ella perdió los nervios. Estaba cansada, asustada y disgustada por el hecho de que la trataran como a un animal cazado.

Sin sopesar las consecuencias, le mordió la mano a Stefan, entre el pulgar y el índice.

Stefan soltó una exclamación de dolor y sorpresa, y después, con una facilidad humillante, la tomó en brazos y la lanzó sobre la cama. Antes de que Leonida pudiera recuperar el aliento, Stefan se había tendido sobre ella y la había aprisionado contra el colchón.

—Fiera —murmuró él, pero en sus ojos brillaba una emoción que a ella le causó un escalofrío de alarma.

—Maldito seas —dijo Leonida, y lo empujó para quitárselo de encima, sintiendo un intenso calor que comenzaba a extendérsele por el vientre—. ¿Por qué no me dejas en paz?

—Ya sabes por qué —respondió él, mientras observaba distraídamente su rostro sonrojado—. Además, tienes algo que me pertenece.

—¿Y qué es?

A él se le dibujó una sonrisa lenta en los labios.

—Todavía tengo que descubrirlo, pero te aseguro que disfrutaré durante la búsqueda.

—¿Acusas a la hija de la condesa de Karkoff sin saber lo que supuestamente he robado, y además, sin pruebas?

—Sí.

Ella deslizó las manos por la pechera de su chaqueta gris y las detuvo sobre sus hombros. Se estremeció al sentir sus músculos duros bajo las palmas.

Stefan no era un aristócrata suave y delicado. Era un hombre que trabajaba duro para mantener sus posesiones, y poseía la fuerza despiadada que lo demostraba.

—Eres indignante —susurró ella.
—Y sólo es el comienzo —respondió él, inclinando la cabeza para acariciarle con los labios la mejilla caliente—. No tienes ni idea de lo indignante que voy a ser.
—Stefan, no.
—¿Por qué fuiste a Meadowland?
—No fui a Meadowland. Viajé a Inglaterra a visitar a lord y lady Summerville —dijo ella, y jadeó al notar que él tiraba de la lazada del cuello de su vestido y se la deshacía—. Deja eso.
—Un lazo por cada mentira, paloma —le advirtió él—. ¿Por qué viniste a Meadowland?
—Ya te lo he dicho, yo...
Él desató otra lazada, y la pesada tela del vestido se abrió y dejó a la vista la suave combinación, que era lo único que ella se había puesto debajo. Hacía demasiado calor como para soportar varias capas de ropa interior.
—La verdad.
Ella se humedeció los labios. Tenía el corazón acelerado.
—Mi madre me pidió que fuera a Inglaterra.
—¿Concretamente a Surrey?
—Sí.
—¿Por qué?
Ella bajó la vista hacia la corbata de Stefan, porque no podía soportar su mirada mientras buscaba una mentira apropiada.
—Creo que tenía la esperanza de que yo me interesara por un caballero inglés, ya que he rechazado a todos mis pretendientes rusos.
—Tut, tut —dijo él, y le deshizo todas las lazadas hasta la cintura—. Una muchacha con tu pedigrí y tu belleza no perdería el tiempo en el campo. No, cuando podías haber deslumbrado a toda la sociedad londinense.
Leonida emitió un sonido de disgusto al oír aquellas ridículas palabras.

—Yo no soy una mujer que pueda deslumbrar a nadie.

—Discrepo —dijo él, y pasó la mirada por el escote de su combinación, deteniéndose en las puntas endurecidas de sus pechos, que se veían entre el encaje—. Yo nunca había estado tan deslumbrado.

Ella se movió bajo él, porque una necesidad acuciante le estaba invadiendo el cuerpo.

—Tú...

Sus palabras fueron interrumpidas por un gemido de asombro cuando él tomó uno de sus pezones entre los labios. El encaje húmedo se le pegó a la piel, y la respiración cálida de Stefan le provocó un cosquilleo de placer.

—Dime la verdad, Leonida —le susurró él.

Ella metió los dedos entre su pelo, respondiendo sin poder evitarlo a sus caricias expertas.

—No puedo.

Él se puso a juguetear con el otro pecho.

—¿Por qué?

Leonida luchó por concentrarse en medio del placer.

—Porque mi madre corre un grave peligro.

—¿Qué peligro?

Él hizo algo con los dientes que provocó que Leonida se arqueara sobre el colchón.

—He jurado que no lo diría.

—Qué conveniente.

—¿Estás de broma? —murmuró ella—. Ha sido de todo menos conveniente.

—Pobre Leonida —dijo él burlonamente, y con habilidad, deshizo el resto de las lazadas y apartó el grueso vestido de su cuerpo trémulo—. ¿Quieres que mejore la situación?

—¿Qué estás haciendo? —preguntó ella estúpidamente, derritiéndose mientras él seguía acariciándole la piel.

—He decidido que la verdad puede esperar, pero yo no —gruñó él, y comenzó a besarle la curva de los pechos.

A ella se le escapó el aire de los pulmones. El corazón le dio un salto en el pecho.

—Oh.

Stefan alzó la cabeza y la miró con una expresión de tormento.

—Maldita seas.

—¿Yo? —ella abrió mucho los ojos al percibir su tono áspero—. Yo no he hecho nada.

—Me has obsesionado desde que llegaste a Surrey. No puedo concentrarme en otra cosa que no seas tú. He descuidado mis deberes, a mis arrendatarios e incluso a mi hermano.

—Recuerda que yo me he marchado de Meadowland. Ahora tienes libertad para concentrarte en lo que quieras.

—No recuperaré la paz hasta que me haya librado de este deseo infernal —dijo, y le dio un beso feroz, de castigo—. Te quiero fuera de mi cabeza.

—Pues éste no es el mejor medio de conseguirlo... —dijo ella, pero las palabras se le atragantaron cuando él agarró el escote de su combinación y se la rasgó en dos—. ¿Por qué demonios has hecho eso?

—Te compraré otro —gruñó él mientras se tiraba de la corbata con las mejillas enrojecidas—. Dios Santo, te compraré un guardarropa entero. Pero bésame.

Contra el sentido común y la lógica, Leonida lo besó.

A Leonida nunca le había caído un rayo encima, pero estaba bastante segura de que sabía cómo debía de ser.

Temblando a causa de la pasión de Stefan, Leonida respiró profundamente cuando su pesado cuerpo masculino rodó y se tendió a su lado en la cama, mientras notaba todavía las oleadas de placer en el vientre.

Dios Santo...

Al contrario que la delicadeza que había mostrado durante la primera noche que habían pasado juntos, Stefan había desatado toda la fuerza de su deseo, y la había tomado con un apetito salvaje que la había dejado ahogada en sensaciones nuevas.

Leonida ladeó la cabeza y se encontró con la mirada azul y brillante de Stefan.

Durante un momento, el mundo se detuvo, y ella sintió que una emoción conmovedora capturaba su corazón.

Una emoción que hizo que se estremeciera de miedo.

No. No era tan tonta como para enamorarse de aquel hombre.

Por el amor de Dios, él la tenía por una ladrona y una mentirosa. La había amenazado con llevarla de vuelta a Inglaterra como prisionera suya.

Stefan, que afortunadamente era ajeno a aquellos pensamientos, la miraba con una sonrisa vagamente engreída.

—Un interludio delicioso, paloma.

—¿Interludio?

Ella saltó de la cama repentinamente y, sin preocuparse de su combinación rasgada, se puso el espantoso vestido. No sabía por qué aquellas palabras le habían hecho daño. Para Stefan, ella no era más que otra mujer en una larga lista de las que, seguramente, ya había seducido. Claro que quizá debería estar agradecida, se dijo severamente, atándose a toda prisa los numerosos lazos. Estaba desesperada por huir.

—Me he vuelto completamente loca —murmuró, poniéndose los zapatos, que se le habían caído al suelo durante el... interludio—. Sophy tenía razón.

Ella mantuvo la mirada apartada de la cama, para no ver a Stefan desnudo entre las sábanas arrugadas.

—¿En cuanto a qué?

—Debería haber traído una pistola.

Stefan se rió suavemente.

—Ni siquiera con una pistola me habrías podido alejar de tu cama.

Bastardo arrogante. Leonida se abrazó a sí misma por la cintura.

—¿Quieres irte, por favor?

—Ninguno de los dos va a ir a ninguna parte, Leonida,

hasta que me digas por qué fuiste a Meadowland y qué me has robado.

—Ya te he dicho que no puedo.

Oyó un ruido y, mirando por el rabillo del ojo, vio que él se levantaba y se ponía los pantalones.

—Ah, sí, la amenaza que se cierne sobre tu madre.

—No tiene gracia —dijo ella, y se volvió hacia él con una mirada de frustración—. Y la amenaza no es sólo hacia mi madre.

—¿Quieres decir que estás en peligro?

—Yo y todo aquel que...

Él arqueó las cejas.

—¿Que qué?

—¿Es que no puedes limitarte a confiar en mí, Stefan?

—No —dijo él. Se acercó a Leonida, sacudiendo la cabeza, y la tomó por los hombros—. Eso es precisamente lo que no puedo hacer.

—¿Por qué? Yo nunca haría nada que pudiera perjudicarte a ti ni a tu familia. He hecho todo lo posible por protegerte. Seguirme fue idea tuya, y bastante ridícula, por cierto.

Él apretó los labios, como si aquellas palabras sinceras lo hubieran enfurecido.

—Sabías que iba a hacerlo.

—En realidad, pensaba que un duque tendría cosas más importantes que hacer que perseguir a una huésped que no era bienvenida.

—Yo nunca permito que se me escape nada que me pertenezca.

Leonida se tragó el orgullo y se dispuso a suplicar, si era necesario. Sin embargo, antes de que pudiera huir se produjo un sonido fuerte e inesperado justo fuera de la ventana.

Dios Santo, ¿alguien había disparado?

Leonida, desconcertada, no reconoció el peligro hasta que Stefan se tambaleó hacia delante con un reguero de sangre que le caía desde el hombro al pecho.

CAPÍTULO 11

Leonida rodeó la cintura de Stefan y se las arregló para sujetarlo en pie mientras él luchaba por mantener el equilibrio.
—Te han disparado —dijo ella, sin poder salir de su asombro.
—Sí, ya me he dado cuenta —respondió Stefan irónicamente, mientras se daba la vuelta y se acercaba a la ventana.
—¿Qué estás haciendo? Debes tumbarte.
—¿Y permitir que el canalla se escape? Ni hablar.
Ella se puso una mano sobre el estómago, con el corazón acelerado de miedo. Alguien había disparado a Stefan. Podían haberlo matado, y era culpa suya.
—Por Dios, ¿es que quieres que te disparen otra vez? —le preguntó ella, mirando cómo se apoyaba contra un lado de la ventana para mirar hacia fuera.
—Maldita sea —murmuró—. Quien lo haya hecho se ha escapado.
Leonida lo tomó por el brazo y tiró de él hacia la cama. En aquel momento le preocupaba mucho más la herida de Stefan que el atacante.
—Siéntate, por favor, estás sangrando mucho.
De mala gana, Stefan permitió que ella lo sentara en el colchón, aunque parecía bastante indiferente para ser un hombre que acababa de recibir un disparo.

—No es más que un arañazo.
—Voy a llamar a un médico.
Él la agarró por la muñeca.
—No.
—No seas tonto, Stefan. Debes dejar que te curen la herida. Si no, puede infectarse.
—¿Y que todo París sepa que el duque de Huntley recibió un disparo en la habitación del hotel de la hija de la condesa de Karkoff?
—Nadie sabe quién soy. Podríamos decir que...
—Leonida, no habría forma de impedir una investigación. Las autoridades francesas lo exigirían.
—¿Y crees que no habrá investigación si el duque de Huntley se desangra hasta morir en un hotel parisino?
—No te vas a librar tan fácilmente de mí. He sufrido heridas peores cortando leña. ¿Serías tan amable de acercarme la chaqueta?

Ella se agachó y recogió la chaqueta de la alfombra, donde Stefan la había tirado un poco antes, y se le aceleró el corazón al sentir el bulto de su monedero en uno de los bolsillos interiores.

Si pudiera quitarle el dinero, tendría fondos para salir de París. Y lo más importante de todo, quizá pudiera alejar a Stefan del peligro.

—¿Por qué? —le preguntó con calma.

Él sacó un pequeño frasquito de otro de los bolsillos y se lo entregó.

—Eso va a limpiar la herida tan bien como lo haría cualquier médico. ¿Quieres hacer los honores? —le preguntó con una sonrisa de ironía—. Te aseguro que me va a doler mucho.

—Bien —dijo ella, y ocultó su nerviosismo fingiendo ira—. Te mereces sufrir por ponerte a ti mismo en peligro.

Él hizo un gesto de dolor cuando ella le puso el licor en la herida. Afortunadamente, la bala no había quedado alojada en la carne.

—Sin duda, mi hermano estaría de acuerdo con eso —dijo

él, y señaló la combinación rota de Leonida, que estaba al final de la cama–. Si puedes rasgar un pedazo de tela, será suficiente para taponar la herida.

Ella cortó un cuadrado de tela, lo dobló cuidadosamente y la puso sobre la herida. Después rasgó una cinta y le ató la venda bajo el brazo y alrededor del hombro, para mantenerla en su sitio.

–Me he fijado en que no hemos tenido que sacrificar nada de tu preciosa ropa.

–Te prometí que te compraría un armario lleno de ropa –dijo él, y le besó la mejilla–. Claro que esa promesa conlleva la condición de que me dejes arrancártela.

Ella se incorporó con brusquedad, nerviosa por su reacción explosiva ante el menor de sus roces.

–Dios Santo, ¿acabas de recibir un disparo y ya estás pensando en arrancarme la ropa?

–Cuando estoy cerca de ti, es lo único en lo que puedo pensar –dijo él, con una expresión que revelaba que no estaba enteramente satisfecho con su deseo por ella–. Pero tienes razón.

–¿Adónde vas? –preguntó Leonida con exasperación, al ver que él se levantaba y, agarrándose al poste de la cama, observaba la ventana a través de la habitación.

–El pistolero ha tenido que trepar a ese árbol para poder disparar dentro de la habitación.

Ella se estremeció al pensar en que Stefan podía haber muerto.

Extrañamente, el hecho de saber que algún criminal podía haberlos espiado mientras hacían el amor apasionadamente, o incluso saber que la bala podía haber sido para ella, fueron olvidados ante el horror de pensar en Stefan muerto sobre la alfombra desgastada de la habitación.

–Supongo que sí –murmuró ella.

–Lo cual significa que no ha sido un tiro al azar –dijo él, y se volvió a mirarla fijamente–. Querían matarnos a uno de los dos.

—Sí.

—Así pues, alguien te ha reconocido en París, o yo tengo enemigos que ni siquiera conocía.

—No deberías haberme seguido.

—Ya está bien de juegos, Leonida. Vas a contarme la verdad —dijo él, y profirió una imprecación al oír que alguien llamaba a la puerta—. No hagas caso.

—Madame —dijo el director del hotel al otro lado de la puerta, en tono de ansiedad—. Madame, he oído un disparo. ¿Está herida?

Leonida se humedeció los labios secos, agradeciendo aquella interrupción.

—Si no respondo, vendrán a comprobar si estoy bien.

Él apretó la mandíbula. Tenía una expresión tensa por el dolor que estaba intentando ignorar.

—Muy bien. Pero, Leonida.

—¿Sí?

—Esto es entre tú y yo —le advirtió él—. No impliques a nadie más.

Ella apretó los labios, se arregló el pelo que Stefan le había dejado suelto y despeinado y atravesó el dormitorio.

—Quédate ahí, y por el amor de Dios, no digas nada —le pidió a él.

Hubo otro golpe en la puerta. Leonida abrió, salió al pasillo y cerró rápidamente.

—Ya es suficiente —ordenó, imitando la expresión más autoritaria de su madre, mientras miraba al hombrecillo delgado, de pelo gris y atuendo sombrío que tenía enfrente—. ¿Por qué golpea mi puerta de ese modo?

El director estaba muy pálido, y se tiraba nerviosamente de la corbata.

—Un disparo —tartamudeó.

—¿Un disparo?

—He oído un disparo.

—Oh, sí, me pareció que algo debía de haberme despertado de la siesta —dijo ella, y entrecerró los ojos lentamente—.

¿Quiere decir que hay algún loco en el hotel que está disparando a los huéspedes?

El director movió las manos y miró nerviosamente de un lado a otro por el pasillo para asegurarse de que ningún otro cliente había oído su pregunta.

—No, claro que no. Éste es un hotel respetable. Aquí no hay problemas.

—Entonces, ¿por qué hay alguien disparando?

—Yo...

Leonida aprovechó su evidente horror ante la posibilidad de que algo perturbara la paz de sus huéspedes.

—Quizá lo mejor sea que haga las maletas. No me gustaría ser asesinada mientras duermo.

—Madame, le aseguro que no hay ningún peligro.

—¿Y el disparo que ha oído usted?

—Un error. A alguna sirvienta debió de caérsele la bandeja del té.

—Té... —Leonida se irguió. De repente había tenido una idea. Tomó del brazo al director y lo llevó hacia la escalera, alejándose un poco de la puerta de la habitación, junto a la cual, sin duda, Stefan estaba escuchando la conversación—. Sí, claro. Todo este incidente me ha puesto los nervios de punta. Me gustaría tomar una taza de té caliente con mucho azúcar.

—Por supuesto, madame —dijo el hombre, aliviado al ver que Leonida no iba a causar un escándalo—. Haré que se lo envíen enseguida.

—¿Y quizá pudiera añadirle una o dos gotas de láudano? Tengo una constitución débil.

—Por supuesto.

—Muchas gracias.

Esperó hasta que el director bajó apresuradamente las escaleras y volvió a su habitación.

Estaba horrorizada por lo que iba a hacer. Ella no era una mujer que disfrutara engañando a los demás, pero no tenía más remedio que hacerlo. Deseaba alejar a Stefan de su tumba.

Entró en el dormitorio y cerró la puerta. Notó que se le encogía el corazón al ver a Stefan apoyado lánguidamente contra el poste de la cama, cansado. Con el pelo revuelto y la cara tan pálida, tenía un aspecto vulnerable.

Como si hubiera sentido aquel ramalazo de compasión, él se irguió y sonrió sardónicamente.

—Eres muy buena actriz, querida. Incluso yo me he sentido conmovido por tu interpretación de la delicada viuda.

Ella levantó la barbilla.

—¿Querías librarte de él, ¿no?

—Sí, pero hace que me pregunte si alguna vez eres sincera, o si tu vida entera es una actuación bien ensayada.

—¿Bien ensayada? —repitió ella con una carcajada seca—. Mi vida se ha convertido en una sucesión de desastres.

Él observó atentamente su expresión tensa.

—¿Y me incluyes dentro de esos desastres?

—Por supuesto —mintió ella sin titubear.

En los magníficos ojos de Stefan se reflejó alguna emoción, pero desapareció tan rápidamente que Leonida fue incapaz de saber si era irritación o disgusto.

—Es una suerte que no se me pueda herir fácilmente el orgullo —dijo él.

Ella soltó un resoplido.

—Tu orgullo, Stefan, es inmune.

—Y tu habilidad para distraerme no tiene comparación, pero no volverás a conseguirlo —replicó él, y su expresión se volvió severa—. Vas a decirme por qué fuiste a Surrey, y también por qué alguien ha intentado pegarme un tiro.

Ella sacudió la cabeza, intentando ganar tiempo.

—Si volvieras a Meadowland, estarías a salvo.

—Oh, por supuesto que voy a volver a Meadowland. Y tú vas a venir conmigo.

—No. Yo tengo que volver a San Petersburgo.

—¿Por qué?

—Ya te lo he dicho. Mi madre me necesita.

—Es una pena, pero tendrá que esperar hasta que yo decida que estoy satisfecho... –deliberadamente, Stefan le pasó la mirada por el cuerpo a Leonida, de pies a cabeza–. Completamente satisfecho.

Ella apretó los dientes. El duque de Huntley era el hombre más testarudo que había conocido.

–No tienes ni idea del riesgo que corres.

–Creo que me he hecho una idea aproximada –replicó Stefan, mirándose el vendaje del hombro.

–No, no es cierto.

–Entonces, explícamelo.

En aquel momento, alguien llamó nuevamente a la puerta e interrumpió su conversación.

–Maldita sea –gruñó Stefan–. ¿Y ahora qué?

Leonida tragó saliva para aflojarse el nudo de consternación que tenía en la garganta.

–He pedido que subieran té.

–He tenido más intimidad en medio de un carnaval.

–¿Madame? –dijo la doncella.

Stefan soltó un juramento.

–Abre la maldita puerta.

Leonida abrió lo suficiente como para que la doncella pudiera pasarle la taza y el plato por la rendija.

–¿Es todo? –preguntó la criada con evidente curiosidad.

–Sí, gracias –dijo Leonida, y cerró con la mano libre. Después se volvió hacia Stefan y lo miró con una preocupación que no tuvo que fingir. Él estaba a punto de desmoronarse–. Vamos, siéntate y toma esto –le dijo con firmeza.

–Pareces mi niñera –murmuró él, pero se sentó al borde del colchón.

–Estás pálido y débil –dijo Leonida, y le entregó la taza–. Esto te hará revivir.

Él se volvió para tomar la petaca que ella había dejado sobre la cama, haciendo un gesto de dolor a causa del movimiento.

–Tengo lo que necesito para revivir.

Ella contuvo un suspiro. Por supuesto, Stefan no podía hacer sencillamente lo que ella le había pedido.

—Toma el té y te prometo que te diré lo que quieras saber.
Él entornó los ojos.
—Mmm.
—¿Qué?
—Soy lo suficientemente listo como para saber que no será tan sencillo —dijo Stefan. Después echó una generosa dosis de brandy en el té y le dio un buen sorbo a la taza—. Sin embargo, estoy dispuesto a darte una última oportunidad.

Ella se agarró las manos y no se sorprendió al darse cuenta de que las tenía sudorosas. El láudano no iba a hacerle daño, se dijo con desesperación. De hecho, era lo que le habría recetado un médico.

No obstante, saberlo no le alivió el sentimiento de culpabilidad.

—¿O qué?
Él terminó el té y dejó la taza vacía en la mesilla.
—Te llevaré a rastras a Meadowland y te mantendré allí hasta que digas la verdad.
—Creía que ibas a llevarme de todos modos a Meadowland.
—Sí.
—Tú... —ella alzó las manos con exasperación.
Él la miró con un brillo febril en los ojos. La impresión del disparo y el dolor estaban acabando con sus fuerzas.
—Empieza a hablar o a hacer las maletas. Tú eliges.

Ella hizo caso omiso de aquella orden, y se acercó a él para ponerle la mano sobre la frente. Se sintió profundamente aliviada al comprobar que estaba fresca y seca.

—¿Tienes dolores?
—Sólo ha sido un arañazo, Leonida.
—Vamos —dijo ella mientras mullía los almohadones de la cama—. Túmbate.

Stefan se resistió un instante, pero después, con un suspiro, se tendió en el colchón y ni siquiera se quejó cuando ella le subió las piernas y lo tapó con la manta.

En vez de eso, la observó con los párpados medio cerrados.

—Estaría mucho más cómodo si te tumbaras conmigo.

A ella se le aceleró el corazón de excitación cuando él dio unos golpecitos en el colchón, a su lado.

—Creía que querías hablar.

—Podemos hablar mucho más fácilmente si estás a mi lado.

Ella se negó a reconocer el anhelo agridulce que sentía. Ya había sucumbido una vez a las caricias de Stefan, y había conseguido que estuvieran a punto de matarlo. No iba a cometer el mismo error.

Se alejó hacia un rincón y comenzó a meter en su maleta las pocas pertenencias que tenía por la habitación.

—Si yo estuviera cerca, no hablaríamos —murmuró.

—Quizá tengas razón —dijo él, y se detuvo cuando ella se acercó al armario—. ¿Qué estás haciendo?

—Voy a hacer la maleta mientras hablamos. Has dicho que ibas a llevarme a Inglaterra.

—Ahora sí que sospecho —dijo él burlonamente, arrastrando ligeramente las palabras—. Dios Santo, deja aquí esos horribles vestidos. Vas a asustar a la gente si te ven paseando envuelta en crepé negro.

—Os encanta dar órdenes, Excelencia.

—A mí me encantan... —dijo él, y sus palabras se acallaron, como si no pudiera recordar lo que iba a decir—. Me encantan muchas cosas, señorita Karkoff —dijo finalmente.

Leonida se dio la vuelta y descubrió que él había cerrado los ojos.

—Stefan —susurró.

Él siguió con los ojos cerrados, pero en los labios se le dibujó una pequeña sonrisa.

—La primera vez que te vi creí que eras un ángel —dijo con la voz ronca.

—No —respondió ella, con el corazón encogido de dolor y vergüenza—. No soy un ángel.

—Ojalá...

—¿Qué?

Él movió la cabeza por la almohada.

—Tengo tanto sueño...

—Entonces, descansa, Stefan —murmuró ella, besándole la frente.

—Tú... —él luchó por seguir hablando—. Demonios, me has dado algo.

—Como ya te he dicho, no soy un ángel —susurró Leonida con tristeza.

Esperó hasta que él hubo perdido la batalla contra el sueño, y después le dio un último beso en los labios. Después, ignorando sus escrúpulos, le quitó el monedero del bolsillo. Tomó la maleta, se puso el sombrero, se tapó la cara con el velo y salió del cuarto.

Los sirvientes de Stefan aparecerían rápidamente a buscar a su señor, se dijo mientras corría por el pasillo. Ellos le curarían bien la herida, y quizá, si tenían sentido común, se lo llevarían a Meadowland mientras todavía estaba inconsciente.

Indiferente a la mirada de asombro que le lanzó una doncella que llevaba una brazada de ropa blanca limpia, Leonida pasó ante ella hacia la estrecha escalera que llevaba a las habitaciones de servicio, en busca de Pyotr y Sophy.

CAPÍTULO 12

Cuando hubo explicado la situación a sus criados, salió al jardín de la parte posterior a esperarlos, mientras ellos hacían rápidamente su equipaje. Para distraerse de su nerviosismo, abrió el pequeño monedero de Stefan. No esperaba encontrar una fortuna, porque nadie viajaba con demasiado dinero, debido a los numerosos bandidos que había por los caminos europeos.

Sin embargo, descubrió con estupor que llevaba menos de cincuenta libras. Aquello no era suficiente para comprar un carruaje nuevo, ni siquiera añadiendo todo lo que ella poseía.

Dios Santo, nunca conseguiría salir de París.

Después de un tiempo que le pareció una eternidad, Sophy y Pyotr salieron a su encuentro.

–Aquí estamos –dijo Sophy, con las mejillas enrojecidas–. ¿Qué vamos a hacer ahora?

–Debemos salir de Paris rápidamente –anunció Leonida.

Sin perder la calma, el mozo se adelantó y le quitó la maleta a Leonida de los dedos rígidos.

–Iré a recuperar el carruaje –le aseguró–. Aunque tenga que amenazar al carretero con una pistola para obligarle a que lo arregle.

Leonida tuvo una idea y agarró por el brazo a Pyotr.

—No, espera. Debemos dejarlo. El duque ya sabe que está en manos del carretero. Quizá haya enviado a alguien a vigilar el taller. Me pregunto sí...

—¿Qué? —inquirió Sophy.

—Sir Charles Richards insistió mucho en ofrecerme su ayuda. Quizá podría convencerlo para que me prestara el dinero necesario para comprar un coche.

Sophy frunció el ceño.

—Creía que había dicho que ese hombre le ponía el vello de punta.

—Es cierto, pero no podemos elegir a quién pedirle el favor —dijo ella, conteniendo un escalofrío de reticencia.

Sophy suspiró.

—Cierto.

—Pyotr, ¿podrías guiarnos hasta el hotel de sir Charles, que está en la Rue de Varenne? —preguntó Leonida—. Preferiblemente, de modo que no llamemos la atención al salir del hotel.

—Claro. Por aquí.

Salieron del jardín y entraron en un laberinto de callejuelas.

Caminaron en silencio, siguiendo a Pyotr. En un momento, Leonida estuvo completamente perdida, pero confió en su mozo y siguió su rápido paso.

—Dios Santo. Éste es un camino muy... acre —murmuró, cuando Pyotr aminoró el ritmo y se asomó por la esquina de un callejón.

—Lo siento, señorita.

—No, Pyotr, lo de no llamar la atención fue idea mía —le dijo al mozo—. No habríamos conseguido escapar del hotel sin tu ayuda.

Sophy chasqueó la lengua.

—No le vuelva más engreído de lo que ya es —dijo.

Pyotr hizo caso omiso de la broma y señaló hacia delante.

—El hotel está allí, al otro lado de la calle.

Leonida se puso a su lado y observó el blanco edificio con enrejados de hierro forjado y lacayos uniformados en la puerta. Se le encogió el corazón al darse cuenta de que las cosas no iban a ser tan fáciles como se había imaginado. Las mujeres respetables no visitaban a los caballeros en sus habitaciones privadas de un hotel.

—¿Quiere que avise al hombre? —le preguntó Pyotr.

—Quizá eso sea lo mejor. Yo... —Leonida se quedó callada de repente, al ver un hombre acercándose al hotel. Su cara de bruto y su pelo color castaño le resultaron familiares—. *Mon Dieu...*

Pyotr dejó las maletas en el suelo y se sacó una pistola del bolsillo de la chaqueta.

—¿Qué ocurre?

—Ese hombre.

—Un tipo de baja calaña —dijo Sophy—. Me pregunto qué está haciendo en ese hotel... Sin previo aviso, Sophy sacó una pequeña pistola de su bolsa de mano.

—¿Quiere que le pegue un tiro? —le preguntó a Leonida.

—Por el amor de Dios, no.

—Va a escaparse.

—Sophy, por favor, guarda eso —le rogó Leonida—. Tengo que pensar.

La doncella negó con la cabeza.

—No podemos quedarnos aquí, señorita Leonida. Muy pronto, los locales van a empezar a pensar que por nuestro dinero merece la pena arriesgarse a la guillotina.

Leonida miró hacia atrás y se dio cuenta de que había varios pares de ojos observándolos desde detrás de ventanas sucias.

—¿Quiere que avise a sir Charles? —insistió Pyotr suavemente.

—No —dijo ella, respirando profundamente para calmarse—. Es demasiada coincidencia que sir Charles se aloje en el mismo hotel que el hombre que me atacó en Meadowland. Cuando me abordó, supe que había algo extraño en él. Claramente, siempre supo quién era yo —dijo con frustración y temor—. Pero debemos salir de París de todos modos.

—Yo me ocuparé del carruaje —dijo Pyotr—. Espérenme en el Jardin des Tuileries dentro de una hora.

—¿Cómo vas a...?

—En una hora —repitió él, y antes de que Leonida pudiera protestar, se había alejado por el callejón.

—Será mejor que hagamos lo que nos ha dicho —dijo Sophy—. Pyotr puede ser muy enérgico cuando se le mete algo en la cabeza.

—Eso está claro —dijo Leonida con ironía—. Además, no podemos quedarnos aquí. Corremos el riesgo de que nos vea sir Charles.

—Sí.

Las mujeres recogieron las maletas y, reuniendo valor, Leonida esperó a que pasara por delante de ellas un grupo de colegialas custodiadas por monjas de expresión severa. Tomó del brazo a Sophy y se metió entre las niñas.

—Date prisa, Sophy.

—¿Adónde vamos? —susurró la doncella.

—Parece que lo descubriremos cuando lleguemos.

Cuando estuvieron a varias calles del hotel, Leonida indicó a Sophy que se alejara del grupo y ambas siguieron caminando en dirección al Sena.

Se equivocaron varias veces, pero, finalmente, Leonida consiguió dar con la Rue de Rivoli y pudo guiar a su doncella hasta los grandes jardines que había creado para Louis XIV su famoso jardinero, Le Notre. Le dolía el brazo de llevar la pesada maleta y tenía un nudo de angustia en el estómago, pero no se detuvo para tomar aliento por miedo a que alguien las estuviera siguiendo.

Al llegar al otro extremo del parque, Sophy vio enseguida a Pyotr.

—Allí está —le dijo en voz baja a Leonida.

Leonida divisó al sirviente junto a la calle, con una expresión de preocupación, hasta que las vio. Con evidente alivio, alzó la mano y les hizo una seña para que se acercaran.

Leonida se apresuró a obedecer con Sophy a su lado.

—Pyotr, ¿has...?

—Por aquí —la interrumpió el mozo, y se volvió para llevarlas hasta el final de la calle, donde esperaba un carruaje negro, reluciente, con adornos dorados y asientos tapizados de terciopelo rojo.

Era elegante y caro, y cada uno de los dos caballos grises que tiraban de él costaba mucho más de lo que ella poseía en aquel momento.

—Dios Santo. ¿De dónde has sacado esto?

—Lo vi detrás del taller del carretero esta mañana —dijo Pyotr, con una sonrisa de satisfacción—. Es evidente que había decidido repararlo antes que el nuestro.

Leonida abrió unos ojos como platos.

—¿Volviste al taller del carretero?

—Me acerqué por la parte de atrás, y cuando tuve el coche, di vueltas por las calles hasta que estuve seguro de que no me habían seguido —le aseguró el mozo.

—Le dije que podíamos confiar en Pyotr —dijo Sophy, mirándolo cariñosamente.

—Es cierto —respondió Leonida, y se echó a reír.

Los dos criados la miraron como si se hubiera vuelto loca.

—¿Qué ocurre? —preguntó Pyotr.

—Me estaba imaginando la cara del carretero cuando el propietario de este coche descubra que ha desaparecido.

Stefan despertó, por fin, y deseó no haberlo hecho.

Dios. Le dolía mucho el hombro, tenía la boca tan seca como un desierto africano, le habían robado la cartera y Leonida había desaparecido.

Otra vez.

Igualmente molesto era el hecho de que la mitad de los empleados del hotel y sus sirvientes estuvieran alrededor de su cama, todos ellos moviendo las manos y hablando de qué podían hacer con el duque inconsciente.

Con pocas palabras, despidió a los empleados del hotel y envió a sus criados en busca de Leonida.

Boris fue el único que se negó a seguir sus órdenes; insistió de modo estoico en limpiarle la herida antes de que Stefan pudiera ponerse ropa limpia.

Aquel enorme ruso había sido fiel sirviente de Edward durante años, y cuando Stefan había salido de Meadowland, él se había unido silenciosamente a los tres fuertes mozos que Stefan había seleccionado para que lo acompañaran.

Stefan había contenido el impulso de enviar al ruso de vuelta a Hillside, con su entrometido hermano. Sin duda, Edmond era capaz de encerrarlo en el sótano de Meadowland si Stefan no aceptaba la compañía de Boris.

Cuando terminó de anudarse la corbata, Stefan se volvió, porque alguien llamó a la puerta. Antes de que pudiera moverse, sin embargo, Boris atravesó el dormitorio con la mano en el bolsillo, donde llevaba la pistola.

Con un gruñido de frustración, Stefan se acercó a la ventana y miró hacia el pequeño jardín.

Había caído la noche sobre las elegantes calles de París, y Stefan sintió angustia al pensar que Leonida estaba allí fuera, en algún lugar. Y en que alguien quería matarla.

Oyó que se cerraba la puerta, y después, el tintineo de la porcelana.

—La bandeja que pidió, Excelencia —dijo Boris.

Stefan tardó un momento en recuperar la compostura. Sentía una explosiva mezcla de furia y de miedo al imaginarse que Leonida estuviera ya en manos de sus enemigos, mientras él estaba atrapado en aquel maldito hotel, esperando a que sus sirvientes terminaran de registrarlo.

Afortunadamente, tuvo el sentido común suficiente como

para sentarse en la pequeña mesa que dispuso Boris, y se obligó a comer el faisán asado con patatas que había encargado, y a tomar una buena taza de café, con la esperanza de que le aclarara la cabeza.

Malditos fueran Leonida y su láudano.

Claro que tenía que admirar su rápida inteligencia y su valor. ¿Qué otra mujer lo habría engañado tan ingeniosamente?

—¿Qué pasa con la señorita Karkoff? —preguntó, mirando a Boris.

—No está en el hotel.

—¿Seguro?

—Completamente.

—Demonios.

—La encontrarán.

—¿Han buscado su carruaje?

—Sigue en el taller del carretero —dijo Boris—. Sin embargo, parece que ha desaparecido misteriosamente otro coche. En este momento, el carretero está intentando explicarle su desaparición al furioso conde Schuster.

Él enarcó las cejas.

—¿La señorita Karkoff ha robado un carruaje?

—Eso no puedo asegurarlo.

Stefan sacudió la cabeza con ironía y se puso en pie. Leonida estaba demostrando que era fastidiosamente hábil.

—Parece que la persecución comienza de nuevo.

—¿Puedo hablarle con franqueza, Excelencia?

—Por supuesto, Boris.

—Quizá debiera pensar en volver a Inglaterra. Es evidente que la señorita Karkoff tiene enemigos peligrosos.

—Sí, parece que en ese punto ha dicho la verdad.

—Lord Summerville se disgustaría mucho si le pegaran un tiro a Su Excelencia.

—Yo tampoco me pondría muy contento.

—Él desea que yo lo lleve de vuelta a casa.

—Boris, tomo nota de tus sabios consejos, pero Edmond

me conoce lo suficientemente bien como para saber que, cuando me propongo algo, no es posible disuadirme de que lo consiga −dijo Stefan, y sonrió ligeramente−. No se te culpará de mi muerte, si ocurre.

Boris frunció el ceño.

−Como diga Su Excelencia.

Stefan se dio cuenta de que el sirviente estaba tenso.

−¿Ocurre algo más?

−La señorita Karkoff es muy querida en Rusia. Es una de las pocas personas cercanas a los Romanov que exige que no se maltrate a los campesinos, y contribuye con generosidad para mantener varias obras de caridad.

−Muy loable, pero no entiendo tu advertencia.

−Cuando la señorita Karkoff esté en suelo ruso, sólo un tonto se atrevería a causarle daño. A menos que desee ser atacado por una muchedumbre furiosa.

Stefan suspiró. ¿Cómo demonios se había metido en aquel lío? Una amante mentirosa y ladrona que lo había drogado y quería escapar a toda cosa. Enemigos misteriosos que acechaban en las sombras. Muchedumbres furiosas...

No era el tipo de existencia a la que estaba acostumbrado el duque de Huntley.

Aunque eso no iba a detenerlo, por supuesto.

−Entonces, debemos encontrar a la señorita Karkoff antes de que llegue a Rusia.

−Hay un gran territorio entre París y San Petersburgo.

−Cuanto antes empecemos a buscarla, antes terminaremos.

El sirviente hizo una reverencia de mala gana.

−Como desee.

Stefan se puso los guantes, frunciendo el ceño de preocupación al recordar la cara de desesperación de Leonida cuando le dio el último beso.

−Boris.

−¿Sí, Excelencia?

−¿Se te ocurre alguna razón por la que la condesa Karkoff enviaría a su hija a Inglaterra?

Boris pensó durante un largo instante.

Al ser sirviente y confidente de Edmond, seguramente sabía más del funcionamiento de la corte rusa que la mayoría de los nobles.

—La condesa Karkoff siempre ha tenido grandes ambiciones para su hija, pero también se sabe que la protege mucho —dijo Boris—. Sólo se me ocurre una razón para que pueda haberla puesto en peligro.

—¿Y cuál es?

—Alexander Pavlovich. La condesa ha dedicado su vida a proteger su trono. No creo que ningún sacrificio le parezca demasiado grande.

Stefan sintió una ira feroz hacia aquella mujer egoísta. Había enviado a su hija inocente a un país extranjero a cometer un robo, y al hacerlo, había arriesgado su vida.

De no haber sido por él, quizá Leonida estuviera muerta en la habitación del hotel.

—¿Ella sacrificaría cualquier cosa por el trono de Alexander Pavlovich o por proteger su posición de poder en la corte? —preguntó.

—Más bien lo segundo —dijo Boris, asintiendo.

—Maldita mujer.

A pocas calles de allí, sir Charles Richards estaba de tan mal humor como el duque de Huntley.

Aquella misma mañana, uno de sus sirvientes había llegado de San Petersburgo para advertirle de que Dimitri Tipova se estaba cansando de esperar su dinero. O sir Charles volvía a la ciudad para pagar la exorbitante suma que le debía, o todo el mundo sabría su pequeño y sucio secreto.

Charles tenía que conseguir aquellas cartas antes de que el bandido comenzara a extender rumores sobre las prostitutas desaparecidas, o peor todavía, decidiera adornar alguna pared de su casa con una cabeza de noble inglés montada en madera.

Hasta entonces no había conseguido nada, y en aquel momento estaba mirando con desagrado a uno de sus sirvientes, un mamut que estaba sentado incómodamente al borde de una delicada butaca.

—Así pues, me estás diciendo que además de no poder impedir que la señorita Karkoff encontrara las cartas que estaban ocultas en Meadowland y permitir que se te escapara en Inglaterra, ahora has fallado el tiro y en vez de matarla a ella has herido al duque de Huntley —dijo. Su voz suave tenía un tono letal, que hizo que el sirviente palideciera de miedo—. Un caballero que no sólo es rico y poderoso, sino uno de los favoritos del rey de Inglaterra.

—No fue culpa mía.

—No, nunca es culpa tuya, ¿verdad, Yuri?

—Usted me dijo que ella iba a estar sola.

—Y por eso, en vez de esperar a que estuviera sola de verdad, te arriesgaste a que todos los guardias de París vinieran directamente a mi puerta, ¿no? —le preguntó Charles.

—Nadie llamó a los guardias.

—¿Estás seguro?

—Sí.

—¿Y por qué demonios va a permitir Huntley que le peguen un tiro sin pedir justicia? —se preguntó Charles.

Comenzó a caminar por la habitación, meditando sobre aquel extraño rompecabezas.

Se había puesto tan furioso cuando Yuri le dijo que no había podido matar a Leonida Karkoff y quitarle las cartas que no había pensado mucho en la presencia de Huntley. En aquel momento, sin embargo, se daba cuenta de que el duque debía de haber seguido a la señorita Karkoff desde Inglaterra. Era evidente que la chica había hecho una conquista.

—Debe de estar protegiendo a esa idiota.

—Eso parece.

—Pero no puede estar siempre con ella. Vuelve al hotel y

termina el trabajo cuando la señorita Karkoff se quede sola. No vuelvas sin esas cartas.

El sirviente carraspeó.

—En cuanto a eso...

—¿Qué pasa ahora, Yuri?

—Sabiendo lo mucho que usted desea esas cartas, esperé un poco e intenté entrar a escondidas al hotel.

—Cuánta iniciativa por tu parte.

El sirviente enrojeció ante el tono de burla de sir Charles.

—Oí hablar a los empleados.

—¿Y por qué iban a interesarme a mí los cotilleos de los criados?

—Porque estaban diciendo que habían visto a la viuda rusa escabullirse por las cocinas con la maleta en la mano. Pensaban que estaba intentando marcharse sin pagar la cuenta del hotel.

—¿Qué has dicho?

Yuri se lamió los labios secos.

—Que se ha marchado del hotel.

—¿Y sus sirvientes?

—También.

—¿Y no se te había ocurrido decírmelo hasta ahora? —preguntó Charles suavemente.

Yuri, alarmado, se puso en pie, porque quizá vio su propia muerte reflejada en el rostro del aristócrata.

—No puede haber ido lejos. La buscaré...

—No, creo que no —dijo Charles. Antes de que el sirviente pudiera reaccionar, se sacó la daga del bolsillo y la lanzó al corazón al hombre—. Me has fallado por última vez.

CAPÍTULO 13

Prusia.

Stefan nunca se había considerado especialmente engreído.

Su posición de duque le aseguraba que muy pocos se atrevieran a cuestionar sus órdenes. Y su carácter, aunque no fuera turbulento, sí era resolutivo.

Sin embargo, hasta que no había soportado días interminables persiguiendo a Leonida por Francia, hasta Prusia, no se había dado cuenta de que nunca habían frustrado su voluntad de un modo tan molesto.

Y no le gustaba nada.

Aquella mujer debería estar en Meadowland, durmiendo en su cama, acompañándolo en la mesa, leyendo en su biblioteca mientras él trabajaba en las cuentas. No arriesgando el cuello por un estúpido plan de la condesa de Karkoff.

Cuando se detuvieron en un pequeño pueblo al norte de Leipzig, Stefan salió de su carruaje y caminó con inquietud de un lado a otro por el patio del establo mientras esperaba a que Boris volviera de entrevistar a los sirvientes de la posada cercana.

Había descubierto, al principio del viaje, que la presencia del duque de Huntley conseguía que los sirvientes se mantuvieran callados, o los empujaba a hacer todo tipo de ofrecimientos para complacerle. Y siempre existía el peligro de que llegara a oídos del rey Fredrick que había un inglés importante viajando por el país, y de que el monarca le enviara una invitación que Stefan no podría rechazar.

Era mucho más sencillo dejar que fuera Boris quien se aproximara a los nativos. Cuando volvió, Stefan le clavó una mirada de impaciencia.

—¿Y bien?

—Pasó por aquí anteanoche. Hemos ganado terreno.

Stefan apretó los puños.

—Vamos muy despacio.

Boris se encogió de hombros.

—Hay más.

—¿Qué?

—Según el mozo del establo, la viuda cambió su elegante carruaje por un vehículo muy inferior —dijo Boris—. Uno tan común que puede perderse entre docenas de vehículos iguales.

—Chica lista —dijo Stefan. Estaba impresionado por su coraje y se sentía aliviado por saber que iba por delante de sus enemigos.

—Ella proviene de una larga estirpe de guerreros astutos —señaló Boris, con un matiz de orgullo en la voz—. El zar Pedro transformó una tierra olvidada en un imperio grandioso por pura fuerza de voluntad, y Catalina llegó al trono y civilizó la nación.

—¿Y Alexander Pavlovich? —le preguntó Stefan secamente, porque en aquel momento no sentía ninguna simpatía por el zar actual.

—Nos libró de un loco.

—No estaba solo cuando luchó contra Napoleón.

—Ah —dijo el sirviente con una sonrisa—. Se me había olvidado. Nos libró de dos locos.

Stefan arqueó las cejas al darse cuenta de que Boris se

había referido al padre de Alexander Pavlovich, el zar Pablo.

El zar anterior había muerto cuando Alexander tenía veinticuatro años. Nadie había llorado la muerte del brutal Pablo, pero se habían extendido rumores de que Alexander Pavlovich había ayudado a enviar a su padre al otro mundo, y que había pasado por encima del cadáver para hacerse con el trono. Aquello había angustiado a Alexander Pavlovich durante años.

—Nacer en la familia Romanov es un asunto peligroso.

—Rusia es una tierra dura que sólo perdona a los que son capaces de sobrevivir. Los débiles no son tolerados.

Stefan entrecerró los ojos.

—¿Estás intentando decirme algo, Boris?

—Las mujeres inglesas reciben una educación que las enseña a ser modestas y a comportarse bien —de repente, al sirviente se le dibujó una sonrisa en los labios—. Aunque también hay mujeres inglesas, como mi esposa, que no prestan atención a esas enseñanzas.

Stefan soltó un resoplido, sabiendo que Janet, la esposa de Boris, tenía un carácter fuerte. Aquella mujer podía aterrorizar al hombre más aguerrido.

—¿Quieres decir que las inglesas son plácidas y aburridas?

Boris se encogió de hombros.

—Prefieren valerse del encanto para engatusar a un hombre.

—¿Y las rusas?

—Apasionadas, volátiles y, de vez en cuando, peligrosas. Y lo más importante es que no dudan en hacer lo que sea necesario por proteger a aquéllos a los que aman.

Stefan se dio la vuelta bruscamente al sentir una punzada de dolor en el corazón.

No podía negar que Leonida hacía palidecer a cualquier otra mujer si se las comparaba. No porque fuera tempestuosa ni extravagante, al contrario. Era muy parecida a su madre. Una mujer increíblemente bella que tenía compostura, calma, un corazón generoso y una fiera lealtad hacia la familia.

—La encontraré —dijo.

—Mejor pronto que tarde.

Stefan se giró hacia Boris y lo miró fijamente.

—¿Hay algo que no me has dicho?

—No he sido el primero que se acercaba al mozo del establo a preguntarle por una joven viuda con una doncella y un cochero rusos.

—Maldita sea —dijo Stefan, con un estremecimiento en la espalda—. ¿Has descubierto algo de quién estaba haciendo las preguntas?

—Un inglés elegante, de pelo cano. Viajaba acompañado de varios guardias enormes que, según el mozo del establo, aterrorizaron a todo el pueblo.

Stefan frunció el ceño, sorprendido.

—¿Inglés?

—De eso estaba seguro, aunque el hombre no se identificó.

—Este asunto se hace más y más confuso a cada día que pasa —gruñó Stefan—. ¿Qué inglés puede estar interesado en la política rusa?

—Yo diría que muchos.

Stefan sacudió la cabeza. ¿Qué importaba? Fuera quien fuera aquel inglés, no permitiría que le hiciera daño a Leonida, aunque tuviera que matarlo.

—¿Cuándo pasó por aquí?

—Esta mañana, muy temprano.

Stefan sintió una aguda inquietud. Si llegaba tarde...

—Viajamos a un ritmo demasiado lento. Nunca alcanzaremos a Leonida a este paso.

—Sabemos que va hacia San Petersburgo. Sería mucho más rápido si no paramos en todos los pueblos a preguntar si ha estado allí.

—No. Sus enemigos están demasiado cerca. No podemos arriesgarnos a perder su rastro. Quiero que alquiles un buen caballo. Después, te irás con mis sirvientes a San Petersburgo. Nos encontraremos allí.

−No.

Stefan se dio la vuelta y vio que Boris lo estaba mirando con cara de pocos amigos, cruzado de brazos.

−¿Cómo? −preguntó.

−Lord Summerville me amenazó con que me castraría si lo perdía de vista −murmuró Boris−. Ya le he fallado una vez, y no volverá a ocurrir.

Stefan se suavizó.

−No le has fallado a nadie, Boris. Ya soy adulto y no necesito niñera, pese a lo que opine mi hermano.

−Puede enviar a los sirvientes con el carruaje a San Petersburgo, pero yo me quedaré con Su Excelencia.

−¿Y no crees que Janet también castrará a alguien si yo permito que te suceda algo?

Boris se rió.

−Seguramente, mi esposa pensará que su marido tuvo la culpa, y que me lo merecía.

Stefan puso los ojos en blanco, con resignación. Sin duda, Boris iba a seguir sus pasos hasta que Edmond se convenciera de que estaba a salvo.

−Muy bien. Encuéntrame un caballo y hablaré con mis sirvientes.

San Petersburgo
Vasilevsky Ostrov

En mayo de 1703, cuando el zar Pedro pisó por primera vez la isla, había sopesado la idea de construir la nueva capital de Rusia allí mismo. Sin embargo, la naturaleza lo había vencido. Las frecuentes tormentas y las inundaciones impredecibles, junto a los vientos constantes del golfo de Finlandia, hacían que aquel terreno no fuera práctico para la grandiosa ciudad que él imaginaba.

Al final, había construido su fortaleza en Zayachy Ostrov, y sus palacios oficiales en la tierra continental, pero no había abandonado del todo sus planes para la isla. La proclamó una tierra para el aprendizaje, y construyó un museo, un observatorio y la primera universidad de San Petersburgo en la zona este.

La zona oeste no tuvo tanta fortuna. Con el paso de los años, se llenó de puertos y almacenes, y con ellos, de gente desagradable, marineros curtidos y trabajadores.

Ciertamente, no era el lugar que a la aristocracia rusa le gustaba visitar.

Mientras avanzaban por las callejuelas oscuras y estrechas, Herrick Gerhardt y su fiel guardia, Gregor, sentían la amenaza de las miradas desconfiadas que observaban su marcha hacia un almacén abandonado cercano al muelle.

Herrick sonrió disimuladamente al ver la cara de desaprobación de Gregor. El joven se había opuesto, de manera inteligente, a que el encuentro con Dimitri Tipova se produjera en el cuartel general de su imperio del crimen. Sin embargo, Herrick no estaba en situación de dictar las condiciones. Él era quien había solicitado la reunión y no tenía más remedio que aceptar las condiciones del Zar Mendigo.

Alzó la mano para llamar a la gruesa puerta del almacén, pero la puerta se abrió de repente, y detrás apareció un hombre fornido que tenía un inconfundible porte militar. En aquel momento llevaba un blusón tosco y unos pantalones, pero Herrick estaba dispuesto a apostar hasta su último rublo a que aquél no era su atuendo habitual.

Un cosaco. O al menos, lo había sido alguna vez.

—¿Es usted Gerhardt? —le espetó el hombre, observando el traje sencillo, pero caro, de Herrick.

—Sí.

El hombre miró a Gregor.

—Se le indicó que viniera solo.

—Es mi guardaespaldas. Es de fiar.

—Usted puede acompañarme. Él se queda aquí.

Gregor se puso tenso.

–No.

–Tranquilo, amigo –le dijo Herrick, sin quitarle la vista de encima al cosaco–. Si Dimitri Tipova me quisiera ver muerto, sin duda ya estaría tirado en una cuneta.

El hombre resopló.

–El amo prefiere eliminar a sus enemigos con más decoro. Sólo los idiotas dejan por ahí los cadáveres, para que los encuentren.

–Muy reconfortante –dijo Herrick–. Quédate aquí, Gregor.

El joven puso cara de pocos amigos.

–Juega con fuego.

–No será la primera vez.

El extraño abrió más la puerta e hizo un gesto con la mano.

–Por aquí.

Sin decir una palabra, el hombre guió a Herrick hacia otra puerta que estaba protegida por dos hombres delgados con aspecto de ladrones avezados. Se hicieron a un lado, pero Herrick se alegró de haber dejado el monedero en casa.

La puerta se abría a una estrecha escalera que llevaba al piso superior del almacén, y después de haber sido registrado por otros dos guardias armados, Herrick fue llevado a presencia de Dimitri Tipova, en su guarida privada.

Herrick no estaba del todo seguro de lo que iba a encontrarse. Quizá un grupo de criminales desesperados encorvados sobre una fogata en un tugurio. O quizá un antro lleno de ratas.

Lo que no esperaba era una compañía de centinelas bien adiestrados con la apariencia de soldados experimentados, ni un almacén destartalado que se había transformado en una vivienda exquisita, con un salón formal, un pequeño comedor y una biblioteca con una colección de libros que sería la envidia de la mayoría de los aristócratas rusos.

Completamente asombrado, Herrick no se dio cuenta de que su guardián se retiraba de la habitación y cerraba la puerta. En vez de prestarle atención, se acercó a admirar el inconfundible rembrandt que colgaba sobre la chimenea de mármol.

—Dios... Santo —susurró.

—Me lo tomaré como un cumplido, señor Gerhardt —dijo alguien en voz baja—. Estoy seguro de que un caballero como usted no se sorprende a menudo.

Herrick se dio la vuelta y estudió al hombre que apareció tras una puerta escondida tras un panel de madera encerada.

Era un hombre esbelto y muy guapo, con el pelo negro y largo, recogido en una coleta con un lazo de terciopelo. Tenía el rostro delgado, de rasgos aristocráticos, y unos ojos dorados que brillaban de inteligencia a la luz de los candelabros de cristal.

Llevaba una chaqueta de terciopelo azul con un chaleco cosido con hilos de plata y pantalones negros, y podría haberse mezclado con facilidad entre la elite de la sociedad. En realidad, Herrick juraría que había visto sus rasgos en un poderoso noble la noche anterior en el Palacio de Verano.

Quizá aquel parecido no fuera sorprendente.

Muchos caballeros dejaban en las calles de San Petersburgo hijos bastardos.

Sin embargo, Herrick no tuvo más remedio que aceptar que sus ideas preconcebidas sobre Dimitri Tipova y sobre cómo iba a desarrollarse aquella noche no podían haber sido más erróneas.

El caballero se acercó con elegancia a un sofá tapizado con brocado de seda, con una sonrisa en los labios.

Aceptando que había sido agradablemente sorprendido, Herrick le ofreció una reverencia respetuosa.

—¿Dimitri Tipova, supongo? —murmuró.

—A su servicio.

Herrick se irguió y se vio bajo la inspección de aquella inquietante mirada.

—Gracias por acceder a reunirse conmigo.

—Por favor, siéntese —dijo Tipova—. Me temo que mi principal defecto ha sido siempre la curiosidad. Mi madre decía que sería mi perdición.

—¿Y su padre?

El hombre ni siquiera parpadeó al recibir el suave golpe de Herrick.

—Mi padre sugirió, sabiamente, que me ahogaran al nacer.

—¿Pero estuvo dispuesto a sufragar su educación? —preguntó Herrick. Ningún siervo ruso, por muy inteligente que fuera, era capaz de hablar francés con fluidez sin un tutor.

—Dispuesto, no —dijo Tipova con un brillo irónico en los ojos—. Sin embargo, mi madre era una señora formidable que tenía grandes ambiciones para su hijo.

—Debe de sentirse muy orgullosa.

—Murió.

—Ah —susurró Herrick. Era imposible saber si su interlocutor todavía lloraba su muerte bajo aquel suave encanto. Herrick imaginó que muy poca gente tenía la oportunidad de ver al verdadero Dimitri Tipova—. Mis condolencias.

—¿Brandy? —preguntó Tipova, acercándose a una mesa auxiliar de ébano—. ¿O prefiere un té?

—Brandy.

Tipova sirvió dos copas y le entregó una a Herrick antes de sentarse en el sofá. Levantó la copa y sonrió a su invitado con ironía.

—¡*A votre santé*!

—A su salud.

Tomaron un sorbo de licor y, después, Tipova dejó a un lado su copa y estiró las piernas, cruzándolas a la altura de los tobillos.

—Ahora, quizá tenga la amabilidad de decirme que le ha traído a mi modesto rincón del imperio.

—Creo que tenemos un enemigo común.

—En realidad, yo diría que tenemos muchos enemigos comunes.

Herrick lo miró con los ojos entornados, intrigado al instante por la idea de lo valioso que sería tener un agente en los bajos fondos.

—¿De veras?

Tipova agitó suavemente la mano, claramente, satisfecho por haber plantado aquella semilla en la mente de Herrick.

—Ésa es una conversación para otro día.

—Muy bien —concedió amablemente Herrick, que ya había decidido que aquélla no sería su última visita al asombroso criminal.

—¿Y tiene nombre ese enemigo común?

—Sir Charles Richards.

Por primera vez, pareció que Tipova estaba desconcertado. Después echó hacia atrás la cabeza y se rió con ganas.

—Sabía que no me decepcionaría, Gerhardt.

—¿Lo conoce?

—Primero, desearía que me dijera qué interés tiene en ese inglés.

—¿Me daría su palabra de discreción?

Tipova arqueó una ceja.

—¿Confiaría en mí si le diera mi palabra?

—Sí.

En los ojos dorados de Tipova apareció el brillo de una emoción indefinible.

—Entonces, la tiene.

Herrick fue directamente al grano.

—Es posible que sir Charles esté chantajeando a un destacado miembro de la corte rusa.

—Entiendo.

—No parece muy sorprendido.

—Admito que soy un hombre corrupto algunas veces, *mon ami*. Soy despiadado, y aficionado al lujo y a las mujeres bellas. Y no me preocupa mucho la moralidad que agobia a muchos otros —dijo Tipova, e hizo una pausa. Su expresión se hizo severa—. Sin embargo, no soy perverso. Nada que me diga sobre ese individuo puede sorprenderme.

—Perverso —dijo Herrick, y sintió revulsión hacia el inglés. Si era cierto lo que se decía de él, merecía que lo desollaran y lo echaran a las ratas—. Sí, una descripción perfecta.

Aquella breve muestra de ira fue rápidamente escondida tras la sonrisa de Tipova.

—Además, sospechaba que estaba haciendo algo así.

—¿Y por qué?

—Porque, mi querido Gerhardt, yo lo estoy chantajeando a él.

Herrick tampoco fingió sorpresa. Era precisamente lo que había supuesto, y el motivo por el que había solicitado aquella reunión en primer lugar.

—¿Está dispuesto a compartir detalles sobre aquello por lo que está chantajeando a ese hombre?

—Sólo si usted es igualmente sincero.

—Sabe que eso no es posible —respondió Herrick.

—Entonces, parece que estamos en un punto muerto trágico.

Herrick tamborileó con los dedos en el brazo de la butaca y cambió de táctica con facilidad.

—¿Sabe que sir Charles ha salido de San Petersburgo?

—Lo había supuesto.

—¿Y sabe adónde ha ido?

—Tengo una idea aproximada.

—¿Y va a compartir la información conmigo?

—Eso depende.

—¿De qué?

—Sir Charles me insultó gravemente. Un tipo de insulto que se merece un castigo —dijo Tipova—. Sin embargo, como usted se ha involucrado, debo deducir que no tengo ninguna posibilidad de conseguir el dinero que pedí.

—Ninguna.

—Entonces, debe de haber algún modo de que yo obtenga justicia.

—¿Qué quiere?

Tipova sonrió de una manera escalofriante.

—A sir Charles.

—¿Quiere darle una lección?

—No. Sir Charles no puede aprender. No podría resistir sus impulsos aunque quisiera hacerlo, y le aseguro que no quiere —respondió Tipova, y miró fijamente a Herrick—. La lección es para otros caballeros que sean lo suficientemente tontos como para quebrantar mis reglas.

—¿De veras cree que voy a entregarle a un noble inglés para que lo mate?

—Usted entiende lo que es el deber, Gerhardt. Ha dedicado su vida a proteger los intereses de los Romanov —dijo Tipova con un deje de cinismo—. Un fin admirable, quizá, pero, ¿quién va a defender a esas pobres almas que no están bajo el ala protectora de sus oficiales?

—¿Usted?

El guapo delincuente se encogió de hombros.

—Búrlese si quiere, pero no permitiré que nadie haga daño a los míos.

De un modo peculiar, Herrick admiró a Tipova. De hecho, era una lástima que aquel hombre no pudiera reclamar su sangre noble. Poseía más valor e inteligencia que la mayoría de los aristócratas que poblaban la corte rusa.

Herrick se puso en pie y caminó hacia un escritorio sobre el que había varias cajas esmaltadas de rape, mientras reflexionaba sobre aquella petición intolerable.

Por una parte, era reticente a entregarle a aquel criminal a un noble inglés. La relación entre Alexander Pavlovich y George IV era tensa de por sí. ¿Quién sabía si el monarca británico no decidiría montar un lío desagradable?

Por otra parte, Herrick sabía que tenía que atrapar a sir Charles Richards.

Se volvió lentamente, miró a su anfitrión y asintió.
—Muy bien.
En los ojos de Tipova brilló el triunfo.
—¿Me dejará que me encargue de sir Charles?
—Sí.
—¿Tengo su palabra?
Herrick sonrió.
—¿Confiaría en mi palabra?
—Sí, por extraño que parezca. Muy peculiar.
—Lo mismo pienso yo.

Se miraron con entendimiento mutuo. Después, Tipova se levantó del sofá y caminó hasta el centro de la delicada alfombra persa que cubría el suelo.

—Sir Charles estaba en París.
—¿París? ¿Qué ha ido a hacer a Francia?
—Puede que estuviera intentando evitar mi cólera. Un error estúpido —dijo Tipova. Después hizo una pausa deliberada, y continuó—: O quizá lo atrajeran los rumores de que la encantadora señorita Karkoff estaba en Inglaterra, y deseaba vigilarla en secreto.

Herrick se quedó helado. No había pensado que nadie, y menos un delincuente, supiera uno de sus secretos mejor guardados. No sólo era un golpe a su orgullo, era una amenaza potencial que él no podía tolerar.

—No es completamente imposible que lo ponga ante un pelotón de fusilamiento, Tipova —le dijo con frialdad.
—No soy un estúpido, *mon ami*. Para mí, la información es un tesoro inestimable. La reúno por placer, y sólo la vendo cuando estoy seguro de que obtengo un beneficio sin riesgos.
—Un pasatiempos peligroso.

Tipova se rió.
—Vamos, Gerhardt, no quiero enemistarme con usted. De hecho, le ofrezco información muy importante para demostrarle mi buena voluntad.

La dura expresión de Herrick no se relajó.

—¿Qué es?

—Antes de que llegara a San Petersburgo, sir Charles pasó una larga temporada en París, con un viejo amigo.

—¿Quién?

—Un tal don Howard Summerville, que se vio obligado a retirarse al continente el año pasado, cuando sus acreedores se volvieron tediosamente persistentes.

Herrick frunció el ceño.

—¿Algún pariente de lord Summerville?

—Un primo del duque de Huntley, aunque los rumores dicen que no hay relación entre las dos familias.

Herrick sonrió con cierta satisfacción. Al menos, había conseguido establecer la conexión entre San Petersburgo y Meadowland.

—¿Sir Charles está todavía en París? —preguntó.

—Lo último que he sabido es que se marchó de repente hacia el este.

—¿Viene a San Petersburgo?

—Supongo que sí.

Herrick sintió una punzada de miedo en el corazón.

—¿Y por qué vuelve ahora?

Dimitri lo miró fijamente.

—Es evidente que sigue el rastro de su presa.

Herrick inhaló bruscamente.

Leonida.

Maldición. ¿En qué estaba pensando Nadia cuando había enviado a su hija a hacer semejante viaje? La bella condesa siempre había sido impetuosa, pero en aquella ocasión había ido demasiado lejos.

Por desgracia, él no se había enterado de aquel plan hasta que Leonida había llegado ya a Inglaterra. Demasiado lejos como para que él pudiera protegerla.

Debía regresar a su oficina y organizar la búsqueda de sir Charles, en aquel mismo instante. Aquel canalla no debía tener la más mínima oportunidad de hacerle daño a Leonida.

Herrick hizo una pequeña reverencia hacia su anfitrión.
—Le doy las gracias, Dimitri Tipova, por la información. Estoy en deuda con usted.
—Sí, es cierto —dijo Dimitri con un brillo burlón en la mirada—. Y yo siempre me cobro las deudas.

CAPÍTULO 14

Rusia.

Aquella pequeña posada, a unos ochenta kilómetros de San Petersburgo, era un edificio achaparrado que parecía en constante peligro de ser engullido por los bosques que lo rodeaban.
Dentro no había mucho por lo que recomendar el establecimiento. Las habitaciones eran pequeñas y sucias, y no había apenas mobiliario. Incluso el comedor privado que había pedido Leonida era una estancia vacía, con una mesa en el centro y dos sillas junto a la chimenea, que Leonida había pedido que encendieran pese a las protestas del posadero.
Si no hubiera estado tan dolorida y cansada del viaje, por no mencionar hambrienta, Leonida no habría cedido ante la insistencia de Pyotr y no habría parado a pasar la noche allí. No sólo dudaba de la limpieza de su dormitorio, sino que el hecho de saber que sus enemigos la estaban persiguiendo le impedía descansar.
Leonida se acurrucó junto a la chimenea cuando cayó la noche y comenzó a hacer frío, intentando ignorar el persistente olor a cebolla frita que se extendió por todo el edificio. Al poco tiempo, una doncella entró al gabinete llevando la bandeja de la cena.
—¿Ha visto a mi doncella? —le preguntó Leonida.

La mujer, de mediana edad y sorprendentemente arreglada y limpia, con un par de ojos castaños de mirada inteligente, pensó durante un instante.

—La última vez que la vi iba hacia el establo.

Leonida sonrió con melancolía. Claro que Sophy desearía pasar un rato a solas con Pyotr. La amistad que se estaba forjando entre los dos sirvientes era obvia.

—Muy bien, eso es todo —dijo Leonida.

Se resignó a tomar la cena a solas, y estaba haciéndolo cuando oyó el sonido de unas voces elevadas fuera de la sala. Se puso en pie y, rápidamente, se colocó el sombrero y el velo de viuda.

Pensó en si sería inteligente subir a su habitación. Al menos, allí podía cerrar la puerta con cerrojo. Por desgracia, tendría que pasar por delante de las estancias públicas y el bar para hacerlo, y no deseaba llamar la atención.

Al final, no tuvo que decidirse, puesto que la puerta del comedor se abrió y entró un hombre alto y guapo.

Leonida sintió el corazón en la garganta al reconocerlo.

Sir Charles Richards.

El horror la paralizó cuando su visitante indeseado cerró la puerta y, cuidadosamente, depositó el sombrero y los guantes en una de las sillas. Después de estirarse las mangas de la camisa por debajo de la chaqueta, se acercó a ella.

—No tiene por qué esconder su bello rostro, señorita Karkoff —le dijo con una sonrisa cruel, y de un golpe, le quitó el sombrero y lo tiró al suelo—. No debe haber secretos entre amigos.

Ella notó un nudo frío de miedo en el estómago. Ya sospechaba que aquel hombre era uno de sus enemigos, pero en aquel momento se disipó toda duda.

Leonida consiguió resistir el desmayo, y adoptó una expresión severa.

—Sir Charles, ¿qué está haciendo aquí?

—Seguirla, por supuesto. Me ha tenido danzando a su voluntad, pero por fin hemos llegado al final del vals.

—¿Y se puede saber por qué tenía que seguirme?

—¿Por qué? —él se metió la mano en el bolsillo de la chaqueta y sacó una daga. La giró lentamente, haciendo que la luz del fuego del hogar se reflejara en la hoja larga, letal—. Porque tiene algo que me pertenece.

Leonida dejó de fingir y retrocedió.

—Márchese, o gritaré.

—No le serviría de nada. Lamentablemente, he hecho que mis hombres reunieran a todos los empleados de esta pobre posada en la cocina, con orden de disparar a todo aquel que interrumpa nuestra agradable reunión.

A ella se le secó la boca. El grito se le quedó en los labios. No pondría en peligro la vida de rusos inocentes. ¿Y Sophy y Pyotr? «Dios Santo, no permitas que les ocurra nada».

—A mí no me parece agradable esta reunión. Ni tampoco a mi familia, cuando sepan que me ha acosado.

—¿Cree que temo a Alexander Pavlovich?

—Creo que es usted un loco.

La expresión de sir Richards se volvió tensa, como si aquella acusación lo hubiera enfurecido. Después, con un evidente esfuerzo, recuperó la compostura.

—Cierto. Y ha resultado ser una locura muy cara. Afortunadamente, usted es mi medio de salir de una situación muy desagradable.

Ella se humedeció los labios.

—Sólo llevo unos cuantos rublos...

Sus palabras se interrumpieron con un jadeo cuando él la tomó del brazo y tiró de ella para ponerle la daga contra el cuello.

—Las cartas, señorita Karkoff. Démelas —le ordenó. La punta del cuchillo estaba a punto de atravesarle la piel a Leonida—. Ahora.

Pese al miedo que sentía, Leonida no había perdido la capacidad de pensar. Sabía que entregándole las cartas no conseguiría nada. Sólo se salvaría de la tragedia con suerte y astucia.

—No sé de qué está hablando —dijo ella.

—En cualquier otro momento quizá me resultara placentero obligarla a decir la verdad, querida —dijo él, y con la mano libre, le acarició la mejilla—. Una piel de alabastro, tan bella. Tan deliciosamente inmaculada. Casi me tienta —murmuró, y su sonrisa se retorció cuando Leonida se estremeció de repugnancia—. Pero no. Hoy, la urgencia me exige una táctica más efectiva —añadió, y le apretó la daga contra el cuello, tan fuertemente como para hacerle un corte—. Las cartas.

Ella luchó por hablar.

—No las tengo.

—¿Cree que soy estúpido? Sé que viajó a Meadowland.

—Mi madre era una gran amiga de la duquesa de Huntley. Ella deseaba que yo conociera a su familia.

—Ella deseaba hacerse con las cartas. No se moleste en mentirme.

—Muy bien —admitió por fin Leonida—. Mi madre me encargó que buscara las cartas, pero no estaban allí.

—Eso sería más convincente si usted no se hubiera escapado de la casa a medianoche, y el duque no la hubiera seguido.

—Claro que me marché apresuradamente. Un hombre extraño me amenazó con matarme. Yo estaba asustada, y me fui antes de que pudiera hacerme daño.

—Ah, sí, Yuri. Qué decepción. Se alegrará de saber que nunca volverá a acosar a una joven bella.

A ella se le cortó la respiración.

—Está...

—Exacto, querida. Ha muerto. Sin duda, encontrarán su cuerpo en las orillas del Sena. No tendrá que temerlo nunca más.

—Me sentiría mucho más aliviada si no tuviera un cuchillo en el cuello.

—Es una desafortunada necesidad. Si cooperara, nuestro encuentro sería mucho más civilizado.

—Le he dicho que no encontré las cartas. ¿Qué más quiere de mí?

Los ojos de sir Charles se encendieron de furia.

—¿Es que no me cree capaz de cortarle el cuello?

Ella no se molestó en disimular el miedo que sentía.

—No sólo creo que es capaz, sino que va a hacerlo, tenga o no tenga yo las cartas.

—Qué chica tan lista. Sin embargo, le aseguro que su inevitable muerte podría ser rápida y fácil, o lenta y muy dolorosa. Usted decide, señorita Karkoff, pero le sugiero que me dé las cartas.

—No puedo darle lo que no tengo.

—Eso lo averiguaremos muy pronto.

Él apretó la empuñadura de la daga con una niebla de impaciencia en los ojos. Entonces, como si fuera un regalo del cielo, alguien llamó a la puerta. Leonida se puso muy tensa, porque por un momento temió que él ignoraría la interrupción. En su expresión había un hambre que revelaba el verdadero alcance de su locura. Quería matarla, quería disfrutar y saborear de aquel placer.

Volvieron a llamar, y con una imprecación, sir Charles le apartó la daga del cuello y se volvió hacia la puerta, aunque permaneció junto a ella para advertirle que estaría muerta si se atrevía a dar un paso.

—Adelante —dijo.

Entonces, entró un hombre delgado con una cicatriz siniestra que le atravesaba toda la mejilla, desde la ceja hasta la comisura de los labios.

—Ah, Josef. ¿Has terminado tu trabajo?

El hombre asintió.

—He registrado la habitación.

—¿Minuciosamente?

—He dado la vuelta a la cama, he roto los muebles y he levantado los tablones del suelo.

—¿Y las maletas?

Leonida contuvo la respiración hasta que el extraño se encogió de hombros.

—No he encontrado ni un pedazo de papel.

—¿Has registrado su ropa?
—Por supuesto.

El hombre le lanzó una mirada encubierta a Leonida, y ella frunció el ceño.

Dios Santo, ¿acaso sospechaba que las cartas estaban escondidas en el forro de su maleta? Y de ser así, ¿por qué no se lo había revelado a su amo?

No tuvo oportunidad de hacerse más preguntas, porque sir Charles se volvió hacia ella con una frustración letal.

—Está empezando a poner a prueba mi paciencia, señorita Karkoff —levantó la daga de nuevo, pero el sonido de unos gritos llegó hasta el comedor—. ¿Y ahora qué ocurre?

—Iré a averiguarlo —dijo Josef, y salió. Volvió a los pocos momentos con el ceño fruncido—. Alguien ha llamado a los oficiales. Vienen hacia la posada.

Leonida se echó a temblar. No se sintió completamente aliviada al saber que los oficiales estaban de camino. No creía, ni por un momento, que sir Charles fuera a dejarla con vida para que pudiera revelar su identidad.

—¿Dónde están los sirvientes de la señorita Karkoff? —preguntó de repente.

—Los dejé atados y amordazados en los establos —respondió Josef—. ¿Los liquido?

—No —rogó Leonida, incapaz de contenerse—. Por favor.

—Ah —dijo sir Charles con una sonrisa petulante—. Así que siente cariño por sus sirvientes, ¿verdad? Bien —se dirigió a Josef y le ordenó—: Que lleven a los sirvientes al carruaje.

El hombre parpadeó.

—¿Señor?

—Se me ha ocurrido, Josef, que tengo en las manos algo mucho más valioso que unos viejos escándalos. ¿Qué piensas que pagaría el zar para recuperar a su encantadora hija?

—El rescate de un rey.

—O de un zar —puntualizó sir Charles, mirando a Leonida, cuyos ojos brillaban de furia.

—Maldito sea —murmuró ella. Nunca se había sentido tan impotente.

Sir Charles la miró con disgusto.

—Señorita Karkoff, no soporto que las mujeres usen un lenguaje vulgar.

Josef se acercó con una expresión agria.

—Comprendo que quiera llevarse a la muchacha si vale una fortuna. Sin embargo, ¿para qué vamos a cargar con los sirvientes? Tuvimos que intervenir tres de nosotros para reducir a ese mozo suyo, y la doncella casi le arranca la oreja de un mordisco a Vladimir.

El loco descartó con un gesto de la mano las objeciones del sirviente, y por fortuna, se perdió la sonrisa de satisfacción de Leonida al saber que Pyotr y Sophy se habían resistido ferozmente.

—Mi querido Josef, piénsalo bien. Si nos llevamos sólo a la señorita Karkoff, sería una molestia constante. Una muchacha tan enérgica no haría más que intentar escaparse. O atraer la atención de la gente. Sin embargo, si sabe que vamos a castigar a sus queridos sirvientes por sus travesuras, será mucho más obediente.

—Bastardo…

La mano del loco se estaba moviendo antes de que Leonida se diera cuenta, y ella sintió un golpe tan fuerte en la cara que cayó al suelo.

Sir Charles, de pie sobre ella, miró con una sonrisa desdeñosa la sangre que brotó de su labio roto.

—Se lo advertí, querida. No toleraré ese lenguaje.

—Cuidado, Excelencia —advirtió Boris, poniéndose junto al caballo del duque al ver la actividad que bullía en la pequeña posada—. Hay algo que no va bien.

Stefan estuvo de acuerdo con la opinión de su amigo, pero en vez de detenerse, azuzó al caballo agotado para que siguiera avanzando hasta el patio del establo.

Durante días interminables habían seguido el rastro de Leonida, y el hecho de saber que estaba en peligro le había reconcomido las entrañas constantemente.

En aquel momento tenía el corazón en la garganta. Cuando entró en el patio empedrado, llamó en perfecto ruso a un guardia que estaba dando órdenes a un grupo de campesinos.

El oficial se acercó.

—¿Sí, señor?

—¿Qué ha ocurrido?

El hombre hizo una mueca de frustración y miró hacia la posada.

—Eso quisiera saber yo. En este momento, todo es muy confuso. Uno de los sirvientes dice que llegó una banda de delincuentes a la posada y que destruyeron los muebles y secuestraron a unos huéspedes. Otro sirviente dice que fueron soldados austriacos que se llevaron a una mujer con propósitos nefastos.

Stefan apretó los dientes. Dios Santo, ¿habían capturado a Leonida? ¿Estaba en manos de sus enemigos?

—¿Dónde está el posadero?

—Ese idiota... no conseguirán nada de él salvo la exigencia de saber quién pagará los daños de su posada.

—Debe de haber algún testigo que sea creíble.

—Esa doncella que está junto al establo tiene más sentido común que los demás.

—Entonces, hablaré con ella.

El soldado asintió y volvió hacia el resto de los empleados de la posada.

Boris convenció al duque de que sería mejor que él mismo fuera a hablar con la doncella para evitar extender habladurías sobre un aristócrata inglés que andaba buscando a una joven viuda rusa.

—Bien, pero date prisa —le gruñó.

Después observó a Boris desmontar y acercarse rápidamente a la doncella, con quien habló durante unos minutos. Cuando el sirviente volvió a montar, Stefan lo miró con impaciencia.

—¿Y bien?

—Dice que un grupo de hombres, de seis a diez, llegó desde el sur y rodeó la posada. Unos cuantos permanecieron fuera para hacer guardia, y al menos tres entraron y obligaron a los empleados a permanecer en la cocina, donde los vigiló un hombre armado.

—¿Así que no vio nada?

—No, pero cuando los hombres se marcharon de repente, ella fue a inspeccionar el establecimiento.

—¿Y qué descubrió?

—Dice que los hombres se llevaron a una viuda joven de uno de los comedores privados, junto a sus dos sirvientes.

Aunque estaba preparado, la noticia fue como un puñetazo en el estómago para Stefan.

—Maldita sea.

—También me dijo que alguien había destrozado la habitación de la viuda, como si hubieran estado buscando un tesoro escondido.

—¿Qué te dijo de los hombres?

—Brutos y sin educación.

—¿Ingleses?

—Rusos, aunque me ha asegurado que también oyó la voz de un inglés.

Aquel maldito inglés.

¿Cuál era el interés que podía tener en Leonida? Y, más importante todavía, ¿qué pensaba hacer con ella?

—¿Hace cuánto tiempo se marcharon?

—Media hora, quizá un poco más.

Stefan se movió sobre la silla, preparado para continuar la persecución.

—Entonces no pueden haber llegado muy lejos.

—Un momento, Excelencia —dijo Boris.

—¿Qué?

—La doncella mencionó que las pertenencias de la viuda estaban en su habitación.

Stefan abrió la boca para mandar al infierno los horribles vestidos negros y los sombreros con velo de Leonida, pero se detuvo de repente.

Si Leonida estaba de verdad en poder de sus enemigos, estaría aterrorizada cuando él la rescatara.

Seguramente, se sentiría reconfortada por el hecho de recuperar sus cosas.

—Recógelas.

CAPÍTULO 15

San Petersburgo.

Herrick Gerhardt estaba frente al espejo, terminando de arreglarse la corbata. Llevaba un traje muy sencillo, con sólo sus medallas al honor prendidas al abrigo negro para aliviar su austera apariencia.

El pequeño hogar que tenía a la sombra del Palacio de Invierno carecía igualmente de la grandeza llamativa que tanto complacía al alma rusa. El mobiliario estaba compuesto por piezas sólidas que había adquirido en talleres de artesanos locales, y las paredes estaban desnudas, salvo por unas cuantas pinturas de tema militar que había coleccionado con el pasar de los años.

Pasando la mayor parte de sus días en la lujosa corte rusa, era un alivio tener una casa en la que poder entrar a una habitación y estirar las piernas cómodamente.

Estaba terminando su arreglo matinal cuando alguien llamó a la puerta. Se volvió y vio entrar a un joven lacayo con expresión nerviosa.

–Discúlpeme, señor, pero tiene visita.

Herrick arqueó una ceja. Raramente invitaba a gente a su casa privada, y nunca antes de haber leído minuciosamente los informes que sus muchos contactos le enviaban cada mañana.

—¿A estas horas? ¿Quién es?
El lacayo carraspeó.
—No estoy del todo seguro, señor.
—¿Disculpa?
—Es una dama.
Herrick frunció las cejas.
—¿Una dama?
—Con velo.
Herrick pensó rápidamente. Sería muy sencillo hacer que echaran a la intrusa. Sus empleados eran un grupo de soldados bien adiestrados que estaban ansiosos por defender a su comandante. Por otra parte, quizá la mujer tuviera un motivo importante para haber ido a verlo.
—¿Dónde la has puesto?
—En la sala de desayunos. Espero no haberlo hecho mal.
—En absoluto —dijo Herrick, y le ofreció al chico una sonrisa para tranquilizarlo—. Bajaré en un momento.
—Sí, señor.
Cuando el sirviente se marchó, Herrick sacó una pistola cargada de la cómoda, se la metió en la funda que llevaba bajo la chaqueta y bajó a la sala de desayunos, situada en la parte posterior de la casa.
Al entrar en la habitación, que estaba bañada en luz, y amueblada con una preciosa mesa de cerezo y sillas a juego, Herrick observó a la esbelta mujer que estaba junto a la puerta doble.
Tal y como le había advertido su lacayo, la mujer llevaba un grueso velo por la cara, y un vestido negro de seda francés, tan elegante como para haber costado una pequeña fortuna.
Así pues, era una mujer de la alta sociedad.
Interesante.
Al notar su llegada, la extraña se dio la vuelta. En la mano llevaba un pergamino.
—Por fin —susurró.
Herrick caminó lentamente hacia ella.
—Perdonadme por la espera, pero debo admitir que no

esperaba que me sirvieran a una mujer extraña junto al desayuno.

—No tan extraña —dijo la mujer, y con impaciencia, se apartó el velo de la cara y reveló una cara pálida, bella, enmarcada por una cabellera brillante, negra, sólo un poco más oscura que sus ojos enormes.

—Nadia —dijo Herrick, asombrado—. ¿Te has vuelto loca?

—Tenía que verte enseguida.

—Deberías haberme enviado un mensaje. Si se descubre que has estado aquí, los dos tendremos que responder ante el zar.

Ella agitó la mano con desdén, indiferente como siempre a las rígidas reglas que guiaban el comportamiento de las mujeres en sociedad.

—Nadie lo sabe, y no podía esperar.

En aquel momento, Herrick se dio cuenta de que ella tenía una mirada de pánico.

—¿Qué ha ocurrido?

—Toma.

Sin decir una palabra, ella le entregó el pergamino. A Herrick se le encogió el corazón incluso antes de leer la petición de cien mil rublos de rescate a cambio de Leonida Karkoff.

—¿Cómo lo has recibido? —preguntó él con la voz ahogada de temor.

—Estaba en mi tocador cuando me desperté esta mañana.

¿El criminal se había atrevido a entrar en el hogar de una condesa?

—¿Has interrogado a los sirvientes?

—Por supuesto. Dicen que no han oído nada durante la noche, y que todas las puertas y ventanas estaban cerradas esta mañana. Herrick...

Herrick la tomó del brazo y la llevó hasta el sofá más cercano antes de que perdiera los nervios.

—Siéntate, Nadia.

—No debería haberla enviado a Inglaterra —murmuró.

Aunque Herrick estaba de acuerdo, se guardó el comentario. Lo único que importaba en aquel momento era rescatar a Leonida.

—No podías saber lo peligrosos que eran tus enemigos. Ahora, sin embargo, debemos concentrarnos en Leonida.

Nadia se enjugó las lágrimas e irguió los hombros.

Quizá la condesa fuera impulsiva y egoísta, pero quería de verdad a su hija.

—Tienes razón —convino Nadia—. Le he dicho a mi doncella que recogiera todas mis joyas y he llamado al abogado para que las tase. La cantidad no será suficiente, pero quizá sea satisfactoria para esos brutos.

—No, Nadia. No puedes pagar el rescate.

Ella frunció el ceño ante aquella orden autoritaria.

—No me digas lo que puedo y no puedo hacer. Leonida es mi hija. Haré lo que sea necesario para salvarla.

Herrick murmuró un juramento.

—Quería evitar decirte eso, pero el hombre que te ha estado chantajeando es algo más que un avaricioso.

—¿Qué quieres decir?

—Está... loco.

—¿Loco?

—Sí.

—¿Cómo lo sabes?

—Por favor, acepta mi palabra.

—Dios Santo —susurró ella, pálida, haciendo un esfuerzo por mantener la compostura—. Crees que mi hija ya está...

—No. Él está desesperado por conseguir el dinero, así que la mantendrá con vida hasta que esté seguro de que has cumplido sus órdenes. Pero me temo que cuando tenga el dinero, ya no la considerará útil. Además, no puede dejarla viva y arriesgarse a que ella revele su identidad.

—Pero tú ya sabes quién es, ¿no?

—Sí, pero él no sabe que yo lo sé.

Con un movimiento brusco, Nadia se puso en pie y caminó hasta la ventana.

—¿Y sabes cómo encontrarlo?
—Tengo a varios hombres buscándolo.
—Eso no es suficiente.
—Debes confiar en mí, Nadia. ¿Puedes hacerlo?
—Confío en ti, pero no puedo soportar quedarme de brazos cruzados.
—Necesito que continúes como hasta ahora.
—¿Cómo?
—No sabemos si ese hombre tiene vigilada tu casa. Después de todo, ha conseguido que dejaran un mensaje en tu propio dormitorio.
—*Mon Dieu*, no me lo recuerdes –jadeó Nadia.
Herrick la miró con severidad. Necesitaba que comprendiera la seriedad de su petición.
—Queremos que ese canalla crea que estás sumida en el pánico, intentando reunir el dinero para pagar el rescate. Cuanto más tiempo puedas mantener el engaño, mejor.
—¿Y qué vas a hacer tú?
—Voy a buscar ayuda en los sitios más insospechados.

Leonida se paseó por la estrecha buhardilla con una enorme frustración.

Los tres días anteriores habían sido una lección de completa tristeza, comenzando por aquel golpe que había recibido en la posada, y terminando con sus sirvientes y ella encerrados en el ático de una casa de campo abandonada. Además, todo aquello no había servido de nada: las cartas estaban a kilómetros de distancia, escondidas entre sus pertenencias, que podrían estar en manos de cualquiera.

Aunque las cosas podían empeorar, se recordó con angustia.

Poco después de su llegada a la casa de campo, el día anterior, había visto a tres de los guardianes emprender el camino hacia San Petersburgo apresuradamente, sin duda, para entregarle una exigencia de rescate a su madre. Y cuando hubieran saldado cuentas con la condesa de Karkoff...

Leonida se apartó aquel pensamiento mórbido de la cabeza y se dio la vuelta para mirar a Pyotr y Sophy. Los dos estaban acurrucados en el suelo. Se negaban a sentarse en el estrecho camastro, que era el único mueble que había en todo el espacio. Habían dejado bien claro que era Leonida la que debía tener aquella mínima comodidad.

Ella había intentado convencerlos, en varias ocasiones, de que intentaran escapar, diciéndoles que si lo conseguían, habría posibilidades de que pudieran salvarla a ella, pero Sophy se había negado en redondo a dejarla sola. Leonida estaba pensando en tirar a la obstinada doncella por el ventanuco de la buhardilla cuando Pyotr hizo una señal para llamar su atención.

—Se acerca alguien —dijo.

Sonaron unos pasos por la escalera estrecha, y a Leonida se le encogió el corazón al ver a sir Charles aparecer en el vano de la puerta, ataviado con un abrigo gris impecable, y con una sonrisa despreciativa en los labios.

—Espero no molestar.

Leonida se irguió. No quería darle la satisfacción de que pudiera contemplar su miedo.

—En absoluto.

—Bien. Entonces, quizá quiera bajar a tomar una ligera comida.

Ella sintió pánico. Dios Santo. ¿Acaso su madre había pagado el rescate? ¿Era aquél el final?

—No tengo hambre.

Él entrecerró los ojos ante aquel pequeño desafío.

—No era una petición, señorita Karkoff.

Un pequeño movimiento de Pyotr le dio a entender a Leonida que el mozo estaba a punto de cometer alguna estupidez. Rápidamente, se movió para ponerse entre sus sirvientes y sir Charles.

—Muy bien —dijo, alzando la barbilla—. ¿Me permite disponer de unos minutos para arreglarme?

—Vanidad, tu nombre es de mujer —dijo él burlonamente, pasando la mirada por su desaliñado aspecto—. Tiene cinco minutos para bajar, o enviaré a Josef en su busca. Hágame caso; no le gustarán sus modales.

Hubo un tenso silencio mientras el noble hacía una reverencia burlona y salía de la buhardilla.

Leonida sintió desesperación. Tenía que hacer algo. Su orgullo no le permitía caer sin luchar.

—¿Qué puede querer? —preguntó Sophy, con la voz temblorosa de miedo.

—No tengo ni idea, pero no puede ser bueno. Ayúdame a quitarme el vestido, Sophy.

—¿Qué va a hacer? —preguntó Sophy, situándose a su espalda, de mala gana, para desabotonarle el vestido negro de crepé.

Leonida ignoró el sonido de la tos ahogada de Pyotr y el movimiento de sus pies mientras se daba la vuelta.

—Sin duda, es un esfuerzo inútil, pero voy a intentarlo —dijo.

Después se quitó el vestido y se desabrochó el corsé rápidamente. Su combinación siguió al resto de las prendas al suelo polvoriento. Entonces, para asombro de Sophy, se puso de nuevo el corsé y el vestido, y esperó a que la doncella le abotonara la espalda.

Tomó la combinación del suelo y se acercó a la ventana que daba a la parte delantera de la casa. Pyotr la había abierto un poco antes para que entrara algo de aire fresco en la buhardilla cargada. Leonida se inclinó por la abertura y colgó la combinación de un clavo que sobresalía del marco de la ventana.

A su lado, Sophy tenía una expresión preocupada.

—¿Cree que alguien lo verá?

—No sé, pero es lo único que se me ocurre.

Leonida miró hacia el camino vacío. Sería un milagro que alguien pasara por delante de la casa, y más todavía que la combinación le intrigara tanto como para acercarse a investigar. Su única esperanza era que si llegaba alguien que los estaba buscando a sus sirvientes y a ella, vieran su prenda interior allí colgada y se dieran cuenta de que la casa no estaba vacía.

Como si le hubiera leído el pensamiento, Pyotr se acercó y le tomó las manos con cara de determinación.

—Saldremos de ésta.

Leonida esbozó una sonrisa.

—Espero que tengas razón, Pyotr.

Ella se alejó del consuelo del contacto con el mozo y, resignadamente, bajó las escaleras hacia el piso bajo de la casa.

No era mucho mejor que la buhardilla.

Había un estrecho pasillo con una puerta que daba a un gabinete pequeño, y más allá, a dos habitaciones. Al otro lado del pasillo estaba la entrada a la cocina y a una despensa. Justo ante ella había una pesada puerta que se abría al patio delantero.

Tuvo que hacer un esfuerzo para reprimir el impulso de huir. Sabía que no serviría de nada.

Leonida reunió valor y entró al gabinete. Allí la esperaba sir Charles, que se levantó de un sofá desvencijado y le hizo un gesto hacia una mesa situada en mitad de la estancia.

—Permítame, señorita Karkoff —dijo, separando una de las sillas para que ella se sentara—. Espero que perdone esta comida digna de un campesino, pero en este momento no tengo a mi chef.

—Prefiero la sencillez —dijo ella, fingiendo que le interesaba el pescado ahumado, enrollado en blinis, el pato asado con una salsa de champiñones y la compota de manzana. En realidad, la comida le apetecía tan poco como el vodka que él le sirvió en una copa.

Sir Charles frunció los labios, como si percibiera su desagrado.

—¿De veras? Qué raro. Yo no encuentro ningún encanto en vivir sin elegancia. De hecho, me niego a hacerlo.

—Lo cual, supongo, es el motivo por el que me retiene.

—En parte —respondió el noble, y su expresión se volvió tensa—. Mi estilo de vida se ha vuelto demasiado caro últimamente.

Ella jugueteó con la comida del plato, sin querer pensar en cuál era su estilo de vida.

—Supongo que le habrá enviado sus exigencias a mi madre.

—Por supuesto. Cuanto antes terminemos con este desagradable asunto, mejor.

—Estoy completamente de acuerdo, pero, ¿cómo puede estar seguro de que ella le concederá lo que pide?

—¿Tan poca fe tiene en su madre? Debería darle vergüenza.

—No tiene nada que ver con la fe, sino con la capacidad de mi madre dentro de sus posibilidades.

—No se preocupe. Por lo que yo sé, la condesa está intentando reunir la suma con sus joyas, la plata y su inestimable colección de tapices Savonnerie. Una mujer con tanta iniciativa encontrará la forma de rescatar a su hija de mis perversas garras. Y si no… bueno, siempre está su padre. No hay duda de que él posee los medios para pagarme.

—Si mi padre se entera de su traición, no encontrará ningún sitio en Rusia donde esconderse de su justicia.

—Entonces, es una suerte que me haya cansado de su deprimente país. Con los fondos adecuados, podré viajar a cualquier parte del mundo.

—Sé dónde me gustaría enviarlo a mí —murmuró Leonida, antes de poder contenerse.

Él la miró con un odio frío.

—Qué espíritu. Es una pena que yo no sea un caballero que admire a las mujeres con valor.

—¿Admira a alguna mujer?

—*Touché*. Tiene razón. Las mujeres me resultan criaturas repulsivas que mienten con una sonrisa en los labios y venden su alma… o incluso a sus hijos, por unas chucherías.

Leonida disimuló un escalofrío, preguntándose qué le habría ocurrido en la niñez a aquel hombre para haberse convertido en semejante monstruo. O quizá fuera mejor que no lo supiera. No era tan inocente como para no saber que algunas madres trataban con crueldad a sus hijos.

—Sin duda, hay mujeres egoístas y corruptas, como hay hombres egoístas y corruptos. Eso no significa que la mayoría de la gente no sea buena y decente.

—No puede creerse semejante tontería —dijo él, y apartó su plato.

Leonida se quedó helada al ver el cuchillo de trinchar, que había estado oculto bajo la fuente del pato.

Dios Santo. Si pudiera hacerse con aquella arma...

Leonida se dio cuenta de que lo estaba mirando fijamente y apartó la vista rápidamente. Al hacerlo, se encontró con la repulsiva sonrisa de sir Charles.

—¿Y por qué no?

—Su propia madre vendió su bonito cuerpo para ganarse el mejor premio de todo el imperio. ¿Cree que alguna vez pensó en cómo iba a afectar su sórdida aventura a su bastarda?

Ella no se permitió demostrar el dolor que le había causado la fea verdad de sus palabras.

—Yo no soy una bastarda.

—Claro que no. Su madre sedujo a otro pobre idiota para que se casara con ella, y asegurarse de que su preciosa reputación estuviera a salvo. De ese modo, podría disfrutar de todos los lujos que no se merece. Y tampoco podemos negar que cuando temió que su comodidad estaba amenazada, no tuvo reparos en arrojar a su propia hija a los lobos.

Ella se puso en pie bruscamente y se acercó a la ventana. El cristal estaba tan sucio que apenas se veía el exterior. No podía negar aquella odiosa afirmación.

Durante el paso de los años, ella se había resignado a aceptar que su madre siempre pondría a Alexander Pavlovich y su poder por encima de todo lo demás. Sin embargo, eso no significaba que, de vez en cuando, Leonida deseara que alguien la considerara como la persona más importante de su corazón.

–No me voy a quedar aquí a escuchar cómo insulta a mi madre –le dijo con la voz ronca.

Como era de esperar, sir Charles se levantó de la mesa y se acercó a ella, incapaz de contener su deseo de provocarla.

–Ah, ¿he tocado un punto sensible?

–¿Me ha traído aquí sólo para poder insultarme?

Leonida lamentó al instante haber respondido de un modo tan áspero, puesto que él apretó los labios con los ojos brillantes de maldad.

–Me gustaría hacer mucho más que insultarla, querida –dijo sir Charles, y levantó la mano para agarrarle la barbilla de un modo doloroso–. No tiene idea del esfuerzo que me está costando dejarla... intacta. Y, por supuesto, he tenido que amenazar a mis hombres de muerte para impedir que subieran a verla a la buhardilla. Tiene conmigo una gran deuda de gratitud.

–¿De gratitud? Me ha secuestrado, nos ha retenido a mis sirvientes y a mí contra nuestra voluntad en una buhardilla diminuta...

Con rapidez, él le soltó la barbilla y la agarró por el cuello, apretándole tanto la garganta que Leonida comenzó a ver puntos negros ante los ojos.

Por instinto, comenzó a darle puñetazos en el pecho, desesperada por tomar aire.

–Eso es, querida –le susurró él–. Luche contra mí. Grite.

–No –consiguió decir ella, ahogadamente.

Él la zarandeó con fuerza, echándose hacia atrás para poder ver el dolor atenazando el rostro de Leonida.

–Grite.

Leonida, a punto de desmayarse, no oyó que se acercaba alguien. No se dio cuenta de que ya no estaban solos hasta que un hombre habló.

—Disculpe, señor.

Con un sonido gutural de frustración, sir Charles apartó a Leonida.

—¿Cómo se atreve a interrumpirme?

Leonida se llevó la mano a la garganta magullada y respiró profundamente, mientras Josef miraba a sir Charles sin parpadear.

Era muy valiente, o estaba tan loco como su amo.

—Pensé que debería saber que Mikhail y Karl han desaparecido —dijo el sirviente, con la voz desprovista de toda emoción.

—Absurdo —respondió sir Charles—. Sin duda, se habrán ido a cazar. O quizá estén borrachos en los establos. Campesinos inútiles.

—Deberían estar de guardia, pero cuando fui a vigilarlos, descubrí que no sólo han desaparecido, sino que además se han llevado los caballos y sus pertenencias.

Sir Charles se puso tenso, encolerizado al sospechar que había sufrido la traición de sus hombres.

—Maldita sea. Hablaré con Vladimir —dijo, y señaló a Leonida—. Llévala a la buhardilla.

Josef asintió.

—Por supuesto.

Con un profundo alivio, Leonida vio marchar a sir Charles, absolutamente segura de que acababa de salvarse de una muerte segura.

Josef le hizo un gesto hacia la puerta.

—Por aquí.

Ella dio un paso adelante, sabiendo que sería inútil rogarle a aquel hombre que los liberase a sus sirvientes y a ella. Aunque siempre había sido amable, había dejado claro que no dudaría en matarla si resultaba conveniente. Sin embargo, cuando pasó junto a la mesa, Leonida se detuvo.

—¿Puedo llevarles algo de comida a mis sirvientes? —preguntó con dificultad, debido al dolor que sentía en la garganta—. Creo que deben de estar muriéndose de hambre.

Josef se encogió de hombros.

—Si lo desea...

—Gracias.

Leonida tomó la bandeja de pato asado y se colocó entre la mesa y Josef, agarrando con una mano el cuenco de compota y con la otra, el cuchillo de trinchar. Lo puso en la bandeja y colocó los blinis encima para ocultarlo.

Al final se volvió con el corazón acelerado, y se encontró con los ojos entrecerrados de Josef.

¿Lo había visto? ¿Sabía que ella tenía el cuchillo?

Leonida esperaba que el sirviente la golpeara, y no estaba preparada para ver la sonrisa misteriosa que se dibujó en sus labios.

—Después de usted, señorita Karkoff.

CAPÍTULO 16

Durante una parada en otro pueblo más, Stefan estaba esperando a que Boris llegara del bar. Miró con indiferencia hacia la fila de tiendas de madera que había junto al camino de tierra. Era igual que todos los otros pueblos en los que se habían detenido aquellos tres días.

Pobre, deprimente y poco acogedor.

Ni siquiera el sol de la mañana podía alegrar el ambiente sombrío.

Alexander Pavlovich había intentando reformar su país, pero había fracasado al encontrarse una oposición férrea por parte de la aristocracia y la amenaza constante de conspiraciones, y su pueblo sufría las consecuencias. Stefan sabía que sólo era cuestión de tiempo que el resentimiento del campesinado degenerara en algo verdaderamente peligroso.

Stefan tomó un trago de brandy de su petaca y comenzó a catalogar sus dolores, incluyendo el del hombro, que iba curándose lentamente, cuando el ruido de los cascos de un caballo que se aproximaba hizo que girara la cabeza hacia atrás con sorpresa.

—Has sido muy rápido —dijo, mientras Boris se detenía a su lado.

El sirviente se encogió de hombros. Tenía una cara tan demacrada como la de Stefan. Durante los tres días anteriores habían dormido poco y habían montado mucho a caballo, y el esfuerzo estaba empezando a pasarles factura.

—No había necesidad de quedarme más allí.

—¿Por qué?

—Acababa de entrar en el bar cuando oí a varios parroquianos quejándose de una banda de rufianes que ha estado cazando furtivamente en sus tierras durante estos últimos días.

—¿Y saben dónde se alojan esos furtivos?

—Uno de los granjeros mencionó una casa abandonada al norte del pueblo.

—¿Y han registrado ese lugar?

—No. Las tierras pertenecen al conde local. ¿Para qué van a arriesgar el pescuezo enfrentándose a una banda de posibles asesinos por un terrateniente arrogante que no se preocupa por ellos ni lo más mínimo?

Stefan se tragó las palabras de protesta. Para él era imposible imaginarse a sus trabajadores permitiendo que los furtivos camparan a sus anchas por sus tierras. Claro que él siempre había considerado a los arrendatarios como miembros de su familia, no como propiedades que usar en beneficio propio.

—¿Y el conde?

—Está disfrutando de las delicias del Palacio de Verano.

—¿Estamos muy lejos de San Petersburgo?

—A un día de galope.

Stefan sacudió la cabeza.

—¿Y por qué iban a quedarse en un lugar tan aislado, cuando podían haberse perdido entre las muchedumbres de la ciudad?

—Quizá porque tienen en su poder a una de las damas más conocidas de San Petersburgo. A ella la reconocería incluso el más humilde de los sirvientes.

—Claro —dijo Stefan con un suspiro—. Vamos. Quiero ver a esos furtivos por mí mismo.

Habían recorrido un kilómetro y medio, más o menos,

cuando Boris aminoró el paso de su caballo y señaló con el ceño fruncido hacia el bosque cada vez más espeso.

—Quizá debamos evitar el camino —sugirió en voz baja—. Si esos son los hombres que estamos buscando, estarán haciendo guardia.

—Supongo que tienes razón —murmuró Stefan, e hizo que su caballo se apartara de la carretera.

Boris sonrió mientras lo seguía.

—Para ser duque, puede ser bastante razonable de vez en cuando.

—¿Qué haría sin ti, Boris? —le preguntó Stefan irónicamente.

—Quizá pudiera decirle a su hermano que he demostrado ser un sirviente de valor inestimable.

Se acercaron cautelosamente a través del monte bajo. Stefan tenía todos los sentidos en alerta. Había más cosas que temer aparte de los criminales.

Había tigres, e incluso osos, que podían atacar a los viajeros desprevenidos.

—No temas, me aseguraré de que Edmond se sienta obligado a pagarte una suma exorbitante por tu ayuda —dijo con una sonrisa—. Hay pocas cosas que me gusten más que recordarle que ahora es un terrateniente con numerosas responsabilidades.

Siguieron avanzando en silencio durante unos instantes más, y después, a través de los árboles, Stefan vio un establo y, un poco más allá, en un pequeño claro, una casa de campo abandonada.

—Ahí hay una casa —susurró, y de un salto, bajó de la montura—. Amarra ahí a los caballos. Quiero dar una vuelta antes de que nos acerquemos.

Boris ató a los caballos rápidamente y se sacó una pistola del bolsillo.

—Quédese aquí. Me aseguraré de que no hay guardias escondidos entre los árboles.

Stefan suspiró mientras sacaba su propia arma.

—Desearía que perdieras el hábito de tratarme como si fuera una viejecita débil.

—Está decidido a que me castren —rezongó Boris.

—Tranquilo, Boris, sin duda vamos a morir a manos de nuestros rufianes mucho antes de que sufras ese horrible destino.

—Ésa es mi única esperanza.

Tomaron un camino que rodeaba el claro. Stefan mantuvo la mirada fija en la casa, en busca de alguna señal que le mostrara que la casa no estaba abandonada, tal y como parecía.

A medida que se acercaban al pequeño edificio, el corazón se le encogía más y más. No había ni rastro de los delincuentes. Ni guardias apostados en la puerta, ni humo saliendo de la chimenea...

De repente, se quedó inmóvil, parpadeando ante la visión de una prenda blanca que ondeaba desde la ventana de la buhardilla.

—¿Qué demonios?

—Parece la ropa interior de una mujer.

El desánimo de Stefan desapareció. En su lugar, sintió una gran esperanza.

—Tenemos que acercarnos.

—Por Dios, tenga cuidado.

Cuando llegaron al borde del claro, Stefan dejó escapar el aire que había contenido en un silbido, al reconocer los preciosos lazos azules que adornaban el bajo de la combinación.

—Mi inteligente Leonida —susurró—. Está aquí.

—¿Por qué está tan seguro? —preguntó Boris, pero al ver la sonrisa de picardía de Stefan, lo comprendió—. Ah.

—Exacto —dijo Stefan, y volvió a concentrarse en la casa—. Es raro.

—¿Qué?

La doncella del hotel mencionó de seis a diez rufianes. No es posible que todos estén en una casa tan pequeña, ¿no?

—Hay establos en la parte trasera.

—¿Y los guardias? —preguntó Stefan. Entonces, se dio cuenta de que no iba a encontrar la respuesta a sus preguntas quedándose entre los árboles, mirando—. Vamos.

Boris murmuró una maldición, pero siguió a Stefan mientras él continuaba su circuito hasta los establos. Casi habían llegado a la puerta, sin ver a ninguno de los criminales, cuando Boris le tiró del brazo.

—Espere —le susurró.

—¿Qué?

Boris señaló al suelo.

—Sangre.

—No —dijo Stefan, y sintió que le flaqueaban las rodillas. Sintió una punzada de angustia en el corazón al ver una mancha roja y salpicaduras de sangre en el suelo—. Maldita sea, no.

Boris siguió el rastro de sangre hasta que llegó detrás de unos árboles, con una expresión sombría que revelaba el mismo miedo que el de Stefan.

Apenas consciente de que se movía, Stefan siguió a su sirviente con los puños apretados. No podía creer que aquella sangre perteneciera a Leonida. No podía creerlo.

El destino no podía ser tan cruel como para haberle permitido llegar tan cerca y fracasar.

—Por aquí.

Boris se detuvo y comenzó a apartar ramas que alguien había apilado entre la maleza. Stefan tuvo que hacer un esfuerzo por seguir respirando al ver una manta rudimentaria que, obviamente, cubría dos cuerpos.

Incluso Boris vaciló un instante antes de apartar la manta. En aquella ocasión, las rodillas sí le fallaron a Stefan, y cayó al suelo, sintiendo un alivio tan intenso que resultaba insoportable, al ver a dos extraños que yacían en una tumba poco profunda.

—Dios —dijo con la voz entrecortada.

—Dos hombres —murmuró Boris—. Y ninguno es el mozo de la señorita Karkoff.

Superando poco a poco su pánico, Stefan pudo inspeccionar los cadáveres. Ambos eran hombres grandes, vestidos con ropa de campesino, y más jóvenes que él mismo, pero con los rasgos curtidos a causa del trabajo duro y el alcohol.

Observó que tenían una herida de bala en la sien; ambos habían recibido el disparo desde muy cerca. Eso significaba que conocían y confiaban en su asesino. O que el asesino los había sorprendido.

—¿Crees que son habitantes del pueblo, tan tontos como para acercarse a esta casa? ¿O que los secuestradores han tenido un desacuerdo?

Boris reflexionó durante un largo instante.

—Si los secuestradores se pelearon, eso sería una explicación para la ausencia de guardias. Stefan se puso en pie y se dirigió de nuevo al claro.

—Esperemos que haya más cadáveres por la propiedad.

Con un gruñido, Boris se puso a su lado.

—¿Quiere que entremos en la casa?

En los labios de Stefan se dibujó una sonrisa fría, cruel.

Acababa de soportar un infierno mientras esperaba a ver si era Leonida la que yacía en aquella tumba. Había terminado con el sigilo.

—No sólo quiero entrar, sino que voy a matar a cualquier desgraciado que se interponga entre Leonida y yo.

Leonida observó la gruesa silueta del cuchillo que se había escondido bajo la manga del vestido. Alguien que la observara con atención lo notaría sin dificultad, pero si mantenía el brazo apretado contra el costado, quizá pasara inadvertido.

—Va a cometer alguna locura, lo sé —dijo Sophy, paseándose nerviosamente de un lado a otro de la habitación.

—En este momento no voy a hacer nada más que intentar esconder lo mejor posible este cuchillo —respondió Leonida.

—Pyotr, ¿quieres decirle que no lo haga? Va a conseguir que la maten —le dijo al mozo. Sin embargo, Pyotr estaba mirando fijamente por la ventana—. ¿Qué estás mirando?

El mozo dejó a un lado su plato con una expresión tensa.

—Hay alguien moviéndose cerca de los establos.

A Leonida se le encogió el corazón. Había tenido la esperanza de que los sirvientes de sir Charles se hubieran cansado de esperar su parte del rescate y se hubieran marchado.

—Sin duda, los guardias que habían desaparecido han vuelto de sus aventuras matinales —murmuró.

Pyotr negó con la cabeza.

—No eran guardias.

—¿Por qué estás tan seguro?

El mozo la miró con una mirada irónica.

—Porque los guardias no sabrían colocarse la corbata.

Leonida sintió una mezcla de esperanza y miedo.

—Dios Santo.

—Su madre debe de haber enviado a oficiales a rescatarla —dijo Sophy, dando palmaditas de alegría.

—Es posible —dijo Leonida de mala gana.

Conocía lo suficiente a su madre como para saber que habría acudido directamente a Herrick Gerhardt al recibir la nota de rescate. Aunque la condesa fuera totalmente leal a Alexander Pavlovich, sabía que era Herrick quien podía resolver los problemas. Y si alguien podía encontrar a Leonida en los bosques rusos, era él. Sin embargo, sospechaba que si los hombres a quienes había visto Pyotr estaban allí para rescatarlos, no los había enviado Herrick. El estómago le dio un vuelco de miedo.

—¿A cuántos hombres has visto?

—A dos.

—Sabemos que sir Charles y Josef están abajo, y mencionaron a otro guardia —dijo Leonida—. Así que al menos son tres. Si esos hombres han venido a rescatarnos, necesitarán nuestra ayuda.

Sophy alzó las manos al cielo.

—Oh, Señor, no estará contenta hasta que le corten el pescuezo.

Leonida se estremeció.

—Estoy segura de que me cortarán el pescuezo si no escapamos de sir Charles.

—Tiene razón, Sophy —dijo Pyotr, interviniendo inesperadamente en la discusión—. Debemos hacer lo que podamos.

Al darse cuenta de que estaba en minoría, Sophy se cruzó de brazos.

—Muy bien, pero no tiene por qué gustarme.

Leonida ignoró a su doncella y se volvió hacia Pyotr.

—¿Qué estás pensando, Pyotr?

—Si bajo por la ventana y me uno a los hombres que han venido, tendremos más probabilidades de conseguirlo.

Ella titubeó, pero finalmente asintió.

—Ten cuidado. No estamos seguros de que no haya más guardias escondidos entre los árboles.

Pyotr sonrió.

—No me atraparán.

—Toma —le dijo Leonida, y tomó el mango del cuchillo que tenía bajo la manga—. Necesitarás un arma.

El mozo tomó la muñeca de Leonida para impedir que sacara el cuchillo.

—Espero que nuestros rescatadores hayan tenido el sentido común de venir armados. Guarde eso y no dude en golpear primero.

Ella asintió despacio, con los nervios a flor de piel, mientras Pyotr se quitaba la chaqueta y después, con una notable agilidad, salía por la ventana y aterrizaba con ligereza en el suelo.

Leonida no se atrevió a respirar hasta que lo vio desaparecer tras la esquina del establo. Incluso entonces, esperó hasta que estuvo completamente segura de que sir Charles no lo había visto.

Pasaron unos minutos antes de que Leonida se diera la vuelta y atravesara la habitación.

—¿Qué va a hacer? —preguntó Sophy en un susurro.
—Quiero estar preparada.

Bajó las escaleras de puntillas, seguida por Sophy, y en silencio, intentó girar el pomo de la puerta. Hizo un gesto de decepción al no conseguirlo. Quizá de un modo absurdo, había esperado que quizá a Josef se le hubiera olvidado echar la llave.

—Maldita sea. Todavía está cerrada. Tenemos que esperar.
—Bien —dijo la doncella.

Leonida puso cara de resignación ante la cobardía de Sophy, y pegó el oído contra la puerta. Pasó una eternidad en que sólo oyó los latidos de su corazón. Estaba empezando a preguntarse si había ocurrido algo horrible cuando, por fin, oyó unos gritos ahogados, y el ruido de alguien que corría.

—Estoy oyendo algo —dijo, y se sacó el cuchillo de la manga.

A su lado, Sophy comenzó a rezar en voz baja.

Leonida seguía inclinada hacia delante, y no estaba preparada cuando se abrió la puerta bruscamente y cayó directamente en brazos de sir Charles.

Dio un grito cuando notó que él tiraba de ella con una fuerza brutal y la aprisionaba por la cintura, apretándola contra su pecho. Con la otra mano sujetaba una daga plateada que le puso al cuello.

—Qué amable por su parte estar esperándome, señorita Karkoff —dijo.

Leonida, presa del pánico, tuvo de todos modos la calma necesaria como para esconder el cuchillo entre los gruesos pliegues del vestido.

—Desgraciado.

Él tiró de ella hacia el pequeño recibidor, sin apartar la daga de su cuello, rasgándole la piel.

—Me asombra que nadie le haya cortado la lengua todavía, señorita Karkoff. Un error que yo voy a remediar muy pronto.

Leonida forcejeó desesperadamente contra él, indiferente a la sangre que notaba en el cuello. Si sir Charles conseguía sacarla de la casa, estaba muerta.

Estaban acercándose a la entrada de la cocina cuando apareció una sombra en el suelo. Leonida sintió un alivio abrumador, pero también consternación al ver entrar en el pasillo al duque de Huntley, bloqueándole el avance hacia la salida a sir Charles.

¿Qué le ocurría a aquel hombre tan fastidioso?

Ella había hecho todo lo que estaba en su poder por alejarse de él y mantenerlo a salvo. Era un duque, por el amor de Dios. Debería estar en Meadowland, no arriesgando la vida en una lucha con los enemigos de Leonida.

Stefan hizo caso omiso de su mirada de cólera y observó brevemente la herida que tenía en el cuello, con una expresión tan dura que Leonida apenas lo reconocía.

No había nada del aristócrata encantador en su rostro en aquel momento.

Tenía los ojos tan fríos como el invierno siberiano, y sus rasgos elegantes estaban cubiertos con una máscara de furia letal. Era un depredador preparado para atacar.

Levantó el brazo y apuntó con la pistola a la cara de sir Charles.

—Suéltela.

Sir Charles utilizó a Leonida de escudo y viró su camino para entrar en el comedor. Gruñendo de ira mientras Stefan lo seguía, acompañado por Boris y Pyotr.

—Me temo que eso no es posible, Su Excelencia —dijo sir Charles en tono desafiante, pese al hecho evidente de que estaba acorralado.

Stefan frunció los labios con desdén.

—¿Nos conocemos?

—Yo nunca tuve su posición social, pero es imposible vivir en Londres sin soportar la emoción nauseabunda que suscita la noticia de que el duque de Huntley va a hacer una de sus escasas apariciones públicas —respondió sir Charles, tirando de Leonida hacia sí cuando Stefan se acercó–. Retroceda.

–Dispárale –dijo Leonida. Preferiría un balazo a seguir a merced del lunático que la sujetaba.

–Ah, el duque es demasiado caballero como para arriesgar a una mujer indefensa –dijo sir Charles burlonamente.

Leonida habló a Stefan con decisión.

–Hagas lo que hagas, va a matarme. Al menos, así tendré el placer de saber que ha muerto conmigo.

Asombrosamente, Stefan sonrió.

–Tiene razón, y yo detesto contradecir a una dama.

Sir Charles emitió un sonido de sorpresa.

–No se imagine, ni por un momento, que voy de farol.

Stefan entrecerró los ojos.

–¿Qué quiere de la señorita Karkoff?

–Dinero.

–Muy bien. ¿Cuánto?

–No, Stefan... –intentó decir Leonida, pero gritó de dolor al sentir que la daga se hundía más profundamente.

–Cállese, idiota, los hombres están negociando –dijo sir Richards. Esperó hasta que Leonida estuvo acobardada de nuevo y volvió a prestarle atención al duque–. Cien mil rublos.

A Stefan le brillaron los ojos de ira, pero permaneció calmado.

–Es mucho dinero.

–Para un duque no. Además, parece que su madre piensa que merece la pena pagar esa cantidad –dijo sir Charles con una carcajada–. ¿Está dispuesto a pagar?

–Sí –respondió Stefan sin dudarlo.

–¿Cuánto dinero lleva encima?

–Sólo unas cuantas libras. Suelte a la señorita Karkoff y cuando esté en San Petersburgo, yo...

–Cuando esté en San Petersburgo, irá directamente al Palacio de Verano. Debe de pensar que soy tonto –dijo sir Charles–. Apártese –le advirtió seriamente a Stefan, que seguía firme en su puesto–. Apártese, o le cortaré el cuello.

Stefan apretó la mandíbula.

—No va a salir de esta casa.

—Entonces la verá morir.

Stefan se vio obligado a aceptar que sir Charles mataría a Leonida allí mismo, e hizo un movimiento impaciente con la mano para indicarles a Pyotr y a Boris que salieran de la habitación. Después, sin dejar de encañonar a sir Charles, salió al pasillo.

—No lo seguiré si suelta a la señorita Karkoff —le dijo, presenciando con frustración cómo sir Charles maniobraba para llevarse a Leonida hacia la salida.

—La señorita Karkoff permanecerá conmigo hasta que yo tenga su rescate —le advirtió sir Charles, tirando de ella.

—Entonces, tenga su asqueroso rescate —dijo Leonida. Sacó el cuchillo de entre los pliegues del vestido y se lo clavó en el costado antes de pararse a considerar el peligro.

Con un grito de agonía, sir Charles se tambaleó hacia atrás, y su daga le hizo un corte en el cuello a Leonida. Él soltó su arma para agarrarse al mango del cuchillo que sobresalía de su cuerpo.

Consciente de que quizá sólo tuviera unos momentos para avanzar hacia un lugar seguro, Leonida intentó caminar hacia delante, pero gritó de miedo al ver que caía de rodillas.

El terror que había soportado durante semanas, por no mencionar la alarmante pérdida de sangre de la herida, estaban pasándole factura.

—Leonida —gritó Stefan, y cuando llegó a la puerta, se detuvo en seco.

Pensando que sir Charles estaba a punto de abalanzarse sobre ella, Leonida se volvió hacia atrás y vio a Josef, que estaba sujetando a su amo por la cintura para impedir que cayera. Con la mano libre, estaba apuntando a Leonida con una pistola.

—Atienda a la mujer —le ordenó el sirviente a Stefan, mientras se retiraba cautelosamente hacia el carruaje que había sacado de los establos –. Sir Charles ya no es asunto suyo.

Desconcertada por el extraño final de aquel encuentro, Leonida apenas notó que Stefan se arrodillaba a su lado. Ella no dejó de mirar a Josef, mientras él subía a su compañero inconsciente al carruaje y después se sentaba al pescante. Dio un silbido agudo que puso a los caballos en movimiento.

En parte se sentía furiosa por el hecho de que sir Charles escapara de la justicia. Aquel canalla se merecía que lo fusilaran. Sin embargo, también se sentía muy aliviada al perderlo de vista. Y, si había justicia en el mundo, quizá la herida que ella le había infligido se infectaría y lo mandaría a la tumba.

Con aquel pensamiento, Leonida se sumergió en la inconsciencia.

CAPÍTULO 17

Había oscurecido cuando Leonida despertó. Y ése no era el único cambio.

Durante las horas que ella había pasado durmiendo, la casita había recibido una limpieza despiadada, sin duda de manos de Sophy. Leonida había estado incluida en aquella limpieza. Le habían quitado el vestido y el corsé, y alguien había subido a recuperar la combinación y se la había puesto sobre la piel recién lavada. Incluso tenía el pelo húmedo, todavía.

Se habría sentido deleitada por la sensación de estar completamente limpia, por no mencionar el delicioso calor que provenía del fuego que ardía alegremente en la chimenea. Sin embargo, la garganta le dolía mucho bajo la venda de lino que le habían puesto en la herida, y Stefan estaba paseándose por la habitación como uno de los leones enjaulados de la Torre de Londres.

Cuando había abierto los ojos por primera vez, él estaba rígido, junto a la ventana, con una expresión tensa y los puños apretados. Al percibir un ligero movimiento de Leonida, Stefan se había dado la vuelta hacia ella; su puro alivio había sido reemplazado, rápidamente, por una ira explosiva al ver que ella intentaba llevarse la mano al vendaje.

—Nunca, en toda mi vida, habría pensado que tendría la

mala suerte de cargar con semejante persona, difícil, impulsiva, tonta...

—Vos nunca habéis tenido por qué cargar conmigo, Excelencia —lo interrumpió Leonida, concentrándose en la injusticia de que la culpara por encontrarse en aquella espantosa situación, en vez de preguntarse por qué sentía tanto alivio al ver que él estaba a su lado—. En realidad, yo he hecho todo lo posible por librarme de vos.

Él se pasó la mano por el pelo. Tenía un aire vulnerable a causa de las profundas ojeras y de la barba de varios días.

—Éste no es el momento de recordarme que me dejaste drogado y sin un penique en aquel horrible hotel de París —dijo él.

—Tienes razón —respondió ella.

Se incorporó y se sentó en la cama, pese al dolor que le provocaba la herida. Quizá sir Charles se hubiera ido, pero las cartas de su madre todavía estaban perdidas. Y sin saber cómo podía volver a la posada donde habían quedado sus maletas, no tenía más remedio que confiarle su búsqueda a Herrick Gerhardt.

—No tengo tiempo para discusiones tontas.

Iba a apartar las mantas, pero con un movimiento rápido, Stefan se acercó a la cama y la tomó por la muñeca.

—Si intentas salir de esa cama, te juro que te ataré a ella.

Ella se echó a temblar al sentir su contacto.

—No acepto órdenes tuyas.

—Lo harías si tuvieras un poco de sentido común.

—Excelencia...

—Me llamo Stefan, como tú bien sabes —gruñó él—. Y después de semanas persiguiéndote, sintiendo un terror constante por si te habían atrapado tus enemigos o algo peor, no pienso pasar un instante más preocupándome por si estás bien o no.

A ella se le alegró el corazón al oír aquella confesión. Sin embargo, Leonida no se atrevió a dejarse distraer.

—Si estás tan preocupado por mi bienestar, ¿por qué

quieres que nos quedemos en esta casa a la que pueden regresar sir Charles o sus sirvientes en cualquier momento?

Él aflojó la mano y comenzó a acariciarle con el pulgar, distraídamente, la fina piel del interior de la muñeca.

—No estás en condiciones de moverte, y estamos más seguros aquí que viajando de noche. Boris y Pyotr harán guardia. Nadie podrá acercarse sin ser visto.

—No puedo quedarme aquí.

—¿Por qué?

A Leonida se le secaron los labios al notar aquellas delicadas caricias.

—Mi madre debe de estar aterrorizada. Sir Charles le envió una nota pidiéndole un rescate por mí.

—Sir Charles —dijo él, frunciendo el ceño—. ¿Richards?

—¿Lo conoces? Te has comportado como si no lo conocieras.

—No nos habíamos visto nunca, pero su nombre me resulta familiar... demonios, no lo recuerdo. Hubo un escándalo muy feo y se marchó de Inglaterra.

Leonida apretó los labios. ¿Acaso los ingleses estaban mandando a sus locos a Rusia?

No era de extrañar que a Alexander Pavlovich le hubiera disgustado su viaje a aquel país.

—Es un monstruo. Deberían haberlo decapitado en la Torre de Londres.

Stefan frunció los labios.

—Le pasaré tu solicitud al rey.

Ella se liberó de sus caricias. La distraían demasiado.

—Esto no es divertido. Mi madre tiene que saber que estoy bien.

—Pero no estás bien, y hasta que yo no me convenza de que tienes las fuerzas suficientes como para viajar, te quedarás en esta cama. Mañana por la mañana le enviaré un mensaje a tu madre.

—No. Debo marcharme ahora. Tú no lo entiendes.

—Entonces, quizá debas explicármelo.

—Sabes que no puedo.
—Por el amor de Dios, Leonida, esto ya no es un juego. Vas a decirme la verdad. Y si piensas echarme opio en el té o darme un golpe en la cabeza, o tienes cualquier otro plan para escapar, debes saber que Boris tiene órdenes de atraparte y llevarte a rastras a Meadowland.

A medida que lo oía hablar, Leonida se daba cuenta de que estaba harta de que hubiera mentiras entre Stefan y ella.

—No entiendo por qué estás aquí —susurró, buscando fuerzas para seguir guardando sus secretos.

—¿Y crees que yo sí?

—Stefan...

—Por favor, Leonida, estoy demasiado cansado como para mantener uno de nuestros deliciosos enfrentamientos de ingenio. Si voy a protegerte, debo entender cuál es el peligro.

—Se lo prometí a mi madre.

—Si tu madre no entiende que la vida de su hija vale más que un maldito secreto, entonces no se merece tu lealtad. Pienso decírselo a la condesa si nuestros caminos llegan a cruzarse.

Leonida se asombro al darse cuenta de que se le alegraba el corazón al notar su furia. No era posible que deseara que el duque de Huntley insultara a su madre, se dijo. Sin embargo, el hecho de que a Stefan le enfureciera que ella estuviera en peligro era gratificante para Leonida.

—No serás capaz.

—Sí seré capaz. Y con un gran placer.

—Mi madre me quiere.

—Quizá, pero te ha cuidado muy mal —replicó él. Le pasó el pulgar por el labio inferior, y le provocó una punzada de placer—. Yo no seré tan desconsiderado.

—No necesito que nadie me cuide.

—Entonces, te permitiré que tú cuides de mí. Después de estas últimas semanas, me vendrá bien gozar de tus mimos.

—Tendrás que conseguir esos mimos en otra parte —respondió ella con la voz ronca.

—Ya veremos. Por el momento, me conformaré con averiguar para qué fuiste a Inglaterra —le dijo, y su expresión se endureció—. Leonida, ha llegado el momento.

Leonida intentó recordarse las muchas razones por las que debía ocultarle la verdad a aquel hombre, sobre todo porque el duque de Huntley ya estaba demasiado implicado en su vida. Sin embargo, no pudo hacer otra cosa que suspirar de resignación.

—Sí —dijo—. Supongo que sí.

—No viniste a Meadowland para conocer la sociedad inglesa, ni para encontrar marido.

—No.

—Entonces, ¿para qué?

—Como sabes, nuestras madres estaban muy unidas antes de que tu madre se convirtiera en la duquesa de Huntley. Después de que la duquesa viajara a Inglaterra, mi madre mantuvo correspondencia con ella.

—Creo que eso ya lo sabíamos —comentó secamente Stefan.

—¿Quieres que te diga la verdad, o no?

Él agitó la mano.

—Sigue.

—Poco después de que tu madre se marchara de San Petersburgo, mi madre llamó la atención de Alexander Pavlovich. Por supuesto, deseaba hablar de su relación con su mejor amiga.

—Esa relación no era ningún secreto.

—Tal vez no, pero mi madre fue tan tonta como para revelar los detalles más... íntimos de su aventura.

Él enarcó las cejas y pasó la mirada por la esbelta silueta de Leonida antes de mirarla de nuevo a los ojos.

—Debo de ser bastante obtuso, porque el grado de intimidad de su relación es una preciosa obviedad.

—Me refiero a que compartió las conversaciones privadas que mantuvo con el zar Alexander. Conversaciones que nunca debían haber salido de la privacidad de las habitaciones de Alexander Pavlovich.

—Entonces —dijo él tras unos segundos, en tono de ira—. Viniste a Meadowland a robar la correspondencia de mi madre.

Leonida se escondió, instintivamente, tras una expresión defensiva.

—Las cartas eran para tu madre, pero fue la mía quien las escribió. Yo tengo tanto derecho a tenerlas como tú.

Él bufó.

—Si creyeras eso, nunca les habrías mentido a mi hermano y a su mujer, y no te habrías colado en mi casa para robarlas, y después no te habrías ido de mi propiedad a medianoche.

Stefan observó cómo las mejillas de Leonida se teñían de rojo y cómo bajaba la mirada para esconder la culpabilidad que se reflejaba en sus ojos.

Bien.

Debería sentirse culpable.

Y no sólo por haber abusado de su hospitalidad para registrar las posesiones más privadas de su madre.

—Hice lo que tenía que hacer —murmuró Leonida.

Stefan entornó los ojos y apretó los puños.

—Al menos, ya sé por qué estabas explorando mi casa.

—Sí.

—¿Dónde las encontraste?

—En una caja fuerte escondida bajo el parqué de la habitación de la duquesa.

—Ah —dijo él, al recordar aquella pequeña abertura del suelo. Habían pasado años desde la última vez que la había abierto—. ¿Te llevaste algo más?

Ella alzó la vista y lo miró con una expresión ofendida.

—Por supuesto que no.

—¿Y por qué demonios no me las pediste? —le preguntó él con rabia, dejando entrever la verdadera razón de su furia.

Leonida se mordió el labio.

—Mi madre temía que la lealtad hacia tu rey te empujara a rechazar mi petición.

—¿Y por qué iba a tener el rey de Inglaterra interés en unas cartas que se escribieron hace tantos años?

—Nunca ha ocultado su antipatía por Alexander Pavlovich.

Stefan se encogió de hombros. Los dos monarcas no estaban destinados a ser amigos. George IV era un alma sociable, que disfrutaba de los entretenimientos lujosos y se permitía todos los caprichos, por muy escandalosos que fueran. Alexander Pavlovich, por otra parte, era un hombre discreto y austero, a quien disgustaban la pompa y la ceremonia.

—George es un hombre engreído, muy sensible a cualquier cosa parecida a un desdén. Alexander Pavlovich no debió haber rechazado los entretenimientos que se organizaron en su honor cuando visitó Londres.

Ella apretó los labios, revelando que estaba de parte de Alexander Pavlovich.

—Fuera cual fuera el motivo, estoy segura de que al rey Jorge le encantaría tener oportunidad de avergonzar al zar.

Por supuesto. Pero ésa no era la cuestión.

—¿Y tú pensabas que yo sería cómplice de algo así?

—No te conocía.

—Mi madre fue una rusa leal hasta el día de su muerte.

—Y tu lealtad está con Inglaterra, como debe ser —replicó ella.

Stefan apretó los dientes. No tenía ganas de ser razonable. Ella no habría corrido ningún peligro de haber confiado en él.

—Ya hablaremos de esto más tarde —dijo él, y continuó—: ¿Qué hay en esas cartas que pueda resultar tan vergonzoso para Alexander Pavlovich?

—No lo sé.

Él soltó un juramento.

—Creía que ya habíamos superado esa tontería.

—Te estoy diciendo la verdad.

—¿Has viajado hasta Inglaterra, te has convertido en una

ladrona, y has luchado contra un loco sin saber por qué estabas arriesgando la vida?

–Mi madre se negó a contarme lo que había escrito, y para ser sincera, no insistí –confesó Leonida–. Hay secretos que es mejor no saber.

Él observó sus rasgos pálidos, y al final, asintió de mala gana. El viaje de Alexander Pavlovich hacia el trono no había estado exento de sacrificios.

Ni de escándalos.

–Sí, supongo que sí –dijo él, y pensó en las desagradables consecuencias que podría tener el hecho de que las cartas cayeran en las manos equivocadas–. Pero todavía estoy confundido.

–¿Por qué?

–Esas cartas llevan años escondidas. Yo ni siquiera sabía que existían. ¿Por qué, de repente, tu madre quiere tenerlas en su poder?

–Porque la están chantajeando.

–Dios Santo.

Ella hizo una mueca ante su asombro.

–No puedes estar más horrorizado que yo.

–No creas. ¿Qué pueden tener que ver las cartas de mi madre con un plan para chantajear a una condesa rusa?

–La abordó un caballero que decía que tenía las cartas, y que se las entregaría a los enemigos de Alexander Pavlovich si ella no le pagaba una gran cantidad de dinero.

–¿Sir Charles?

–No, fue un ruso. Sin embargo, ahora parece evidente que sir Charles estaba detrás de aquel plan.

–¿Y el chantajista dijo que tenía las cartas?

–Sí, pero mi madre no lo creyó.

–¿Por qué?

Leonida se encogió de hombros.

–Para empezar, él no le mostró ninguna, ni siquiera cuando ella se negó a pagar. Y para continuar, no dijo nada de que estuvieran escritas, al menos en parte, con un código secreto.

—¿Un código secreto?

—Conociendo a mi madre, el código no tenía nada más de inteligente que escribir las palabras al revés, o usar iniciales en vez de nombres —admitió Leonida—. Sin embargo, el hombre que la amenazó sólo sabía que ella había mantenido correspondencia con la duquesa de Huntley y que las cartas contenían sus conversaciones privadas con Alexander Pavlovich.

—¿Y sospechas que lo sabía por sir Charles?

—¿Se te ocurre una idea mejor?

Stefan se paseó con inquietud de un lado a otro. Las cartas llevaban escondidas en la habitación de su madre desde que ella había muerto. Y él se apostaría su última libra a que sir Charles nunca había puesto un pie en Meadowland.

Entonces, ¿cómo había sabido aquel desgraciado de su existencia?

—Esto no tiene sentido.

—Al menos, estamos de acuerdo en algo.

—¿Quién, aparte de tu madre, conocía la existencia de las cartas?

—Ella dice que nadie, aparte de la duquesa.

—¿Y cómo podía saberlo sir Charles?

—Quizá tu madre compartió las cartas con alguien a quien él también conocía.

Él se puso tenso. Conociendo a su madre, era imposible creer tal tontería.

—No creo que mi madre revelara las confesiones íntimas de una amiga a nadie, y menos a una persona que estuviera dispuesta a pasarle la información a un sujeto como sir Charles.

—Entonces, alguien debió de ver las cartas en la caja fuerte de tu madre y se lo dijo.

—Nadie sabe que existe esa caja... Dios Santo.

—¿Qué?

—Howard Summerville. Mi primo. Lo sorprendí más de una vez robando cosas en Meadowland. La última vez le di una paliza cuando lo vi hurgando en la caja fuerte de mi madre.

Ella asintió lentamente. No parecía que estuviera muy sorprendida por aquella revelación.

—¿Y tenía relación con alguien como sir Charles?

—Howard se relacionaría con Belcebú con tal de llevarse una libra al bolsillo.

Ella frunció el ceño mientras pensaba en la descripción que Stefan acababa de hacer de su primo.

—Eso respondería la cuestión de cómo sir Charles supo de las cartas.

—Pero no por qué ha esperado tanto para chantajear a la condesa. Sir Charles se marchó de Londres hace años.

—Él mencionó algo de que su estilo de vida se había vuelto muy caro últimamente, aunque yo no quiero pensar lo que conlleva su estilo de vida —dijo Leonida, y se estremeció—. Supongo que ha contraído deudas.

—O quizá conociera a mi primo recientemente. Lo último que supe de Howard era que se estaba escondiendo de sus acreedores en París.

—En realidad, no importa mucho cómo descubriera sir Charles la existencia de esas cartas —dijo ella.

—Por el momento, no, aunque me parece asombroso que se arriesgara a chantajear a una de las mujeres más poderosas de Rusia, teniendo sólo la sospecha de que esas cartas podían existir.

—Sin duda, pensó que mi madre se asustaría tanto que le pagaría lo que pidiera sin pruebas. Cuando ella se negó, él envió a sus hombres a Inglaterra con la esperanza de que descubrieran las cartas antes que yo.

—¿Envió a sus hombres a Meadowland? —preguntó él, estupefacto—. Claro. Eran los furtivos a quienes vio Benjamin. ¿Por qué demonios no me lo dijiste?

—Creo que ya hemos hablado de eso.

Stefan se acercó a la cama y la tomó entre sus brazos.

Ella intentó escabullirse, pero él no se lo permitió, sino que la miró fijamente, con la nariz pegada a la suya.

—Y sin duda, volveremos a hablar —le dijo. Su voz se suavizó al percibir la esencia cálida de la piel de Leonida. Incluso cuando lo estaba volviendo loco, la deseaba. Desesperadamente—. Aprenderás a confiar en mí.

CAPÍTULO 18

Leonida tuvo que hacer un esfuerzo por respirar. De repente, la habitación le parecía más pequeña, más íntima. Y su mundo quedó reducido a la maravillosa cara de Stefan tan cerca de la suya.

Quizá le doliera el cuerpo, y la herida le ardiera en el cuello, pero la necesidad de olvidar el horror de los días pasados en brazos de aquel hombre era abrumadora. Cuando Stefan estaba cerca, se sentía protegida y a salvo de una forma inesperada e inexplicable.

Aquello debería darle miedo, no provocarle un calor reconfortante en el corazón.

Leonida resistió el impulso de besarlo y se tocó la venda del cuello distraídamente.

—Estábamos hablando de sir Charles —dijo con la voz ronca.

Él le acarició suavemente los brazos desnudos, y aquella ligera caricia le provocó diminutas oleadas de placer.

—¿De veras?

Con esfuerzo, ella respiró profundamente. No podía dejarse distraer, porque su madre estaba en peligro.

—Sí, de veras. ¿Y podría señalar que, mientras estamos aquí sentados, él se está escapando?

Él apretó los labios con resignación mientras se inclinaba hacia atrás y la observaba.

—Y, tal y como has descubierto tú, yo tengo gran alcance. Al final, haré que pague por lo que ha hecho.

Ella puso los ojos en blanco ante su arrogancia.

—Pese a la confianza infinita que tienes en tus capacidades, yo debo ir a San Petersburgo.

—Te he prometido que le enviaría un mensaje a tu madre diciéndole que estás bien. ¿Por qué estás tan ansiosa por llegar a la ciudad?

—Necesito estar en casa, con mi familia. No te parecerá raro, después de todo lo que he tenido que soportar.

—No me parece raro, pero sí sospechoso. Tú eres una mujer complicada, y casi nunca tienes un motivo sencillo. Aunque desees reencontrarte con tu familia, debe de haber otra razón para que tengas tanta prisa. ¿Qué es lo que me estás ocultando?

Ella lo miró fulminantemente.

—Estoy de acuerdo en que tenías derecho a saber por qué fui a Meadowland. Después de todo, es tu casa. Pero mis razones para querer volver rápidamente a San Petersburgo no son asunto de nadie, salvo mío.

—No, Leonida. Te has abierto camino en mi vida a la fuerza, y ahora sufrirás las consecuencias. No permitiré que me ocultes nada.

—Fui a Inglaterra a ayudar a mi madre, no a abrirme camino en tu vida.

—Y terminaste en mi cama.

—Eso no tiene nada que ver con la situación.

—Tiene todo que ver con la situación —dijo él. Se inclinó hacia delante y le besó la sien.

Leonida tuvo una sensación agridulce. Ojalá no fueran el duque de Huntley y la hija de la condesa Karkoff. Ojalá fueran un hombre y una mujer sin deberes ni grandes expectativas por parte de sus familias.

Ella podría enamorarse muy fácilmente de él.

—Stefan, tienes que dejar que me marche.

—Nunca. Eres mía.

—Estoy empezando a pensar que eres tú el que está loco.

—Muy probablemente. ¿Por qué tienes tanta prisa en volver a San Petersburgo?

Leonida dejó escapar un suspiro de exasperación. Stefan debía de ser el hombre más terco del mundo.

—Porque me secuestraron tan groseramente que tuve que dejar atrás todas mis pertenencias —dijo por fin.

La expresión de Stefan se volvió rara.

—¿Y por qué te importa tanto eso?

—Tenía las cartas escondidas en el forro de la maleta.

Él se quedó en silencio, como si, por fin, ella lo hubiera tomado por sorpresa. Una pequeña victoria.

—Muy lista.

—No, nada lista. Conseguí ocultarle las cartas a sir Charles, pero, ¿quién sabe qué habrán hecho los sirvientes de la posada con mis cosas? Puede que las tenga cualquiera.

Él sonrió.

—No, cualquiera no.

A ella se le cortó la respiración.

—¿Tú…?

—Las recogí de la posada.

—¿Y cómo sabías que yo estaba allí?

—No hay ningún sitio donde podáis esconderos de mí, señorita Karkoff.

Ella soltó un resoplido al escuchar su broma.

—Tengo una tentación muy grande de demostrarte lo equivocado que estás.

Él le acarició los brazos.

—¿Y no deberías sentirte mucho más agradecida por mi previsión, que ha evitado que las cartas cayeran en manos de tus enemigos?

—Claro que te lo agradezco, pero… ahora debo avisar a Herrick Gerhardt. ¿Dónde está la maleta?

—Supongo que Boris la dejó en los establos con mi caballo —dijo Stefan. Cuando ella intentó levantarse, él la empujó de nuevo contra la almohada–. Tú vas a quedarte en la cama. Yo te traeré la maleta.

Con una mirada severa, que advertía de graves consecuencias si ella desobedecía, Stefan atravesó la habitación y puso otro tronco en la chimenea. Sólo después de que el fuego ardiera alegremente, a su entera satisfacción, salió por la puerta.

Leonida se quedó sola, y se dio cuenta de que aquel viaje letal estaba terminando.

Tenía las cartas.

Su madre ya no estaba en peligro.

Entonces, ¿por qué tenía ganas de llorar?

El aire nocturno de Rusia era helador, pese a la estación. Gracias a Dios.

Después de estar a solas con la señorita Leonida Karkoff, Stefan necesitaba que el viento frío calmara su excitación.

Y su temperamento.

Aquella mujer poseía un talento asombroso para alterarlo.

Entonces, ¿por qué estaba tan decidido a pasar por alto toda lógica y llevársela a Meadowland?

Sacudió la cabeza para dejar de pensar en aquel asunto tan incómodo mientras caminaba por el claro que había frente a la casa.

–¿Boris?

–Supongo que no me traerá comida, ¿verdad? –preguntó alguien desde arriba.

Stefan alzó la cabeza y vio al sirviente bajando con agilidad de un árbol.

–Todavía no –dijo él, encogiéndose de hombros–. La doncella de la señorita Karkoff ha dicho que no se puede hacer con prisas un estofado de conejo.

–Mujeres –dijo Boris, sacudiendo la cabeza–. Por suerte, he guardado un par de ellos para asarlos en una hoguera. Puede compartirlos conmigo.

—Gracias por tan generosa invitación, pero en este momento quisiera recoger las cosas de la señorita Karkoff.

—Ah —dijo Boris—. Iba a decírselo, pero se me había olvidado.

—¿Qué?

—Cuando instalé a los caballos en el establo, me di cuenta de que la bolsa de la señorita Karkoff había desaparecido.

—Maldita sea. ¿Y ha desaparecido algo más?

—No. Busqué entre los árboles, con la esperanza de que se hubiera caído de su silla, pero no la encontré.

Stefan no se molestó en preguntarle al sirviente si estaba seguro de que había buscado bien. Si Boris decía que la bolsa había desaparecido, entonces Stefan sabía que no iban a encontrarla.

—La han robado —dijo. Su mente ya estaba sopesando las implicaciones de aquel robo.

—Eso ya me lo imagino, pero, ¿quién iba a quererla?

Stefan sacudió la cabeza antes de agarrar a su compañero por el hombro. Aquélla era una pregunta que no sabía contestar.

—Mantén la guardia atentamente, Boris. Esta aventura todavía no ha terminado.

Stefan volvió despacio a la casa. Tenía la mente llena de posibilidades, cada una más descabellada que la anterior.

Quizá por eso se le escapó la mirada entornada de Leonida cuando entró en la habitación y se detuvo junto a la cama.

—Pensaba que ibas a traerme la maleta —dijo ella.

—Ha desaparecido.

Antes de que Stefan pudiera evitarlo, ella ya se había levantado de un salto.

—¿Qué?

—Demonios, vuelve a tumbarte —dijo él, y la obligó a tenderse en la cama.

—¿Qué has hecho con las cartas? —le susurró ella en tono de acusación.

—Ya te he dicho que...

—Me has dicho que las tenías, y ahora vuelves y me dices que han desaparecido misteriosamente. ¿Le has ordenado a tu sirviente que las escondiera?

—¿Es que te has vuelto loca? Si quisiera ocultarte las cartas, no te habría dicho que había recuperado tu maleta.

—A lo mejor se te acaba de ocurrir que merece la pena tenerlas.

—¿Estás sugiriendo que quiero quedarme con las cartas para extorsionar a la condesa de Karkoff?

Ella se humedeció los labios; de repente, sentía incertidumbre.

—Ah, pero, ¿por qué quedarme ahí? —continuó él—. Podría destruir a Alexander Pavlovich y exigir el trono. Después de todo, tengo un parentesco remoto.

Ella tuvo la decencia de avergonzarse, aunque sólo momentáneamente. Se negó a soportar su dura mirada y bajó los ojos.

—Si no las tienes tú, ¿dónde están?

—Es obvio que las han robado.

—¿Quién?

Ésa era la pregunta que lo había agobiado desde que Boris le había revelado que el equipaje había desaparecido.

—Puede haber sido cualquiera. Un habitante del pueblo, que haya pensado que había dinero en la maleta. O uno de los guardias de sir Charles.

Ella alzó la cabeza bruscamente, con los ojos muy abiertos.

—Josef —susurró.

—¿Quién?

—El hombre que ayudó a huir a sir Charles.

Stefan recordó durante un instante a aquel hombre delgado que tenía una cicatriz en la cara, y que había montado a sir Charles en un coche. En aquel momento estaba tan angustiado por la sangre que brotaba del cuello de Leonida que no había prestado apenas atención al campesino ni al loco a quien estaba ayudando.

—No estaba en la casa cuando entramos —dijo Stefan, pensando en voz alta—, así que es posible que nos viera llegar y decidiera esconderse en el bosque para evitar que lo atrapáramos.

Ella se mordió el labio.

—Él fue quien registró mi habitación en la posada. Le dijo a sir Charles que no había encontrado las cartas, pero en aquel momento tuve la sensación de que estaba ocultando algo. Quizá haya dejado caer la maleta por el camino, deliberadamente, para poder recuperarla después.

Stefan se preparó para otra batalla. El miedo por su madre ya asomaba en su expresión tensa. En pocos momentos, estaría diciendo nuevamente que quería ir a San Petersburgo.

A pesar de que no estaba en condiciones de viajar.

—Eso tiene sentido —dijo él—. Pero, si él había descubierto que yo he sido tan amable como para entregarle las cartas en mano, ¿por qué se ha molestado en rescatar a sir Charles?

—No lo sé.

—Esas cartas han provocado muchos problemas. ¿Por qué demonios no las has quemado?

—Mi madre desea conservarlas.

—¿Por qué?

—Ella… es una mujer muy sentimental.

Stefan apretó los labios al oír aquella mentira absurda. No necesitaba leerle el pensamiento a Leonida para saber que la condesa de Karkoff quería las cartas con algún propósito egoísta.

Sin duda, quería usarlas para proteger su posición de los Romanov, una familia siempre impredecible.

—No. Es una mujer astuta y calculadora —dijo Stefan—. Quiere las cartas para protegerse, y estaba dispuesta a sacrificar a su propia hija para conseguirlas.

—Eso no es cierto.

—¿Por qué la defiendes?

—Es mi madre.

—Entonces, debería comportarse como tal. Y tú deberías tener sentido común y no dejarte enmarañar en sus peligrosos planes.

Ella entornó los ojos sin dejarse intimidar. Extrañamente, aquélla era una de las cualidades que Stefan admiraba más en ella.

—No intentes decirme que tú no arriesgarías el cuello por lord Summerville. Ni que él no haría lo mismo por ti.

Él soltó un resoplido, sabiendo que no podía contradecirla. El año anterior, Edmond se había hecho pasar por Stefan para alejar de él el peligro. Eso no significaba, sin embargo, que estuviera dispuesto a permitir que Leonida continuara con su imprudente comportamiento.

Cuando estuviera en Meadowland, la protegería adecuadamente.

—Sí, pero también le pondría un ojo negro por ser tan idiota como para ponerme en peligro en primer lugar.

—Si yo decido ponerle el ojo negro a alguien, no será a mi madre —le advirtió ella.

—Realmente, eres una mocosa desagradecida —dijo él—. Tu madre te echa a las garras de sir Charles y no te quejas, mientras que yo te rescato y me dices que deseas ponerme el ojo morado.

—Me marché de Meadowland para que no corrieras peligro —le dijo ella—. Si te hubieras quedado allí, no me habrías puesto en situación de que me descubriera ningún loco.

Él sacudió la cabeza ante aquella lógica tan retorcida, pero sonrió sin poder evitarlo.

—¿Te preocupa mi bienestar?

—No quisiera que resultaras herido por culpa de las conspiraciones rusas.

—¿Por qué no puedes admitir que te importa?

—El hecho de no desear que alguien muera no significa que me importes.

Él se acercó a la cama y la tomó por los brazos, con delicadeza, para besarle la mejilla.

—Leonida, mi preciosa paloma. No permitiré que te me escapes de nuevo.

Ella lo agarró por los hombros, y el calor de sus manos atravesó la tela de la camisa de Stefan y le quemó la piel.

—Tengo que irme a casa.

—No. Mi coche estará esperando en San Petersburgo. Vuelve a Meadowland conmigo.

Ella se estremeció.

—Sabes que eso no es posible.

—Todo es posible.

—Si se supiera que me alojo bajo tu techo sin la compañía de lady Summerville, mi reputación quedaría destrozada.

—Entonces, puedes quedarte en Hillside. Sé que Brianna estaría encantada con tu compañía. Sobre todo, ahora que se ve confinada en la casa.

—Y tu hermano estaría deseando enviarme al otro mundo.

Él se rió, sabiendo muy bien que Edmond le abriría su hogar de buena gana si pensara que podía agradarlo.

—Puedo asegurarme de que Edmond sea hospitalario.

—No, Stefan —dijo ella, en voz baja pero firme—. Mi lugar está en San Petersburgo.

CAPÍTULO 19

Leonida se tapó el cuerpo tembloroso con la manta y se hundió más en la almohada mientras Stefan caminaba por la habitación. Todavía estaba muy débil por la herida. ¿Qué otra cosa, aparte de la impresión y de la pérdida de sangre, iba a hacer que le temblaran las manos y tuviera la piel fría y pegajosa?

No estaba dispuesta a admitir que aquellas desagradables sensaciones se las provocaba el hecho de pensar en su deprimente futuro sin Stefan.

Cuando llegó hasta la ventana, él se dio la vuelta bruscamente, volvió hacia la cama y miró su pálida cara con severidad.

—¿Y quién te está esperando en San Petersburgo, aparte de tu madre? —le preguntó él.

Leonida contuvo un suspiro de frustración. ¿Por qué tenía que hacerlo tan difícil?

—Da la casualidad de que tengo una vida completa y muchos amigos, y hay varias obras de caridad que dependen de mí —le dijo—. Y, por supuesto, con el regreso de Alexander Pavlovich al Palacio de Verano, tendré que asistir a muchos eventos sociales.

—Creía que no te gustaban las fiestas —le dijo él.

—No es mi forma favorita de pasar una velada, pero todos hacemos lo que tenemos que hacer —respondió Leonida, y lo miró fijamente—. Un duque no es el único que tiene deberes.

—¿Y si tu madre o el zar deciden que es hora de que te cases?

Ella parpadeó. Aquella pregunta la había tomado por sorpresa.

—Ya decidieron que era hora de que me casara hace varios años. Afortunadamente, es algo que nadie puede decidir por mí.

—¿Y tú piensas que no necesitas un marido?

—No, pero estoy segura de que todavía tengo que encontrar a un caballero que me convenza de que la vida con él sería lo suficientemente buena como para sacrificar mi independencia —dijo ella con aspereza.

—¿Crees que el matrimonio sería un sacrificio?

—¿Y tú no?

—Eso dependería por completo de mi futura esposa.

Leonida sintió una punzada de dolor al pensar en Stefan con su prometida. Ella sería inglesa, por supuesto. Una de aquellas debutantes dulces y enseñadas desde la cuna a consentirles todas las vanidades a los caballeros. Y bella.

Una preciosa rosa inglesa.

—Ésta es una conversación absurda —dijo.

Él apretó la mandíbula, pero aceptó el cambio de tema.

—Entonces, vamos a ocuparnos de cosas más importantes.

—Lo único importante es encontrar esas cartas.

—No vas a distraerme, Leonida. No he atravesado el continente para volver solo a Inglaterra.

—Entonces, me temo que te vas a llevar una desilusión.

—No —dijo él, y se inclinó sobre ella, apoyando las manos a cada lado de su cintura—. No soy un hombre que acepte desilusiones.

—Eso no puedes decidirlo tú. Volveré a San Petersburgo, y no puedes hacer nada para impedírmelo.

—Deberías saber que no es bueno desafiarme. Preferiría

que vinieras voluntariamente, pero no tengo ningún inconveniente en convencerte de los placeres que encontraremos durante nuestro viaje a Inglaterra.

—¿Me estás amenazando con retenerme en contra de mi voluntad?

—No sería en contra de tu voluntad durante mucho tiempo —dijo Stefan, y se inclinó para acariciarle con los labios el lóbulo de la oreja—. Los dos sabemos que el único motivo por el que te resistes a tu deseo de estar conmigo es que temes el escándalo.

Leonida disimuló un escalofrío de placer, y alzó las manos para empujarlo por el pecho.

—Arrogante...

—Arrogante no, decidido.

—Arrogante —repitió Leonida con ferocidad—. Y no eres mejor que sir Charles.

Stefan inhaló el aire bruscamente, y se alejó de ella para mirarla con una expresión ofendida.

—¿Me comparas con ese canalla?

—Sir Charles también quería retenerme, y obligarme a obedecerlo. ¿En qué te diferencias de él?

—Ese loco estaba chantajeando a tu madre, e iba a cortarte el cuello.

—Lo que quiero decir es que no soy una propiedad que un hombre pueda reclamar. Soy capaz de decidir lo que quiero para mi futuro.

Él se quedó inmóvil, y sus rasgos elegantes quedaron rígidos a la luz trémula del fuego.

—¿Podrías apartarte de mí sin lamentarlo?

Sin lamentarlo. Ella contuvo una carcajada histérica.

—Es lo mejor.

—¿Lo mejor para ti o para mí?

—Para los dos.

Él se inclinó tanto hacia ella que Leonida notó su respiración en la cara, mientras sus miradas quedaban atrapadas la una en la otra, en una batalla de voluntades férreas.

Al darse cuenta de que él estaba a punto de besarla para convencerla o de echársela al hombro para simplificar las cosas y poder llevársela, Leonida exhaló un ligero suspiro de alivio cuando la puerta se abrió y Sophy entró con una bandeja de comida.

—Aquí tiene. Pan recién hecho y estofado de conejo.

Con una maldición entre dientes, Stefan se puso en pie y le lanzó a Leonida una mirada tan severa que hizo que se le encogiera el estómago.

—Iré a relevar de la guardia a Pyotr para que pueda comer —dijo con los ojos entrecerrados—. Esta conversación no ha terminado.

Pasó por delante de la sorprendida doncella y dio un portazo al salir.

Sophy continuó hasta la cama con una sonrisa indescifrable en los labios y esperó a que Leonida se colocara para recibir la bandeja en el regazo.

—¿Puedo preguntar qué conversación he interrumpido?

Leonida partió un trozo de pan con más fuerza de la necesaria.

—El duque de Huntley es insufrible.

—¿Y qué hombre no lo es? Siempre creen que saben lo que es mejor, y les parece imposible que una mujer pueda pensar por sí misma.

—Exacto —murmuró Leonida, y al empezar a comer el delicioso estofado, se dio cuenta de lo hambrienta que estaba.

—Y son incluso más insufribles cuando están equivocados y se niegan a admitirlo.

—Yo no creo que puedan admitir que están equivocados.

Con una risa, Sophy se ocupó de mullir los almohadones de la cama de su señora.

—Claro que sí saben cómo mantener a una mujer caliente por la noche.

Leonida soltó un bufido, negándose a admitir que había

sentido un cosquilleo en el vientre al pensar en que Stefan la mantuviera caliente.

—Y una manta también.

Sophy se incorporó sin dejar de sonreír.

—Y son prácticos cuando a una mujer la secuestra un loco.

Leonida se concentró en la cena, con las mejillas enrojecidas.

—No cuando quieren secuestrarte también.

—¿El duque quiere secuestrarla?

—Me ha amenazado con llevarme a Meadowland quiera o no quiera.

—¿De veras? Vaya, vaya.

—No sé por qué tienes esa cara de satisfacción. Es obvio que Stefan debería estar encerrado en Bedlam.

—Un caballero no puede pensar con claridad cuando se ha enamorado de una mujer —dijo Sophy en tono petulante.

—¿Amor? —preguntó Leonida, y su apetito se desvaneció. Dejó a un lado la bandeja, con el corazón encogido—. Eso es absurdo.

—¿De veras?

—Sí. Puede que el duque de Huntley me quiera como amante, pero la lujuria no tiene nada que ver con el amor.

—Un caballero no arriesga la vida por lujuria.

—Sí lo hace, si tiene el orgullo herido —dijo Leonida, sacudiendo la cabeza—. Créeme, Sophy, el duque no quiere nada más que una breve aventura.

—¿Y qué es lo que quiere usted?

Leonida se recostó en los almohadones, sin permitirse analizar aquella peligrosa pregunta.

—Paz.

Herrick Gerhardt, con gran cansancio, pasó junto los edificios de la colonia militar en la que se habían detenido.

No había descansado desde el día anterior, cuando había recibido una misteriosa nota, acompañada de un mapa dibujado por Dimitri Tipova, indicándole dónde podía buscar a la señorita Karkoff. Sólo había tenido tiempo para cambiarse de ropa y reunirse con Gregor para montar y salir de San Petersburgo.

A medida que se acercaba a la localidad, sin embargo, el recelo instintivo que lo había mantenido con vida, pese a la corrupta política rusa, le había advertido que tuviera cautela.

Sólo un tonto confiaría por completo en Tipova, y él no quería caer en una trampa.

De sus discretas preguntas por el camino sólo había conseguido vagos rumores del destrozo de la posada del pueblo, y de un extraño inglés que estaba buscando a su pupila perdida.

Herrick había tenido la esperanza de que el comandante de la colonia pudiera darle información más fiable, y había decidido entrevistarse con él. Cuando terminó la reunión, se encaminó hacia el lugar donde Gregor se había quedado esperándolo, al borde de la colonia.

—¿Le han dicho algo importante? —le preguntó el soldado, mientras montaba con agilidad en el caballo.

Herrick asintió.

—Me han confirmado los rumores de que la posada sufrió el ataque de un grupo de rufianes, y de que se llevaron a una mujer en contra de su voluntad —dijo, controlando su miedo con una rígida compostura.

—¿Y saben adónde la han llevado?

—El comandante me dijo que ha tenido la carretera vigilada, y que han registrado todos los carruajes que han pasado por allí, para asegurarse de que los villanos no pudieran atravesar el control.

—Así que todavía deben de estar en la casa de campo.

—Sí.

Gregor observó a Herrick atentamente, y notó sus dudas.

—No parece muy convencido.

Herrick sonrió con ironía. Había desventajas en el hecho de trabajar con un soldado inteligente, en vez de hacerlo con uno que se conformaba con acatar las órdenes.

—El comandante también mencionó que, anoche, un carruaje se acercó a una velocidad peligrosa y que estuvo a punto de arrollar al soldado que estaba de guardia cuando intentó darle el alto al conductor. Me ha dicho que el guardia estaba seguro de que sólo iba un pasajero, pero es imposible saberlo con total certeza.

—Eso es un problema —comentó Gregor con el ceño fruncido—. ¿Qué desea hacer?

—Por el momento no tenemos más remedio que continuar hasta la casa y rogar que la señorita Karkoff no estuviera en aquel coche.

—Sugiero que nos demos prisa. ¿Tenemos algún plan si la señorita Karkoff está en la casa?

—Mataremos a sir Charles y se la devolveremos a su madre.

—¿Cree que será tan sencillo?

—Hasta el momento, no ha habido nada que resultara sencillo, pero todavía tengo esperanzas —dijo Herrick. Siguieron avanzando hasta que llegaron a un bosquecillo, y sacó la pistola cargada que llevaba en el bolsillo—. Ten cuidado; puede que la casa esté cerca.

—Más cerca de lo que cree, Herrick Gerhardt —dijo alguien desde los árboles.

Herrick tiró de las riendas de su caballo para detenerlo, mientras su compañero soltaba un juramento y rebuscaba su pistola. Extendió el brazo hacia el joven para que no se preocupara. Había reconocido aquella voz.

—No, Gregor —dijo, y volvió la cabeza para mirar al fornido sirviente que salió del bosque—. Boris. No sé si estoy más asombrado por comprobar que todavía no te ha pegado un tiro algún inglés gazmoño o porque hayas aparecido precisamente aquí. ¿Debo suponer que lord Summerville anda cerca?

—Lord Summerville se ha quedado en Inglaterra. He venido con el duque de Huntley.
—¿Y por qué ha venido el duque hasta aquí?
—Sin duda, por la misma razón que usted ha venido hasta aquí.
—¿La señorita Karkoff está...?
—Está en la casa con su doncella, Sophy —le aseguró Boris rápidamente.

Herrick sintió un intenso alivio. Le entregó las riendas de su caballo a Gregor y bajó de la montura. No había llegado demasiado tarde, gracias a Dios.

—¿Y sir Charles?
—La última vez que lo vimos, estaba en un coche que se dirigía hacia San Petersburgo, con uno de sus sirvientes.

Herrick cruzó hacia el borde del camino, y vio un pequeño sendero que atravesaba el bosque. Sin duda, la casa estaba detrás de los árboles.

—¿Y le permitisteis que escapara? —ladró.
Boris sonrió.
—No completamente ileso. La señorita Karkoff se las arregló para clavarle un cuchillo en el costado. Hay muchas probabilidades de que haya tenido una muerte dolorosa.

Herrick apretó la culata de la pistola, enfurecido al pensar en que aquella dulce niña hubiera tenido que protegerse a sí misma.

—¿Leonida lo apuñaló?
Boris arqueó las cejas.
—No entiendo por qué se sorprende tanto. Esa mujer es un demonio que debería atemorizar a cualquier hombre con sentido común.

—¿Ha sufrido algún daño?
—Está herida.
—Maldita sea —dijo Herrick, y se dirigió hacia el sendero, ansioso por devolverla a la seguridad de San Petersburgo—. Debo verla.

En un movimiento rápido, Boris se interpuso en su camino con una expresión indescifrable.

—Ya se está recuperando. No hay razón para preocuparse.

—Boris, ¿estás intentando bloquearme el paso?

—La señorita Karkoff está durmiendo. No hay motivo para despertarla.

—Permíteme que te advierta que estoy cansado y no tengo humor para jueguecitos. Condúceme hasta la señorita Karkoff. Ahora.

Hubo un crujido de maleza antes de que un hombre alto apareciera ante ellos.

Herrick entornó los ojos al darse cuenta de que Stefan estaba aseado y afeitado. Eso quería decir que el hermano idéntico de Edmond no había llegado recientemente a la casa.

Aquello le provocó un escalofrío. ¿Sabía el duque por qué había ido Leonida a Inglaterra? Y, más importante todavía, si había descubierto la verdad, ¿qué pensaba hacer con la información?

Aunque Edmond había sido durante muchos años asesor de Alexander Pavlovich, la lealtad de su hermano mayor siempre había sido para Inglaterra.

Huntley, como si percibiera la desconfianza de Herrick, sonrió.

—No culpe a Boris —dijo—. Sólo está cumpliendo mis órdenes.

CAPÍTULO 20

Stefan se cruzó de brazos, intentando disimular la irritación que sentía a causa de la inoportuna llegada de Herrick Gerhardt.

Sabía que no podía llevarse a Leonida a rastras a Inglaterra. Ella no era una moza de pueblo sin familia ni contactos. Sin embargo, también sabía que con el tiempo suficiente podría convencerla de que su aventura no había terminado todavía.

Con los alicientes adecuados, le demostraría que era inútil negar la necesidad que los unía. Ambos estaban atrapados hasta que el deseo hubiera cumplido su ciclo natural.

—Debo admitir que éste es un lugar bastante extraño para encontrarse al duque de Huntley —dijo Herrick.

—Estoy de acuerdo.

—¿Tiene algo que ver su presencia aquí con la señorita Karkoff?

Stefan miró deliberadamente hacia los dos sirvientes.

—Quizá debiéramos tener esta conversación en privado.

—Como desee —dijo Herrick, y juntos recorrieron el sendero. Su pistola brillaba bajo la luz del sol que se filtraba por entre las hojas de los árboles. Aquélla era una amenaza silenciosa que Stefan no pudo ignorar—. Dígame, ¿Leonida está gravemente herida?

—No, pero ha tenido que soportar una experiencia brutal, y creo que sus emociones tardarán más que sus heridas en sanar.

Herrick se quedó pálido.

—¿Acaso sir Charles...?

—No, no creo. Pero, ciertamente, disfrutó aterrorizándola a ella y a sus sirvientes. Es una suerte que ella sea tan valiente. Otra mujer menos fuerte estaría destrozada.

—El coraje de Leonida no puede cuestionarse.

—No, sólo su sentido común —replicó Stefan—. Y la inteligencia de los que la aconsejan.

Herrick apretó la mandíbula al encajar el golpe.

—¿Puedo preguntarle cuál es su interés en la hija de la condesa?

—Fue huésped de mi casa —replicó Stefan suavemente—. O, al menos, lo fue hasta que robó las cartas de su madre y se escabulló de Meadowland a medianoche.

Herrick enarcó las cejas, disimulando cualquier reacción que hubiera podido tener al saber que Stefan conocía el motivo por el que Leonida había ido a Inglaterra.

—¿Y la siguió?

—Es una suerte que lo hiciera. Sir Charles tenía la intención de matarla. De no ser por mí, ahora estaría buscando un cadáver.

—Boris me ha dicho que fue Leonida quien apuñaló a sir Charles —dijo Herrick, hiriendo el orgullo de Stefan. Nunca olvidaría la visión de Leonida atrapada contra sir Charles, con la daga apretada contra el cuello, mientras la sangre roja le manchaba la piel blanca.

Aquella imagen se quedaría grabada en su mente para siempre.

—Ya hemos establecido que es muy valiente, pero no hubiera tenido forma de enfrentarse a una banda de rufianes —respondió con frialdad—. Fue una suerte que yo llegara aquí antes de que sir Charles le cortara el cuello.

Herrick parpadeó cuando Stefan le devolvió el golpe.

—¿Qué quiere, Stefan? ¿Una medalla? Sin duda, Alexander Pavlovich estará encantado de concederle la Orden de San Vladimir.

—Quiero saber por qué la condesa está dispuesta a sacrificar a su hija inocente con tal de salvarse del escándalo.

—Le agradezco su preocupación por Leonida —dijo Herrick en un tono gélido—, pero no le está permitido entrometerse en los asuntos rusos.

—¿En los asuntos rusos? Maldito sea, a Leonida casi la matan.

—Entiendo la gravedad de la situación, y le aseguro que Leonida estará bien protegida cuando haya vuelto con su familia.

—Eso todavía hay que decidirlo.

—Stefan...

Stefan se dio cuenta de que aquél no era el mejor momento para aquella conversación en concreto, Stefan interrumpió a su interlocutor.

—Creo que debería saber que las cartas que robó Leonida de mi casa han desaparecido.

Herrick apretó los dientes.

—¿Y sabe quién puede haberlas robado?

—Leonida sospecha del sirviente que ayudó a escapar a sir Charles.

—Maldita sea. Tenemos que encontrarlas.

—Sin la ayuda de Leonida.

Herrick le lanzó a Stefan una mirada de advertencia.

—¿Habla usted por ella?

—Alguien tiene que hacerlo.

—Discúlpeme, Excelencia, pero creo que está traspasando los límites.

—Yo no he sido el que ha arriesgado su precioso cuello enviándola a un país extranjero a jugar a los ladrones mientras un loco le seguía los pasos.

—La señorita Karkoff ya no es problema suyo —gruñó Herrick.

—Esta situación entera sigue siendo problema mío. Por si no lo recuerda, las cartas que han causado tantos problemas eran de mi madre.

—Ahora está en Rusia, no en Inglaterra.

—¿Es eso una amenaza, Gerhardt?

El hombre le devolvió la sonrisa a Stefan. Era demasiado astuto como para enfrentarse abiertamente a él. Había una razón por la que Herrick era el asesor y consejero más antiguo de Alexander Pavlovich.

—Sólo estoy diciendo que es un visitante, y que el zar decidirá cuánto tiempo puede permanecer aquí.

Stefan hizo caso omiso de la advertencia. Su posición social no le proporcionaba una inmunidad absoluta, pero sí le ofrecía una protección de la que pocos podían disfrutar.

Alexander Pavlovich no querría hacer más tensas las relaciones entre Rusia e Inglaterra, fuera cual fuera su opinión del rey George.

—¿Cree que Alexander Pavlovich me va a expulsar del país?

Herrick se negó a ceder.

—Si es necesario sí.

—Cuidado —dijo Stefan suavemente—. Si me veo obligado a salir de Rusia, Leonida me acompañará.

—Ésa es una fanfarronería muy tonta, Excelencia. Quizá no entienda el afecto tan grande que Alexander Pavlovich le profesa a Leonida. No querrá usted granjearse su ira.

—Si le profesa un afecto tan grande, no entiendo por qué ha permitido que corriera peligro.

—Él no... —Herrick se interrumpió al darse cuenta de lo que acababa de admitir.

—No sabe nada de las cartas, ¿verdad? Ni del hecho de que la condesa sufriera un chantaje.

—Es usted un caballero inteligente con un brillante futuro en Inglaterra. ¿Por qué quiere inmiscuirse en los asuntos privados de la condesa?

—Me vi implicado cuando Leonida llegó a Surrey.

—Los Romanov tienen una deuda de gratitud con su familia, así que le haré una advertencia: Leonida es una de las joyas del imperio. Si alguien, sea cual sea su fortuna o su título, se atreve a hacerle daño o a insultarla, se hará justicia.

Stefan puso mala cara. Herrick Gerhardt siempre había tenido una lealtad fiera hacia Alexander Pavlovich, y era de esperar que aquella lealtad se extendiera hasta Leonida, pero Stefan se sintió muy irritado por la actitud posesiva de aquel hombre.

Leonida no era propiedad de Rusia.

Era suya.

—Hasta el momento, la persona que más daño le ha causado ha sido su propia madre.

Herrick se inclinó hacia él, hasta que casi estuvieron nariz con nariz.

—Vuelva a Inglaterra, Stefan, antes de que...

—¿Herrick?

Una suave voz femenina hizo que los dos se volvieran hacia la casa. A Stefan se le encogió el corazón al ver la esbelta figura de Leonida. Llevaba uno de aquellos horribles vestidos negros, y estaba muy pálida. Tenía la garganta vendada todavía, y unas profundas ojeras de la falta de sueño. Stefan nunca la había visto tan frágil, ni tan necesitada de su fuerza masculina. Instintivamente, dio un paso adelante, pero se quedó helado cuando ella emitió un grito ahogado y corrió por el camino para echarse en brazos de Herrick.

—Oh, gracias a Dios.

La residencia de Vanya Petrova era una elegante casa situada cerca del Fontanka Embankment. Como su propietaria, la mansión era una misteriosa combinación de belleza lujosa y secretos ocultos.

Vanya había sido durante años una férrea partidaria de Alexander Pavlovich, y había usado su fortuna y su poder para reforzar la demanda al trono del joven monarca, y después, había vigilado a los nobles conspiradores y las varias sociedades secretas que suponían una amenaza constante para el zar.

De hecho, había sido Vanya quien se había acercado a Edmond para que la ayudara en sus esfuerzos secretos, y había conseguido atraer al joven e impetuoso noble inglés a una situación peligrosa tras otra. Un hecho del que había dependido Stefan cuando había llegado, sin anunciar, a su puerta.

Stefan había conocido a Vanya años antes, brevemente, pero contaba con la obligación que la dama tenía hacia su hermano para asegurarse su ayuda durante su breve visita a San Petersburgo.

Hasta el momento, el plan había tenido éxito.

Sonrió al pasear la mirada por las habitaciones que le habían asignado. Los paneles de la pared eran de color lila, y los muebles tenían un aire europeo, pero el amor de Vanya por su país era evidente en las lujosas cortinas de terciopelo, en los delicados adornos con joyas incrustadas y en el suelo de madera encerado, demasiado bello como para cubrirlo con alfombras.

Un cambio muy agradable de las desagradables posadas que había tenido que soportar durante semanas.

Otro cambio bienvenido era el sastre que Vanya había llamado para proporcionarle un guardarropa al duque de Huntley. Aunque su carruaje había llegado a San Petersburgo, él no había metido en el equipaje los trajes elegantes de noche que necesitaría para moverse en la corte de los Romanov.

Tres días después de su llegada, llevaba una chaqueta morada de corte impecable y un chaleco color champán. Sus pantalones negros eran de un suave punto, y los zapatos tenían hebillas de diamantes.

Stefan eligió un nudo oriental para la corbata, y se cepilló hacia atrás los rizos negros, para apartárselos de la cara. El poderoso duque de Huntley estaba preparado para ser recibido en el Palacio de Verano del zar de Rusia.

Algo afortunado, porque había recibido una invitación aquella misma mañana.

Su primer impulso había sido ignorar el llamamiento real. Su único propósito en San Petersburgo era estar cerca de Leonida hasta que ella cediera y lo acompañara a Meadowland, y no tenía deseos de socializar en la traicionera corte rusa.

Por desgracia, sus visitas a la condesa de Karkoff no habían tenido resultado. El mayordomo lo había despedido en la puerta, diciéndole que la condesa estaba enferma y que la señorita Karkoff la estaba atendiendo. Como todavía no había llegado al punto de desesperación necesario para echar la puerta abajo y llevarse a Leonida a cuestas, no tenía más remedio que esperar que ella acudiera a palacio aquella noche.

Además, ni siquiera un altivo duque inglés podía rechazar una invitación del zar si no quería atraer una atención indeseada.

Sus pensamientos resignados se vieron interrumpidos por la entrada de Vanya Petrova en el salón.

Vanya era una mujer alta, curvilínea, y pese a que tenía el pelo plateado, conservaba toda su belleza. Aquella noche se había vestido con un traje verde de seda que hacía juego con las maravillosas esmeraldas que colgaban de su cuello.

Vanya cerró la puerta de la estancia y observó a Stefan antes de sonreír.

—Una gran mejora —dijo en inglés, con un ligerísimo acento ruso.

—Sabía que podía confiar en que obraras un milagro. Tu exquisito sentido de la moda sólo es superado por tu belleza.

Vanya chasqueó la lengua, aunque se ruborizó un poco.

—Y yo creía que era Edmond quien había heredado el pico de oro de tu padre.

—Rumores falsos, que seguramente provienen de mi hermano.

—Ah —dijo ella, mirándolo significativamente—. Hablando de rumores.

Él hizo una mueca.

—Por favor, Vanya, todavía no me he tomado mi primer brandy.

—Permíteme.

Con gracia majestuosa, Vanya se acercó a una mesa auxiliar y sirvió brandy en una copa. Después volvió junto a Stefan y le puso la copa en las manos. Él se tomó el licor de un trago.

—Supongo que esto no puede esperar hasta que vuelva de palacio, ¿verdad? —murmuró Stefan, dejando la copa vacía sobre la repisa de la chimenea.

—Podría, por supuesto —dijo ella.

—Está bien, está bien —respondió él con un suspiro—. Háblame de esos rumores.

—El primero es que Leonida fue enviada a Europa a descubrir si había algún pretendiente inglés que le gustara más que los pretendientes rusos a quienes ya ha rechazado.

Él notó un extraño resentimiento en el corazón.

—¿Ha habido muchos?

—¿Muchos qué?

—Muchos pretendientes rechazados.

—Más de una docena, que yo sepa, y sin duda, muchos más que no conozco.

Él apretó la mandíbula. Aquél no era el momento de imaginarse a Leonida asediada por ansiosos pretendientes. Le había prometido a Boris que iba a intentar ser civilizado.

—Volvamos a los rumores.

Vanya frunció los labios.

—Bien, hay algunos que especulan con que Leonida no te encontró más agradable que ningún otro hombre, y volvió a Rusia. Entonces, tú la seguiste con la esperanza de conseguir que cambiara de opinión.

¿No más agradable? Aquella mujer se había derretido entre sus brazos como la mantequilla caliente.

—¿Y qué especulan los demás?

—Que eres tú el que rechazó el emparejamiento, y que Alexander Pavlovich requirió tu presencia para hacerte entrar en razón.

—Así que, o soy un idiota enamorado, o una marioneta en manos del zar. Magnífico.

Vanya jugueteó con la esmeralda de su pendiente.

—¿Y qué esperabas?

—¿Es que acaso no puedo visitar la tierra de nacimiento de mi madre sin motivos ocultos?

Vanya se echó a reír.

—Mi querido Stefan, estás en San Petersburgo. Nada se hace sin motivos ocultos.

—¿Y cuál es el rumor que crees tú? —le preguntó Stefan.

Ella lo observó durante un largo instante.

—Creo que tú estás más confuso que ninguno de nosotros sobre tus razones para venir a San Petersburgo.

La exactitud de aquellas palabras hizo que Stefan soltara una carcajada.

—Edmond siempre dijo que eras astuta como un zorro.

—Y una amiga de fiar —dijo ella, y le posó la mano en el brazo—. Stefan, debes tener cuidado.

—¿Estoy en peligro?

—Mi lealtad hacia Alexander Pavlovich nunca cambiará, pero el zar se vuelve más impredecible a cada día que pasa. Si cree que tu llegada a San Petersburgo tiene relación con la señorita Karkoff, te preguntará cuáles son tus intenciones.

Stefan no se sintió impresionado. ¿Qué padre permitía que su hija fuera enviada a Inglaterra sin asegurarse de que iba custodiada adecuadamente?

—No sabía que tuviera tanto interés en la joven.

Vanya apretó los labios al verse obligada a admitir la réplica de Stefan.

—Hay que reconocer que es caprichoso, y a su conveniencia, pero tu llegada va a recordárselo.

—Agradezco tu preocupación, pero no puedo ignorar una invitación al Palacio de Verano.

—Pero puedes evitar incurrir en la ira del zar.

Stefan sonrió irónicamente.

—Eso lo oigo con bastante frecuencia.

—Sin duda, porque es un consejo excelente.

—Te prometo que haré todo lo posible —dijo él conciliadoramente—. Y, antes de que me meta en la boca del lobo, ¿tienes más consejos que darme?

Ella se encogió de hombros, aceptando que ya había hecho todo lo posible para apartar a Stefan del desastre.

—Están las inevitables riñas entre los nobles menores, y el embajador austriaco no cuenta con el favor del zar en este momento, así que deberías rechazar su invitación si te la envía —dijo, e hizo una pausa con una expresión de desagrado—. También descubrirás que la corte está llena de caballeros y damas peculiares que dicen ser místicos. Es importante que disimules tu opinión sobre sus extravagancias.

—Se te olvida que he vivido en la sociedad inglesa. Ignorar extravagancias es tan obligatorio como una corbata bien anudada.

Vanya sonrió.

—Supongo que también debo advertirte que no serás bien recibido por los caballeros que tengan esperanzas de prometerse con Leonida si te ven como un rival. Hay muchos que están convencidos de que un matrimonio con ella les facilitaría la ascensión social.

—Si eso es cierto, no me extraña que se haya negado a casarse —dijo él, y se sorprendió al ver que Vanya se echaba a reír con ganas—. ¿Qué es lo que te parece tan divertido?

—La señorita Karkoff está soltera porque todavía no ha descubierto un hombre digno de su corazón. Una mujer tan inteligente y con tanta energía sería tonta si se conformara con menos.

Stefan frunció el ceño. Por algún motivo, tenía la sensación de que estaba incluido en el grupo de hombres a los que Leonida no consideraba a la altura de las circunstancias.

—¿Y qué es, exactamente, lo que hace que un hombre merezca la pena?

—Eso debe decidirlo ella. Yo espero, por su bien, que reflexione detenidamente antes de comprometerse con un hombre. Una mujer en su posición tiene el lujo de poder permanecer independiente durante tanto tiempo como quiera.

—No me extraña que se te considere un peligro para las jóvenes de la buena sociedad —dijo él secamente.

—¿Porque creo que las mujeres pueden tomar sus propias decisiones? El mundo está cambiando, Stefan. Las mujeres ya no son propiedad de los hombres.

—Una pena.

—Mmm.

—¿Qué?

—Hablas como hablaba tu hermano antes de verse obligado a aceptar que tendría que dejar su orgullo a un lado y confiar en la mujer a la que quería. Sin duda, tú eres igual de terco.

Stefan se quedó helado, sin querer saber por qué aquella acusación le había encogido el corazón. El turbulento cortejo de Edmond a Brianna no tenía nada en común con su deseo por Leonida.

Nada en absoluto.

—Dios Santo, de repente me siento aliviado de tener que soportar la cena de palacio —replicó—. Una velada en compañía del zar es menos arriesgada que tomar un brandy contigo, querida. Al menos, Alexander Pavlovich y yo tenemos grandes posibilidades de salir ilesos.

Ella sacudió un dedo ante su cara.

—Un hombre sabio no se alaba a sí mismo al ir a la batalla, sino al salir de ella.

CAPÍTULO 21

Peterhof, el Palacio de Verano del emperador de Rusia, era un tributo del zar Pedro hacia el mar y su propia fuerza de voluntad.

El gran palacio se extendía hacia el golfo de Finlandia, y separaba los parques que había diseñado el arquitecto francés Leblond, un estudiante de Le Notre, que había creado los jardines de Versalles. Leblond, junto a sus colegas arquitectos, se aseguró la fama con la exquisita Gran Cascada, que comenzaba en la parte delantera del palacio y dirigía el canal de agua hacia sesenta y cuatro fuentes y cientos de estatuas de bronce dorado que glorificaban a los dioses del mar. Al final de la cascada estaba la Fuente de Sansón, que Peter había mandado construir para conmemorar su victoria sobre Suecia.

El palacio tenía enormes ventanas y terrazas para admirar las vistas, y bajo el reinado de la hija de Pedro, había sido ampliado por Rastrelli. El arquitecto le había añadido un piso al edificio central, de estilo barroco, y había conectado dos alas con pabellones de cúpulas doradas a ambos extremos.

Era una obra de arte, pensó Leonida mientras bajaba del carruaje y se detenía a admirar la estructura amarilla con remates blancos, que brillaba como una joya bajo las llamas de un millar de antorchas.

Era una pena que estuviera tan nerviosa; por una vez, su invitación al palacio era más un castigo que un momento para disfrutar.

Avanzó hacia el palacio con un grupo de acompañantes elegantemente vestidos, y con el corazón en un puño.

Maldito Stefan.

Cuando Herrick había llegado a la casa de campo para llevarla de nuevo a San Petersburgo, Leonida estaba segura de que ya no volvería a ver al duque de Huntley. Una vez más, estaba bajo la protección de su familia, y cualquier esperanza que él pudiera tener de continuar su aventura con ella debía desvanecerse. ¿Cómo iba a continuar con él en Rusia?

Aquel hombre exasperante, sin embargo, se negaba a aceptar lo inevitable.

Había aparecido en su casa para verla, y aunque ella había conseguido echarlo, aquella mañana había descubierto que él todavía tenía un modo de forzar un encuentro.

De otro modo, ¿para qué había aceptado una invitación a cenar con Alexander Pavlovich?

El astuto duque tenía que saber que ella sentiría terror al pensar que podía exponer la estupidez de su madre ante Alexander Pavlovich, y confesar las verdaderas razones por las que Leonida había tenido que ir a Inglaterra. ¿Qué mejor modo de obligarla a salir de casa?

Leonida apretó los dientes mientras subía los escalones de madera de la Escalinata de Gala. A su alrededor, los invitados exclamaban con reverencia al ver la maravillosa exhibición de guirnaldas doradas y de flores que decoraban las paredes blancas, junto a las estatuas mitológicas que se erguían en las hornacinas. Incluso la barandilla de hierro forjado estaba ornamentada con lazos dorados.

Leonida se detuvo en el gran rellano, fingiendo que observaba dos estatuas femeninas que representaban a la primavera y el verano. Tenía que escapar de sus acompañantes sin verse obligada a inventar una excusa.

Cuando estuvo segura de que se había perdido entre la

multitud, Leonida continuó subiendo las escaleras, dirigiéndose hacia una puerta lateral cuando llegó al vestíbulo formal, en vez de continuar hacia las salas de recepción. Tenía la esperanza de que, desde allí, podría ver a los invitados escondida entre las sombras. Quería encontrar a Stefan antes de que pudiera verse con Alexander Pavlovich.

Acababa de llegar a la puerta cuando alguien la tomó por el brazo, impidiéndole que huyera.

–¿Leonida?

Ella contuvo un suspiro de resignación mientras se volvía para saludar a un hombre que llevaba una sencilla chaqueta negra con un chaleco blanco.

Aquél era el único caballero a quien no podía despedir con cara de pocos amigos.

–Herrick.

Herrick esperó a que ella le hiciera una elegante reverencia, mirándola con recelo.

–No sabía que ibas a venir esta noche. Alexander Pavlovich me dijo que la condesa todavía está recuperándose de su enfermedad.

Leonida se pasó la mano por el vestido de satén dorado, que llevaba rubíes bordados en el escote, y cuyas mangas eran tan cortas que apenas llegaban al borde de sus hombros. Se había recogido los rizos rubios en un moño, y llevaba un lazo ancho, de color rojo, con diamantes incrustados, en el cuello, para disimular la herida, que estaba cicatrizando con rapidez.

Había intentado convencerse de que había elegido aquel vestido porque el zar esperaría que ella apareciera con sus mejores galas. No tenía nada que ver con el irritante duque de Huntley.

–La princesa Rotovsky me pidió amablemente que me uniera a su grupo.

Si esperaba que, con aquello, Herrick iba a darse por satisfecho, se equivocaba.

–Entonces, supongo que la condesa ya está restablecida.

Ella sonrió. Cuando había llegado a casa, su madre se había puesto casi histérica de alivio, y apenas permitía que Leonida se alejara de ella. Después, Nadia se había enterado de que las cartas habían desaparecido otra vez. Entonces se había metido en la cama y se negaba a creer que su mundo no iba a terminar de forma horrible.

—Los dos sabemos que no se recuperará hasta que tenga las cartas en sus manos y haya terminado el posible peligro de escándalo —dijo Leonida en voz baja.

—No es propio de Nadia esconderse de los problemas.

—Todavía se culpa por mis aventuras inesperadas, y está convencida de que va a sufrir el castigo si Alexander Pavlovich se entera de sus pecados.

Herrick sacudió la cabeza.

—Siempre ha tenido tendencia al melodrama. Hablaré con ella.

—Te lo agradezco, Herrick, pero no estoy segura de si ni siquiera tus poderes de persuasión serán suficientes para sacar a mi madre de la cama.

—Le diré que su ausencia continuada del palacio está provocando las sospechas del zar de que quiere evitar su compañía. Y si eso no es suficiente, le diré que la corte está empezando a rumorear que Alexander Pavlovich se ha cansado de ella por fin y que la ha apartado de su presencia.

Leonida se rió, imaginándose el horror de su madre. Saldría de la cama antes de que su doncella pudiera apartar las sábanas.

—Eres un hombre astuto, Herrick Gerhardt.

—Tengo años de práctica —dijo él, y le tomó la barbilla con la mano para inspeccionar su cara pálida—. Y ahora, querida, ¿por qué no me dices qué estás haciendo aquí?

Leonida maldijo la mala suerte de haberse cruzado con aquel hombre tan inteligente. La conocía demasiado bien.

—Me invitaron. ¿Por qué iba a rechazar la invitación?

—¿Sabes que va a asistir el duque de Huntley?

—¿De veras?

Herrick entrecerró los ojos, sin dejarse engañar ni por un segundo por su tono inocente.

—Leonida, si estás pensando en arriesgarte otra vez, haré que te pongan unos grilletes y te enviaré a Siberia.

Ella suspiró. Algunas veces, se sentía cansada de que la trataran como a una niña y no como a una adulta.

—¿Y cómo voy a correr peligro, si estoy rodeada de la guardia personal del zar? Por no mencionar que Pyotr se niega a dejarme salir de la casa sin acompañarme. Incluso ha venido a caballo junto al coche de la princesa esta noche, como si alguien fuera a atacarnos en mitad de San Petersburgo.

—Hay muchas clases de peligro. No confío en el duque.

—¿Crees que es una amenaza?

—Creo que es un hombre que está fascinado por una mujer, y que no está pensando tan claramente como debería. Podría ensuciar tu reputación con un escándalo.

—He accedido a confiar en que tú conseguirás las cartas —dijo Leonida con rigidez—. Debes confiar en que yo manejaré al duque de Huntley.

—¿Y cómo piensas hacerlo?

Como no tenía ni la más mínima idea, Leonida hubiera besado de agradecimiento al lacayo uniformado que se detuvo junto a Herrick e hizo una reverencia.

—Disculpe, señor, pero el emperador ha requerido su presencia.

Herrick movió la mano con impaciencia, indicándole al mozo que se alejara.

—Leonida.

—Ve a ver al zar, Herrick —le dijo ella con una sonrisa—. Yo estaré bien.

—Si te hace daño...

—Ve.

Acostumbrado a la tediosa formalidad que requería una velada de entretenimiento real, Stefan intentó tomárselo con filosofía mientras subía los escalones del palacio. Había esperado días para ver a Leonida, y en pocos minutos, lo conseguiría.

Cuando entró en el gran vestíbulo, le entregó los guantes y el sombrero al sirviente que esperaba bajo el enorme retrato del emperador Pedro.

Después siguió subiendo las escaleras con actitud digna, asintiendo de vez en cuando en dirección a vagos conocidos.

El zar ya tenía curiosidad acerca de la presencia del duque de Huntley en San Petersburgo. No quería llamar más la atención entrando a toda prisa en el palacio.

Cuando llegó al piso principal, observó a los invitados. Todos estaban juntos, esforzándose por ver y por ser vistos, aunque algunos estaban admirando los grandes retratos que había colgados de las paredes.

Apretó los puños al darse cuenta de que Leonida no estaba entre la multitud. Entonces, por el rabillo del ojo, atisbó unos rizos del color del sol de la mañana.

Sintió una emoción que no quiso analizar, y se abrió paso entre la gente sin perder de vista a su objetivo. Con la mirada fija en aquella cabellera rubia, Stefan sonrió al llegar junto a Leonida.

Como si hubiera sentido su presencia, ella se volvió hacia él y, deliberadamente, se metió en una sala lateral.

A grandes zancadas, él la siguió y entró en aquella habitación, cuyas paredes estaban forradas de seda china, y en la que había un diván bordado que incidía en el tema oriental de la decoración. Sabiendo que estaban a solas, cerró la puerta. Una pena que no tuviera pestillo.

Durante un instante, él se apoyó en la puerta para admirar a Leonida, que estaba en el centro de la habitación.

Dios. Brillaba como un ángel de oro a la luz de las velas.

Sintió una calidez alarmante en el corazón y en todo el cuerpo. Con un gruñido, caminó hacia ella. Hacía demasiado tiempo que no la sentía apretada contra su cuerpo.

Ella abrió mucho los ojos al ver que se aproximaba,

como si notara su apetito apenas contenido. Y, entonces, él la abrazó, y la intranquilidad que había sentido durante días se disipó lentamente. Leonida encajaba en su cuerpo con una perfección asombrosa.

—Leonida —murmuró, besándole la cara sin descanso, perdiéndose en su olor a jazmín.

Durante un instante maravilloso, él notó que Leonida se derretía contra él, y oyó un suave gemido de placer. Entonces, la besó con pasión, y se sintió como si estuvieran solos en el mundo.

De repente, el sonido de la música de un cuarteto de cuerda invadió la sala desde el vestíbulo de recepción, y rompió el hechizo. Leonida se puso rígida y lo empujó para intentar escapar.

—Stefan, no —le dijo con la voz ronca—. Tengo que hablar contigo.

Como ella le negó sus besos, él recorrió con los labios su cuello, con cuidado de evitar el lazo que le cubría el corte.

—Más tarde —murmuró contra el rápido pulso que latía en la base del cuello de Leonida.

—Tienes que parar.

—¿Por qué?

—¿Quieres que nos descubran?

Stefan sonrió. En aquel momento, le resultaba indiferente que alguien los viera.

La necesitaba.

—Lo que quiero es a ti —dijo, y se apartó para mirar con ansia su preciosa cara—. Ven conmigo, Leonida. Tiene que haber algún sitio privado en esta vasta monstruosidad.

Ella alzó la barbilla. Tenía las mejillas sonrojadas.

—El palacio no es una vasta monstruosidad —lo contradijo distraídamente—. Los visitantes afirman que es más bello que Versalles.

Stefan resopló.

—Otra vasta monstruosidad, pero en este momento no me interesa hablar de arquitectura.

—A mí tampoco.

—Entonces, vamos a buscar un lugar donde no nos interrumpan.

Ella se echó a temblar cuando él la apretó contra la excitación de su cuerpo. Sin embargo, recobró el sentido común y se alejó de Stefan bruscamente.

—No. Éste no es el motivo por el que he venido esta noche a palacio.

Stefan apretó los dientes. Sentía el impulso de tomarla en brazos y tenderla en el sofá más cercano. Pese a las protestas de Leonida, él notaba su deseo. Sin duda, podría derribar sus defensas y seducirla.

Sin embargo, no deseaba su rendición. Quería que ella admitiera que lo deseaba con la misma fuerza que él la deseaba a ella.

¿Orgullo? ¿O algo más peligroso?

Saberlo era imposible.

—No me importa por qué has venido, sólo me importa el hecho de que estés aquí —gruñó él—. Sabía que no podrías esconderte para siempre.

—No me estaba escondiendo.

Él le miró la boca, todavía hinchada de sus besos.

—¿Cómo es posible que unos labios tan bellos digan tantas mentiras?

—El hecho de que no quisiera recibirte en mi casa no significa que me estuviera escondiendo. Mi madre ha estado enferma.

—Previsible. Estuviste a punto de morir por su egoísmo, y ella es la que busca atención.

—Tu no sabes nada de mi madre, y no tienes por qué juzgarla —le espetó ella.

—¿Y qué es lo que tengo que hacer, Leonida? ¿Cuál es mi lugar? ¿Puedo compartir tu cama, pero no puedo protegerte de los que se aprovechan de tu generosidad?

Ella se ruborizó.

—Tú no tienes lugar. Lo que ha ocurrido entre nosotros terminó.

Stefan se enfureció y comenzó a caminar hacia delante, haciendo que ella retrocediera hacia la pared.

—Está lejos de terminar —le dijo, y puso una mano a cada lado de su cabeza—. No soy tonto. Siento que tiemblas cuando te acaricio. Siento tu placer cuando nos besamos. Todavía me deseas.

—No. No puedo.

—¿Que no puedes? Ya lo has hecho.

—Es un error que no voy a repetir.

—Maldita sea, esto no es un error —replicó Stefan. Se inclinó hacia delante y la besó con delicadeza—. Esto es un milagro. ¿Cómo puedes negar tu deseo?

—Porque no quiero ser tu amante. Nunca.

—Leonida…

—No. He venido aquí a hablar contigo, y a nada más.

Stefan se apartó de ella con brusquedad. Maldita mujer. ¿Por qué tenía que complicar lo que podía ser una sencilla aventura?

—¿Y por qué, después de estar tres días ninguneándome, tienes esta urgencia por hablar conmigo?

—Porque necesito saber lo que vas a decirle a Alexander Pavlovich.

—Qué…

Stefan se interrumpió. Apretó los puños de rabia al darse cuenta de lo que significaban sus palabras. Ella no había ido a palacio por casualidad, ni por un furtivo deseo de que sus caminos se cruzaran.

Había ido porque temía que él le revelara a su padre la fea verdad de su viaje a Inglaterra.

Su carcajada amarga resonó por la habitación.

—Claro. Siempre me había considerado inteligente, pero en lo referente a ti, paloma mía, parece que soy un memo.

Ella frunció el ceño con cautela, como si estuviera intentando descifrar cómo había reaccionado a su acusación.

—No has respondido a mi pregunta.

—¿Cómo sabías que estaba invitado a la cena de palacio de esta noche? —le preguntó.

—Nuestra cocinera tiene tres hijas —admitió ella—. La más pequeña sirve en casa de Vanya Petrova.

—¿Y pensó que era necesario compartir mis planes contigo?

—Hay pocos secretos en San Petersburgo.

—Lo tendré en cuenta.

Ella emitió un sonido de impaciencia.

—¿Por qué has venido, Stefan?

—Ni siquiera yo puedo pasar por alto una invitación de Alexander Pavlovich.

—Y cuándo te pregunte por qué has venido a Rusia, ¿qué vas a decirle?

—Eso depende enteramente de ti, Leonida.

—¿A qué te refieres?

—No tengo especial interés en engañar al zar Alexander. De hecho, sería un estúpido si me arriesgara a enfadar a un hombre tan poderoso.

—No te importó arriesgarte a enfadarlo cuando me amenazaste con secuestrarme.

—Ah, pero la recompensa habría valido la pena. Ahora no tengo razón para mentir.

—Evitar revelarle mi propósito al ir a Inglaterra no es mentir.

—Una buena distinción.

Ella se apartó de la pared. Sus rizos brillaban como el oro a la luz de las velas, y sus ojos tenían el azul pálido de los mejores zafiros.

Stefan tragó saliva al notar una punzada de deseo impaciente.

—No hay ningún motivo para que sospeche que yo no fui a Inglaterra a conocer el país.

—Tú no eres tan inocente como para pensar que el zar no querrá saber qué ocurrió durante tu estancia en Meadowland, y por qué te he seguido a San Petersburgo.

—Lo cual demuestra que nunca deberías haber venido.

—¿Y por qué no? —preguntó Stefan, y se encogió de hombros—. Yo no tengo nada que esconder.

—Esto es absurdo. Si tú le revelas la verdad a Alexander Pavlovich, sólo le provocarás más angustia.

—Ha soportado escándalos y decepciones más veces.

—Y todavía tiene las heridas —replicó ella—. ¿Por qué quieres poner más cargas sobre sus hombros?

—Entonces, ¿tu único deseo es proteger al zar Alexander?

—Por supuesto.

—¿Y a tu madre?

Leonida se movió con inquietud, sintiendo el desdén de Stefan hacia la condesa de Karkoff.

—Sí.

—¿Y a mí?

Ella titubeó.

—No te entiendo.

—Hasta ahora, la única razón que me has dado para que mantenga silencio es el bienestar del zar y de tu madre. ¿Por qué voy a arriesgarme a provocar la ira de Alexander Pavlovich, en caso de que descubra que le oculté la verdad?

—No hay peligro de que descubra la verdad.

—Entonces, ¿tienes las cartas?

—No, pero...

—¿Pero?

—Herrick Gerhardt está seguro de que podrá encontrarlas.

—Y mientras, alguien puede usarlas para chantajear de nuevo a tu madre, o peor todavía, para venderlas a quienes quieran hacer de las confesiones de tu madre una fuente de humillación pública para el zar —insistió él—. Si eso ocurriera, Alexander Pavlovich me consideraría responsable, en parte, por no haberle advertido de la amenaza.

Ella se estremeció.

—¿Tienes intención de decírselo?

—A menos que puedas convencerme de que no lo haga.
—¿Es que no te preocupa Rusia en absoluto?
—¿Y por qué iba a preocuparme?
—Era el país natal de tu madre. Tú dijiste que ella había permanecido leal a la corona.

Stefan entornó los ojos, acordándose de los numerosos riesgos que su hermano había corrido en nombre de Alexander Pavlovich.

—Mi familia ha cumplido con su deber para con el imperio ruso —le dijo a Leonida en tono de advertencia—. Vas a tener que encontrar otro modo que no sea la culpabilidad para que yo mantenga la boca cerrada.

—¿Y cuál es ese modo?

Él sonrió con picardía.

—A mí me parece bastante evidente.

Ella alzó la mano para abofetearlo, pero con un suave movimiento, Stefan la agarró por la muñeca y se llevó sus dedos a los labios.

—Cuidado, Leonida.

Leonida lo miró con rabia e impotencia.

—Si piensas que puedes amenazarme para que me acueste contigo, debes de haber perdido el juicio, además de todo rastro de caballerosidad.

—Los hombres con una caballerosidad absoluta son siempre unos aburridos insoportables —murmuró él besándole la palma de la mano.

—No me sorprende que tú pienses eso.

Stefan se rió, indiferente a su insulto.

—¿Es que no has pensado que tal parangón de virtud nunca sería capaz de entender por qué una joven educada, de clase alta, se cuela en casa de un hombre y después lo seduce para poder escapar de su propiedad?

A ella se le cortó la respiración.

—Yo no te seduje.

—Qué mala memoria tienes, querida —dijo Stefan, y siguió besándole la piel suave y sensible del interior de la muñeca–. Quizá necesitas que te recuerde el poder que tienes sobre un caballero indefenso.

Ella gruñó suavemente antes de retirar la mano y frotársela contra la falda. Como si pudiera borrar la sensación que le habían provocado sus besos.

–Sólo quieres distraerme.

Él arqueó las cejas y le permitió escapar. Los dos sabían que ella era muy vulnerable a sus caricias.

–Creía que estábamos negociando.

–Yo no negocio con mi cuerpo.

–Una pena –dijo él, aunque no bromeara del todo–. Pero has sido tú la que has pensado que pensaba pedirte tu presencia en mi cama a cambio de mi silencio.

–Tú... –Leonida murmuró algo entre dientes, sin duda, enviándolo al más allá–. ¿Qué quieres, Stefan?

–Nada más nefasto que tu compañía.

–¿Mi compañía?

Él dejó de sonreír y la tomó por la barbilla. Quería asegurarse de que no hubiera confusiones.

No iba a permitir que siguiera evitándolo.

–No vas a volver a despedirme en la puerta de tu casa cuando te visite –le dijo en tono firme–. Y si te mando una invitación, espero que la aceptes sin queja alguna.

–¿Me quieres a tu merced?

–Una idea encantadora, pero por el momento me conformo con saber que no vas a darme con la puerta en las narices. ¿Trato hecho?

Ella lo miró con los ojos brillantes de furia.

–Maldito seas.

–Supondré que eso significa que sí.

CAPÍTULO 22

Herrick permitió al sirviente que lo condujera por el laberinto de habitaciones, tragándose un suspiro cuando se detuvo ante la habitación que una vez había sido el estudio privado del emperador Pedro.

Tenía la esperanza de que Alexander Pavlovich hubiera requerido su presencia para librarse de algún diplomático que estuviera desbordándolo con sus peticiones. No era algo poco corriente.

Pero si iban a reunirse en aquel estudio era porque el zar tenía que tratar con él de un asunto más privado que los de estado.

Y se imaginaba cuál era aquel asunto.

Herrick se irguió de hombros y entró al despacho. No tenía sentido retrasar lo inevitable. Cerró la puerta y miró a su alrededor por la habitación, que estaba casi en penumbra. Era una de sus estancias favoritas de palacio. Al contrario que las salas públicas, allí no había ornamentos dorados, ni joyas, ni candelabros brillantes. Sólo había belleza sombría en los paneles de roble de las paredes y el exquisito suelo de parqué. Los muebles eran también sencillos: un pesado escritorio y estanterías que contenían una colección de libros encuadernados en piel. El gran globo del emperador Peter ocupaba un lugar de honor sobre una base de madera.

La única mancha de color eran los tres enormes retratos que colgaban de las paredes. El más grande, por supuesto, era el de Pedro con su armadura reluciente, y el segundo era de Catalina a caballo. El tercero era de Alexander Pavlovich, ataviado con su traje militar.

Finalmente, Herrick miró al zar, que estaba bajo su propio retrato, con una sonrisa de melancolía.

Era un hombre alto, de figura imponente todavía, vestido con un elegante abrigo azul y unos pantalones negros. Tenía unos ojos azules de mirada astuta, y un cabello dorado que había empezado a escasear, aunque eso no le restaba atractivo ni encanto.

—Herrick.

—Señor —dijo Herrick, con una reverencia—. ¿Deseaba hablar conmigo?

—Sí —dijo el emperador, y señaló una silla, junto a su escritorio—. ¿Brandy?

—No, gracias.

El emperador se volvió a mirar su retrato mientras Herrick se acercaba a él.

—Me ha servido fielmente durante muchos años, *mon ami*.

Herrick se rió mientras estudiaba el retrato. Se lo habían hecho poco después de su victoria sobre Napoleón Bonaparte. En aquel momento, aquello había sido motivo de gloria y orgullo nacional.

—Sí. Es casi imposible recordar a los hombres jóvenes e idealistas que éramos.

—Demasiado idealistas —dijo el emperador con un suspiro—. Si hubiera sabido cómo era llevar una corona tan pesada, le habría permitido al Monstruo Corso quedarse con Moscú.

Herrick emitió un sonido de disgusto. Quizá Napoleón hubiera sido un genio militar, pero su orgullo y la creencia de que su gran armada era invencible habían provocado su derrota y la gloriosa victoria de Rusia.

—Aquel idiota ni siquiera pudo retener París, al final. Y seguramente, no quería someternos al reinado del gordo rey Borbón.

El zar miró instintivamente el retrato de Catalina.

—No. La abuela me habría maldecido desde la tumba. Estaba decidida a que yo ocupara el trono.

—Sabia elección.

—¿De veras?

—Yo nunca lo he dudado.

Alexander Pavlovich se volvió a mirar a Herrick con una expresión sombría.

—Todos tendríamos suerte si compartiéramos esa confianza. Yo me siento acosado por las dudas.

—¿Tiene algo en particular en la cabeza? —le preguntó Herrick suavemente.

—Sí, Herrick, sí.

—¿Y cómo puedo servirle?

Alexander Pavlovich se sentó detrás del escritorio y se sirvió una copa de brandy.

—Puede informarme de cuál es el juego al que está jugando la condesa de Karkoff.

—¿Juego?

—Nadia tiene muchos talentos, pero la habilidad para engañarme no está entre ellos. Desde que volví a San Petersburgo, me di cuenta de que estaba angustiada. No la he presionado porque supuse que el regreso de Leonida la reconfortaría, pero las cosas han empeorado —dijo Alexander, y le dio un sorbo a su copa—. Ahora se niega a levantarse de la cama.

Herrick se encogió de hombros, maldiciendo a Nadia en silencio por obligarle a mantener aquella reunión.

—Envió el mensaje de que está enferma.

—Si estuviera enferma de verdad, no habría rechazado el ofrecimiento de que la visitara mi médico personal, ni me habría rogado que no fuera a verla hasta que estuviera completamente recuperada. Nadia adora que los demás le presten atención.

—Cierto.

—Admito que lo primero que pensé fue que Nadia tenía un amante.

Herrick arqueó las cejas de verdadera sorpresa.

—Nadia siempre ha sido fiel, señor.

Aparentemente tranquilizado, Alexander Pavlovich observó fijamente a Herrick.

—Hay algo que ha hecho mella en ella. Quiero saber qué es.

—Entonces, ¿no debería mantener esta conversación con la condesa?

—No, si quiero descubrir la verdad.

—¿Quiere que la interrogue?

—Herrick, no finja que no tiene la confianza total de Nadia —le advirtió suavemente el emperador—. Ella siempre ha dependido de usted cuando tenía problemas. Y, por supuesto, en San Petersburgo no ocurre nada sin que llegue a sus oídos.

—¿Confía en mí, Alexander?

—Le confiaría mi vida.

—Entonces, creo que debe aceptar que es mejor que no sepa cuáles son las dificultades de Nadia.

—¿Está en peligro?

—No lo creo.

—¿Y Leonida? ¿Está implicada?

—Desafortunadamente, sí.

—Por eso fue a Inglaterra.

—Sí.

—No me explico qué se podía lograr con ese viaje.

—Nada más que unas noches de vigilia, se lo aseguro —le dijo Herrick.

El emperador frunció el ceño.

—No me sorprende que Nadia enviara a su hija a esta aventura imprudente, ni que Leonida encontrara imposible negarse a la petición de ayuda de su madre, pero estoy decepcionado con usted, *mon ami*.

—Yo no supe del viaje hasta que Leonida había desaparecido de San Petersburgo. Me quedé... disgustado. Afortunadamente, ha vuelta a casa sana y salva.

—Sí, ha vuelto. Pero no sola.

—Supongo que se refiere al duque de Huntley.

—Es bastante raro que decida visitar San Petersburgo en el momento en que Leonida ha vuelto de Inglaterra.

—No es raro –dijo Herrick–. Es peligroso.

—¿Debería preocuparme? –inquirió Alexander Pavlovich arqueando las cejas.

—No hay duda de que ese hombre está obsesionado con Leonida, pero no creo que le haga daño intencionadamente. Sin embargo, no creo que en estos momentos piense con claridad.

—¿Y Leonida? ¿Ella está fascinada con ese hombre de igual modo?

—Desgraciadamente, sí.

—¿Por qué desgraciadamente? Sería un buen partido para ella.

Herrick entrecerró los ojos ante la rápida aprobación del zar.

—Suponiendo que el duque esté dispuesto a pedir su mano en matrimonio, ella tendría que dejar San Petersburgo y vivir en Inglaterra. La condesa se quedaría devastada.

Alexander Pavlovich se encogió de hombros con una expresión pensativa.

—Tal vez ya sea hora de que Leonida empiece a buscar su felicidad y deje de pensar en agradar a los demás.

—¿No tendría objeciones a que ella se casara con un inglés?

El emperador suspiró.

—Tanto Nadia como yo hemos sido demasiado egoístas. Sólo deseo que Leonida encuentre a un hombre que la quiera como ella se merece.

Herrick se tragó las palabras de protesta. De repente, se dio cuenta de que su afecto posesivo por Leonida le estaba nublando el juicio.

Además, estaba tan acostumbrado a que ella dependiera de él como de un padre, que la idea de entregársela a otro hombre le dejaba un vacío en el corazón. No era de extrañar que tuviera ganas de meterle una bala en el trasero al duque.

Resultaba irónico que fuera el verdadero padre de Leonida quien tuviera que señalarle lo egoísta que sería impedirle a la muchacha que encontrara la felicidad con un hombre que podía ofrecerle el amor y la devoción que ella deseaba desesperadamente.

—San Petersburgo estará muy vacío sin ella —dijo lastimeramente.

El zar sonrió.

—¿Sabe, Herrick? Quizá debiera casarse y tener hijos. Sería un padre muy afectuoso.

Herrick se estremeció y se dirigió hacia la botella de brandy.

—Que Dios no lo quiera.

El viaje de vuelta a San Petersburgo fue una dura prueba de resistencia para sir Charles.

Cuando habían huido de la casa de campo, apenas había podido taponarse la herida para evitar la pérdida de sangre antes de perder el conocimiento. Se había despertado en un sucio granero, tan consumido por la fiebre y el dolor que no podía hacer otra cosa que estremecerse y maldecir su debilidad. Incluso peor, las pesadillas de su niñez lo habían acosado, y había terminado llorando de miedo mientras oía la voz de su madre susurrándole al oído.

No tenía una idea clara del tiempo que había pasado desde que había cesado por fin la fiebre y Josef lo había subido de nuevo al carruaje para seguir el viaje. Seguía muy débil, pero a medida que pasaban las horas, había apartado su pensamiento del dolor y se había concentrado en sus planes de venganza.

Para cuando llegaron a San Petersburgo, ya se había imaginado cien formas de matar a Leonida Karkoff.

Cada una más satisfactoria que la anterior.

La furia ardiente le dio fuerzas cuando se detuvieron. Al menos, fuerzas suficientes para poder bajar del vehículo y mirar a su alrededor.

Se agarró a la puerta y observó un almacén destartalado que parecía sucio bajo la luz brillante del sol, y un muelle distante, golpeado por el mar.

Aquélla era una zona de San Petersburgo que un caballero de su posición no visitaba de buena gana.

Y con razón.

—¿Dónde demonios me has traído? —le preguntó a Josef, mirándolo con ira, mientras el sirviente ataba las riendas del caballo y volvía a su lado—. Te dije que me llevaras a mi casa.

Josef sonrió.

—Supuse que la fiebre le había confundido. No querrá que le lleve directamente hacia los guardias de la condesa, ¿verdad? Sin duda, lo estarán esperando allí.

—No te hagas el listo.

—¿Quiere que lo salve de la prisión, sí o no?

Sir Charles maldijo la herida que lo hacía depender de su criado. La sensación de vulnerabilidad no contribuía a mejorar su mal humor.

—Prefiero la prisión a caer en manos de Dimitri Tipova —murmuró.

—¿Y no cree que Tipova tendrá a sus hombres vigilando su casa? —preguntó Josef—. Dudo que un hombre temido en todo San Petersburgo sea tonto.

Tenía razón. Cualquiera que lo estuviera buscando vigilaría su casa. Sin embargo, tenía que encontrar el modo de recuperar el contenido del cajón oculto de su escritorio. No sólo tenía allí un pasaporte falso que sería su único medio de salir de Rusia, y todo el dinero que le quedaba, sino también los muchos recuerdos de sus víctimas que había coleccionado durante aquellos años. Eso era irreemplazable.

—No puedo salir de Rusia sin mis posesiones.

Josef le pasó un brazo por la cintura y lo dirigió hacia el almacén. Lo único que alteraba el silencio eran las olas rompiendo contra el muelle, en la distancia.

—Tardará al menos una semana en recuperarse lo suficiente como para viajar. Antes encontraremos el modo de recuperarlas —le aseguró Josef.

Charles se tambaleó sobre el pavimento desigual, y el tropiezo le provocó un dolor agudo en el costado.

—Es culpa de esa zorra —rugió—. Voy a enviarla al infierno.

—Todo a su tiempo.

—Quiero que la vigiles. No permitas que vuelva a escapar.

Josef se encaminó hacia una puerta lateral.

—Ella cree que está protegida, ahora que ha vuelto a casa. Estará esperando cuando vuelva para castigarla.

La imagen de Leonida Karkoff rogándole piedad mientras él le cortaba el cuello con su daga le hizo sentir impaciencia.

—Castigo del que voy a disfrutar.

Josef abrió la puerta y pasó a un espacio enorme y vacío. Al ver aquellas sombras polvorientas, Charles hizo una mueca de repugnancia.

—¿Qué es este sitio, aparte de una guarida de ratas?

Josef lo llevó hasta el centro de la sala con una expresión indescifrable.

—Yo me refugio aquí con frecuencia, cuando quiero desaparecer de las calles.

—Está mugriento.

—No tanto.

—¿Te has vuelto loco? No soy un sucio campesino al que le guste revolcarse en la mugre.

—Por supuesto, me siento devastado por el hecho de que no le guste mi casa, sir Charles, pero a veces no se está en situación de exigir nada —dijo un hombre en voz baja.

Charles miró hacia arriba con alarma, y vio a un hombre esbelto, con el pelo negro y recogido en una coleta, con increíbles ojos de oro en un rostro estrecho, que aparecía de entre las sombras.

Un siervo, se dijo, aunque llevaba un abrigo de corte impecable y tenía rasgos aristocráticos. Sus botas estaban tan brillantes que podrían satisfacer a cualquier noble.

Sin duda, había robado aquella ropa.

Sin embargo, sir Charles sintió una punzada de inquietud en el estómago.

—¿Quién demonios eres? —gruñó.

El extraño avanzó hacia él con una sonrisa burlona.

—He tenido muchos nombres y muchas apariencias durante mi vida.

—No estoy de humor para juegos.

—Pues es una pena, porque el juego acaba de empezar. Un juego que llevaba esperando mucho tiempo.

Charles contuvo el instinto de alejarse del hombre. Dios Santo, él no se acobardaba delante de los campesinos.

—¿Acaso impresiona a los siervos locales con su interpretación de aristócrata?

—Los siervos locales son lo suficientemente listos como para odiar a los aristócratas —dijo el hombre, que se cruzó de brazos—. Yo los impresiono con mi intención de matar a cualquiera que me ponga de mal humor.

—Si cree que me va a asustar, está confundido.

—Y ahora, ¿quién está fingiendo, sir Charles?

—Yo no tengo necesidad de fingir.

El hombre dio otro paso hacia delante.

—Usted fanfarronea y acobarda como si fuera un valiente, cuando en realidad no es más que un cobarde patético que se ceba con las presas más débiles.

Charles se sobresaltó. No. Aquel hombre no podía saber la verdad. Era imposible.

—Ya está bien de estupideces. O se marcha, o mi sirviente le pegará un tiro —le dijo Charles, y experimentó un sentimiento de triunfo al ver que Josef se sacaba una pistola del bolsillo.

El extraño se echó a reír, sin inquietarse al ver la pistola apuntada hacia su corazón.

—¿Así que se escondería detrás de un sucio siervo? —le preguntó el hombre a Charles—. ¿Es eso lo que se considera valentía entre los verdaderos nobles?

—Josef, deshazte de este idiota —ladró Charles.

El extraño se echó a reír con verdaderas ganas.

—Sí, Josef. Deshazte de este idiota.

—Por fin —murmuró Josef. Se giró y encañonó a sir Charles.

Charles se tambaleó hacia atrás, tan asombrado que no podía comprender lo que estaba sucediendo.

—¿Qué te ocurre? —le preguntó a su sirviente.

Las carcajadas del extraño resonaron una vez más por el almacén vacío.

—No creería que iba a permitir que escapara de San Petersburgo sin vigilancia, ¿verdad? Tenemos un negocio sin terminar.

Charles se dio cuenta de todo de un golpe. Aquello era una trampa, y él había caído en ella como un bufón.

El miedo le atenazó el estómago, y comenzaron a temblarle tanto las rodillas que apenas podía mantenerse en pie.

—Tipova —susurró.

El criminal sonrió.

—A su servicio.

—Bastardo.

—Exacto. Y bastante orgulloso de serlo.

—Supongo que se cree muy listo.

—Al menos, moderadamente listo —dijo Dimitri, y miró a su esbirro—. ¿Tú qué piensas, Josef?

—Que sólo moderadamente.

—Como siempre, honesto —dijo Dimitri, y le brillaron los ojos de diversión—. Espero que haya sido más respetuoso mientras ha estado a su servicio, sir Charles.

Charles se humedeció los labios. Su furia se había transformado en terror. Tipova no se habría molestado en llevarlo hasta allí sólo para provocarlo.

Tenía que encontrar el medio de escapar.

−¿Por qué me ha traído aquí?

−Lo sabe perfectamente.

−Tendré su dinero...

Sus palabras fueron brutalmente interrumpidas por el puñetazo que Tipova le dio en la boca.

Charles cayó de espaldas con un gemido de dolor. Tenía el labio roto, y parecía que alguien le había metido un hierro ardiente por el costado. Se le nubló momentáneamente la visión, y el pánico se adueñó de él. Lentamente se le aclararon los ojos, pero lamentó no haberse desmayado.

Al mirar hacia arriba, se encontró a Tipova sobre él, observándolo con una expresión de odio.

Aquello era algo más que un hombre enfadado por la pérdida de su dinero o la inconveniencia de sustituir a sus prostitutas muertas.

Su repugnancia hacia Charles era una fuerza tangible que se extendía por el aire, sin compasión.

−Con su intento de chantajear a la condesa Karkoff no ha logrado otra cosa que humillarse a sí mismo. Ahora no tiene nada que ofrecerme, salvo su muerte lenta y dolorosa.

Charles se encogió en el suelo y se aferró a su única esperanza de evitar un final horrible.

−Lo fusilarán por esto −dijo−. Soy un noble. No puede hacerme daño sin responder ante el emperador.

Tipova se agachó junto a él.

−En realidad, las autoridades me han asegurado que tengo libertad para que haga lo que quiera con usted. No fue muy inteligente secuestrar a la hija del zar.

−Miente.

Tipova le apretó la rodilla contra la herida, y Charles se retorció de agonía.

−¿Le hizo esto la señorita Karkoff? −murmuró Tipova, hundiendo más la rodilla−. Es una muchacha valiente. Tengo que conocerla.

−Voy a cortarle el cuello a esa zorra −jadeó Charles.

—Ah. Le molesta que lo haya vencido una mujer. Le gusta tenerlas a su merced, ¿no? Se siente menos inútil cuando maltrata a una criatura indefensa.

—Váyase al infierno.

—Al final iré, pero antes lo enviaré a usted —murmuró Tipova, pasándole la cuchilla por la mejilla.

Charles hundió los talones en el suelo para empujarse e intentar huir de la daga. El miedo que había provocado en sus víctimas no era tan agradable cuando él tenía que sufrirlo.

—Por favor —gimoteó—. Le traeré el dinero. Se lo juro.

—Demasiado tarde.

Charles gritó cuando la daga le cortó la cara.

CAPÍTULO 23

Aunque regresó tarde de la cena del emperador, Leonida se levantó al amanecer y se puso un vestido de paseo de color melocotón con encaje marfil en el bajo, y un collar de perlas de tres vueltas para ocultar la herida, ya casi curada. Se dejó el pelo suelto por los hombros, porque estaba demasiado inquieta como para permanecer sentada para que Sophy pudiera hacerle un moño.

Aquella inquietud continuó hasta que terminó su desayuno y se retiró a un pequeño salón con vistas a la rosaleda.

Era una habitación preciosa, con las paredes forradas de seda amarilla y muebles franceses. Sin embargo, no era la belleza de la habitación lo que más atraía a Leonida; era el sol de la mañana, que entraba a raudales por las altas ventanas lo que la convertía en su favorita.

Acurrucada en un sofá, quedó absorta en la lectura de un libro, negándose a reflexionar sobre su breve encuentro con Stefan de la noche anterior, o sobre el mensaje que él le había puesto en la mano justo antes de marcharse de palacio.

Si Leonida había aprendido algo durante las últimas semanas, era que estaba perdiendo el tiempo intentando comprender al duque de Huntley.

Pasaron varias horas antes de que oyera acercarse a alguien. Leonida dejó el libro a un lado, con una sensación muy parecida a la impaciencia, por mucho que quisiera convencerse de que era irritación.

Se estaba alisando la falda con las manos cuando Pyotr entró en la habitación. Desde que habían vuelto a San Petersburgo, él la vigilaba como si fuera una gallina con sus polluelos.

—Huntley ha vuelto. ¿Quiere que lo eche?

Leonida se puso en pie.

—No, Pyotr, por favor, dile a Sergi que lo haga pasar.

—¿Está segura?

Ella sonrió forzadamente.

—Por supuesto —dijo.

—Entonces, iré a buscar a Sophy.

—No será necesario.

—No puede estar con ese hombre sin acompañante —refunfuñó Pyotr.

—No vamos a quedarnos. El duque me ha pedido que lo acompañe a dar un paseo.

—¿Y ha accedido?

—Obviamente.

—¿Por qué?

—Eso es algo entre lord Huntley y yo.

Claramente, Pyotr estaba en desacuerdo con la decisión de Leonida.

—Entonces iré con usted.

—Gracias, Pyotr, pero no es necesario.

—¿Se le ha olvidado que todavía hay un loco que anda suelto por ahí y que quiere matarla?

—No es probable que se me olvide —respondió ella con un hilillo de voz.

—Entonces, necesita que la protejan.

—Esa tarea está ahora en mis manos —murmuró una voz grave desde detrás de Pyotr.

—Stefan —susurró ella. El corazón se le aceleró al ver al

hombre alto y delgado que entraba en la habitación y se llevaba sus dedos a los labios para besárselos.

—Tan preciosa como siempre, querida.

Durante un momento, la mente de Leonida se negó a funcionar. Dios Santo, él era tan guapo... Ella sintió un deseo frustrado que empeoraba cada día.

Con un esfuerzo, se concentró y se volvió hacia la puerta. Le hizo un gesto con la cabeza al mayordomo de pelo plateado que esperaba detrás de Pyotr.

—Muchas gracias, Sergi —dijo Leonida amablemente—. Eso es todo.

El anciano mayordomo le lanzó una mirada de indignación a Stefan antes de hacer una rígida reverencia. Estaba claro que el duque se había colado en la casa y había ofendido al pobre mayordomo, que no estaba acostumbrado a un caballero tan enérgico.

—Muy bien.

El hombre se alejó, y Leonida volvió a mirar a Stefan, que estaba sonriendo de satisfacción, sin el más mínimo arrepentimiento.

—No hay necesidad de pasar por encima de mis sirvientes —le dijo ella.

—Estaba cansado de esperar en la puerta.

—He accedido a ir contigo —murmuró Leonida—. Yo cumplo mi palabra.

—Entonces, échale la culpa de mis malos modales a mi impaciencia por estar a tu lado.

—Puede estar a su lado en la seguridad de la casa de la señorita —dijo Pyotr desde el otro extremo de la habitación—. No hay necesidad de arrastrarla por San Petersburgo.

Stefan frunció los labios sin apartar la vista de Leonida.

—Como Vanya Petrova ha sido tan amable de prestarme su carruaje, no habrá necesidad de arrastrar a la señorita Karkoff.

Pyotr no se dejó impresionar.

—Sigue siendo peligroso.

—No tengas miedo, Pyotr, he traído a un mozo y dos guardaespaldas para que hagan guardia. La señorita Karkoff estará bien protegida.

—No me gusta.

—Quizá no, pero estoy seguro de que la señorita Karkoff se ha cansado de estar atrapada en la casa —señaló él con amabilidad—. Ya no es una prisionera, y se merece sentir el calor del sol en la cara.

A Leonida se le derritió el corazón. Nadie, salvo Stefan, se había dado cuenta nunca de que ansiaba el delicioso calor de un día soleado, ni de que necesitaba una habitación caldeada por un buen fuego. Quizá aquello no fuera nada para la mayoría de las mujeres, pero para ella era... asombroso.

—Estaré perfectamente, Pyotr. Quédate aquí y vigila a mi madre.

El mozo murmuró algo, pero no tenía autoridad para mantener a Leonida confinada en la casa, así que no tuvo más remedio que asentir.

—Si insiste...

Ignorando la mirada de advertencia del hombre, Stefan tomó a Leonida por el brazo y la escoltó hacia la salida. Leonida se paró en la puerta para ponerse un sombrerito con lazos de color melocotón. Después, Sergi abrió la puerta, y Stefan la guió hacia el carruaje negro de Vanya Petrova.

Leonida reconoció vagamente al sirviente que sujetaba las riendas de los caballos, y también a los dos jinetes que iban vestidos con uniformes del duque. Ella los había visto alguna vez en Meadowland.

Sin embargo, se sorprendió al no ver a Boris entre los guardias. Le había parecido que estaba decidido a permanecer junto a Stefan hasta que regresaran a Inglaterra.

Cuando se acomodaron en los asientos de cuero blanco, el coche se puso en marcha. Leonida permaneció en silencio mientras se alejaban de la casa, disfrutando del delicioso sol que la bañaba en su calor. Stefan tenía razón. Había pasado demasiado tiempo en casa.

Aunque no pensaba admitirlo ante aquel hombre arrogante.

—¿Adónde vamos? —le preguntó, cuando pasaban por un puente que llevaba a las afueras de la ciudad.

—Pensé que te gustaría dar un paseo por el campo —dijo Stefan, girándose hacia ella—. ¿Te apetece?

—¿De veras te importa lo que me apetece o no? —le preguntó ella secamente.

Él hizo caso omiso de la pregunta. Le tocó suavemente las sombras que tenía bajo los ojos.

—Tienes cara de cansada. ¿No duermes bien?

—Lo suficientemente bien.

—¿Qué es lo que te preocupa, Leonida? ¿Tienes pesadillas?

Ella contuvo un suspiro. Aquel hombre era demasiado perceptivo. Un talento útil para tratar con sus empleados y sus arrendatarios, pero Leonida prefería guardarse algunos de sus pensamientos.

—A veces.

—¿Ha descubierto Gerhardt alguna pista sobre sir Charles.

—No. Al menos, no me lo ha dicho. Aunque él no suele decir todo lo que sabe.

Él la tomó por la barbilla, y ella sintió el calor intenso de la palma de su mano. Tragó saliva, conteniendo el deseo de frotarse contra aquella suave caricia como un gato satisfecho.

—Podrías estar segura en Meadowland. Al menos, hasta que hayan capturado a ese bastardo.

Ella lo miró con exasperación.

—Eres el hombre más terco que he conocido.

—No necesitaría ser tan terco si tú fueras razonable.

—¿Y con razonable quieres decir que obedezca todas tus órdenes?

—Eso sería un comienzo.

Leonida puso los ojos en blanco.

—No es de extrañar que todavía no te hayas casado. Me compadezco de tu pobre esposa.

Una emoción indefinible pasó por sus magníficos ojos.

—¿De veras?

—Sí —dijo ella, fingiendo que no sentía una intensa puñalada de dolor en el corazón.

—No es necesario. Cuando una mujer me importa, me dedico a su felicidad —le dijo él, y se inclinó para susurrarle al oído—: Ella estará completamente satisfecha.

Leonida sintió un cosquilleo por todo el cuerpo.

—Arrogante además de terco.

Él le rozó el cuello con los labios.

—Tú vencerías a un hombre de menos valía —le aseguró—. A menos, claro, que prefieras un perro faldero.

—Prefiero a un caballero que sepa respetar mi capacidad de tomar decisiones, y que no pase por encima de mis opiniones.

—Yo no tengo intención de pasar por encima de tus opiniones, sólo por encima de ese capricho tuyo de que tengo intención de hacerte daño.

—Pedirme que sea tu amante me haría daño —le dijo en voz muy baja Leonida, para que los sirvientes no pudieran oírlo.

Él entrecerró los ojos con frustración.

—Mi única petición ha sido que me dieras la oportunidad de disfrutar de tu compañía. Cualquier decisión de compartir conmigo más que una conversación deberás tomarla tú.

Al reconocer la obstinada expresión de Leonida, Stefan permitió que se hiciera el silencio en el carruaje.

Maldición. Él no era un estúpido. Había visto cómo se le iluminaban de placer los ojos cuando él había entrado en el salón de su casa. Notaba la respuesta de Leonida a sus caricias.

¿Por qué seguía ella apartándolo de sí?

Aquella mujer era suficiente como para convencer a un hombre cuerdo de que se metiera a monje.

Volvió la cabeza y observó el paisaje. O eso, o tomaría a Leonida, se la colocaría en el regazo y la besaría hasta dejarla sin sentido.

Pese a todo, no pudo ignorar su presencia a su lado. Aunque entrecerró los ojos con resignación al ver a los desanimados siervos que trabajaban las tierras, su cuerpo entero latía de deseo.

Su olor a jazmín le acariciaba la nariz, y el calor de su cuerpo traspasaba la ropa de Stefan. Tendría más suerte tratando de ignorar otro balazo en la espalda.

Por fin, el carruaje se detuvo y giró hacia un camino arbolado. Frente a ellos se erguía un gran edificio de piedra con una terraza, en cuyo tejado había una fila de estatuas de dioses griegos que hacían guardia.

Sin embargo, fueron los jardines lo que dejaron maravillado a Stefan. Más allá del jardín formal y de un estanque, habían dejado intacta la belleza natural.

Fuera cual fuera su opinión sobre la política rusa, Stefan sentía una profunda admiración por aquel esplendor virgen, que tan raro era en Inglaterra. Le complacía de la misma manera que le complacía Leonida.

Ambos eran fuertes e indomables, y ambos estaban llenos de sorpresas.

El cochero hizo detenerse a los caballos delante del amplio porche. Entonces, Stefan bajó del carruaje y le tendió una mano a Leonida.

Ella frunció el ceño.

—¿Para qué hemos venido aquí? —le preguntó, permitiéndole de mala gana que la ayudara a bajar al camino de gravilla.

Después la tomó del brazo con firmeza. Ella era muy capaz de salir corriendo cuando descubriera la sorpresa que él le había preparado.

—Te has quedado muy delgada —le dijo él, mientras subían las escaleras–. Tengo esperanzas de poder tentar tu apetito.

Ella se puso tensa.

–Mi apetito no va a mejorar si me pones entre extraños.

Él sonrió.

–Confía en mí.

–Me he cansado de oír eso.

Antes de que él pudiera responder, la puerta se abrió y apareció un ama de llaves de baja estatura y pelo gris, con la cara redonda y una expresión agradable, que hizo una ligera reverencia.

–Excelencia. Señorita Karkoff. Bienvenidos. ¿Me acompañan, por favor?

Se dio la vuelta y atravesó el vestíbulo hacia unas escaleras. Leonida le lanzó a Stefan una mirada de frustración, pero era demasiado educada como para provocar una escena, y siguió a la sirvienta. Cuando llegaron al piso superior, la mujer se detuvo junto a una puerta y se hizo a un lado para cederles el paso a Stefan y a Leonida.

Entraron a una habitación pequeña y acogedora, en la que había un sofá verde bajo una ventana con vistas a un lago, y butacas a juego junto a una estufa de porcelana. En el centro de la habitación había una mesa de cerezo que acogía varias bandejas tapadas.

–Creo que encontrarán todo lo que pidieron –murmuró la criada.

–Es perfecto. Gracias –dijo Stefan. Se sacó una gran moneda de oro del bolsillo y se la entregó a la mujer–. Eso es todo.

–Muy bien.

Con una sonrisa, la mujer se alejó por el pasillo, y Stefan cerró la puerta en silencio, girando la llave que habían dejado convenientemente en la cerradura.

Leonida, sin saber que pronto estarían completamente solos en la casa, se acercó a la mesa con expresión de curiosidad.

—¿De quién es esta casa?
—De Vanya Petrova, aunque prefiere que no se sepa su conexión con esta propiedad.
—¿Por qué?
Él eligió sus palabras con cuidado. Vanya casi nunca revelaba sus esfuerzos por proteger a Alexander Pavlovich.
—Algunas veces prefiere reunirse con sus socios en privado —dijo él.
Llenó un plato con salmón marinado, salsa de champiñones, faisán asado y patatas a la menta.
Leonida tomó su plato y miró hacia la puerta.
—Entonces, ¿estamos solos?
Stefan sirvió su plato y después dos copas de vino.
—Mis sirvientes harán guardia fuera. No hay peligro.
—Eso depende de tu idea del peligro.
Él sonrió lentamente.
—Vamos, Leonida, he pedido tus platos favoritos. ¿Qué peligro puede haber en una comida?
Ella se puso una servilleta en el regazo y tomó un tenedor.
—Es probable que lamente esto.
—Te prometo que no tendrás nada que lamentar.
Leonida se ruborizó al percibir el tono íntimo de sus palabras. Bajó la cabeza y se concentró en la comida. Stefan no aprovechó su ventaja, sino que disfrutó del hecho de verla comer aquellos deliciosos guisos.
Leonida se había quedado muy delgada durante el horrible viaje de vuelta a Rusia, y además era evidente que no estaba durmiendo bien. Aquello le despertaba a Stefan un deseo primitivo de protegerla.
Cuando terminó de comer, Leonida alzó la cabeza, con la compostura intacta una vez más.
—¿Hablaste con el emperador?
Él le dio un sorbito a su vino.
—Brevemente.
—Supongo que te preguntó por qué has venido a Rusia.

Stefan se encogió de hombros. En realidad, se había quedado agradablemente sorprendido por su encuentro con Alexander Pavlovich. El zar había mostrado su curiosidad por la presencia inesperada del duque de Huntley en su corte, pero no había hecho demasiadas preguntas, y había aceptado la somera explicación de Stefan con facilidad.

Claro que, durante la conversación, el monarca tenía un brillo especulativo en la mirada, como si supiera más de lo que Stefan podía revelarle.

—Sí —admitió.

—¿Y?

—Le aseguré que, después de tu marcha de Inglaterra, me preocupé por el hecho de que recorrieras una distancia tan enorme con la única compañía de tus dos sirvientes, y que deseaba asegurarme de que llegaras sana y salva.

—¿Y te creyó?

—¿Cómo podría saberlo con certeza? Alexander Pavlovich es muy capaz de guardarse lo que piensa. Por lo menos, todavía no me han arrojado a un calabozo.

—Un error que sin duda el zar corregiría si se enterara de que me has traído a esta casa aislada sin un acompañante como es debido —respondió ella.

Con una sonrisa, Stefan movió su silla hasta que estuvo a su lado.

—Tal y como tú me has dicho repetidamente, hay cosas que es mejor no decirle al emperador.

—Cuando es conveniente para ti —le reprochó ella.

—Conveniente para los dos —murmuró Stefan. Tomó una fresa y se la apretó contra los labios—. Permíteme.

Ella le clavó los dientes a la fruta con la respiración entrecortada.

—Soy capaz de comer por mí misma.

—Es evidente, pero esto es mucho más divertido.

—¿Y si te muerdo los dedos?

—Puedes morderme donde tú quieras.

—No me tientes.

Con una carcajada, él inclinó la cabeza para lamerle el jugo de la fresa en los labios.

—Eso es precisamente lo que estoy intentando hacer.

—Stefan.

—Sabes a fresas —le dijo él, y le robó un beso—. Me encantan las fresas.

Ella posó las manos en su pecho, aunque no lo empujó.

—No has terminado de comer.

—Lo que deseo no está en mi plato.

Stefan dibujó las líneas de sus labios con la lengua, y después le besó la mejilla y el cuello, y se detuvo al borde de las perlas de su collar.

—Dios Santo, cómo te he echado de menos, Leonida. El tacto de tu piel, el olor de tu pelo, tus suaves gemidos en el oído...

Ella se estremeció e inclinó la cabeza hacia atrás, animándolo en silencio.

—No deberíamos estar aquí.

Stefan continuó hacia abajo, explorando la línea de su hombro con besos lentos.

—¿Quieres que te lleve de vuelta a casa?

—Yo...

—¿Leonida?

Hubo una pausa larga, agonizante. Él continuó con sus suaves caricias, pero se tragó el impulso de pedirle que pusieran fin, entre los dos, a su tristeza. Finalmente, Leonida suspiró y le rodeó el cuello con los brazos.

—No.

—Gracias a Dios —gruñó Stefan.

Se levantó de la silla y tomó a Leonida en brazos para llevarla hasta el sofá. La tendió con delicadeza entre los cojines antes de erguirse y quitarse la ropa.

Muy consciente de que Leonida observaba todos sus movimientos con una mirada ardiente, Stefan estaba completamente excitado cuando se arrodilló junto al sofá.

¿Quién demonios iba a saber que desnudarse para una mujer podía ser tan erótico?

Agarró un puñado de rizos rubios y se inclinó hacia delante para besarla con avaricia, y con la mano libre, comenzó a tirarle de los lazos del vestido.

Ella sabía a fresas y a dulce tentación. Una combinación embriagadora que se le extendió por todo el cuerpo. Todo el mundo desapareció, y sólo quedaron Leonida y el deseo de Stefan. Le quitó el vestido del cuerpo esbelto y, con impaciencia, se deshizo del corsé y de su combinación.

Una vez libres de la ropa, Stefan apartó la boca de sus labios y comenzó a regar de besos su cuello, antes de detenerse a saborear los pezones endurecidos. Sonrió al oír su gemido de placer y al notar que Leonida arqueaba la espalda mientras él continuaba su camino por la planicie de su estómago.

Era tan diminuta, tan delicada. Como un capullo de jazmín frágil.

Acariciándole con los dedos la parte posterior de las piernas, le quitó los zapatos y las medias de seda.

Lentamente se retiró hacia atrás y observó su cuerpo desnudo, tendido en el sofá, con los rizos dorados brillándole bajo la luz del sol que entraba por las ventanas.

Era increíblemente bella, por supuesto. Sin embargo, ésa no era explicación suficiente para que el corazón de Stefan se alegrara al sentirse completo. Era como si le hubiera faltado algo vital en la vida hasta aquel preciso instante.

Stefan se apartó aquel peligroso pensamiento de la mente y se movió para besarle las delicadas puntas de los pies a Leonida, ignorando sus risitas entrecortadas. Tenía intención de saborear cada una de sus curvas deliciosas, de sus elegantes líneas.

Una vez tomada la decisión, exploró su pierna hasta que ella se retorció bajo él. Al fin llegó a la parte superior del muslo y tiró de la pierna fuera del sofá para abrirla a sus caricias. Él gimió también, al darse cuenta de que Leonida ya estaba húmeda de impaciencia, y su esencia de jazmín hizo que su excitación aumentara intensamente.

Stefan había soñado con aquel momento durante muchas noches, y su cuerpo le amenazaba con rebelarse antes de que pudiera saborear por completo el exquisito encuentro.

Con un gemido de tortura, él se movió para recorrer con la lengua su calor húmedo, encantado al oír su grito ahogado de placer. Así era como la quería: húmeda, cálida y ahíta de necesidad.

Stefan continuó jugueteando con su diminuto clítoris, disfrutando de sus suaves gemidos y de sus súplicas rotas. Sólo cuando estaba seguro de que ella había llegado al borde del éxtasis, se colocó sobre su cuerpo y observó su mirada ardiente con reverencia.

Su mujer.

Suya y sólo suya.

—Leonida —gruñó, sin saber con certeza qué le estaba pidiendo.

Ella alzó los brazos y hundió los dedos entre su pelo, atrayendo su rostro para darle un beso abrasador.

—Por favor, Stefan.

Él no hizo que se lo pidiera de nuevo. Tomó su cara entre las manos, se colocó en la entrada de su cuerpo y, con una fuerte acometida, penetró en ella hasta el final.

Leonida se arqueó y gimió de satisfacción mientras él embestía con una urgencia cada vez mayor. Olvidó su intención de ser delicado rápidamente, cuando ella le rodeó la cintura con las piernas y movió las caderas al ritmo febril de Stefan.

—Dios, Leonida, eres maravillosa... —jadeó él, con el corazón desbocado y el cuerpo tenso a medida que llegaba al clímax—. Maravillosa.

—Stefan...

El susurro de Leonida se interrumpió con un grito de liberación, y cerró los ojos estremeciéndose de euforia.

Stefan gruñó al sentir sus pequeñas convulsiones en el miembro erecto. Las sensaciones exquisitas lo lanzaron al abismo, y con un último movimiento, el orgasmo lo atravesó. Pareció que el tiempo se detenía, mientras permitía que su simiente se derramara en el cuerpo de Leonida con un placer increíble.

Dios.

CAPÍTULO 24

Más tarde, aquella noche, Stefan estaba en sus habitaciones privadas de casa de Vanya Petrova, inclinado sobre la ventana mientras contemplaba la puesta de sol sobre la ciudad.

Tenía que admitir que era una vista deslumbrante. Las cúpulas doradas brillaban con gran belleza bajo los rayos moribundos, y parecía que los ángeles esculpidos se estaban preparando para echar a volar.

Una visión muy diferente de la suciedad y el hollín de Londres.

Por supuesto, parte de su placer no tenía que ver con la belleza del crepúsculo, sino con su sensación de bienestar.

Aunque había vuelto a casa de Vanya dos horas antes para tomar un baño y vestirse, todavía estaba flotando de felicidad.

Mientras jugueteaba con el alfiler de la corbata, Stefan recordó con dicha la tarde que había pasado en brazos de Leonida.

De hecho, estaba recordando su tercera explosión de placer cuando la puerta se abrió y Boris entró en la habitación. Stefan se volvió y vio al sirviente cerrando la puerta.

–Tienes cara de estar muy satisfecho contigo mismo –le dijo Boris–. ¿Debo suponer que la comida ha ido bien?

—Ha sido... magnífica —murmuró Stefan, y frunció el ceño al ver que Boris se echaba a reír—. ¿Hay algo que te parezca gracioso?

—Siempre me satisface ver esa expresión de embobamiento en la cara de un nombre. Demuestra que no estoy solo en mi sufrimiento.

—¿Embobamiento?

—Sí, como cuando a un hombre le dan con una pala en la cabeza —explicó Boris, y le dio unos golpecitos en el hombro—. Al final nos pasa a todos.

La cara de pocos amigos de Stefan se hizo más notable. Su suave dicha se convirtió en un frío repentino. Él había dedicado mucho tiempo a fingir que su obsesión con la señorita Karkoff era algo que terminaría rápidamente.

No le apetecía que Boris intentara arruinar su excelente fantasía.

—No ha pasado nada, salvo un agradable interludio con una mujer bella —dijo con aspereza.

—Negar la verdad no va a hacer que desaparezca —respondió Boris—. Para ser sincero, sólo sirve para empeorar las cosas al final.

—Ya está bien —dijo Stefan, sacudiendo la cabeza—. ¿Has conseguido entrar en casa de sir Charles, sí o no?

Boris sonrió, pero era lo suficientemente listo como para permitir que Stefan cambiara de conversación.

—No dudarás de mí, ¿verdad?

—Como no he recibido la noticia de que te hubieran arrestado, tenía confianza en tu éxito. ¿Has visto a ese canalla?

—No. Lleva varias semanas sin aparecer por la casa —dijo Boris, y sonrió irónicamente—. Pero sí he visto a una media docena de hombres vigilando el edificio.

No era de extrañar. Stefan suponía que la condesa y Herrick Gerhardt tendrían hombres esperando la llegada de sir Charles. Era raro que la mitad de San Petersburgo no estuviera rodeando su residencia.

Lo cual convertía el hecho de que Boris hubiera conseguido entrar en ella sin ser visto en algo portentoso.

—Es lógico que evite aparecer por la casa —murmuró Stefan.

Boris se encogió de hombros.

—Puede que esté muerto.

—No creo que tengamos tanta suerte. ¿Has descubierto algo que pueda revelar su escondite?

—Había un puñado de invitaciones, pero nada de correspondencia privada. O destruye sus cartas, o no tiene nadie que le escriba.

—Maldita sea. ¿Y sus cuentas? ¿Frecuenta algún burdel, o un café?

—Había facturas de algunos establecimientos, sobre todo sastres y el almacén de su zona. Tiene muchas deudas.

Aquello era decepcionante. ¿Cómo iban a encontrar a sir Charles si no sabían por dónde empezar a buscar?

Stefan se paseó por la habitación con algo rondándole la cabeza. ¿Qué era? Era algo que había dicho Leonida. Algo que...

Con un movimiento brusco, se volvió hacia Boris.

—Leonida mencionó que había un cómplice —dijo.

—¿Y tienes su nombre?

—Todavía no.

Stefan hizo una mueca de resignación. Sería muy fácil preguntarle el nombre a Leonida, pero no tenía ganas de hacer que ella recordara nada relacionado con sir Charles. Además, probablemente se enfadaría si supiera que él también estaba buscando al aristócrata asesino. Tendría que hallar otro modo de averiguar la información.

—¿Encontraste algo de relevancia en la casa?

—En su escritorio había un cajón oculto, y recogí todo esto.

Boris se metió las manos bajo la chaqueta y sacó tres bolsas de cuero cerradas con tiras de cuero. Las dejó sobre una mesa. Stefan abrió una de ellas y sacó un pasaporte oficial inglés.

—Papeles falsos. Lo necesitaría para salir de Rusia sin que lo detuvieran los hombres de Gerhardt.

Después abrió la segunda bolsa.

—Unos cuantos rublos.

Por fin abrió la tercera, y sacó una extraña mezcla de botones, lazos y broches baratos. Eran objetos femeninos. ¿Por qué iba a guardar un hombre aquellas cosas en un cajón oculto? Debían de tener algún significado para él. Stefan las examinó a la luz de una vela, y percibió unas manchas en los lazos. La llama parpadeó y de repente, él retrocedió con un nudo de horror en el estómago. Sangre.

—Dios Santo.

Boris se estremeció.

—Sí.

—Está verdaderamente loco.

Con suma repugnancia, Stefan tomó los macabros recuerdos y, junto al pasaporte, los arrojó al fuego. Se estremeció, imaginándose a sir Charles entre las llamas. Cuanto antes fuera aquel hombre al infierno, mejor.

—Leonida nunca estará a salvo mientras él esté por ahí.

—¿Quieres que vigile la casa?

—Creo que ya está estrechamente vigilada —dijo Stefan, y se acercó al tocador para tomar el sombrero y los guantes—. Averiguaré el nombre del cómplice. Quizá podamos conseguir que nos diga dónde se esconde Richards.

—Entonces, espero —dijo Boris, observando cómo Stefan se calzaba los guantes—. ¿Otra cena en palacio?

Stefan sonrió. El horror que sentía fue rápidamente sustituido por la impaciencia. Leonida le había prometido que asistiría. Aunque sólo habían pasado unas horas desde que la había visto, ya estaba ansioso por volver a su lado.

—¿Qué puedo hacer? —bromeó, abriendo la puerta—. Es evidente que el emperador está encantado con mi compañía.

—O que ha rociado tu comida con cicuta.

Stefan se echó a reír.

—Gracias, Boris.

—Es un placer ser de ayuda.

Cuando salió de casa de Vanya, Stefan subió a su carruaje y, en menos de una hora, había llegado al vestíbulo de recepción de palacio.

Se detuvo justo a la entrada y paseó la mirada por la multitud brillante. A primera vista no había ni rastro de Leonida.

¿Llegaría tarde, o le había ocurrido algo?

Notó una sensación de inquietud en el corazón, y pensó en si debía ir a buscarla, cuando la gente se movió y él atisbó unos rizos dorados.

Leonida.

Su ansiedad se calmó, pero clavó la mirada en ella. Llevaba un vestido de satén plateado cubierto de encaje blanco, y un collar de brillantes. Stefan se dio cuenta de que no había podido verla hasta aquel momento porque estaba rodeada por una horda de elegantes caballeros, todos ellos intentando hacerse con su atención.

Uno de ellos se atrevió incluso a inclinarse hacia ella para susurrarle algo al oído, y le acarició con los dedos el brazo desnudo.

Stefan tuvo un ataque de ira y apretó los puños. Malditos bufones. Pronto iban a comprender que era muy peligroso acosar a su mujer.

Ajeno a todo lo que no fuera Leonida, marchó hacia delante y estuvo a punto de arrollar al caballero de pelo plateado que se interpuso deliberadamente en su camino.

—Su Excelencia —dijo Herrick Gerhardt, en tono áspero.

Durante un momento de locura, Stefan siguió hacia delante, decidido a apartar de un golpe al viejo soldado. Había otro hombre tocando a Leonida. Iba a arrancarle el brazo y a metérselo por la garganta.

Entonces, al ver los ojos oscuros, con una advertencia implacable escrita en ellos, se obligó a parar. Gerhardt era muy capaz de mandar a sus guardias que lo echaran a patadas.

Demonios. Él era un duque. No estaba acostumbrado a que los demás se entrometieran en sus asuntos.

—Gerhardt —gruñó.

Herrick le clavó una mirada glacial.

—El emperador está en la sala del trono.

—Una ubicación bastante obvia —respondió Stefan—. Iré a presentarle mis respetos en un momento.

—Lamento el desacuerdo, pero irá ahora mismo.

Consciente de que los estaban mirando, Stefan se ajustó las mangas de la chaqueta deliberadamente, para ocultar las emociones salvajes que se habían adueñado de él tras una máscara de fría compostura.

—Parece que se le olvida, Gerhardt, que no soy un leal siervo ruso. No acepto órdenes suyas.

—No estoy hablando en nombre del zar, sino de un hombre que se preocupa de verdad por Leonida y su felicidad.

Una furia posesiva le atenazó el corazón a Stefan.

—Una afirmación mucho más peligrosa, si cabe —dijo en voz baja, letal.

—No sea idiota, Huntley, ella es como una hija para mí —le espetó Herrick.

Stefan no se tranquilizó. Fueran cuales fueran los sentimientos de Gerhardt por Leonida, se estaba interponiendo en su camino.

Algo que Stefan no podía tolerar.

—¿Y cree que va a poder mantenerme alejado de ella?

—Si fuera posible, lo haría —admitió Herrick—. Por desgracia, sólo puedo intentar impedir que cause un escándalo.

Stefan frunció el ceño al oír aquella absurda acusación. ¿Acaso aquel hombre estaba completamente ciego?

—El único escándalo es que permita que Leonida se vea sitiada por una banda de inútiles. Es un milagro que no la hayan pisoteado.

—Esos inútiles llevan persiguiendo a Leonida desde que se presentó en sociedad. No hay peligro de rumores, a menos que un tonto cruce la habitación como un basilisco y empiece a gruñir y a morder como un perro protegiendo su hueso favorito.

Stefan se dio cuenta de que Gerhardt le estaba diciendo la verdad. Y, si fuera capaz de pensar con claridad, tendría que aceptar que estaba reaccionando desproporcionadamente.

—¿Ha pensado en que quizá Leonida agradezca que la rescaten de esos pelmazos?

—No. Y usted tampoco lo pensaría, si estuviera preocupado por Leonida en vez de en sus celos egoístas.

—¿Qué quiere decir?

—Leonida tiene poco en común con su madre.

—Soy muy consciente, y estoy muy agradecido por ello —dijo él.

—La condesa siempre ha sido una mujer muy vivaz, que disfruta desacatando las normas de la sociedad y prefiere llamar la atención —continuó Herrick, ignorando la interrupción de Stefan—. Leonida es lo contrario. Las especulaciones la han seguido desde el día en que nació, y para ella ha sido una pesada carga. No le agradecerá que monte una escena.

Stefan miró a Leonida y se dio cuenta de que ella sonreía forzadamente y tenía los hombros rígidos. Estaba claro que le desagradaba que tantos hombres solicitaran su atención. Parecía que sería feliz si pudiera desaparecer detrás de un gran jarrón ruso.

No era una mujer a la que le gustaría que su amante celoso se acercara como una exhalación a ella y comenzara a tirar a los pavos reales que la rodeaban por la ventana.

Por supuesto, el hecho de entender que sólo conseguiría avergonzar a Leonida no mitigó su imperiosa necesidad de dejar claro públicamente que era suya.

—¿Acaso espera que no me acerque a ella en toda la noche?

—Espero que se comporte como un caballero.

—¿Y cuál será mi recompensa?

—Evitará la ejecución pública.

Stefan se cruzó de brazos.

—Vamos, Gerhardt, me ha pedido un favor. Seguramente, me merezco algo a cambio.

—¿Qué quiere?

—Es un asunto sin importancia.

—Eso lo dudo mucho.

—Quiero saber el nombre del cómplice de sir Charles.

La expresión de Herrick se volvió desconfiada.

—¿Por qué?

—Compláceme.

—Esto es un asunto ruso...

—El nombre.

Los dos hombres se miraron en un silencioso combate de voluntades. Entonces, como si se diera cuenta de que Stefan no iba a ceder, Herrick murmuró una imprecación.

—Nikolas Babevich —dijo—. No interfiera, Huntley.

Stefan sonrió.

—Debo ir a presentarle mis respetos al emperador.

Antes de que Herrick pudiera detenerlo, Stefan se alejó, abriéndose paso con aplomo por entre la multitud, hasta que pudiera encontrar a un lacayo y enviarle a casa de Vanya Petrova con un mensaje para Boris.

El emperador estaba sentado en un estrado, en un extremo del magnífico salón de baile de palacio, bajo las arañas grandes y brillantes que iluminaban la fiesta. En el otro extremo había un cuarteto de cuerda, situado al otro extremo de la sala. En medio había cien parejas girando al compás de un vals deslumbrante.

Todo era precioso, pero Leonida sólo sintió alivio cuando consiguió salir a la terraza. El aire de la noche era frío, pero ella quería alejarse de la multitud.

Paseó hasta la baranda de piedra y miró hacia el huerto de árboles frutales, inhalando profundamente mientras intentaba librarse de la tensión que la había atenazado durante toda la velada.

Ella nunca había disfrutado especialmente de aquellas fiestas en palacio. Prefería las contadas ocasiones en las que el emperador la había invitado a una comida privada, y el hecho de disfrutar de su atención. Aquella noche, sin embargo, había sido más difícil de lo habitual.

No sólo la habían perseguido los idiotas habituales, que pensaban que ella podría ofrecerles su influencia sobre Alexander Pavlovich y el poder de su trono, sino que además no había podido ignorar al duque de Huntley.

Oh, él se había comportado de un modo impecable. Demasiado impecable.

Lo había visto hablando brevemente con Herrick, y después de eso, el duque se había dirigido hacia la sala del trono; aunque Leonida había estado nerviosa todo el tiempo, él había guardado las distancias durante la cena y más tarde, cuando Alexander Pavlovich había guiado a sus invitados hacia el salón de baile.

Ella habría pensado que Stefan había perdido el interés después de su larga tarde juntos, de no ser porque él había seguido sus movimientos con una mirada ardiente.

Aquel apetito abrasador que se reflejaba en su mirada le advertía a Leonida que su deseo por ella era tan poderoso como siempre. Y, asombrosamente, su cuerpo había respondido a aquellas miradas.

Incluso mientras charlaba amablemente con sus compañeros de cena y bailaba un vals con un admirador entrado en años, el corazón le latía con fuerza en el pecho, y tenía un cosquilleo de excitación en el estómago. Se sentía gloriosamente viva. Exactamente igual que cuando él la había tenido entre sus brazos y la había besado con desesperación.

Aquello la aterrorizaba.

No estaba segura del tiempo que pasó cuando oyó los pasos de alguien que se acercaba. No tuvo que darse la vuelta para saber quién era. Podría estar ciega y sorda, y sentir de todos modos que Stefan estaba cerca.

Leonida no se dio la vuelta cuando él se detuvo tras ella. Un error. No estaba sobre aviso cuando él la tomó por los hombros y, de un suave tirón, la hizo girar para poder abrazarla contra su pecho.

—Dios Santo, pensé que no tendría ni un momento para estar a solas contigo —murmuró, y la besó.

Leonida se aferró a sus hombros porque le flaqueaban las rodillas. Él sabía a buen coñac y a necesidad masculina. Una combinación embriagadora que no podía resistir.

Cerró los ojos y se perdió momentáneamente en el puro placer de aquel beso. No tenía sentido fingir que no disfrutaba de sus caricias: él podía sentir sus escalofríos de gozo.

Stefan emitió un gruñido mientras le pasaba los dedos por la espalda. Sin embargo, cuando Leonida sintió que tiraba del lazo que le sujetaba el vestido, salió del hechizo en que la había atrapado.

—Stefan, compórtate —le reprendió, apartándole los brazos con firmeza.

—¿Y qué crees que he estado haciendo toda la noche? —le preguntó él con frustración. La misma frustración que sentía Leonida.

—Sí, tengo que admitir que me ha sorprendido agradablemente el descubrir que eres capaz de portarte como todo un caballero —le dijo, intentando aligerar el ambiente.

—No por voluntad propia.

—¿Te amenazó Herrick?

—Me recordó que lo que menos deseo en el mundo es hacerte daño —dijo él, mirándola fijamente mientras alzaba la mano para acariciarle el borde del escote del vestido—. Claro que no hay necesidad de revelar lo que más deseo en el mundo.

Ella le apartó las manos a golpecitos.

—Stefan, puede vernos alguien.

—¿Vendrás a dar un paseo conmigo mañana? —le preguntó él, y apretó la mandíbula al ver que ella vacilaba—. ¿Leonida?

Leonida tragó saliva. Tenía un nudo en la garganta. Se dio la vuelta para mirar ciegamente hacia los frutales. El mero hecho de que deseara con todas sus fuerzas compartir otra larga tarde con él le daba a entender que estaba jugando con fuego.

Cada día que pasaba le aseguraba que sentiría más y más tristeza cuando él se fuera.

—He dicho que aceptaría tus invitaciones —murmuró, dejando clara su reticencia.

Con un suspiro de irritación, Stefan se colocó junto a ella en la baranda.

—¿Cuándo llegará el día en que no sientas que tienes que mantenerme a distancia?

—Nunca.

—¿Por qué?

—¿Cuánto tiempo piensas quedarte en San Petersburgo?

Él se quedó callado, como si su pregunta lo hubiera tomado por sorpresa.

—Todavía no tengo los planes ultimados.

—Llevas varias semanas lejos de tus propiedades. ¿No te preocupa que tu gente pueda necesitarte?

—Edmond es muy capaz de supervisar el trabajo en Meadowland.

—Él tiene que ocuparse de su propia finca, y tiene que cuidar a Brianna —dijo ella suavemente—. No podrá ocuparse de tus asuntos para siempre.

Stefan la miró malhumoradamente.

—¿Es que estás intentando librarte de mí?

—No tengo que hacer ningún esfuerzo. Los dos sabemos que pronto tendrás que volver a tus responsabilidades.

—No será para siempre.

—Tu sitio está en Inglaterra.

Él apretó la barandilla hasta que los nudillos se le pusieron blancos.

—¿Y dónde está tu sitio, Leonida?

Ella se encogió ante el golpe deliberado que Stefan le había asestado en su deseo más profundo.

Si ella acabara de salir del colegio y tuviera la cabeza llena de sueños, quizá se habría aferrado a la esperanza de que Stefan le ofreciera el amor y la seguridad que necesitaba.

Gracias a Dios, tenía edad suficiente para comprender que los cuentos de hadas debían quedarse en el cuarto de los juegos.

—Supongo que todavía estoy buscándolo.

—Puedes buscar en Inglaterra, como en Rusia.

—¿Y qué pasará cuando te canses de mí?

—¿Y quién dice que voy a cansarme de ti?

Ella sacudió la cabeza.

—¿Cuánto duran tus aventuras normalmente? ¿Unas semanas? ¿Meses?

—Nunca he tenido una aventura con una mujer como tú —dijo él, y con ternura, le colocó un rizo detrás de la oreja—. Nunca.

Leonida se estremeció al sentir su contacto, pero supo que no podía dejar que la distrajera. Tal vez Stefan no quisiera prestarle atención al inevitable fin de su deseo por ella, pero Leonida no podía ser tan indiferente.

—Aunque decidieras continuar con nuestra relación, ¿qué esperas de mí cuando te hayas casado? ¿Piensas mantenerme en una de tus casas de campo, para poder visitarme cuando no estés ocupado con tu esposa y tus tierras?

Él tomó aire bruscamente y se apartó de la barandilla. Era evidente que no había pensado en las complicaciones de tenerla en Inglaterra.

Se volvió hacia ella y le dijo:

—No tengo intención de casarme en un futuro cercano.

—¿Por qué no? Tu deber es tener un heredero, ¿no?

—Afortunadamente, Edmond ya se ha encargado de eso.

—Quizá.

—¿Quizá? Te aseguro que no hay ningún quizá en el hecho de que Brianna esté esperando un hijo.

—Tú no eres de los que permite que otros carguen con tus responsabilidades. Además, nunca estarás satisfecho de vivir solo en aquella enorme casa. Necesitas una familia.

—Meadowland ha estado en pie durante siglos, y sin duda, sobrevivirá al hecho de estar unos cuantos años más sin una duquesa.

—¿Por qué no te has casado? —le preguntó ella.

—Tú misma me informaste de que ninguna mujer con sentido común me aceptaría.

Ella miró al cielo con resignación.

—Las mujeres tienden a perder el sentido común cuando les ofrecen la posibilidad de convertirse en una duquesa rica. Seguro que hay mujeres dispuestas a echarse a tus brazos desde que saliste de los brazos de tu niñera.

—Si te doy la razón, sólo conseguiré que me acuses de arrogante.

—Entonces, ¿por qué no tienes una duquesa?

Stefan volvió la cara y miró hacia el bosquecillo, como si pudiera encontrar la respuesta en los árboles cargados de fruta.

—Todavía no he encontrado a una mujer que pueda reemplazar a mi madre en el corazón de mi gente —admitió por fin.

—Ni en tu corazón —susurró ella.

Él la miró con cara de pocos amigos.

—Estábamos hablando de nuestro futuro, no de una esposa mítica.

—No tenemos ningún futuro del que hablar, Stefan. Es imposible.

—Es evidente que no —replicó él, mirándola con deseo—. ¿Por qué no puedes aceptar que esta pasión que arde entre nosotros no está saciada?

—Porque yo necesito más.

—¿Más qué?

—Más de lo que tú puedes ofrecerme.

Al oír aquello, Stefan sintió ira y quiso tomarla del brazo. Sin embargo, Leonida se hizo a un lado rápidamente y, con la cabeza alta, atravesó la terraza hacia el salón bañado en luz.

Ella no tenía el poder de exorcizar los demonios de Stefan.

Hasta que él no aceptara su pérdida, y aprendiera a confiarles sus emociones a otros, estaría solo para siempre.

CAPÍTULO 25

Stefan vio a Leonida desaparecer de la terraza, mientras apretaba con fuerza los puños.

Podría haberla detenido con facilidad, pero se quedó paralizado por la ira.

Al menos, se dijo que era ira. De lo contrario, tendría que admitir que aquella emoción punzante era... angustia.

«Porque necesito más de lo que tú puedes ofrecer».

Apretó la mandíbula mientras aquellas palabras le resonaban en la mente.

¿Qué le ocurría a aquella mujer?

No había ningún hombre que pudiera ofrecerle más que él.

Poseía una posición envidiable en la sociedad, una gran fortuna y un físico agradable, además de un carácter templado.

Sus amantes nunca se habían quejado. Más bien al contrario, habían usado todos los trucos femeninos imaginables para conservar su interés.

Era evidente que Leonida había imaginado tal perfección masculina que ningún caballero podría alcanzarla.

Muchacha irritante.

Allí sólo, en la oscuridad, Stefan respiró profundamente para intentar calmar sus emociones turbulentas. Leonida podía hacer estragos en él. Y no tenía que esforzarse.

Entonces, ¿por qué Stefan no podía marcharse, simplemente?

Sacudió la cabeza. Aquella pregunta lo había obsesionado desde que había salido de Meadowland, y todavía no podía responderla. Quizá nunca pudiera.

—Huntley.

Stefan se sobresaltó al oír aquella voz que le llegaba desde debajo de la baranda de piedra.

Miró hacia abajo, y vio a Boris oculto entre las sombras.

—¿Qué estás haciendo ahí?

Boris salió a la luz de una antorcha, y Stefan vio su sombría expresión.

—Creo que hay algo que tienes que ver por ti mismo.

—¿Ahora?

—Sí.

Stefan vaciló. Sabía que Boris nunca hubiera ido hasta el palacio si no hubiera descubierto algo que consideraba urgente, pero la idea de marcharse en aquel momento no era apetecible.

Leonida ya habría vuelto al salón de baile y estaría rodeada de admiradores.

¿Y si su enfado con él la llevaba a cometer alguna tontería? Las mujeres siempre eran impredecibles, y una mujer enfadada... bueno, no había forma de saber cómo iba a actuar.

—¿Tiene algo que ver con sir Charles? —le preguntó a Boris.

—Bueno, en parte. Tengo un coche esperando detrás de los establos.

—¿Estás seguro de que esto no puede esperar hasta mañana?

—Bastante.

Stefan miró hacia el palacio mientras exhalaba un suspiro. Quizá fuera mejor que no volviera al baile. En su estado de ánimo, quizá hiciera algo que luego podía lamentar.

Sin molestarse en volver por su sombrero y sus guantes,

Stefan recorrió la terraza hasta los escalones que llevaban al huerto de frutales. Boris se unió a él, y juntos recorrieron, protegidos por la oscuridad, el camino que conducía a los elegantes establos de palacio. Allí, ambos subieron al carruaje. Con un golpe de látigo, Boris puso en marcha a los caballos y los condujo hacia una salida lateral de palacio.

Cuando se dirigían a San Petersburgo, Stefan se volvió hacia su compañero.

—¿Puedes decirme adónde vamos, o va a permanecer en el misterio?

—No hay ningún misterio. Recibí tu nota, y decidí averiguar lo que pudiera sobre Nikolas Babevich.

Stefan enarcó las cejas.

—¿Sin mí?

Boris se encogió de hombros.

—Pensé que tendrías ocupaciones más agradables.

—Yo también lo pensé —admitió Stefan secamente.

—Ah —dijo Boris, con una sonrisa sabia—. ¿Problemas con la señorita Karkoff?

—La señorita Karkoff sólo trae problemas. ¿Vamos a casa de Babevich? —preguntó Stefan, sin dar más explicaciones.

Boris tomó una calle estrecha.

—Sí, no está lejos.

—¿Has hablado con él?

—No.

Stefan suspiró con impaciencia.

—Boris, si es una especie de broma, no tiene gracia.

—Esto no es ninguna broma —dijo Boris, con una súbita expresión de repugnancia—. Hazme caso.

Stefan tuvo un escalofrío mientras su compañero detenía el carruaje ante una casa estrecha, en cuya terraza había invitados charlando y bebiendo. También había bastantes coches bloqueando la calle.

Boris era un hombre estoico que rara vez se alteraba. Si había descubierto algo que podía agobiarlo, debía de ser muy perturbador.

—Parece que está dando una fiesta —dijo Stefan, buscando en la casa alguna señal de problemas—. ¿Está sir Charles entre los invitados?

Boris saltó del carruaje al suelo y ató las riendas junto a una fila de coches.

—La casa de Babevich está detrás de la esquina —le dijo a Stefan—. Es mejor que vayamos caminando. Prefiero que nadie vea el carruaje.

Stefan no protestó cuando Boris lo guió hacia un callejón oscuro, pese al hedor de la basura putrefacta y los retretes cercanos. En realidad, estaba mucho más preocupado por lo que les esperaba.

Boris abrió una puerta trasera y le indicó a Stefan que fuera silencioso. Stefan consiguió evitar varios bancos de mármol a medida que caminaba en la oscuridad, pero la maleza estaba muy crecida, y le hizo enganchones en la tela de los pantalones. Estaba claro que Babevich no se había molestado en contratar a un jardinero desde hacía varios meses.

Tampoco se había molestado en hacer reparaciones en la casa. A la luz de la luna, Stefan detectó que faltaban varias tejas del tejado, y que había un canalón colgando en un ángulo extraño. Sin duda, durante el día la decadencia sería mucho más evidente.

Lo cual, por supuesto, explicaría el motivo por el que Babevich estaba tan desesperado como para unir su suerte a la de sir Charles. Sólo un idiota, o un hombre al borde de la ruina, podría intentar chantajear a la condesa Karkoff.

Boris rodeó la casa y subió por un tramo de escaleras que conducía a un balcón estrecho con unas puertas dobles. Se detuvo un instante para sacarse la pistola del bolsillo. Después entró directamente en la casa.

Con mucha más cautela, Stefan se quedó a las puertas y asomó la cabeza. Ya había recibido un balazo en aquella aventura, y no quería recibir otro.

A primera vista, no detectó nada fuera de lo común. El

salón era estrecho y los muebles estaban viejos. Se preguntó por qué Boris miraba con tanta intensidad hacia una habitación aparentemente vacía, y entró un poco en la casa para poder ver el extremo más lejano de la estancia.

Entonces, vio a un hombre tendido en la alfombra, junto a una chimenea de mármol.

A Stefan se le cortó la respiración al pasar la mirada por la cara blanca del hombre, rodeada de pelo castaño, y por su cuerpo vestido con un traje de noche arrugado y manchado de sangre, que brotaba de una herida en el centro de su pecho.

—Ve a buscar ayuda, Boris —le dijo.

El sirviente le puso una mano en el hombro.

—Es demasiado tarde, Huntley. Está muerto.

Stefan tardó unos instantes en aceptar la verdad. Sin embargo, el hombre continuó inmóvil en el charco de sangre, y su mirada sin vida estaba clavada en el techo.

—¿Es Babevich? —preguntó.

—Sí.

Stefan no tuvo que preguntarle a Boris por qué estaba tan seguro. El sirviente ya había registrado la casa.

—¿Has encontrado algo…?

Sus palabras terminaron en una exclamación de asombro cuando apartó la mirada del pecho herido de Babevich y vio que al final de su brazo no había más que un muñón sanguinolento asomando por la manga de la chaqueta. Demonios. Algún loco le había cortado la mano.

Stefan se tambaleó. No era de extrañar que Boris estuviera tan serio.

—Dios mío.

—Exacto —dijo Boris, y apretó el hombro de Stefan—. Tenemos que marcharnos antes de que lleguen los oficiales.

—Sí —murmuró Stefan.

Apartó la vista de la macabra escena y siguió a Boris hasta el carruaje.

Hasta que no salieron de la callejuela, no pudo sacudirse la impresión.

—Nunca había visto... —dijo, con la boca seca—. Sir Charles es un animal.

Boris mantuvo a los caballos a un ritmo constante, abriéndose paso entre el tráfico.

—Estoy de acuerdo, pero no creo que él fuera el responsable de la muerte de Babevich.

—¿Y qué otra persona estaría tan ansioso por acallarlo? No me digas que piensas que la condesa o el zar. Ellos nunca serían tan indiscretos.

—No. Ha sido Tipova.

—¿Tipova?

—Dimitri Tipova. El Zar Mendigo —dijo Boris, y esbozó una sonrisa dura—. Aunque quizá te cortara la lengua si le dijeras eso a la cara.

—¿Un criminal?

—Es más peligroso que un simple criminal. En las calles de San Petersburgo no ocurre nada que él no controle. Puede que Alexander Pavlovich sea el emperador de los aristócratas, pero Tipova es el dirigente de los pobres.

Stefan no se sintió especialmente sorprendido. Incluso en Londres, un caballero sabía que cuando salía de los agradables límites de Mayfair, estaba a merced de los matones locales.

—¿Y por qué sospechas del Zar Mendigo?

—Porque a Babevich le habían cortado la mano.

Stefan se estremeció.

—Sí, ya me había dado cuenta —dijo—. Estaba haciendo todo lo posible por quitármelo de la cabeza.

—Así es como Tipova avisa a los demás de que él fue quien lo asesinó.

—Dios Santo, ¿quiere que la gente sepa que es un salvaje?

—Claro. Un hombre así no se rige por las leyes, ni por la caridad con los demás. Su única arma es el miedo, y la utiliza sin piedad.

—¿Y cómo es que tú conoces a ese hombre?

Boris se encogió de hombros.

—Yo no siempre estuve al servicio de Edmond.

Stefan tardó un momento en comprenderlo.

—¿Eras un delincuente?

—No hice nada más que robar unas cuantas carteras, pero seguramente habría seguido ese camino de no ser porque un joven me pilló en el momento de intentar robarle un bastón a un caballero —admitió Boris.

—¿Tipova?

—El mismo.

—¿Qué hizo?

—Me llevó a rastras a una ejecución pública y me dijo que yo sería el siguiente si volvía a verme por las calles. Después me llevó a mi casa, y mi madre me dio una buena tunda.

De repente, Stefan comprendió que Boris fuera reticente al hecho de condenar a Tipova como un canalla despiadado. Por algún motivo, aquel hombre había tenido compasión de un chico y había impedido que se convirtiera en un ladrón de los que abundaban en los barrios pobres de la ciudad.

—¿Cuántos años tenías?

—Diez.

—¿Y Tipova?

—Apenas se afeitaba.

Stefan arqueó las cejas.

—¿Y ya andaba cortando manos?

—Un joven precoz y ambicioso.

—Más que precoz —murmuró Stefan—. Y yo que pensaba que no había nada más peligroso que la política rusa.

—Un hombre sabio evita a aquéllos que ambicionan el poder, sean ricos o pobres.

—¿Y qué relación tenían Babevich y Tipova?

—Seguramente, el difunto le debía dinero a Tipova. O fue tan tonto como para ofender a Tipova de alguna forma.

Stefan miró hacia la oscuridad. Cada vez que pensaba que estaba cerca de atrapar a sir Charles, sus esperanzas se frustraban.

—Demonios. ¿Y no encontraste nada que pueda darnos una pista de dónde está escondido sir Charles?
—No.
—Bueno, un callejón sin salida.
Boris agitó las riendas.
—Sir Charles no es capaz de ser discreto. Si está en San Petersburgo, pronto revelará su presencia.
—Hasta entonces, Leonida está en peligro.

Después de dejar a Stefan en la terraza, Leonida no deseaba nada más que ir en busca de Sophy y volver a casa.

No disfrutaba de aquellos eventos en las mejores circunstancias. En aquel momento le parecía poco más que una tortura.

Afortunadamente, tenía suficiente orgullo como para ceder a aquel impulso cobarde y, con una sonrisa resplandeciente, volvió con los demás invitados, decidida a que nadie supiera que se le estaba rompiendo el corazón. Y menos, Stefan.

¿Por qué iba a darle la satisfacción de saber que le había hecho daño? Él la consideraba una amante de la que podía prescindir muy pronto.

Tuvo aquello en mente mientras bailaba con un caballero tras otro. Sin embargo, a medida que pasaba la noche y Stefan seguía ausente, su ira comenzó a convertirse en confusión.

¿Por qué iba a haber salido él de palacio sin despedirse?

¿Acaso estaba tan enfadado que ni siquiera quería hablar con ella? ¿O había aceptado, al fin, que ella nunca sería feliz con lo que él estaba dispuesto a ofrecerle y había decidido alejarse?

Aquel pensamiento le provocó una aguda punzada de dolor en el corazón.

Dios Santo, ¿qué había hecho?

Se deslizó hacia las puertas del salón. Ya había soportado

lo suficiente. No podía continuar con aquella actuación ni un minuto más.

—Leonida.

Concentrada como estaba en su huida, Leonida tardó un instante en darse cuenta de que la gente se había separado para abrirle paso al emperador.

Ella miró a Alexander Pavlovich con asombro. Iba elegantemente vestido de uniforme, con la Cruz de San Jorge brillando en su pecho, y tenía una sonrisa en los labios.

—Señor —murmuró ella, haciendo una reverencia.

El zar esperó a que se incorporara y le ofreció el brazo.

—¿Te apetece unirte a mí?

Por supuesto.

Consciente de que todo el mundo los observaba con avidez mientras avanzaban lentamente por el salón, Leonida miró de reojo a su padre. No era frecuente que él la buscara en un lugar público.

—Es una fiesta preciosa —murmuró.

Alexander Pavlovich miró a sus invitados con cinismo.

—Buitres. Sonríen y se abanican mientras conspiran para arrebatarme la corona. No confío en ninguno de ellos —dijo el zar, y miró a la asombrada Leonida—. Salvo en ti, *ma petite*.

—Yo siempre seré su leal servidora.

—Tienes muy buen corazón —le dijo él, dándole golpecitos en la mano que estaba posada en su brazo—. Me pregunto si Huntley se lo merece.

Leonida se tropezó, pero consiguió reponerse. ¿Por qué se sorprendía? Tal vez pareciera que Alexander Pavlovich era ajeno al mundo que lo rodeaba, pero se le escapaban muy pocas cosas.

Y, aunque Stefan no había causado una escena, no había sido exactamente sutil en su férrea atención.

—No importa si se lo merece o no. Él no tiene interés en mi corazón.

—¿Quieres que libre a San Petersburgo de su presencia?

—No hay necesidad. Pronto tendrá que regresar a Inglaterra.

Alexander Pavlovich suspiró con melancolía.

—Se me ha olvidado lo que es ser joven e ingenuo.

Leonida apretó los labios al recordar las semanas pasadas. ¿Qué diría el zar si ella le revelara las aventuras que había soportado desde que había salido de San Petersburgo?

—No soy tan ingenua como suponen los demás.

Con un suave movimiento, el emperador la condujo hasta una pequeña sala y observó su rostro con atención.

—He visto cómo te mira el duque. Está hechizado.

—Un encaprichamiento pasajero.

—¿Y tú?

Ella se ruborizó.

—¿Yo?

—¿Lo quieres? —le preguntó suavemente el emperador.

—Yo... —la mentira murió en sus labios. La penetrante mirada azul de su padre le pedía la verdad—. Sí —dijo con un profundo suspiro—. Soy una tonta.

—No hay nada de tonto en querer a otro. Sólo en las decisiones que se toman por amor.

Leonida frunció el ceño. El zar no solía hablarle con tanta intimidad. ¿Por qué lo hacía en aquel momento?

¿Le había revelado Herrick más de lo que debía?

—¿Va a advertirme en contra del duque?

—Siéntate —le dijo el emperador, señalando un sofá color marfil—. Aquí podemos hablar tranquilamente.

Leonida se sentó, manteniéndose rígida, mientras el zar se unía a ella en el sofá.

—Me da la impresión de que voy a recibir un sermón.

—Nada de sermones, sólo las preocupaciones normales de un padre —dijo él, y sonrió vagamente cuando ella se sobresaltó. Su parentesco era conocido por todo el mundo, pero nunca se hablaba de ello en voz alta—. No tengo ganas de verte infeliz.

Confundida, ella pensó en sus palabras. Alexander Pavlovich estaba hablándole como un padre, pero seguía siendo el zar de todas las Rusias. Si deducía que el duque de Huntley la había herido o insultado, buscaría justicia.

Y aquello era lo último que ella deseaba.

—No tema —le dijo con una sonrisa—. No soy del tipo de mujer que sufre por lo que no puede tener.

Él le tomó la mano.

—Estoy más preocupado por si permitirás que tus emociones te arrastren a una aventura que luego lamentarás.

—Señor...

—Por favor, permite que termine, pequeña —dijo él, interrumpiéndola—. No voy a entrometerme en tu privacidad, pero deseo que pienses en tu futuro.

—¿Mi futuro?

—Puede que hayas heredado la belleza de tu madre, y su indudable encanto, pero tienes poco más en común con ella.

—Muy poco —dijo Leonida con ironía.

—Comprensible, por supuesto. La infancia de Nadia estuvo llena de soledad, y era de esperar que deseara las emociones y el afecto que se le negaron.

—Ella nunca había hablado de su infancia hasta... —Leonida se contuvo antes de revelarle los últimos problemas de su madre—. Últimamente. Eso explica su necesidad de atención.

—Ah, sí. Ella impide que la sociedad se convierta en algo insoportablemente aburrido. Su desdén por las convenciones es lo que siempre me ha fascinado, y la razón por la que nuestra relación ha continuado durante los años.

—Mi madre está dedicada a usted.

—Sí, creo que se ha conformado con lo que yo podía ofrecerle —dijo él. Los dos sabían que, aunque Nadia tenía una parte de su corazón, Alexander Pavlovich nunca había sido un amante fiel—. Tú, sin embargo, tienes unas necesidades muy distintas a las de Nadia. Nunca estarías satisfecha con un hombre que no pudiera darte más que un buen hogar y una posición envidiable en la sociedad.

Leonida bajó la mirada para observar los dedos fuertes del zar sobre su mano. De repente, tenía el corazón encogido. Él tenía razón, por supuesto. Quizá hubiera una parte de ella que estaba dispuesta a sacrificar lo que fuera necesario por tener a Stefan en su vida, pero otra parte de su interior moriría.

—No.

Él le apretó suavemente la mano.

—Hay un caballero esperándote, que te querrá con todo el corazón. No te conformes con menos.

—Gracias —dijo Leonida suavemente.

Apareció una sombra en la entrada, y ambos se volvieron y vieron a un sirviente que entraba en la sala y hacía una reverencia.

—Ah —susurró el emperador con un suspiro de cansancio, y se llevó sus dedos a los labios—. El deber me llama de nuevo. Cuídate, *ma petite*.

Leonida se puso en pie e irguió los hombros.

Sí.

Si ella no se cuidaba, ¿quién iba a hacerlo?

CAPÍTULO 26

Stefan se despertó tarde, después de haber pasado una mala noche. Apenas había dormido. Tropezarse con cadáveres mutilados no era precisamente el mejor modo de asegurarse unos dulces sueños.

Y tampoco había sido de ayuda descubrir, cuando por fin había vuelto a palacio, que Leonida ya se había marchado.

Maldición. ¿Cuánto tiempo debían seguir jugando a aquel juego frustrante?

Si ella estuviera bajo su techo, ya no podría esconderse. Por esa razón, precisamente, debía encontrar el modo de convencerla para que fuera con él a Inglaterra.

Cuanto antes, mejor.

Stefan salió de su habitación y recorrió la enorme casa de Vanya hacia la sala de desayunos. Allí, su anfitriona estaba sentada a la mesa. Llevaba un vestido de seda y unos pendientes de perla que le favorecían mucho.

—Buenos días, Stefan —le dijo, y con una mano, señaló una mesa auxiliar que estaba llena de bandejas de plata—. ¿Quieres sentarte conmigo a desayunar?

—Me encantaría.

Le gruñó el estómago mientras se servía jamón recién cocido y huevos revueltos antes de sentarse junto a Vanya.

Ella le dio un sorbo a su té y lo observó por encima del borde de la taza.

—Estás pálido. ¿No has dormido bien?

—Ha sido... una noche difícil.

—Supongo que anoche no fuiste tan tonto como para discutir con Alexander Pavlovich.

—Hasta el momento he evitado ese destino en particular, aunque no puedo decir lo mismo con respecto a otras personas.

Ella sonrió mientras lo observaba comer el jamón.

—¿Te refieres a Leonida?

—Nunca entenderé a las mujeres.

—Se supone que no debes hacerlo —dijo Vanya, moviendo las pestañas—. Nos quitarías nuestro irresistible halo de misterio.

Stefan se sirvió una taza de café, nada contento en absoluto.

—Entonces, ¿cómo demonios va a saber un hombre lo que quiere una mujer?

—No es cuestión de que un hombre sepa lo que quiere una mujer, sino de si está dispuesto a ofrecerle lo que necesita.

—Hablas con acertijos.

—O tú no quieres entender.

Él apartó el plato. De repente había perdido el apetito.

—Es demasiado temprano para que yo siga tu lógica, Vanya.

—Verdaderamente, eres tan difícil como tu hermano —dijo Vanya, sacudiendo la cabeza—. Sólo piensa en cómo sería la vida de Edmond si hubiera sido tan tonto como para permitir que Brianna se le escapara.

Él bajó la mirada. El haber perdido a Brianna habría destrozado a su hermano. Sin embargo, Edmond estaba en posición de enamorarse perdidamente. Stefan nunca tendría semejante posibilidad.

—Yo no soy Edmond. Además, tú no eres quién para

lanzar piedras –le dijo a Vanya, mirándola con el ceño fruncido. Él no llevaba mucho tiempo en Rusia, pero ya sabía que Vanya había tenido una relación muy larga con el señor Richard Monroe–. ¿Cuánto tiempo llevas negándote a hacer de Monroe un hombre honrado?

–Demasiado tiempo –admitió Vanya con una sonrisa–. Por eso vamos a casarnos el verano que viene.

–¿Te vas a casar?

Ella se rió ante el asombro de Stefan.

–Tenía pensado casarme en Navidad, pero deseo que Brianna asista a la boda, así que la pospondremos hasta que ella y el bebé puedan viajar.

Stefan se levantó bruscamente. Tenía un extraño dolor en el corazón. Y sentía una gran incredulidad.

¿Por qué iba a casarse Vanya después de tantos años de disfrutar de una aventura perfecta?

–Toda esta ciudad se ha vuelto loca.

Vanya se encogió de hombros.

–Quizá.

Stefan caminó hacia la ventana y notó, distraídamente, que la lluvia de la madrugada se había transformado en una fina llovizna. Leonida estaría contenta. A ella no le gustaba la lluvia. Para él, sin embargo, las nubes grises estaban en concordancia con su estado de ánimo.

No le gustaba la sensación de estar persiguiendo a Leonida, siempre un paso por detrás de ella.

¿Y si se le escapaba?

No. Nunca lo permitiría. La tendría, costara lo que costara.

El sonido de la puerta que se abría lo sacó de su ensimismamiento. Se dio la vuelta y vio a un sirviente con una bandeja de plata en las manos.

Vanya se puso en pie.

–¿Sí, Anton?

–Ha llegado un mensaje para lord Huntley.

Él sintió un cosquilleo de emoción en la espalda mientras atravesaba la habitación. Tenía que ser de Leonida. ¿Qué otra persona podía escribirle en San Petersburgo?

¿Acaso había entrado en razón, finalmente?

—Gracias —murmuró mientras tomaba el pergamino plegado de la bandeja.

El sirviente se retiró y dejó a Stefan en mitad de la habitación. Su euforia se disipó cuando reconoció la escritura del papel.

—¿Es de Leonida? —preguntó Vanya.

—No —respondió él mientras rompía el lacre—. Es de Edmond.

Vanya le hizo una pequeña reverencia.

—Entonces, te dejaré para que disfrutes de la carta en privado.

—No te molestes. Edmond apenas puede sentarse lo suficiente como para afilar una pluma. Me asombraría que hubiera escrito más que una docena de palabras.

Stefan desplegó el papel y leyó la carta, que en realidad ocupaba media página. Pasaron varios instantes antes de que arrugara bruscamente la carta y la tirara a un lado.

—Maldita sea.

Vanya se acercó rápidamente a él, pálida de preocupación.

—¿Es Brianna?

—No, es mi administrador —le aseguró rápidamente a su anfitriona—. Estaban limpiando el campo norte cuando le cayó un árbol encima.

—¿Resultó herido?

—Tiene las dos piernas rotas, pero Edmond dice que, según el médico, Riddle se recuperará por completo.

—Gracias a Dios.

—Sí, ha tenido mucha suerte.

Stefan estaba muy aliviado de que las heridas no hubieran sido peor. Riddle era su administrador desde la muerte de su padre, y su dedicación a Stefan había asegurado que Meadowland prosperara con sus cuidados. Sería imposible reemplazarlo, como administrador y como amigo.

—Sin embargo, estará en cama durante varias semanas, o meses quizá.

—¿Puedo ayudar en algo? —preguntó Vanya.

—Me temo que no. Debo volver a Meadowland.

—Por supuesto. ¿Deseas un carruaje?

—No, viajaré por barco. Será mucho más rápido. Enviaré a Boris a los muelles para mirar los horarios de los barcos.

—¿Cuándo piensas marcharte?

Debía hacerlo inmediatamente. Sin Riddle a cargo de las cosas, no había nadie que supervisara a los granjeros, ni que se ocupara de los problemas inevitables que surgían en una finca tan grande. Edmond no podía dedicarle todo su tiempo a Meadowland, cuando tenía sus propias tierras y su familia.

Stefan apretó los dientes. El deber podía irse al infierno. Volvería a Meadowland, pero no hasta que tuviera a Leonida a su lado.

—En cuanto haya terminado un asunto pendiente.

Stefan iba hacia la puerta, pero Vanya lo agarró por el brazo.

—Stefan.

Él la miró con impaciencia.

—¿Sí?

—Leonida no es una moza cualquiera. No puedes obligarla a separarse de su familia.

Él sonrió con determinación.

—Subestimas mis poderes de persuasión.

—Ella no quiere tu persuasión.

—Me desea, y va a admitirlo.

Después de una mañana lluviosa, por fin salía el sol entre las nubes grises, y derramaba su luz y su calor sobre San Petersburgo.

Era un cambio agradable para Leonida. Apartó la cortinilla de la ventana del carruaje para que los rayos entraran en el interior. Las mañanas que pasaba en el orfanato local siempre eran difíciles. Hacía lo que podía para mitigar el sufrimiento de los niños, pero nunca era suficiente. Su único consuelo era la esperanza de poder convencer a su padre de que les proporcionara educación, cosa que los niños necesitaban desesperadamente.

El coche se detuvo ante la casa de su madre, y Pyotr abrió la puerta. Leonida acababa de bajar al pavimento cuando un movimiento en la rosaleda captó su atención.

—Dios Santo —susurró, observando a Stefan, que caminaba de un extremo a otro del jardín, con el cuerpo tenso de impaciencia.

—¿Quiere continuar? —le preguntó Pyotr en voz baja—. Él se irá, al final.

—Eso es lo que yo me digo, pero sigue volviendo.

—Como un sarpullido.

Ella sonrió de mala gana.

—Exactamente.

—No tiene por qué reunirse con él. Yo podría echar al duque sin problemas.

Leonida deseó, brevemente, que las cosas fueran tan fáciles.

—Te agradezco el ofrecimiento, Pyotr, pero puedo tratar con Su Excelencia.

—¿Está segura?

No. En absoluto.

Ella sonrió.

—Claro que sí.

Pyotr suspiró con resignación.

—No estaré lejos.

Con un golpecito en el brazo para revelarle que le agradecía su preocupación, Leonida se alejó de Pyotr y se dirigió a la puertecilla de la rosaleda.

—Por fin —refunfuñó Stefan cuando ambos se detuvieron junto a la fuente de mármol—. ¿Dónde has estado?

—No es asunto tuyo, pero he estado en el orfanato para

asegurarme de que las botas que les he comprado a los niños llegaban a ellos —dijo Leonida—. Es asombroso, pero los comerciantes intentan engañar a los niños si yo no estoy allí para que sean honrados.

—Supongo que no merece la pena que te hable del peligro que supone ir a un lugar así.

—No, no merece la pena.

—¿Por qué no me sorprende?

Ella entrecerró los ojos al notar que él tenía unas profundas ojeras.

—Hay algo que te preocupa. ¿Qué es?

Stefan se puso tenso, como si su percepción lo hubiera tomado por sorpresa. Entonces, sonrió.

—Me conoces muy bien.

—¿Vas a decirme lo que ha pasado?

—Edmond me ha escrito para decirme que mi administrador ha sufrido un accidente.

Leonida se llevó una mano a los labios. Aunque había estado poco tiempo en Meadowland, había llegado a conocer y a respetar a los sirvientes de Stefan. Sobre todo al administrador, que siempre tenía una palabra amable para ella cuando se cruzaban.

—¿El señor Riddle?

—Sí.

—¿Está herido de gravedad?

—Se ha roto las dos piernas.

—Oh, no. Pobre hombre —dijo ella, y su preocupación se intensificó al ver la expresión sombría de Stefan—. ¿Podrá andar de nuevo?

—Según Edmond se recuperará por completo.

—Gracias a Dios.

Él asintió.

—Debo regresar a Meadowland.

Aunque sabía que aquel momento iba a llegar, Leonida se quedó impresionada por el dolor que le causaban sus palabras.

Nunca volvería a ver su magnífico rostro. No volvería a oír su voz baja, seductora, susurrándole al oído. No volvería a sentir sus besos cálidos, apasionados, exigiéndole una respuesta.

Leonida se volvió a mirar ciegamente el agua de la fuente de mármol.

—Entiendo…

Él la tomó por los hombros.

—Leonida, no me queda otro remedio.

—¿Cuándo te marchas?

—En cuanto pueda.

—Claro. Espero que le des a lord y lady Summerville muchos recuerdos de mi parte.

—¿Eso es todo lo que tienes que decir?

—Te deseo un buen viaje.

—Maldita sea, Leonida.

—¿Qué quieres? ¿Lágrimas? ¿Que te suplique que te quedes?

—Sabes lo que quiero.

Ella cerró los ojos con fuerza, incapaz de soportar su mirada.

—No, Stefan.

—Leonida, no tengo tiempo para juegos. Tengo que tomar el primer barco hacia Inglaterra. Y tú vendrás conmigo.

—Esto no es un juego —dijo ella, y forcejeó cuando él intentó abrazarla. Un esfuerzo inútil—. Te he dicho que no seré tu amante.

Aquellas palabras dieron al traste con la capacidad de control de Stefan, que la miró con frustración.

—Dios Santo, ¿qué es lo que hace falta para que reconozcas que tú deseas esta relación tanto como yo?

—Más de lo que tú puedes ofrecerme.

—Eso ya me lo has dicho. ¿Cómo puedes saberlo, si ni siquiera me has dicho lo que es?

Leonida se rodeó la cintura con los brazos. ¿Qué le respondería él si ella le dijera que quería su corazón?

Sintió un agudo dolor. Sabía la respuesta sin formular la pregunta.

Era lo único que él nunca iba a darle.

—Dices que yo vivo en soledad, pero tú no eres distinto a mí —le dijo, ansiosa por desviar su atención—. ¿Cuándo fue la última vez que disfrutaste de la temporada social de Londres, o que llenaste Meadowland de invitados?

—Tengo responsabilidades...

—Oh, sí, tus preciosas responsabilidades... Te escondes tras ellas, para no tener que examinar tu alma y darte cuenta de lo vacía que está.

CAPÍTULO 27

Stefan consiguió dominar su genio con esfuerzo.

Maldición. ¿Por qué le permitía a aquella mujer que lo enfureciera con tanta facilidad? Él no tenía un carácter alterable. Al contrario. Sin embargo, cuando estaba en compañía de Leonida, de repente se encontraba a merced de unas emociones que ni siquiera sabía que poseyera.

No era de extrañar que perdiera el control a menudo cuando trataba con la irritante muchacha.

Stefan observó atentamente a Leonida. Tenía una expresión obstinada, pero él se dio cuenta de que tenía en los ojos el brillo de las lágrimas. Claramente, estaba angustiada por el hecho de que él se marchara. Entonces, ¿por qué seguía luchando contra él?

–¿Es que quieres enfadarme para que me vaya? –le preguntó–. ¿Es ésa tu defensa cuando los demás se acercan demasiado a ti?

–Tú no estás cerca –replicó ella.

Stefan se echó a reír al oír sus absurdas palabras.

–Yo diría que hemos estado tan cerca como es posible que estén dos personas.

–La intimidad física puede darse entre dos perfectos extraños. No tiene significado alguno.

—Si creyeras eso de verdad habrías tenido una docena de amantes —respondió él—. Y sólo te has entregado a mí.

—Mientras que tú, sin duda, has tenido muchas amantes.

Él sonrió con una fiera satisfacción al percibir un deje de celos en su voz.

—No tendré ninguna otra mientras estemos juntos.

—No te sacrifiques por mí —replicó ella—. Eres libre de tener tantas amantes como desees.

—Sólo necesito una. Vuelve conmigo a Meadowland y te demostraré lo insaciable que es esa necesidad.

Él dio un paso adelante para tomarla entre sus brazos, pero con un rápido movimiento, ella escapó. ¿Acaso aquella endemoniada mujer esperaba que la persiguiera por todo el jardín?

—Ya es suficiente, Stefan —dijo ella con la voz áspera—. No voy a ir a Inglaterra, y es el fin de la cuestión.

¿El fin? Stefan sacudió la cabeza.

—¿De veras vas a dejar que me vaya sin lamentarlo?

—Es lo mejor.

—Mentirosa.

—Stefan, por favor... vete.

Durante un momento de locura, su ira y su frustración amenazaron con abrumar su capacidad de raciocinio. Ella lo deseaba, y Stefan no tenía duda alguna. Y si era tan terca como para no querer reconocerlo, la echaría al carruaje y la subiría al barco a rastras, si era necesario.

Sin embargo, al recordar las palabras de Vanya se quedó inmóvil.

«No es cuestión de que un hombre sepa lo que quiere una mujer, sino de que esté dispuesto a ofrecerle lo que necesita».

Él apretó la mandíbula. Por supuesto. ¿Cómo había podido estar tan ciego?

Quizá Leonida Karkoff tuviera inocencia y valor, pero, en el fondo, era una mujer como las demás.

—Quieres obligarme, ¿verdad?

—¿Qué quieres decir?

—Como de costumbre, he sido un idiota en lo referente a ti. Extraño, teniendo en cuenta que las mujeres han intentado ser mis prometidas desde que heredé el título.

Leonida tardó unos instantes en comprender lo que quería decirle.

—Dios Santo —susurró—. ¿Crees de verdad que yo…?

—Que, a cambio de continuar con nuestra deliciosa aventura, esperas que te convierta en la próxima duquesa de Huntley.

Sin aviso, ella se lanzó hacia delante y le golpeó el pecho con una furia asombrosa.

—Bastardo.

Stefan se quedó anonadado. La sujetó por las muñecas y miró fijamente su rostro sofocado.

¿Qué demonios le ocurría a aquella mujer?

¿Acaso no estaba él haciendo el sacrificio definitivo? ¿Por qué se comportaba como si la hubiera insultado?

—Si fuera un bastardo, no estaríamos en esta situación —gruñó él—. Nadie esperaría que la señorita Leonida Karkoff se casara con un plebeyo.

—Tu arrogancia es increíble —siseó ella.

—No hay ninguna arrogancia en conocer el valor de mi posición.

—Quizá las mujeres de Inglaterra estén deslumbradas con vuestro grandioso ducado, Excelencia, pero yo me he pasado la vida rodeada por la realeza —respondió Leonida, con los ojos brillantes como zafiros a la luz del sol—. Si deseara un título, podría haberme casado con tres condes, tres barones, un duque francés y media docena de príncipes.

Él apretó la mandíbula.

—Sin duda, todos ellos paupérrimos, por no mencionar que serían tan viejos como para ser tu padre.

—Ah. Así que no sólo eres duque, sino también rico y guapo. ¿Cómo voy a resistirme?

—No espero que te resistas.

Los ojos de Leonida se oscurecieron con una emoción que estaba muy cerca del dolor.

—¿Estás...? —ella se obligó a detenerse y carraspear—. ¿Me estás pidiendo de verdad que me case contigo?

—Ya te he dicho que no volvería a Inglaterra sin ti —respondió él con la voz ronca—. Si tengo que casarme contigo, que así sea.

—¿Que así sea? Qué petición tan romántica. Me has conquistado —dijo Leonida con rabia.

Él se indignó también.

—Si quieres que me ponga de rodillas, no voy a hacerlo. No tengo ninguna necesidad de suplicar una prometida.

—No entiendo cómo consiguió Edmond casarse con Brianna si padece también tu falta de sentimientos nobles.

—La secuestró —dijo Stefan.

—Dios Santo, ¿es que todos los ingleses sois unos bárbaros?

Él apretó los puños. Si no lo hacía, iba a zarandearla para conseguir que tuviera un poco de sentido común.

—Sí, cuando tratamos con mujeres tan obstinadas.

—Espero que estés bromeando —murmuró Leonida.

—Has pedido, y yo te he dado más de lo que has pedido. Si no quieres ser mi esposa, ¿entonces qué demonios quieres?

—El hecho de que tengas que preguntarlo demuestra que eres incapaz de darme lo que necesito.

Él se pasó las manos por el pelo, desesperado. Aquella mujer iba a enviarlo a la tumba antes de tiempo.

O a un sanatorio mental.

—Te he ofrecido todo lo que poseo.

—Sí, supongo que sí —dijo ella con resignación—. Adiós, Stefan.

Con incredulidad, Stefan la vio marcharse hacia la casa con una rígida dignidad.

Dios Santo. Se iba.

Él se quedó paralizado durante un largo momento, ignorando el agudo deseo de ir tras ella. Le había ofrecido su apellido y su orgullo en bandeja de plata, y ella se lo había tirado todo a la cara.

Había terminado de bailar al son de la música de la señorita Leonida Karkoff.

Se dio la vuelta, salió de jardín y recogió su carruaje, que estaba detrás de las caballerizas de la casa. Si aquella mujer pensaba que podía seguir manipulándolo en sus ridículos juegos, iba a llevarse una sorpresa. Él había terminado de seguirla como un perro faldero.

Pese al tráfico, Stefan llegó a casa de Vanya rápidamente. Allí le lanzó las riendas al lacayo y subió como un torbellino las escaleras. Durante el breve trayecto había alimentado la sensación de traición por el rechazo de Leonida. Quería sentir una furia abrumadora.

Era preferible sentir furia que reconocer el doloroso vacío que tenía en el corazón.

Ignoró al mayordomo que le abría la puerta y atravesó el vestíbulo con intención de ir directamente a su habitación. Cuanto antes saliera de Rusia, mejor.

Claro que aquello no iba a ser tan fácil.

Acababa de llegar a la escalinata cuando Vanya salió de una de las estancias laterales.

—Stefan —le dijo al ver su apariencia alborotada—. Deduzco que tu asunto con Leonida no ha ido bien.

—Esa mujer es... No importa. ¿Ha vuelto ya Boris?

—Sí. Ha dicho que te esperaría en tus habitaciones.

Él se encaminó hacia las escaleras nuevamente.

—Gracias.

—Stefan.

Fue la preocupación del tono de voz de su anfitriona lo que hizo que se detuviera. Se volvió y la miró con impaciencia.

—Tengo bastante prisa, Vanya.

—Dime lo que ha pasado entre Leonida y tú.

—Le pedí que me acompañara a Inglaterra, y rehusó.

Ella se encogió ante su tono seco.
-¿Le hablaste de tus sentimientos?
Su carcajada amarga resonó por el vestíbulo.
-Le pedí que se casara conmigo.
Vanya sacudió la cabeza con resignación.
-¿Pero le hablaste de amor?
Él sintió una punzada de alarma. No iba a hablar de sus confusas emociones hacia Leonida. Las había ignorado durante semanas. Tenía intención de seguir haciéndolo.
—Agradezco tu hospitalidad, Vanya, pero debo ocuparme del equipaje. Con suerte, pronto estaré de camino hacia Inglaterra —dijo, y frunció los labios—. Y hacia la cordura.
—Stefan...
La súplica de Vanya no obtuvo respuesta. Stefan subió las escaleras y siguió hacia su habitación. No iba a perder un momento más por Leonida.
Abrió la puerta de par en par y entró en su salón privado. Boris estaba sentado junto a la ventana, bebiendo de una petaca plateada. Al ver a Stefan, se puso en pie y le lanzó la petaca.
—Parece que necesitas un trago, Huntley.
Sin titubear, Stefan bebió de la petaca. El vodka le quemó la garganta y llegó a su estómago con una explosión intensa.
—Dios Santo —jadeó, y le lanzó la petaca a Boris. Si bebía más, su compañero tendría que llevarlo al barco a rastras—. ¿Tienes el horario?
Boris asintió.
—Hay un barco que sale en dos horas.
-¿Y podemos obtener un pasaje?
El sirviente hizo una mueca.
—Por un precio.
Era lo que esperaba Stefan. ¿Qué capitán de mar no aprovecharía la oportunidad? Como norma, Stefan no aceptaba aquel comportamiento, pero aquélla era una situación excepcional. Habría comprado todo el barco y lanzado a la tripulación al agua con tal de salir de aquel país de dementes.

—El precio no importa.

Boris se guardó la petaca y se cruzó de brazos.

—Supongo que la única pregunta que queda por hacer es cuántos pasajes debo comprar.

Stefan apretó los dientes ante aquella pregunta, deliberadamente provocadora.

—Voy a proponerte un trato, Boris.

—Te escucho.

—Te compraré todos los barriles de vodka que quieras para el viaje con tal de no tener que oír el nombre de Leonida Karkoff nunca más.

Boris sonrió.

—Nunca había oído hablar de esa mujer.

Después de que el carruaje de Stefan saliera de las caballerizas a toda velocidad, Leonida volvió al jardín.

No quería que los sirvientes la vieran llorar por el duque de Huntley.

Además, no podía soportar la idea de estar encerrada entre cuatro paredes en aquel momento. Necesitaba sentir la brisa y el sol para derretir el dolor glacial que se había adueñado de ella.

Se sentó en un banco del fondo del jardín y lloró desconsoladamente. Aquella tristeza desgarradora pasaría, se dijo. Tal vez en unos días. O en semanas.

O en meses.

Pero Leonida sabía que había tomado la decisión correcta.

Dios Santo. No había nada que deseara más que ser la esposa de Stefan. Lo quería con toda su alma.

Sin embargo, Alexander Pavlovich tenía razón.

Aunque Stefan estuviera dispuesto a darle su apellido a cambio de pasión, ¿cuánto tardaría ella en empezar a anhelar un amor que él no podía sentir? Y, peor todavía, ¿cuánto tardaría Stefan en lamentar el hecho de tener una esposa a la que no podía amar?

Aquello la destruiría.

Y al final, también destruiría a Stefan.

Perdió la noción del tiempo hasta que las lágrimas cesaron. Sin embargo, Leonida quedó sumida en la tristeza. Pronto recuperaría la compostura y volvería a casa. Después de todo, la vida no iba a terminar sólo por el hecho de que Stefan se marchara de Rusia.

Su madre todavía estaba en peligro, y hasta que pudiera descubrir quién tenía las cartas, la condesa nunca se sentiría segura. Y, por supuesto, estaba sir Charles. Hasta que lo atraparan, las calles de San Petersburgo no serían seguras.

Estaba a punto de regresar a la casa cuando oyó el sonido de la puerta trasera.

—¿Pyotr? —dijo, e instintivamente, se acercó para averiguar quién había entrado al jardín—. ¿Qué estás…?

Se detuvo en seco, presa del terror, al ver al hombre delgado con la cicatriz en la mejilla. ¿Cómo iba a olvidarlo? Era el ayudante de sir Charles.

—No.

Leonida iba a gritar, pero antes de que pudiera emitir el más mínimo sonido, el hombre le tapó la boca con una mano y levantó el arma que tenía en la otra.

—Discúlpeme, señorita Karkoff, pero no puedo permitir que llame la atención con respecto a mi presencia —dijo con una sonrisa terrorífica—. Quitaré la mano, pero sepa que dispararé si intenta hacerlo.

Temblando de miedo, Leonida esperó a que la soltara. Aunque se había afeitado y se había puesto ropa limpia desde la última vez que ella lo había visto, Josef todavía resultaba amenazante. Y ella no dudaba de que apretaría el gatillo.

—¿Qué está haciendo aquí? —le preguntó en voz baja.

—Mi jefe desea su compañía —respondió él, y señaló con un gesto de la cabeza un pequeño carruaje que había más allá de las caballerizas. Ella estaba tan absorta en sus pensamientos que no había oído su llegada—. Si me acompaña pacíficamente, le aseguro que no sufrirá el más mínimo daño.

—Nunca. Prefiero que me pegue un tiro a verme en manos de sir Charles otra vez.

Sorprendentemente, él hizo un gesto de disgusto.

—Sir Charles. Bah. Yo nunca trabajaría para semejante cobarde depravado.

—¿Me toma por una idiota? No he olvidado ni uno de los espantosos momentos que pasé en su compañía.

—No era más que un engaño —dijo Josef, y se encogió de hombros—. Mi verdadero señor estaba ansioso por seguirle la pista a sir Charles. No podía hacerlo desaparecer antes de llevarlo ante la justicia.

¿Engaño? ¿Justicia? Leonida sacudió la cabeza. Aquello tenía que ser una trampa.

—¿Y no le preocupó que secuestrara a una mujer inocente y estuviera a punto de degollarla?

—Hice todo lo posible por protegerla —dijo él, mirándola fijamente—. Incluso usted tiene que admitirlo.

Leonida apretó los labios. No estaba dispuesta a admitir nada, cuando él la estaba apuntando con una pistola al corazón.

—Lo único que sé es que usted viajaba con sir Charles y que lo rescató antes de que pudiera ocupar una tumba, donde debería estar.

—Usted pudo tener su porción de carne, pero su vida le pertenecía a otro.

Leonida se quedó petrificada.

—¿Ha muerto?

Josef sacudió la cabeza, como si ya hubiera dicho más de lo que quería decir.

—Sus preguntas serán respondidas si sube al carruaje.

Ella se estremeció.

—No confío en usted.

—Muy inteligente, pero en esta ocasión me han ordenado que la trate con un cuidado exquisito. Suponiendo, siempre, que usted coopere.

—¿Qué quiere de mí?

Al darse cuenta de que ella miraba de reojo hacia la casa, Josef la tomó del brazo y tiró de ella hacia la puerta.

—Admiro su intento para distraerme lo suficiente para que nos descubran sus sirvientes, pero debo insistir en que suba al carruaje.

Leonida no tuvo más remedio que obedecer. Aunque gritara pidiendo ayuda antes de que aquella rata pudiera dispararle, nunca pondría en peligro a sus sirvientes.

Cuando llegaron al coche, Leonida sólo pudo ver brevemente al enorme mozo que estaba sentado en el pescante antes de que Josef la hiciera entrar al interior del vehículo. Por desgracia, ella se dio cuenta de que el hombre tenía la expresión dura y distante de un militar experimentado. No iba a encontrar piedad por su parte.

Leonida se acurrucó en un asiento sorprendentemente limpio, y no dejó de mirar con desconfianza a Josef, que se sentó frente a ella, con la pistola en la mano, aunque sin apuntarla. Sin embargo, Leonida no se dejó engañar. Un movimiento equivocado, y él dispararía.

Viajaron en silencio. El único sonido era el que producían los cascos de los caballos en el pavimento. Leonida estaba demasiado aterrorizada pensando en que iba a ser entregada a sir Charles como para hablar, y evidentemente, Josef no era de los que creyera en los cumplidos sociales.

Al darse cuenta de que estaban atravesando uno de los puentes que llevaba a las afueras de la ciudad, ella salió de su estupor.

—¿Va a decirme adónde vamos?

—No.

Ella apretó los puños con rabia.

—No importa —dijo—. En cuanto se sepa que he desaparecido, todo el ejército ruso estará registrando la ciudad para encontrarme. Usted y su misterioso jefe aprenderán lo que ocurre cuando se enfurece al zar.

Josef sonrió.

—Tiene agallas para ser una niña bien.

Ella hizo una mueca.

—Más bien, estupidez.

—No, he visto su coraje. No muchas mujeres habrían sobrevivido a sir Charles.

—Sus halagos no lo salvarán de ser ejecutado.

—Volverá a su casa antes de que Alexander Pavlovich pueda reunir sus fuerzas.

—Ya veremos —dijo ella, lejos de sentirse tranquila.

De nuevo, en el carruaje se hizo un silencio tenso. Leonida intentó controlar el miedo. Por orgullo, no iba a romper en sollozos de histeria.

Después de una eternidad, el carruaje se detuvo por fin, y Josef abrió la puerta y salió. Leonida lo siguió de mala gana y se vio ante un almacén de tres pisos, de piedra gris, situado cerca de un muelle.

A primera vista, parecía que el edificio estaba abandonado, debido a las malas hierbas y a la basura que se acumulaba a un lado, pero Leonida no se dejó engañar. A distancia, veía siluetas tras las ventanas.

Eran hombres haciendo guardia.

—¿Qué es este sitio? —preguntó.

Josef la tomó de un brazo y la condujo firmemente hacia la puerta.

—Sígame.

Como si pudiera negarse.

Tan concentrada como estaba en no tropezar con el bajo del vestido por aquel terreno desigual, estuvo a punto de perderse los sonidos que llenaban el aire. Asombrada, se giró para mirar el duro perfil de Josef.

—¿Son niños?

Él le devolvió la mirada con una vaga sonrisa.

—¿Pensaba que sólo pueden tener hijos los nobles?

Ella frunció el ceño. Los sonidos provenían desde detrás del almacén, como si los niños estuvieran jugando al sol.

—¿Por qué no están en un orfanato?

—Nosotros cuidamos a todos los que podemos.

¿Nosotros? Nada podría hacer que ella creyera que sir Charles tenía interés en los niños. Aquel hombre era un monstruo. ¿A quién se refería Josef? ¿Era aquél el refugio secreto de unos criminales?

—¿Y les enseñan a ser ladrones? —preguntó Leonida.

Josef se ofendió.

—Les damos un techo, comida y la oportunidad de aprender a leer. Lo cual es mucho más de lo que puede ofrecer el orfanato.

Ella no se molestó en disimular su incredulidad.

—¿Les enseñan a leer?

—Y a hacer cuentas.

—¿Incluso a las niñas? —preguntó ella, al oír una risa aguda que no podía ser de un niño.

—Por supuesto —dijo Josef. Abrió la puerta y le hizo un gesto hacia el oscuro interior—. Después de usted.

Para distraerse del miedo que le causaba el hecho de que sir Charles estuviera esperándola, Leonida se concentró en Josef mientras obedecía.

—¿Quién es el responsable de los niños?

—A falta de una institutriz adecuada, yo me he hecho cargo de ellos —dijo un hombre desde las sombras de la enorme y cavernosa estancia.

Ella se detuvo en seco, con la mano sobre el corazón.

—¿Y quién es usted?

De entre las sombras salió un hombre, y se detuvo bajo la luz que entraba por una ventana cercana. Parecía fuera de lugar en aquel escenario sucio.

Dios... Santo. Era uno de los hombres más guapos que ella hubiera visto en su vida.

Alto, delgado, de pelo oscuro sujeto con una cinta de terciopelo y el rostro elegante, bronceado por el sol. Sus ojos eran de un asombroso color dorado y contrastaban con el negro de su chaqueta, y tenía en los labios una sonrisa de pura tentación. Bajo la luz del sol, el diamante del alfiler de su corbata refulgía.

Debería haber estado en los confines de las salas del Palacio de Verano, y no en un almacén abandonado.

Como si percibiera su asombro, el hombre se acercó, le tomó la mano y se la llevó a los labios.

—Dimitri Tipova —murmuró, permitiendo que su boca permaneciera contra la piel de Leonida más tiempo del que dictaba la etiqueta—. Es un gran placer conocerla por fin, señorita Karkoff.

¿Aquél era el infame Zar Mendigo?

Estaba tan confusa por aquel encuentro inesperado que no se sentía tan asustada como debiera estar. Leonida frunció el ceño.

—Me resulta familiar. ¿Nos hemos visto antes?

Él sonrió, divertido.

—No me muevo en su círculo, aunque, sin duda, se habrá cruzado con mi padre.

Ella se ruborizó.

—Oh.

—No todos los bastardos son tan bien aceptados como usted, *ma belle* —dijo Tipova, y miró hacia la ventana—. Por eso abrí mi pequeña escuela.

Leonida apartó la mano de la de él y observó a aquel guapísimo criminal con desconcierto y cautela.

—¿Para qué me ha traído aquí?

Él le pasó la mirada por el cuerpo.

—En parte, porque deseaba conocerla.

—¿Por qué?

Él se rió ante su clara desconfianza.

—Entre los siervos, usted es como una santa.

—¿Una santa?

—Su bondad para con los necesitados no ha pasado desapercibida.

Ella miró con nerviosismo hacia atrás, y vio que Josef seguía esperando pacientemente. ¿Se habría quedado dormida en el jardín? Aquello parecía más una pesadilla que la realidad.

—¿Y por eso me ha secuestrado?

—Una maldad innecesaria, por la cual espero que me perdone. Por desgracia, ofrecen una cuantiosa recompensa por mi cabeza. No me parecía conveniente ir a visitarla a su casa —dijo Tipova, y volvió a recorrer con los ojos su cuerpo esbelto—. Claro que, de haber sabido que su belleza era más deslumbrante de lo que se rumoreaba, habría considerado que el riesgo merecía la pena.

—Señor...

—Dimitri —la interrumpió él, suavemente—. No soy un noble.

—¿Qué es lo que quiere de mí?

—Hablaremos de ello en su momento, *ma belle* —respondió Tipova, y alargó una de sus elegantes manos para colocarle un rizo detrás de la oreja. Extrañamente, Leonida no se sintió asustada por aquel gesto íntimo. Ni siquiera ofendida. No podía negar que sentía una curiosidad cada vez más grande hacia aquel hombre complejo—. Primero, tengo información que puede ser de su interés.

Su tono de voz, en aquella ocasión, le provocó un escalofrío.

—¿Tiene esa información algo que ver con sir Charles?

—Inteligente además de bella. Una combinación maravillosa.

Él le tomó la mano, se la colocó en el brazo y la guió hacia una puerta que estaba al otro extremo de la habitación.

—Vamos, nos está esperando el té. Hablaremos del triste final de sir Charles tomando un bizcocho de jengibre recién hecho.

CAPÍTULO 28

Stefan, que estaba tristemente familiarizado con los peligros de viajar por el mar, permaneció dentro del carruaje de Vanya, alejado de la multitud de pasajeros y del desagradable olor que impregnaba todos los muelles del mundo.

Había pocas cosas peores que el olor a pescado podrido y a cuerpos sucios.

Por la pequeña ventana del vehículo veía el gran barco que pronto lo llevaría a Inglaterra. Gracias a Dios. Por primera vez desde que había emprendido aquel viaje descabellado, se daba cuenta de lo mucho que añoraba su casa destartalada y sus campos bien cuidados. Había sido un idiota por alejarse de Meadowland.

Cuando estuviera de vuelta allí, rodeado de su familia y de sus arrendatarios, Leonida se convertiría en un recuerdo lejano.

Se aferró a aquella esperanza, como si así pudiera combatir el vacío que tenía en el alma.

Exhaló un suspiro de alivio al ver a Boris abriendo la puerta del carruaje. Quería alejarse de aquel lugar.

—Se están preparando para zarpar.

Stefan salió del carruaje.

—¿Te has ocupado del carruaje?

—Está a bordo, con tus sirvientes.

Stefan se caló el sombrero y se tiró furiosamente de las mangas de la chaqueta.

—Fui un idiota viniendo a Rusia.

—No —le dijo Boris, dándole unos golpes de consuelo en el hombro—. Te habrías arrepentido si la hubieras dejado marchar sin luchar.

—Y sin embargo, la he perdido.

Boris frunció el ceño al oír el tono áspero de Stefan.

—Quizá, con el tiempo, ella se dé cuenta de que no puede vivir sin ti.

—Quizá —dijo él, aunque sabía que aquello nunca iba a ocurrir.

Y saber aquello le estaba corroyendo el corazón.

Boris dio un paso atrás y señaló hacia el embarcadero, que estaba casi vacío.

—Debemos irnos.

—Por supuesto.

Stefan avanzó de mala gana, pero no pudo continuar, puesto que oyó los cascos de un caballo que galopaba hacia él. Se dio la vuelta y se quedó sin aliento al reconocer al jinete.

—¿Qué demonios?

Boris se puso a su lado.

—¿Qué ocurre?

—Es Pyotr.

Boris lo tomó del brazo.

—Huntley, no tenemos tiempo que perder —le dijo, y murmuró un juramento cuando Stefan tiró del brazo y fue directamente hacia el criado, que estaba desmontando—. Huntley.

Stefan ignoró la advertencia de Boris y se alejó.

—¿Qué estás haciendo aquí? —le preguntó a Pyotr.

—¿Está con usted la señorita Karkoff? —le preguntó el sirviente, sin preocuparse de disimular su temor.

Stefan frunció el ceño.

¿Por qué demonios pensaba aquel hombre que Leonida estaba con él? A menos que...

Había desaparecido.

Stefan sintió un miedo espantoso.

—No.

—Tenía la esperanza de que... —el hombre sacudió la cabeza, dándose ya la vuelta hacia su caballo—. No importa. Buen viaje, Excelencia.

Stefan agarró al criado por la manga de la chaqueta e hizo que se volviera.

—Maltida sea, Pyotr, dime lo que le ha ocurrido a Leonida.

—No lo sé. Estaba en el jardín, muy disgustada después de su visita. La vigile varias veces, pero cuando volví para llevarle una bandeja de té, había desaparecido.

Dios Santo. Era evidente que sir Charles había sobrevivido a sus heridas y tenía a Leonida.

—¿Por qué demonios la dejaste sola? —le reprochó al sirviente.

Pyotr intentó disimular su sentimiento de culpabilidad frunciendo el ceño.

—Era evidente que ella deseaba estar a solas. Además, estaba cerca como para poder oírla si ocurría algo.

—¿Y de verdad pensabas que un loco iba a dejar que gritara pidiendo ayuda?

Pyotr se inclinó hacia delante y le clavó a Stefan una mirada de acusación.

—No fui yo quien la dejó llorando sola en el jardín.

Él apretó los puños con una sensación de remordimiento abrumadora. No necesitaba que Pyotr le dijera algo tan evidente.

No debería haberla dejado sola, nunca. Sabía que existía la posibilidad de que sir Charles estuviera vivo y quisiera venganza.

Dios Santo. No debería haberla dejado, aunque no existiera sir Charles.

—Huntley, debemos embarcar —le dijo Boris, mirando hacia el barco—. El capitán zarpará sin ti, como si no le hubiera pagado a ese gordo pirata tres veces más de lo que valen los pasajes.

—Leonida ha desaparecido —dijo él.

—Maldita sea —murmuró Boris, y después carraspeó—. Pensaba que esa mujer ya no era problema tuyo.

—Tiene razón, Excelencia —dijo Pyotr—. Embarque. Yo encontraré a mi señora.

—No deberías haberla perdido, para empezar —le espetó Stefan.

Boris lo miró con el ceño fruncido, sin duda, preguntándose si se había vuelto loco.

—¿Huntley?

—Dios —susurró Stefan, e inspiró profundamente para calmarse. Tenía que pensar con claridad. Quizá la vida de Leonida dependiera de él—. Vuelve a Inglaterra, Boris. Dile a Edmond que yo volveré lo antes posible.

Boris alzó las manos hacia el cielo.

—Sabía que esa mujer se las arreglaría para que te quedaras aquí.

Pyotr lo miró con los ojos entrecerrados.

—¿Estás insinuando que esto es un plan para…?

—Yo no insinúo nada, Pyotr —lo interrumpió Boris—. Si pensara que la señorita Karkoff ha usado un truco desagradable, lo diría.

—Basta —dijo Stefan, y miró al ruso—. ¿Sabes algo más, aparte de que Leonida ha desaparecido?

Pyotr se encogió de hombros.

—Una de las doncellas dice que vio un carruaje negro alejándose de las caballerizas y que había un hombre delgado con cara de rata y una cicatriz.

—Ésa no es la descripción de sir Charles.

—No, pero sí la de su sirviente.

Stefan recordó.

—Josef.

—Sí.

Stefan se dio la vuelta y dio un puñetazo en el muro de

ladrillo que había tras él, indiferente al dolor que le recorrió el brazo. El pánico se había adueñado de él al saber que Leonida estaba en manos de aquel loco.

Boris lo tomó por el brazo, como si temiera que Stefan se hiciera daño de verdad.

—La encontraremos, Huntley.

—¿Cómo? —preguntó Stefan, y se echó a temblar—. Ni siquiera sabemos dónde comenzar a buscar. Sir Charles puede haberla llevado a cualquier sitio.

—Yo volveré a preguntar a los vecinos —dijo Pyotr de repente—. Quizá alguno viera algo que pueda servirnos de ayuda.

Stefan asintió. Conociendo la curiosidad de la mayoría de los vecinos, quizá fuera útil.

—Muy bien.

Pyotr montó a caballo y miró a Stefan.

—¿Qué va a hacer usted?

—Voy a buscar a Gerhardt.

—¿Cree que él sabe dónde está escondido sir Charles?

—Si no lo sabe, al menos puede reunir a los suficientes soldados como para que registren toda la ciudad. Casa por casa, si es necesario.

Leonida, sentada al borde del sofá, tomó un sorbo de té de una delicada taza de porcelana, y paseó la mirada por el elegante salón.

Notaba que Dimitri Tipova la observaba con interés, pero todavía estaba intentando cuadrar aquella sofisticada decoración con el sucio aspecto exterior del almacén. ¿Quién podría sospechar que en semejante lugar se esconderían rembrandts de valor incalculable y una colección de figuras de jade que harían suspirar a su madre? Y los libros... incluso a distancia se distinguía que estaban gastados por el uso, y no sólo eran de exhibición.

Dimitri Tipova era un hombre complejo. Asombroso.

Y peligroso, le dijo una vocecita a Leonida. Ella sería tonta si permitiera que el encanto suave de aquel hombre le hiciera bajar la guardia. Sentía que él podía ser tan despiadado y frío como sir Charles, a su modo.

—¿Más té?

Leonida dejó la taza en una mesilla y miró con cautela al hombre que estaba sentado frente a ella.

—Gracias, no —respondió, y se secó las palmas sudorosas de las manos con la falda. No tenía sentido que disimulara su miedo—. Por favor, ¿podría decirme para qué me ha traído aquí?

—Por supuesto, *ma belle* —murmuró él, y miró hacia la puerta de sus habitaciones privadas—. Eso es todo, Josef.

El sirviente arqueó una ceja.

—¿Estás seguro? Es pequeña, pero astuta.

Dimitri se rió. No parecía que le importara que cuestionaran sus órdenes. Una rara cualidad para la mayoría de los líderes.

De hecho, el otro hombre que trataba a sus criados con tanto respeto era Stefan.

Leonida se apartó de la cabeza el recuerdo del duque. No podía distraerse. En aquel momento no.

En aquel momento, sólo dependía de sí misma para sobrevivir. Stefan no iba a acudir en su rescate.

—Espero que pronto lleguemos a un entendimiento —dijo Dimitri, interrumpiendo sus pensamientos—. Que vigilen la carretera. Prefiero que no nos rodeen todos los guardias del zar sin previo aviso.

—Muy bien —dijo Josef, e hizo una reverencia—. Señorita Karkoff.

Esperó a que el sirviente se hubiera marchado, y después, Dimitri señaló una pequeña caja envuelta con un lazo, que descansaba sobre la mesa de centro de ébano.

—Tengo un regalo para usted.

Ella se humedeció los labios secos.

—¿Qué es?

—Ábrala y lo verá.

Leonida tomó la caja de mala gana y tiró del lazo plateado. Abrió la tapa, preparándose para lo que pudiera haber dentro.

Se sorprendió al ver el diamante que brillaba contra el forro de terciopelo negro de la caja.

—¿Un alfiler de corbata? —murmuró ella, confusa, y después se dio cuenta de dónde lo había visto antes—. *Mon Dieu*. Esto le pertenece a sir Charles.

—Sí. Ya no lo necesita.

Leonida alzó la cabeza y vio una satisfacción cruel reflejada en sus ojos.

—¿Está muerto?

—Bastante muerto.

—Gracias a Dios.

Dimitri asintió.

—Sabía que se sentiría complacida.

—Pues sí —dijo ella, sujetando la caja como si contuviera una plaga—. Pero no quiero recordatorios de ese monstruo.

El guapo criminal se inclinó hacia ella y, con delicadeza, le cerró los dedos alrededor de la caja a Leonida.

—Entonces, véndalo y done el dinero al orfanato. Parece un buen final para sir Charles.

Bajo la fuerza de su mirada, ella se tragó la repulsión instintiva. Tipova tenía razón. Aquel diamante valía mucho dinero, y podría comprar muchas provisiones para los niños.

—Sí. Gracias.

Dimitri volvió a apoyarse en el respaldo de su asiento.

—Le aseguro que fue un placer.

Ella hizo una pausa para contemplar aquel rostro delgado, peligroso, con una curiosidad que ya no podía contener.

—¿Por qué?

—Sir Charles era un animal rabioso. Era necesario acabar con él.

Ella frunció el ceño. Aquella descripción no la sorprendía, porque ella ya lo sospechaba. Sin embargo, ¿por qué conocía aquel hombre a sir Charles?

—¿Le hizo daño a alguien querido para usted?

—Yo me preocupo de quienes no son dignos de recibir la protección de Alexander Pavlovich y de sus guardias. Sir Charles torturó y asesinó a mujeres para experimentar su placer pervertido. No podía tolerarse.

Leonida fue lo suficientemente sabia como para no protestar por la falta de respeto de aquel hombre hacia el emperador. Después de todo, ella no podía defender la falta de preocupación de su padre hacia la tragedia de los siervos.

Se concentró en el hecho de que sir Charles estuviera muerto.

—¿Sufrió?

Él sonrió.

—Mucho.

—Bien.

Dimitri se echó a reír.

—Tiene el alma de una guerrera y el corazón de una santa —dijo, y la observó con una intensidad inquietante—. Es una pena que no pueda quedarme con usted.

Con un movimiento brusco, Leonida se puso en pie. No estaba completamente segura de que aquel hombre no estuviera bromeando.

—Si eso era todo...

—No, no lo era —respondió él en tono de advertencia—. Por favor, vuelva a sentarse.

Con el corazón encogido, ella obedeció. De todos modos, no iba a poder escapar.

Tendría que esperar hasta que Dimitri Tipova la dejara marchar.

Si acaso pensaba hacerlo.

—¿Y de qué otra cosa debemos hablar?

—Según mis fuentes, sir Charles no estaba solo en su intento de chantajear a la condesa de Karkoff.

Ella abrió mucho los ojos.

—¿Cómo sabía que...?

—Yo sé prácticamente todo lo que ocurre en San Petersburgo. Y Nikolas Babevich nunca fue discreto.

Leonida se estremeció. ¿No había ningún secreto que aquel hombre no supiera? Era asombroso.

—Mi madre nunca le pagará el dinero que ha pedido —dijo, en tono defensivo.

—No tema, señorita Karkoff. Babevich se ha unido felizmente con sir Charles en el otro mundo —dijo él—. Bien, quizá no felizmente. Según recuerdo, hubo muchos gritos en el comienzo de su viaje.

Ella notó que el sudor le corría por la espalda. ¿Cuánta sangre tenía aquel hombre en las manos?

—¿Qué hizo?

—Dejó a deber en uno de mis establecimientos de juego una gran cantidad de dinero.

—Entiendo.

—No lamente su muerte, *ma belle*. Era un mentiroso y un ladrón, que estaba planeando el asesinato de su propia hermana para heredar sus propiedades.

Leonida estaba muy tensa. No era la muerte de Babevich lo que la preocupaba. Después de todo, él había intentado aterrorizar a su madre para que le entregara una gran fortuna. Y un hombre que estuviera dispuesto a asociarse con sir Charles debía de ser malvado también.

No, lo que la angustiaba era saber que su anfitrión podía justificar con tanta facilidad el asesinato. No era reconfortante para la mujer a la que él acababa de secuestrar.

—Me sorprende que no deseara usted que él tuviera éxito en ese plan para hacerse con su herencia, si le debía dinero —murmuró.

—A veces, mi conciencia se impone sobre mi sentido de los negocios —admitió él. Se puso en pie y se acercó a la chimenea—. Como ahora.

—¿Ahora?

Abrió una caja de laca que había sobre la repisa y sacó

una pila de cartas atadas con un lazo. Se dio la vuelta y sonrió, al ver la expresión anonadada de Leonida.

—Creo que esto es de su madre.

Leonida se levantó despacio. Las cartas de su madre. Así pues, Josef las había robado de su maleta. De otro modo, ¿cómo las había conseguido Tipova?

Y, ¿qué pensaba hacer con ellas?

—¿Qué es lo que quiere a cambio?

Él arqueó las cejas con una arrogancia innata.

—Yo no regateo como un vulgar mercader, señorita Karkoff. Le ofrezco las cartas con mis cumplidos.

Leonida estaba dispuesta a admitir que no sabía cómo era la forma de actuar de los delincuentes, pero no era tonta.

—No me habría traído aquí si no quisiera algo.

Él se rió de nuevo, mientras se acercaba a ella con una gracia felina.

—Ah, qué muchacha tan lista. Reconozco que, cuando le hago un favor a alguien, espero que me lo devuelvan.

—¿Y qué favor me va a pedir?

Tipova se encogió de hombros.

—¿Quién sabe?

—Tengo poca influencia sobre Alexander Pavlovich.

—No se preocupe. No será nada que no esté en su mano.

Leonida no estaba tan segura. Hasta el momento, Dimitri había sido un anfitrión encantador, pero ella no había olvidado que había admitido sin preocupación que había matado a dos hombres.

¿De veras quería estar en deuda con él?

¿Aunque ello significara que por fin podía hacerse con las malditas cartas?

—Yo...

Leonida cerró los labios cuando la puerta de la habitación se abrió y apareció Josef.

—Se acercan unos hombres —anunció el sirviente.

Dimitri se puso en alerta, pero su expresión era más de diversión que de miedo.

Claramente, estaba seguro de que podía manejar la situación y enfrentarse con lo que estuviera acercándose. Y Leonida sospechaba que aquella confianza tenía base.

—¿Guardias? —preguntó Dimitri.

—Un puñado. Con Gerhardt —dijo Josef, y miró a Leonida—. Y el duque de Huntley.

—¿Stefan? —preguntó Leonida, e hizo un sonido de absoluta incredulidad. El sirviente debía de estar confundido. Stefan estaba en un barco de camino a Inglaterra. Y, aunque no fuera así, le había dejado dolorosamente claro que se había lavado las manos con respecto a ella.

¿Por qué se arriesgaba para intentar rescatarla?

—Ah. Parece que sus acompañantes han llegado. Por favor, transmíteles mis saludos —le dijo Dimitri, poniéndole las cartas en las manos, antes de hacerle un gesto a su sirviente—. Josef, por favor, acompaña a la señorita Karkoff abajo.

Antes de que Leonida pudiera protestar, el sirviente la había tomado del brazo y tiraba de ella hacia la puerta.

—Venga conmigo, señorita Karkoff.

Incapaz de librarse de Josef, Leonida miró desesperadamente hacia atrás por encima de su hombro. Dimitri estaba en mitad de la estancia, cruzado de brazos.

—¿Y el favor? —le preguntó.

Él sonrió con picardía.

—Le enviaré aviso si llega el día en que necesite su ayuda.

—Eso no es muy tranquilizador.

La risa grave de Tipova la siguió mientras Josef tiraba de ella hacia las escaleras.

—*Au revoir, ma belle.*

CAPÍTULO 29

La lucha comenzó en el momento en que Stefan apareció en la puerta de Herrick Gerhardt y continuó después de que el hombre hubiera tomado su caballo y hubiera reunido a varios soldados para ir a la isla del norte de la ciudad.

Era de esperar, por supuesto.

Ambos eran líderes natos y albergaban un fuerte sentimiento de posesión hacia Leonida. Con el estado de ánimo en carne viva por el miedo ante su desaparición, era lógico que saltaran chispas. Sólo la desesperación por encontrarla impidió que se enzarzaran a golpes.

Cabalgaron por delante de Boris y los demás guardias, que, de manera inteligente, se habían mantenido atrás para evitar la línea de fuego.

—Ya le he advertido, Excelencia, que no permitiré que se entrometa en los asuntos de Rusia —le ladró Herrick, dirigiendo su caballo hacia el camino que llevaba directamente al muelle.

Stefan agarraba con fuerza la culata de su pistola.

—Y yo le he advertido que no permitiré que Leonida sea usada como peón en sus oscuros juegos. Debería haberme hablado de la implicación de Dimitri Tipova.

—Y usted debería haberme informado del asesinato de Nikolas Babevich —replicó Herrick.

Stefan había admitido de mala gana que se había topado con el cadáver cuando resultó evidente que Herrick estaba pensando en perder el tiempo buscando a Leonida y a sir Charles en casa de Babevich. Claro que, al describir el estado en que se encontraba el cuerpo, había sido Gerhardt quien había tenido que confesar el interés de Tipova en sir Charles, y la posibilidad de que el Zar Mendigo supiera algo de la desaparición de Leonida.

—Además, ¿por qué iba a hablarle de Leonida? ¿No estaba usted listo para salir de San Petersburgo? Ella ya no es asunto suyo.

—Leonida será asunto mío hasta el día en que yo muera —dijo Stefan—. Sin duda, ella continuará obsesionándome cuando esté en la tumba.

Herrick no dijo nada, pero en sus ojos se reflejó que comprendía aquella promesa de Stefan. Era imposible saber, sin embargo, si la aprobaba o no.

—¿Y su regreso a Inglaterra?

Stefan se encogió de hombros.

—Será retrasado hasta que me case con mi futura duquesa.

—Si ella lo acepta.

—Hasta que conocí a Leonida, me consideraba muy listo, pero ahora puedo decir que he adquirido la habilidad de aprender de mis errores —dijo Stefan—. Me aceptará, aunque tenga que dedicar el resto de mis días a ganarme su corazón.

Herrick arqueó las cejas.

—¿Su corazón?

—Sí.

—Quizá no sea usted tan idiota como pensé al principio.

Stefan hizo caso omiso del insulto. Entrecerró los ojos al darse cuenta de que habían dejado atrás la mayoría de los edificios, hasta que sólo quedaba un edificio destartalado cerca del muelle.

—¿Es eso el almacén?

—Sí.

—Entonces, ¿por qué estamos entreteniéndonos?

—Huntley, espere —dijo Herrick, y lo agarró por el brazo—. Puede que sea una trampa.

—No me importa.

Stefan tiró del brazo para zafarse de Herrick y hundió los talones en los flancos del caballo. El animal salió al galope hacia el almacén. Stefan no había mentido. Si Dimitri Tipova sabía algo sobre la desaparición de Leonida, él se arriesgaría a caer en cualquier trampa con tal de descubrir la verdad. ¿De qué valía su vida sin la mujer a la que amaba?

Pasó por las puertas rotas y estaba atravesando el patio empedrado cuando se abrió la puerta del almacén y apareció una mujer pequeña, de cabello dorado, bajo la luz del crepúsculo.

—Leonida.

Sin esperar a que el caballo se detuviera, Stefan saltó al suelo y corrió hacia ella. Notó que la puerta del almacén se cerraba y que Herrick y sus guardias se habían situado de forma que nadie pudiera acercarse sin ser visto. Una precaución que él estaba encantado de dejar en manos de Gerhardt. Su única preocupación era la bella mujer que caminaba hacia él con una expresión de incertidumbre.

—¿Stefan?

Cuando llegó a su lado, Stefan le recorrió el cuerpo con las manos, frenético por asegurarse de que no estaba herida.

—¿Estás bien?

—Sí.

Él la agarró por los hombros.

—¿Estás segura?

—Muy segura, sí.

La dolorosa angustia que tenía en el pecho se fue disipando a medida que él se convencía de que Leonida estaba sana y salva.

—¿Qué ha ocurrido? ¿Cómo has llegado aquí?

—Josef apareció en el jardín y me obligó a subir a su coche —explicó ella con un gesto de irritación—. Ojalá la gente dejara de hacer eso.

Él le apretó los hombros y miró hacia el almacén.

—Voy a matar a ese canalla.

Ella le posó las manos en el pecho. El miedo se le reflejó en los ojos.

—No, Stefan. Es demasiado peligroso.

Él arqueó las cejas.

—No podemos permitir que escape.

—Apostaría toda mi fortuna a que ya ha escapado. Además, te aseguro que no me han hecho daño.

—Te secuestró.

—Para traerme aquí, ante Dimitri Tipova. Admito que me asusté, pero no me hizo daño.

—¿Y por qué quería verte Tipova?

—Quería decirme que sir Charles está muerto.

Stefan sintió un inmenso alivio. No podía soportar la idea de que Leonida fuera sometida a más angustia.

—¿Lo mató Tipova?

—Sí —dijo ella, y se estremeció—. Yo no fui la única mujer a la que atacó. Había que detenerlo.

—Pero eso no explica por qué te secuestró.

—Quería darme esto.

Ella alzó la mano y, por primera vez, Stefan se dio cuenta de que llevaba algo agarrado: una cajita y un montón de cartas atadas con un lazo. No era necesario ser muy inteligente para saber lo que eran.

—Las cartas de mi madre —dijo Stefan—. ¿Las tenía Tipova?

—Sí.

—¿Y cómo las consiguió?

—Josef las robó, pero él no trabajó nunca para sir Charles. Era un espía de Dimitri Tipova.

A Stefan no le interesaban demasiado Josef ni sus lealtades. Estaba mucho más interesado en saber por qué Tipova había secuestrado a Leonida para darle un puñado de cartas.

Un hombre así no hacía las cosas sólo por un impulso bondadoso.

—¿Y qué te ha pedido a cambio?
—No estoy segura del todo.
—Leonida...
—Stefan —dijo ella, y le tapó la boca con la mano para silenciarlo—. Quiero saber qué estás haciendo aquí.

No fue el contacto de sus dedos lo que acabó con sus preguntas sobre lo que le había pedido Tipova, sino la incertidumbre que brillaba en los ojos de Leonida.

Stefan no deseaba que ella volviera a dudar de él.

Suavemente, la tomó por la muñeca y le separó la mano de su boca.

—Creo que es evidente que he venido a buscarte.
—Se supone que debías estar en un barco hacia Inglaterra.
—Y lo estaba —dijo él, y sacudió la cabeza. Había estado muy cerca de destruir su futuro—. Gracias a Dios, Pyotr llegó a tiempo para advertirme de tu desaparición. Quizá hubiera estado en alta mar cuando recuperara el sentido común. Y Boris nunca me habría perdonado que le hiciera nadar kilómetros de vuelta a San Petersburgo.

La expresión de Leonida siguió siendo de cautela, como si temiera que él le estuviera gastando una broma cruel. Aquella visión le encogió el corazón de arrepentimiento.

—¿Te has dado un golpe en la cabeza? —le preguntó ella.
—No, querida, el golpe fue en el corazón —respondió Stefan, y con delicadeza, le besó los dedos antes de colocárselos en el centro de su pecho—. Un golpe que me merezco, sin duda, pero que espero que tú puedas curar.
—¿Stefan?

Sin preocuparse de las muchas miradas que los observaban, Stefan escondió la cara en la curva de su cuello mientras le rodeaba la cintura con los brazos. Necesitaba sentir su calor.

Ella estaba segura.

Sin embargo, en aquel momento él tenía que convencerla de que corriera otro riesgo.

—Demonios, he sido un estúpido.

Leonida se echó a temblar, pero gracias a Dios no hizo ningún esfuerzo por apartarlo de sí.

—No voy a discutírtelo —murmuró.

—No, claro que no —dijo Stefan, e inhaló profundamente su olor a jazmín. ¿Cómo era posible que hubiera pensado que podía sobrevivir sin aquella mujer?—. Desde que nuestros caminos se cruzaron, yo he sabido que te deseaba. No es de extrañar, porque eres increíblemente bella. Sin embargo, no entendía por qué me fascinabas más que ninguna otra mujer de las que haya conocido.

La caja y las cartas cayeron al suelo cuando ella levantó las manos y las posó tímidamente sobre su pecho.

—Porque pensabas que era una embustera y una ladrona.

Él se retiró para mirarla a la cara.

—Cierto, pero ni siquiera cuando sospeché que estabas en mi casa con un pretexto falso fui capaz de contener mi obsesiva necesidad de hacerte mía —dijo Stefan con una sonrisa de arrepentimiento—. En aquel mismo momento debería haber sabido que eras un peligro para algo más que para mi cordura.

—¿Así que decidiste tomarme como amante?

Él hizo una mueca al recordar su ciega arrogancia. Aunque había pagado un precio muy alto por su engreimiento. Aquella mujer lo había llevado de Inglaterra a París, y de París a San Petersburgo, por todo el continente.

—Era la única manera de tener lo que deseaba sin confesar la verdad.

—¿Qué verdad?

—Que tenía miedo.

Ella parpadeó, perpleja por aquella confesión.

—¿De mí?

—De reconocer los sentimientos que habías despertado en mí —admitió Stefan sin titubear. El tiempo de los engaños había pasado ya.

A Leonida se le oscurecieron los ojos a causa de un dolor que todavía no se había desvanecido completamente.

–¿Porque no soy la duquesa que te habías imaginado para ti?

Él contuvo una carcajada de incredulidad. Aquella mujer bella, inteligente y valiente era mucho más maravillosa de lo que él nunca hubiera pensado que sería su duquesa. Sin embargo, él se concentró en resolver sus dudas.

–Porque el hecho de quererte me obligaba a pensar en mi futuro, en vez de seguir aferrado al pasado.

–¿El hecho de quererme? –susurró ella.

Los últimos rayos de sol le acariciaron la cara y arrancaron reflejos brillantes de su pelo dorado. Él la abrazó con fuerza.

Era tan preciosa...

–En realidad, era irónico –dijo él con la voz ronca de emoción–. Me había pasado años preocupándome por el sentimiento de culpabilidad de Edmond por la muerte de mis padres mientras ignoraba ciegamente mis fantasmas. Hasta que tú no entraste en Meadowland y llenaste la casa con tu luz dorada yo no me di cuenta de lo oscura que se había vuelto.

Ella se conmovió.

–Seguías sufriendo por la muerte de tus padres.

Stefan sacudió la cabeza. No quería perdonarse todos aquellos años de engaño voluntario.

–Me escondí detrás de mis deberes para no tener que aceptar su pérdida. Ellos se habrían sentido muy decepcionados conmigo.

Leonida lo acarició suavemente en la mejilla.

–Me niego a creer que pudieran sentir decepción hacia ti.

–Pero es cierto –dijo él, inclinándose para recibir su caricia–. Como tú dijiste, Meadowland no es sólo una casa. Es un hogar que debe albergar a una familia –dijo él, e hizo una pausa–. A nuestra familia.

Stefan sintió que ella se ponía tensa entre sus brazos, y vio que en sus ojos se reflejaba una esperanza cautelosa.

—¿Me estás pidiendo que me case contigo?

—Te estoy ofreciendo mi nombre, mis posesiones terrenales y mi corazón, Leonida —le dijo él, y murmuró contra sus labios—: Te prometo que siempre te daré calor, por muy frío que sea el invierno. Te prometo que siempre tendrás libros y veladas tranquilas, y te prometo que siempre serás lo primero en mi vida. Te quiero. Te quiero para toda la eternidad.

Con un gritito, Leonida se aferró a su cuello y apretó la cara contra su pecho, justo sobre su corazón.

—Y yo te quiero a ti.

Stefan sintió una explosión de alegría.

—Entonces, ¿querrás ser mi duquesa?

Aquella breve dicha fue sustituida por un ramalazo de pánico cuando ella se retiró y lo miró con una expresión indescifrable.

—Hay algo que se te ha olvidado ofrecerme.

—¿Leonida? —susurró él.

—No me has ofrecido el uso de tu cuerpo —dijo ella, mientras le acariciaba el pelo—. ¿Eso no va a estar incluido en tu proposición de matrimonio?

—Dios Santo —dijo Stefan, y con un suspiro de alivio, apoyó la frente sobre la de ella—. Tómame el pelo así otra vez y te llevaré sobre el hombro hasta el sacerdote más próximo.

La risita de picardía de Leonida hizo que a él se le tensaran los músculos de placer.

—No has respondido a mi pregunta.

Stefan se aseguró de que su cuerpo la protegiera de las miradas de los hombres; entonces, la tomó por las caderas y la apretó contra su erección.

—¿Necesitas más pruebas? —le preguntó con la voz ronca.

Ella se ruborizó, y aquello le dio a entender a Stefan que él no era el único que sufría de un apetito que no podía calmar.

Bien.

No era justo que él estuviera solo en aquella necesidad. Además, siempre podía albergar la esperanza de que el deseo de Leonida por él la urgiera a celebrar una boda rápida.

Una boda muy rápida.

—Quizá cuando tengamos más privacidad —dijo ella.

Él gruñó al oír su suave promesa.

—¿Significa eso que vas a casarte conmigo?

Como el sol saliendo entre las nubes, su rostro se iluminó con una sonrisa.

—¿Es que tengo elección?

Él se echó a reír.

—No.

EPÍLOGO

La boda del duque de Huntley y de la señorita Leonida Karkoff se celebró con sencillez, con la única asistencia de la condesa, del zar y de Herrick Gerhardt.

Habría otra boda cuando llegaran a Surrey, por supuesto, para satisfacer las exigencias de la Iglesia Anglicana, pero sin duda, nadie que presenciara la ceremonia podía pensar que ni siquiera la fiesta más lujosa superaría la belleza solemne de Stefan y Leonida intercambiando sus votos.

¿Alguna vez se habían mirado dos personas con más amor?

Al final, todo el grupo hizo el trayecto hasta el barco que trasladaría a la pareja hasta Inglaterra. Después de una despedida con lágrimas, el zar volvió a su Palacio de Verano, mientras que la condesa subió a su carruaje y desapareció del puerto.

Herrick subió a su caballo y se dirigió hacia su casa, pero se detuvo a pocas manzanas del muelle. Demonios. Tenía la esperanza de poder librarse de la preocupación que había sentido durante toda la mañana, pero sabía que sólo iba a convertirse en algo más persistente.

Aunque parecía que Nadia estaba verdaderamente contenta viendo a su hija convertirse en la duquesa de Huntley, en sus ojos oscuros había una tristeza que llamó la atención de Herrick.

Él no sería capaz de descansar hasta que descubriera qué era lo que angustiaba a la condesa.

Herrick alteró su ruta y se encaminó hacia la preciosa casa de Nadia. Llamó a la puerta y permitió que el mayordomo lo guiara hacia el gabinete. Encontró a Nadia junto a la chimenea de mármol, en la que ardía un buen fuego, con un aspecto mucho más joven de lo que correspondía a sus años, ataviada con un vestido azul y plateado y una fila de pequeñas rosas que remataban la línea del escote. No era de extrañar que fuera una tentación irresistible para el zar.

Ella lo miró con curiosidad.

—Herrick. Por favor, ven conmigo.

Con una sonrisa, él obedeció, y se apoyó en la chimenea con los brazos cruzados.

—Una ceremonia preciosa.

—Sí, es cierto.

Él entrecerró los ojos.

—Y, por supuesto, Leonida ha sido una novia bellísima.

Nadia sonrió con melancolía.

—Cualquier novia es bella cuando ama a su marido como Leonida ama a Stefan.

Herrick se sintió inquieto. ¿Qué era lo que angustiaba a aquella mujer?

No era posible que estuviera preocupada por aquel matrimonio. Aunque el duque de Huntley era más inglés que ruso, poseía una alta posición social y suficiente fortuna como para que cualquier madre se desmayara de placer.

—Afortunadamente, parece que Stefan también está enamorado.

—Más que eso. Está perdidamente enamorado.

La expresión de Herrick se relajó al darse cuenta de que no era desilusión lo que él notaba.

—¿Arrepentimiento, Nadia? —le preguntó suavemente.

—No por mí —dijo ella, jugueteando distraídamente con una caja de laca que había sobre la repisa, con una mirada distante de culpabilidad—. Yo tomé decisiones que me hicieron feliz, pero lamento no haber entendido que mi hija nunca podría estar contenta con un matrimonio puramente social.

Herrick hizo un gesto de asentimiento. Todos habían sido egoístas con respecto a Leonida, una niña dulce y muy dócil, y cada uno la había usado para llenar algún vacío de su vida, mientras que le habían dado muy poco a cambio.

—No, Leonida siempre ha necesitado amor —admitió él.

Nadia suspiró.

—Yo la fallé.

—Tonterías —dijo él. El estado de ánimo sombrío del zar había mejorado en cuanto Nadia había hecho su brillante regreso a la sociedad de San Petersburgo. Herrick no iba a permitir que ella se retirara a su habitación nuevamente, a regodearse en su tristeza—. Leonida se ha convertido en una joven bella, inteligente y segura de sí misma, que haría sentirse orgullosa a cualquier madre. ¿Qué más podrías desear?

Nadia irguió los hombros y abrió la tapa de la caja que tenía entre las manos.

—Deseo saber que siempre estará a salvo.

Herrick abrió unos ojos como platos cuando ella sacó un montón de cartas, las cartas que habían causado tantos problemas durante aquellos últimos meses. Él sólo las había visto brevemente cuando había escoltado a Leonida desde el almacén de Dimitri Tipova, pero reconoció fácilmente el lazo deshilachado que las unía.

—¿Nadia?

Ella se rió al notar la preocupación de su amigo, y después, con un movimiento despreocupado, las lanzó al fuego.

—No te preocupes, Herrick. He aprendido la lección.

Herrick se apartó del fuego cuando se avivó al consumir rápidamente el viejo pergamino. Lo último que esperaba de Nadia era que destruyera las cartas. Y menos, después de que Leonida hubiera estado a punto de morir por conseguirlas.

—Pensaba que considerabas esas cartas como un medio para proteger tu futuro.

Nadia negó con la cabeza.

—Yo puse mi futuro en manos de Alexander Pavlovich por voluntad propia. Me quedaré a su lado pese a lo que nos depare el futuro.

Herrick disimuló su asombro mientras se disponía a servir dos copas de brandy. Aunque Nadia era una mujer encantadora, también había sido siempre muy egoísta.

¿Sería posible que hubiera aprendido a poner a los demás por delante de sí misma?

Él se encogió de hombros y volvió con su amiga para entregarle la copa. Lo único que importaba era que Nadia siguiera siendo leal al emperador.

—Leonida nunca me dijo lo que le había pedido Dimitri Tipova a cambio de esas cartas —murmuró.

El Zar Mendigo había ocupado gran parte de sus pensamientos durante los últimos días.

Herrick no iba a permitir que un contacto tan valioso se le escurriera entre los dedos.

—Si es tan astuto como tú has dicho, no se atreverá a molestar a Leonida —le dijo Nadia, descartando con excesiva facilidad la amenaza. Como la mayoría de los hombres, no comprendía el poder que podía tener un hombre sin título—. No, a menos que quiera causar la ira del duque de Huntley.

Herrick no iba a discutir aquella opinión. Dimitri Tipova no era un hombre estúpido.

—Cierto. Stefan lo mataría sin pensarlo.

De repente, Herrick se echó a reír, al pensar en cuál sería la reacción del criminal ante la decisión de requerir sus servicios.

—Además, Tipova tendrá muy pronto otros asuntos de los que ocuparse.

Nadia lo miró con los ojos entornados.

—Me parece que estás pensando en enredar al pobre hombre en alguno de tus planes.

—Hoy no —dijo Herrick, y alzó su copa en un brindis—. Por Leonida.

Nadia chocó su copa, suavemente, contra la de él.
–Por Leonida.

Una vez que se instalaron en su elegante camarote, Leonida salió a la cubierta del barco para ver cómo San Petersburgo se convertía en un lejano punto del horizonte.

Tenía una pequeña sonrisa en los labios, porque recordaba la última vez que se había alejado de su ciudad.

¿Quién podía haber sospechado la aventura que la esperaba, y la alegría que iba a descubrir?

Reflexionando sobre los extraños giros del destino, Leonida no se dio cuenta de que Stefan se acercaba hasta que él le rodeó la cintura con los brazos y la atrajo hacia su pecho.

–Tienes una expresión melancólica, querida –le susurró al oído–. ¿Estás triste por tener que dejar tu casa?

Leonida se estremeció al sentir aquel calor familiar. Durante los pasados días había sido imposible disfrutar de un momento a solas con Stefan. En aquel momento, estaba ansiosa por disfrutar de su noche de bodas.

–Echaré de menos San Petersburgo, pero mi hogar está contigo. –le aseguró ella suavemente.

–Nuestro hogar.

–Sí –dijo ella, con una sensación de dicha en el corazón–. Y además, hemos prometido que volveríamos para la boda de Vanya Petrova.

Stefan bajó la cabeza y la besó.

–¿De veras?

Ella le pasó los brazos por el cuello con un cosquilleo de impaciencia en el estómago.

–No vas a conseguir distraerme –le advirtió.

Stefan se movió para cubrirle el cuello de besos.

–¿No?

–No.

Él se rió, mientras ella estropeaba su amenaza con un tembloroso gemido de placer.

—Mentiroso.

Leonida se apartó y lo observó con una expresión severa.

—Estás muy seguro de ti mismo.

Los rasgos magníficos de Stefan se suavizaron con una expresión que le encogió el corazón a su esposa.

—De lo único que estoy seguro es de mi amor por ti.

Leonida le tomó la cara entre las manos y se puso de puntillas para besarlo en los labios.

—Y yo de mi amor por ti, mi maravilloso duque. Ahora estamos unidos para toda la eternidad.

—Gracias a Dios —sin previo aviso, Stefan la tomó en brazos y la llevó directamente hacia las escaleras que conducían hacia su camarote—. Soy demasiado viejo como para seguir persiguiéndote por todo el continente.

Ella se rió.

—Pero lo hiciste muy bien.

Él la miró con los ojos ardientes de pasión.

—Ah, pero voy a ser mucho mejor conservándote.

Títulos publicados en Top Novel

Lo mejor de la vida – DEBBIE MACOMBER
Deseos ocultos – ANN STUART
Dime que sí – SUZANNE BROCKMANN
Secretos familiares – CANDACE CAMP
Inesperada atracción – DIANA PALMER
Última parada – NORA ROBERTS
La otra verdad – HEATHER GRAHAM
Mujeres de Hollywood… una nueva generación – JACKIE COLLINS
La hija del pirata – BRENDA JOYCE
En busca del pasado – CARLY PHILLIPS
Trilby – DIANA PALMER
Mar de tesoros – NORA ROBERTS
Más fuerte que la venganza – CANDACE CAMP
Tan lejos… tan cerca – KAT MARTIN
La novia perfecta – BRENDA JOYCE
Comenzar de nuevo – DEBBIE MACOMBER
Intriga de amor – ROSEMARY ROGERS
Corazones irlandeses – NORA ROBERTS
La novia pirata – SHANNON DRAKE
Secretos entre los dos – DIANA PALMER
Amor peligroso – BRENDA JOYCE
Nuevos amores – DEBBIE MACOMBER
Dulce tentación – CANDACE CAMP
Corazón en peligro – SUZANNE BROCKMANN
Un puerto seguro – DEBBIE MACOMBER
Nora – DIANA PALMER

www.ingramcontent.com/pod-product-compliance
Lightning Source LLC
LaVergne TN
LVHW030334070526
838199LV00067B/6274